KB105065

페스트

초판 1쇄 발행 | 2022년 5월 10일
      3쇄 발행 | 2024년 12월 31일

지은이 | 알베르 까뮈
옮긴이 | 박시운
펴낸이 | 김형호
펴낸곳 | 아름다운날
책임편집 | 조종순
북디자인 | Design이즈

출판등록 | 1999년 11월 22일
주소 | (05220) 서울시 강동구 아리수로 72길 66-19
전화 | 02) 3142-8420
팩스 | 02) 3143-4154
이메일 | arumbooks@gmail.com
ISBN | 979-11-6709-010-2 03860

번역에 사용한 원본은 La Peste, Albert Camus, Editions Gallimard 1947, folioplus classiques 임을 밝힌다.

페스트
La Peste

알베르 까뮈 / 박시운 옮김

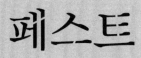

아름다운날

존재하지 않는 어떤 것을 가지고
실제로 존재하는 그 어떤 것을 표현하는 것만큼이나,
다른 상황을 가지고 일종의 갇혀있는 상황을
표현하는 것은 합리적이다.

대니얼 디포 Daniel Defoe

1

◆

    이 기록의 주제가 된 그 이상한 사건들은 194x년 오랑
에서 일어났다. 그런 사건들은 흔히 있는 일이 아니므로
그 장소에서 일어난 게 아니었다는 얘기도 일반적으로 있
었다. 사실, 오랑은 평범한 도시이며 알제리 해안에 있는
프랑스의 한 도청 소재지라는 것밖엔 별다른 게 없는 곳
이다.

    도시 자체는 흉물스럽다고 하지 않을 수 없다. 겉보기엔
조용하기 때문에 이 세상에 있는 수많은 다른 상업도시
와 이 도시가 다른 점이 무엇인가를 분간하려면 어느 정
도 시간이 필요하다. 어떻게 상상해볼 수 있을까. 이를테
면 비둘기나 나무나 공원도 없는 도시, 새들의 날갯짓 소
리도 나뭇잎들의 바스락 소리도 없는 한 마디로 말해 무
덤덤한 곳이라고 할까? 계절의 변화도 거기선 하늘을 쳐
다봐야만 알 수가 있다. 봄이 오는 것도 공기가 달라진
것을 보거나 또는 소규모 행상들이 교외에서 가지고 오
는 꽃바구니들을 보고서야 알 수 있을 뿐이다. 그러니까
봄은 시장에서 파는 물건과도 같은 것이다. 여름엔 태울

듯이 불볕이 내리쬐어 집들이 너무 건조해지고 벽도 잿빛으로 변해버린다. 그래서 사람들은 덧문을 닫고 그늘진 곳에서만 살 수가 있다. 반대로 가을엔 진흙투성이가 된다. 맑은 날씨는 겨울에만 볼 수 있다.

어느 한 도시를 제대로 알기 위한 방법으로는 사람들이 그곳에서 어떻게 일하며, 어떻게 사랑하고, 어떻게 죽는지를 살펴보면 된다. 우리의 이 작은 도시에서는 기후의 영향도 있지만 이 모든 것이 열광적이면서도 동시에 무심한 방식으로 일어나고 있다. 말하자면 사람들은 이곳에서 권태로움을 느끼며 습관적인 일에 적응해버리는 것이다. 이곳 시민들은 일을 많이 하지만 그것은 단지 부자가 되기 위해서이다. 그들은 특히 상업에 관심을 가지고 있는데 그들의 표현에 의하면, 우선적으로 장사를 하는 데 전념하고 있는 것이다. 물론 그들 또한 소박한 즐거움을 누리려는 취미도 가지고 있고, 여자들을 좋아하며, 영화나 해수욕을 즐기기도 한다. 그러나 그들은 매우 절제를 잘하기 때문에 그런 향락은 토요일 밤이나 일요일을 위해 아껴두고 주중엔 많은 돈을 버느라 열중하고 있다. 저녁 퇴근 후엔 정해진 시각에 카페에 모이기도 하고 늘 같은 길에서 산책을 하거나 또는 발코니에 나가 앉아 있곤 한다. 젊은 사람들은 거칠고 단순한 것들을 좋아하는 반면, 나이 든 사람들은 볼링 회합이라든지 친목회 회식 그리고 어느 정도 큰돈을 거는 카드 모임 정도밖엔 원하는 것이 없다.

아마도 사람들은 이런 게 우리의 도시 오랑에서만 특별히 일어나는 일이 아니라 요컨대 모든 우리 현대인들은 다 그렇다고 말할 것이다. 오늘날엔 틀림없이 사람들이 아침부터 저녁까지 일한 다음 하루의 나머지 시간을 카드놀이를 하거나 카페에서 잡담을 하며 보내는 게 더할 나위 없이 자연스럽다고 말할 것이다. 하지만 어떤 도시나 어떤 나라에서는 사람들이 종종 다른 것에 대해 의혹을 품기도 한다. 그렇다고 해서 그들의 생활이 달라지는 않는다. 다만 그런 의혹을 가져봤으니 늘 그만큼 이득이 되는 것뿐이다. 오랑은 이와 반대로 그런 분위기가 풍기지는 않는다. 즉 매우 현대적인 도시이다. 따라서 오랑에서는 사람들이 서로 어떤 방식으로 사랑하는지에 대해 굳이 설명할 필요가 없다. 남자와 여자는 이른바 사랑의 행위라고 부르는 그런 것을 통해 서로를 급속히 집어삼키거나 또는 두 사람이 만들어낸 오랜 습관 안으로 서로를 빠져들게 한다. 이 두 극단 사이에서 중간적인 상황은 별로 없다. 그것 또한 특이한 일은 아니다. 다른 곳과 마찬가지로 오랑에서도 시간과 성찰의 부족으로 사람들은 사랑한다는 게 뭔지도 모르면서 서로를 사랑할 수밖에 없는 것이다.

우리의 도시에서 더욱 특이한 것은 죽어갈 때 겪게 되는 어려움이다. 그런데 어려움이란 단어는 적절한 표현이 아니고 불편함이라고 말하는 게 더 정확할 것이다. 병이 든다는 것은 결코 유쾌한 일이 못된다. 그러나 병이 들면 치료를 지원해주는 도시나 나라도 있어서 이를테면, 그런 곳에서는 가서 몸을 맡길 수도 있다. 병자는 친절하게 대해주길 바라며 무언가에 의지하고 싶어 하는데 그건 정말 자연스러운 일이다. 그런데 오랑에서는 기후의 변화가 심할 때나 중요한 사업을 벌일 때, 그리고 무의미한 겉치레나 빨리 저무는 석양, 즐거움을 누릴 때, 이 모든 경우에도 건강이 따라야만 한다. 여기서는 병이 들면 정말 고독해진다. 그러니 내리쬐는 열기로 터질 것 같은 수백 개의 벽들 뒤에서 속수무책으로 죽어가고 있는 사람들을 생각해보라. 바로 그 순간에도 수많은 사람들은 전화로 또는 카페에서 만나 어음과 선하증권 그리고 할인에 대해 떠들고 있다. 현대적인 이 시대에도 죽음이 이토록 비정한 도시에 들이닥칠 때면, 그 죽음 안에는 뭔가 불편한 면이 있을 수 있다는 걸 알게 될 것이다.

아마도 이런 몇 가지 특징들을 알게 되면 우리 도시에

대해 충분히 이해할 수 있을 것이다. 그러나 결코 과장해서는 안 된다. 강조해야 할 것은 이 도시와 생활의 평범한 모습이다. 하지만 사람들은 습관에 젖어드는 즉시 어떠한 어려움 없이도 하루하루를 보낼 수가 있다. 우리의 도시가 바로 그런 습관들을 장려할 때, 모든 것은 잘 되어간다고 말할 수 있다. 이런 관점에서 보면 삶이 별로 열정적이지 못할 것은 틀림없다. 그러나 우리 도시가 무질서한 것은 아니다. 우리 시민들은 솔직하고 친절하며 적극적이어서 이곳에 오는 여행자들에게 항상 좋은 평판을 불러일으켰다. 볼만한 풍경도 없고, 숲도 없고, 생기도 없는 이도시는 결국 사람들로 하여금 늘어지게 만들고 잠에 빠져들게 한다. 그래도, 이 도시는 헐벗은 고원 한가운데에 있지만 반짝거리는 언덕들에 둘러싸여 있으며, 언덕 앞으로는 완벽한 그림과도 같은 만이 펼쳐져 있어서 어느 곳과도 비할 바 없는 경치를 마주하고 있다는 사실은 덧붙여 말해둬야겠다. 다만 이 도시가 만에 등을 돌리고 위치해 있어서 바다를 보려면 항상 찾아 나서야 한다는 게 좀 유감스럽다고 할 수 있다.

이쯤에서 우리는 그해 봄에 발생한 사건들에 대해 우리 시민들이 전혀 예상하지 못했다는 것을 어렵지 않게 납득할 수 있을 것이다. 우리도 나중에야 알게 되었지만 그건 바로 여기에 기록하게 될 이 일련의 심각한 사건들의 첫 번째 징조였던 것이다. 그런 일들은 어떤 사람들에게는 그저 당연하게 보이고 또 다른 사람들에게는 그 반대로 있음직하지 않은 일로 여겨질 것이다. 그러나 어쨌든 기록하는 사람으로서 이런 모순을 염두에 둘 필요는 없다. 기록자의 임무는 다만 이렇게 말하는 것이다.

그 사건은 실제로 일어났고 모든 사람들의 삶 속에 관심을 끌었으며, 따라서 수많은 증인들이 그의 기록의 진실함을 가슴 속에 간직하리라는 사실을 그는 알기 때문에 "이런 일이 일어났다"고 진술하는 것이다.

결국 때가 되면 그 진술자가 누구인지를 반드시 알게 되겠지만, 그가 만약 얼마 안 되는 증인조차 얻지 못했다면, 그리고 만약 이 사안의 강렬함 때문에 그가 앞으로 기록하려는 모든 것에 휩쓸려들지만 않았다면, 그는 이런 종류의 시도를 해보려는 명분조차 가지지 못했을 것이다. 이 점이 바로 그로 하여금 역사가로서의 작업을 하도록 만들어준 것이다. 물론 역사가는 비록 아마추어일지라도 언제나 자료를 확보하고 있기 마련이다. 따라서 이 기록의 진술자도 자신의 자료를 가지고 있다. 자료로는 우선 그 자신의 증언이 있고, 그 다음엔 다른 사람들의 증언이 있다. 왜냐하면 그가 이런 역할을 맡음으로써 이 기록의 모든 등장인물들의 솔직한 이야기들을 수집할 수 있었기 때문이다. 그리고 마지막으로, 그의 손 안에 우연히 들어오게 된 문서들도 있었다. 그는 적절하다고 판단될 때는 그 자료들에서 끄집어내어 자기 마음에 드는 대로 이용할 것이다. 그리고 계속 그런 식으로…. 하지만 이제 설명과 머리말은 그만 멈추고, 서술 그 자체가 진행되도록 해야 할 때가 된 것 같다. 첫 며칠 동안에 관련해서는 어느 정도 설명이 필요하다.

◆

　4월 16일 아침, 의사 베르나르 리외는 진료실에서 나왔다. 그리고 층계참에서 죽어있는 쥐 한 마리와 마주쳤다. 그 순간 그는 별로 신경도 안 쓴 채 그 동물을 피해 층계를 계속 내려갔다. 그런데 거리로 나오자, 그 층계가 쥐가 있을 자리가 아니라는 생각이 문득 들었다. 그래서 다시 돌아가 경비원에게 그 사실을 알렸다. 그는 미셸 영감이 놀라는 모습을 보며 층계에서 죽은 쥐를 봤다는 사실이 확실히 기이한 일이라는 것을 느낄 수 있었다. 죽은 쥐가 발견됐다는 건 리외에게는 그저 이상한 일로 보였을 뿐이지만, 경비원에게는 그것이 소동으로 여겨질 정도였다. 게다가 경비원은 단호한 태도를 취했는데, 이 건물 안에는 원래 쥐들이 없었다는 것이었다. 의사가 그에게 2층 층계참에 쥐 한 마리가 있는데 아마도 죽은 것 같다고 아무리 힘주어 말해도, 미셸 씨의 생각은 확고했다. 이 건물에는 쥐가 없으며, 따라서 그 쥐는 누군가가 밖에서 가지고 왔던 게 틀림없다는 얘기였다. 말하자면 그저 장난일 뿐이라는 주장이었다.

바로 그날 밤, 베르나르 리외는 자기 집으로 올라가기 전에 건물 복도에 서서 열쇠를 찾고 있었는데, 그때 갑자기 복도의 어두컴컴한 구석에서 큰 쥐 한 마리가 털이 젖은 채 비틀거리는 모습으로 나타나는 걸 보았다. 그 쥐는 멈춰 서서 균형을 잡는 것처럼 하다가 의사 쪽으로 곧장 달려오더니 또다시 멈춰 섰다. 그리고는 작은 소리를 지르며 제자리에서 맴돌다가 마침내 반쯤 벌어진 주둥이로 피를 내뿜으며 쓰러지고 말았다. 의사는 잠시 그 쥐를 주시해보다가 자기 집으로 올라갔다.

그가 생각하는 건 쥐 자체에 대해서는 아니었다. 그 쥐가 피를 토해냈다는 게 아무래도 불길하다는 생각이 들었다. 그 다음날은 1년 전부터 병석에 누워있는 그의 아내가 산속의 한 요양소로 떠나는 날이었다. 아내는 그가 시킨 대로 침대에 누워있었다. 장소 이동에서 오게 될 피로를 미리 대비하는 것이었다. 그녀는 미소를 지어보였다.

"기분이 아주 좋아." 그녀가 말했다.

의사는 침대 머리맡의 램프 불빛 아래서 자기 쪽으로 향해있는 그녀의 얼굴을 가만히 바라보았다. 그녀는 서른 나이에 병색이 짙은 얼굴을 하고 있었지만, 리외가 보기엔 언제나 젊은 시절의 얼굴 그대로였다. 아마도 다른 모든 것을 지워버리는 그 미소 때문인 것 같았다.

"잠을 좀 자도록 해. 간병인은 열한 시에 올 거고, 당신과 그녀가 열두 시 기차를 탈 수 있도록 내가 데려다줄 테니까." 그가 말했다.

그는 땀으로 약간 축축해진 그녀의 이마에 키스를 했다. 그녀는 그가 방을 나갈 때까지 미소를 지으며 바라보았다.

그 다음날, 4월 17일 아침 8시, 경비원이 지나가는 의사를 불러 세우더니 못된 놈들이 악랄하게 복도 한가운데다 죽은 쥐 세 마리를 갖다 놓았다면서 욕을 해댔다. 쥐들이 온통 피투성이였던 걸 보면 분명히 큰 덫으로 잡았을 거라고 했다. 그러면서 자기는 그 범인들이 빈정거리며 나타날 것으로 기대하면서 쥐들의 발목을 잡고는 얼마간 문지방에 서서 기다렸는데 아무도 오지 않았다는 것이었다.

"아! 그놈들, 내 기어이 잡고야 말 거예요." 미셸 씨가 말했다.

머릿속이 혼란스러워진 리외는 자기 환자들 중 가장 가난한 사람들이 모여 사는 변두리 지역부터 왕진을 시작하기로 마음먹었다. 그 지역의 쓰레기 수거가 아주 늦게 시작됐기 때문에 쭉 뻗은 먼지투성이 길을 따라 자동차가 달리는 동안 도로변에 놓여있는 쓰레기통들을 스칠 듯이 지나가야 했다. 그렇게 지나가다가 의사는 어떤 길에서 야채 찌꺼기와 더러운 옷가지들 위에 널려있는 열두어 마리의 쥐들을 보게 되었다.

그의 첫 환자는 길 쪽으로 나있는 방안의 침대에 누워 있었는데, 그곳은 침실 겸 식당으로 사용되고 있었다. 그는 무뚝뚝하고 움푹 파인 얼굴을 한 늙은 스페인 사람이었다. 그가 덮고 있는 이불 위엔 완두콩이 가득 담긴 냄비 두 개가 놓여 있었다. 의사가 들어갔을 때 그 환자는 침대에서 반쯤 일어난 채로 늙은 천식환자 특유의 답답한 숨을 진정시키려고 막 돌아눕는 참이었다. 그의 아내가 세면대야를 가지고 왔다.

"그런데 선생님, 그것들이 나온 걸 보셨나요?" 주사를 맞으며 환자가 말했다.

"그렇대요. 이웃사람이 세 마리나 거둬냈대요." 그의 아내도 그 말을 했다.

노인은 손을 비비고 있었다.

"쥐가 나오는 게 쓰레기통마다 보이거든요, 굶주린 모양이야!"

그 즉시 리외는 동네에서 온통 쥐 얘기를 하고 있다는 걸 쉽사리 알 수 있었다. 왕진이 끝나자 그는 집으로 돌아왔다.

"선생님께 전보가 한 통 와서 위에다 갖다 놓았습니다."
미셸 씨가 말했다.

의사가 그에게 쥐들이 또 나온 걸 봤느냐고 물었다.

"아! 아니오, 선생님도 알다시피 제가 감시하고 있으니까요. 그 추잡한 놈들도 감히 그 짓은 못하죠." 경비원이 말했다.

전보의 내용은 그 다음 날 어머니가 오신다는 소식이었다. 환자인 며느리가 집을 비우는 동안 아들의 집을 돌보러 오는 것이었다. 의사가 방에 들어가 보니 간병인이 이미 와있었다. 아내는 일어나서 옷을 갈아입고 화장까지 끝낸 상태였다. 그가 아내에게 미소를 지으며 말했다.

"좋아 보여, 아주 좋아."

잠시 후 역에 도착해, 그는 아내를 침대칸으로 데려가 앉혔다. 그녀는 기차 안을 둘러보았다.

"우리한텐 너무 비싼 데 아니야?"

"괜찮아." 리외가 대답했다.

"쥐 얘기는 도대체 뭐야?"

"모르겠어. 이상한 일인데, 곧 사라지겠지."

그러고 나서 그는 재빠른 어조로 아내에게, 그동안 잘 돌봐야 했는데 자신이 너무 무심했다면서 미안하다고 말했다. 그녀는 아무 말 말라는 듯이 그를 보며 머리를 흔들었다. 하지만 그는 덧붙여 말했다.

"당신이 다시 돌아올 때는 모든 게 더 나아질 거야. 우리도 새 출발을 해야지."

"그래. 새 출발해야지." 그녀가 눈을 반짝이며 대답했다.

잠시 후, 그녀는 창 쪽으로 몸을 돌려 밖을 내다보았다. 플랫폼에서는 사람들이 바삐 서두르느라 서로 부딪치고 있었다. 기관차에서 나오는 소리가 그들에게까지 들렸다. 그는 아내의 이름을 불렀다. 돌아다보는 그녀의 얼굴은 온통 눈물로 덮여있었다.

"안 돼." 그가 부드럽게 말했다.

눈물 사이로 다시 미소가 돌아왔지만 약간 일그러져 있었다. 그녀는 한숨을 푹 쉬며 말했다.

"그만 가. 다 잘 될 거야."

그는 아내를 꼭 안아준 다음 플랫폼으로 내려섰다. 차창 너머로는 그녀의 미소만이 보일 뿐이었다.

"제발 몸조리 잘해." 그가 말했다.

하지만 남편의 말소리는 들리지 않았다.

플랫폼의 출구 근처에서, 리외는 어린 아들의 손을 잡고 서있는 예심판사 오통 씨와 마주쳤다. 의사는 그에게 여행을 떠나느냐고 물어보았다. 키가 크고 머리카락이 검은 오통 씨는 어떻게 보면 옛날에 사교계 인사라고 일컫던

부류처럼 보였고, 또 어떻게 보면 장의사의 일꾼처럼 보였는데, 상냥한 목소리로 짧게 대답했다.

"내 본가에 인사하러 갔던 아내를 기다리고 있는 중이에요."

기관차가 출발신호를 울렸다.

"쥐들이…" 판사가 말했다.

리외는 기차가 가는 방향으로 몸을 움직였다가 출구 쪽으로 다시 돌아섰다.

"네, 별일 아니에요." 그가 말했다.

그 순간 그의 머릿속을 온통 사로잡은 건, 한 역무원이 죽은 쥐가 가득 담긴 상자 하나를 팔 아래에 끼고 지나가는 장면이었다.

바로 그날 오후, 리외가 진찰을 시작할 즈음에 한 젊은 남자가 찾아왔는데, 그는 자신이 신문기자이며 아침에도 들렀었다고 얘기했다. 그는 레몽 랑베르라는 사람이었다. 키가 작고 어깨가 두꺼우며 단호한 얼굴에 맑고 총명한 눈을 가진 랑베르는 운동복 같은 차림을 하고 있었고, 사는 게 좀 편해 보였다. 그는 곧 용건으로 들어갔다. 파리의 어떤 유명신문에 기고하기 위해 아랍인들의 생활 여건에 대해 조사를 하고 있는데, 그들의 보건상태에 대한 자료를 얻고 싶다는 것이었다. 리외는 그들의 보건상태가 좋지 않다고 말했다. 그러면서 우선, 얘기가 더 진전되기 전에, 신문기자가 정말로 진실을 알릴 수 있는지 자기는 알고 싶다고 했다.

"물론이죠." 랑베르가 대답했다.

"내 말은 당신들이 철저하게 고발을 이끌어낼 수 있느냐는 겁니다. 그런가요?"

"철저하게는 아니에요. 그건 분명히 말해둬야 합니다. 하지만 그 고발이 별 근거가 없을 거라는 게 제 짐작입니다."

리외는 조용한 말투로, 사실 그런 고발이라는 게 근거가 없을지도 모르지만, 이 질문을 하면서 자기는 단지 랑베르가 거짓 없이 증언을 할 수 있는지 아닌지를 알고자 했다고 말했다.

"나는 거짓 없는 증언만을 받아들일 수 있습니다. 따라서 당신 말대로 철저하게 고발할 수 없다면 내가 갖고 있는 정보들도 제공하지 않겠습니다."

"그건 바로 생-쥐스트(Louis Antoine de Saint-Just, 1767-1794, 프랑스혁명 시대의 정치가로 자코뱅 당의 리더)가 한 말이죠." 기자가 빙긋이 웃으며 말했다.

리외는 언성을 높이지 않은 채, 그런 건 전혀 모르겠지만 지금 살고 있는 이 세상에 대해 넌더리가 난 한 남자의 말이었다고 응수했다. 하지만 그는 자신과 같은 사람들에게 애정을 가지고 있으며, 불의와의 타협을 단호히 거부하는 입장이라고 말했다. 랑베르는 목을 움츠리며 의사를 쳐다보았다. 그리고는 일어나면서 말했다.

"말씀을 이해할 것 같군요."

의사는 그를 배웅하기 위해 함께 문 쪽으로 걸어갔다.

"그렇게 이해해주셔서 감사합니다."

랑베르가 초조한 표정으로 말했다.

"네, 알겠습니다. 이렇게 방해를 드려서 죄송합니다."

의사는 그와 악수를 하며, 요즘 이 도시에 죽은 쥐들이 많이 발견되고 있는데, 그것에 대해 기사를 쓰는 게 관심을 끌 것 같다고 말했다.

"아! 그거 흥미가 가는데요." 랑베르가 탄성을 질렀다.

여느 때처럼 오후 5시에 다시 왕진을 가려고 나가던 의사는 복도에서 어떤 젊은 남자와 마주쳤다. 그는 육중한 덩치에 얼굴 혈색이 좋고 윤곽도 뚜렷하며 눈썹이 짙게 나 있었다. 리외는 그 남자를 아파트 맨 위층에 사는 스페인 댄서들 집에서 가끔 만난 적이 있었다. 장 타루는 쥐 한 마리가 자기 발 밑 계단 위에서 죽어가고 있는 마지막 경련을 주시하면서 담배를 빨아대고 있었다. 그는 차분하면서도 어딘지 음울해 보이는 시선으로 의사를 쳐다보며 인사를 하고는 쥐들이 나타나는 건 정말 이상한 일이라고 덧붙여 말했다.

"맞아요, 근데 꽤 성가신 일이 될 겁니다." 리외가 말했다.

"어떤 의미에서는 다만 어떤 의미에서는 그렇겠죠, 선생님. 이런 비슷한 일을 이제까지 한 번도 본 적이 없으니까요. 그뿐입니다. 하지만 저는 이게 흥미로운 일이라고 생각합니다. 그렇죠, 정말 흥미 있는 일이죠."

타루는 머리칼을 뒤로 쓸어 넘기며, 이젠 꼼짝도 하지 않는 쥐를 다시 쳐다보았다. 그리고는 리외에게 미소를 지으며 말했다.

"그런데 선생님, 결국 이건 어디까지나 경비원이 해야 할 일이죠."

마침 그때 의사는 아파트 앞에서 경비원을 봤는데, 입구 옆 벽에 등을 기대고 서있는 그의 얼굴엔 늘 보이던 불그레한 색이 아니라 피곤한 기색이 나타나 있었다.

"네, 알고 있어요." 새로 또 발견됐다는 몸짓을 해 보이는 리외에게 미셸 영감이 말했다.

"이젠 두세 마리씩 발견되고 있군요. 그런데 다른 아파트에서도 같은 일이 벌어지고 있어요."

그는 낙심하고 걱정에 찬 표정을 지었다. 그러면서 기계적인 동작으로 목을 문질러댔다. 리외는 그에게 건강이 어떠냐고 물었다. 물론 경비원은 좋지 않다고 말할 수는 없었다. 다만 그는 마음이 편치 못했다. 그의 생각엔 신경을 많이 써서 그런 것 같았다. 쥐들 때문에 충격을 받았으며, 그것들이 다 사라지고 나면 모든 건 훨씬 더 좋아질 것 같았다.

다음 날인 4월 18일 아침, 의사는 역에 가서 어머니를 모시고 왔는데, 미셸 씨의 얼굴이 더 홀쭉해있는 것을 알아차렸다. 지하실에서 다락방까지 10마리 정도의 쥐들이 계단에 널려있는 것이었다. 이웃집들의 쓰레기통에도 쥐들이 가득 차있었다. 의사의 어머니는 그 소식을 듣고 놀라지도 않았다.

"종종 있는 일이야."

그녀는 은발에 검고 부드러운 눈을 가졌으며 키가 자그마했다.

"베르나르, 너를 보니까 좋구나. 쥐들이 우리를 방해할 수는 없지." 그녀가 말했다.

리외도 그렇다고 대답했다. 정말이지 어머니와 함께 있으면 모든 일이 항상 잘 될 것 같았다.

그래도 리외는 시청의 쥐 박멸과에 전화를 걸었다. 거기 과장과는 아는 사이였다. 과장은 쥐들이 밖으로 떼를 지어 나와서 죽는다는 얘기를 들었을까? 메르시에 과장은 쥐에 대해 말하는 걸 들었으며, 부둣가에서 멀지 않은 곳에 위치한 그의 근무지에서도 50마리 정도가 발견됐다고 말했다. 하지만 그게 심각한 일인지, 그는 의문을 품고 있었다. 리외는 자기도 확실하게 말할 수는 없지만 쥐 박멸과에서 간여해야 할 거라고 말했다.

"그래, 지시 내려오면 해야지. 그게 정말로 필요한 일이라고 네가 생각한다면, 내가 지시는 받도록 해볼 수 있어." 메르시에가 말했다.

"물론 필요한 일이지." 리외가 말했다.

파출부가 그에게 다가오더니, 자기 남편이 근무하는 큰 공장에서 죽은 쥐를 수백 마리나 수거했다는 얘기를 들려주었다.

어쨌든 우리 시민들이 불안해하기 시작했던 건 거의 이 무렵이었다. 왜냐하면 18일부터 본격적으로 수백 마리의 죽은 쥐들이 공장과 창고에서 쏟아져 나왔기 때문이다. 어떤 때는 마지막 고통을 너무 오래 끄는 쥐들을 보면 빨리 죽게끔 해줘야 했다. 게다가 변두리 지역부터 도시 중심부에 이르기까지, 의사 리외가 지나가는 길 어디서나, 그리고 시민들이 모이는 곳 어디서나, 쥐들이 쓰레기통마다 또는 하수도 안에 무더기로 길게 늘어서 쌓여있는 게 목격되었다. 그날부터 당장 석간신문은 그 사건을 도맡으며, 시 당국이 자진해 움직일 것인지 아닌지, 그리고 이렇게 역겨운 질병이 쇄도하고 있는데 시민들을 보호하기 위해 어느 정도의 긴급함을 검토하고 있는지 묻기 시작했다. 시 당국은 아직 나설 어떤 계획도 없었고 아무것도 검토하는 게 없었지만, 심의를 하기 위해 서로 의견을 모으기 시작했다. 매일 아침 이른 시각에 죽은 쥐들을 수거하라는 지시가 쥐 박멸과에 내려왔다. 수거가 끝나면 담당 차량 두 대가 쥐들을 쓰레기 처리장으로 실어가 소각하라는 것이었다.

그러나 그 후 며칠 동안은 상황이 더 나빠졌다. 쥐들의 숫자는 점점 더 많이 쌓여갔고, 매일 아침 거둬들이는 량도 더 늘어났다. 나흘째 되는 날부터 쥐들은 떼를 지어 밖으로 나와 죽기 시작했다. 집안의 구석진 곳, 지하실, 지하창고, 하수구 등에서 쥐들이 비틀거리며 줄을 지어 올라와서는 햇빛 속에서 기우뚱거리거나 제자리에서 빙빙 돌다가 마침내 사람들이 있는 곳에서 죽어갔다. 밤이 되면 건물 복도나 골목길에서 숨이 끊어져가는 쥐들의 신음소리가 또렷하게 들려왔다. 아침이면 변두리 지역에서는 개천에까지 쥐들이 널려있는 것을 발견할 수 있었는데, 뾰족하게 튀어나온 주둥이에 온통 피가 퍼져있는 놈도 있었다. 그중 어떤 놈들은 부어올라 썩어가고 있었고, 또 어떤 놈들은 굳어진 채 수염이 아직도 빳빳이 서있었다. 시내에서도 사람들은 층계참이나 안뜰에 몇 마리씩 무더기로 쌓여있는 쥐들과 맞닥뜨렸다. 쥐들은 또 관청의 홀이나 학교 체육관, 때로는 카페의 테라스 등 여기저기로 기어 나와 죽어갔다. 시민들은 왕래가 가장 많은 시내 곳곳에서 쥐들을 발견하고는 아연실색했다. 아르므 광장, 대로들, 해변도로의 산책길 등 점점 더 멀리까지 지저분하게 더럽혀져 있었다. 새벽엔 죽은 쥐들이 치워져 도시가 깨끗했지만, 낮 동안엔 조금씩 쥐들의 숫자가 점점 늘어났다. 게다가 밤에 산책하는 사람들은 인도를 걷다가 이제 막 죽어 물컹한 쥐 덩어리를 밟는 경우도 있었다. 우리의 집들이 세워져있는 바로 그 땅이 속에 쌓여있는 나쁜 기운을 배출시키며 이제까지 내부에서 만들어온 부스럼과 혈농을 지표면으로 올려 보내는 게 아닌가 하는 생각이 들 정도였다. 지금까지 아주 평온했던 우리의 작은 도시가 며칠 사이에 뒤집어졌으니 얼마나 경악스러웠을지, 다만 상상해보라. 마치 건강한 사람이 갑자기 검붉은 피를 마구 쏟아내는 것과 같지 않겠는가!

상황은 더 심각해져, 랑스독 통신사(정보, 자료 등 어떤 문제에 대해서든 모두 다루는)가 무료로 제공하는 라디오 뉴스 방송을 통해 25일 하루에만 6,231마리의 쥐를 수거해 소각

시켰다고 보도했다. 이 숫자는 시민들이 매일 눈으로 직접 목격한 광경에 어떤 분명한 의미를 전달한 것으로서, 혼란은 더욱 커져만 갔다. 그때까지도 사람들은 단지 좀 역겨운 사태가 발생한 것이라고만 불평하고 있었다. 하지만 이제 사람들은 사태가 얼마나 더 확장될지 정확히 알 수도 없고 원인도 규명할 수 없는 이 현상 속에 생명을 위협하는 무언가가 있다는 것을 알아차리기 시작했다. 스페인 사람인 그 천식환자 영감만이 계속 손을 비벼대며 노망이 든 듯 "놈들이 나온다. 놈들이 나온다." 하고 기쁨에 들떠 중얼거리고 있었다.

그러나 4월 28일에 랑스독 통신사가 약 8천 마리의 쥐가 수거되었다고 보도하자, 시민들의 불안은 최고조로 올라갔다. 그들은 철저한 대처를 요구하며 당국에 책임을 물었고, 바닷가에 집을 가지고 있는 몇몇 사람들은 그곳을 떠나야겠다고 말하기 시작했다. 그러나 다음날, 통신사는 폭발적으로 증가하던 현상이 갑자기 그쳤고 쥐 박멸과에서 죽은 쥐를 아주 조금밖에 수거하지 않았다고 보도했다. 도시는 다시 한숨을 돌리게 될 듯 했다.

하지만 바로 그날 정오에, 의사 리외는 아파트 앞에 자동차를 세우다가 그 길 끝에서 경비원이 머리를 숙인 채 팔다리는 제멋대로 흔들리며 마치 인형 같은 자세로 겨우 걸어오고 있는 모습을 발견했다. 영감은 어떤 신부의 팔을 잡고 있었는데, 의사도 그를 알아볼 수 있었다. 그는 박학하고 적극적으로 행동하는 예수회 소속의 파늘루 신부로, 리외도 그를 가끔 만난 적이 있었는데, 이 도시에서는 종교 문제에 무관심한 사람들조차도 그를 매우 존경하고 있었다. 의사는 그들이 오기를 기다리고 있었다. 미셸 영감은 눈을 반짝거리며 숨이 차서 헐떡거렸다. 그는 몸이 별로 좋지 않아 바람을 쐬러 나왔다가 목과 겨드랑이와 사타구니에 심한 통증이 일어나는 바람에 다시 돌아와 파늘루 신부에게 도움을 부탁할 수밖에 없었다고 했다.

"종기가 났어요. 참느라 혼났죠." 그가 말했다.

의사는 차창 밖으로 팔을 뻗어 미셸이 내민 목 아래를 손가락으로 만져보았다. 일종의 나무마디 같은 것이 만져졌다.

"누워 계세요, 체온도 재보시고요. 이따 오후에 보러 올 테니까요."

경비원이 떠나자, 리외는 파늘루 신부에게 요즘 쥐 사태에 대해 어떻게 생각하느냐고 물었다.

"아! 그저 전염병이겠죠." 신부는 동그란 안경 너머로 눈웃음을 지으며 대답했다.

점심식사 후, 리외는 아내가 잘 도착했다면서 요양소에서 보내온 전보를 다시 읽고 있었는데, 그때 전화벨이 울렸다. 그가 전에 치료했던 환자들 중 한 명인 시청 직원이 전화를 한 것이었다. 그는 오랫동안 대동맥 협착증을 앓았는데, 가난한 사람이었기 때문에 리외는 그를 무료로 치료해주었었다.

"네, 저를 기억하고 계시군요. 그런데 다른 사람 때문에 전화를 했습니다. 빨리 좀 와주세요. 이웃집에 문제가 생겼거든요." 그가 말했다.

그는 숨이 가쁜 목소리였다. 리외는 경비원을 생각했으나 나중에 보러 가기로 마음을 먹었다. 몇 분 후, 의사는 변두리 동네에 있는 페데르브 거리의 나지막한 집 안으로 들어갔다. 그리고는 서늘하고 악취가 나는 층계 한가운데서, 그를 마중하러 내려온 시청 직원 조제프 그랑을 만났다. 그는 50대 나이에 누르스름하고 긴 콧수염을 기르고 있으며 구부정한 데다 어깨가 좁고 팔다리는 빈약한 사람이었다.

"좀 나아졌어요. 하지만 꼭 죽는 줄 알았죠." 그가 리외 앞으로 다가오며 말했다

그는 코를 풀었다. 리외는 건물 맨 위층인 3층의 왼쪽 문 위에 빨간색 분필로 "들어오세요. 난 목을 매달았어

요."라고 적혀있는 글을 발견했다.

그들은 안으로 들어갔다. 뒤집힌 의자 위로 목을 매는 줄이 걸려있고, 테이블은 구석으로 밀쳐져 있었다. 그러나 매달려있는 줄 안에는 아무도 없이 비어 있었다.

"제가 그를 제때에 풀어줬어요." 가장 간단한 말을 할 때조차도 늘 적절한 단어를 찾으려는 것 같은 그랑이 말했다. "마침 그때 나가다가 뭔가 소리를 들었거든요. 저 글이 보였을 때 말이죠, 이걸 어떻게 설명할까요, 저는 그냥 장난인 줄 알았어요. 그런데 그가 이상한 신음소리를 내더라고요. 말하자면 불길하기까지 한 그런 소리였어요."

그는 머리를 긁적이며 말했다.

"제 생각에, 그런 일을 감행한다는 건 참 고통스러울 것 같아요. 물론 저는 안으로 들어갔죠."

그들은 문턱 앞에 서서 방문을 밀었다. 방이 밝아서 환하긴 하지만 가구라곤 거의 없이 초라했다. 뚱뚱하고 자그마한 한 남자가 동판 위에 놓인 침대에 누워 있었다. 그는 깊게 숨을 쉬며 충혈된 눈으로 두 사람을 쳐다보았다. 의사는 다가가지 않고 서있었다. 그가 숨을 내쉬는 사이사이에 쥐들의 신음소리가 들리는 것 같았다. 그러나 방을 둘러봐도 움직이는 건 아무것도 없었다. 리외는 침대로 다가갔다. 그 남자는 별로 높지 않은 곳에서 급격하지 않게 떨어졌기 때문에 척추는 그대로 남아있었다. 약간의 질식증상은 당연히 있었다. 엑스레이를 찍어야 할 것 같았다. 의사는 강심제 주사를 한 대 놓은 다음, 며칠 내로 완전히 회복될 거라고 말해주었다.

"감사합니다, 선생님." 남자는 숨이 막히는 목소리로 말했다.

리외가 그랑에게 경찰서에 신고를 했느냐고 묻자, 그 직원은 당황한 표정으로 대답했다.

"아니오, 알리지 않았습니다. 제 생각에 가장 급한 건…"

"물론이죠, 그럼 제가 알리겠습니다." 리외가 그의 말을 끊으며 말했다.

그런데 바로 그때, 환자가 뒤척거리며 침대에서 몸을 일으켜 세우더니, 자기는 아무 문제가 없으니 알릴 필요 없다고 항의하듯 말했다.

"걱정 마세요, 별일은 아니니까요. 저를 믿으세요. 저로서는 신고를 해야 하거든요." 리외가 말했다.

"아!" 환자가 외쳤다.

그리고는 뒤로 벌렁 나자빠지며 훌쩍훌쩍 울기 시작했다. 좀 전부터 콧수염을 만지작거리고 있던 그랑이 환자에게 다가서며 말했다.

"자, 코타르 씨, 생각해보세요. 의사에게 책임이 지워질 수도 있거든요. 가령, 당신이 또다시 시도하려는 마음을 먹는다면…"

그러자 코타르는 눈물을 흘리면서, 자기는 또다시 시도하지는 않을 것이며, 그때는 단지 실성한 상태였기 때문에 그랬던 거라고 했다. 그러면서 자기를 그냥 조용히 내버려두기만 하면 좋겠다고 말했다. 리외는 처방전을 써주었다.

"알겠습니다. 그렇게 합시다." 리외가 말했다. "이삼일 내로 다시 들를게요. 바보 같은 짓은 하지 마시고요."

층계참에서 리외가 그랑에게, 자기는 신고를 꼭 하도록 돼있지만 경찰서장에게 2,3일 후에나 조사를 하도록 부탁하겠다고 말했다.

"오늘 밤엔 좀 지켜봐야 합니다. 저분 가족은 있나요?"

"그건 모르겠어요. 하지만 제가 지켜볼 수 있어요."

그러면서 그는 머리를 흔들었다.

"저는 저 사람을 잘 모릅니다. 알아차리셨겠지만 제가 모르는 사람이에요. 그래도 서로 도와야죠."

그 주택건물의 복도에서 리외는 자기도 모르게 구석진 곳들을 쳐다보았다. 그러면서 그랑에게 그 동네에서 쥐들이 완전히 사라졌느냐고 물어보았다. 그 시청 직원은 아는 바가 전혀 없었다. 사람들한테서 그런 얘기를 듣긴 했지만, 그는 동네 소문 같은 것엔 별로 관심을 두지 않왔다.

"저는 다른 걱정거리가 있어서 가봐야겠어요." 리외가
말했다.

그는 서둘러 그 직원과 악수를 했다. 아내에게 편지를
쓰기 전에 경비원을 보러 가야 해서 그는 바빴다.

석간신문의 가두판매원들이 쥐들의 침해가 완전히 끝
났다고 외치고 있었다. 그러나 리외가 경비원을 보러 갔
을 때, 그는 침대 밖으로 몸을 반쯤 기울인 채 한 손은
배 위에 그리고 다른 손은 목둘레에 대고는 심하게 뽑아
내는 소리를 지르며 오물통에다 불그레한 담즙을 토해내
고 있었다. 한동안 애를 쓴 후 숨이 가빠진 경비원은 다
시 자리에 누웠다. 체온이 39.5도였으며, 목의 임파선과
팔다리가 부어올랐고, 옆구리엔 두 개의 거무스름한 반점
이 커져가고 있었다. 그는 이제 몸속이 아프다며 괴로워하
고 있었다.

"속이 타요. 이 지긋지긋한 게 나를 태워버릴 것 같아
요." 그가 말했다.

그는 거무스름하게 변한 입으로 단어를 씹듯이 말하며,
두통 때문에 눈물이 맺혀 튀어나온 것처럼 보이는 눈으로
의사를 바라보았다. 그의 아내는 아무 말도 안하고 있는
리외를 불안한 표정으로 바라보았다.

"선생님, 무슨 병인가요?" 그녀가 물었다.

"여러 가지로 볼 수 있는데요. 하지만 아직 확실한 건 아무것도 없습니다. 오늘 저녁까지는 금식하면서 청정제를 드시게 하세요. 물은 많이 마시도록 하고요."

마침 경비원은 목이 말라붙을 지경이었다.

집으로 돌아온 후 리외는 이 도시에서 가장 권위 있는 의사 중 한 명인 그의 동료 리샤르에게 전화를 했다.

"아니오, 난 특별한 점은 아무것도 발견하지 못했는데요." 리샤르가 말했다.

"국부적으로 나타나는 염증에 열이 있는 환자도 없었나요?"

"아! 있었어요. 그러고 보니 임파선에 염증이 심하게 난 환자가 두 명 있었어요."

"비정상적이었나요?"

"음, 정상적인 환자는 당신도 알다시피…." 리샤르가 말했다.

그날 저녁 내내 경비원은 정신이 오락가락했고, 열이 40도까지 오르며 그놈의 쥐들에 대해 불평을 늘어놓았다.

리외는 종양이 커지는 것을 막기 위해 치료를 시도해보았다. 테레빈 주사의 욱신거리는 아픔에 경비원은 비명을 질렀다. "에이! 저 망할 놈들!"

임파선이 더 부어있어서 만져보니 나무처럼 단단한 것이 느껴졌다. 그의 아내는 미칠 것 같았다.

"밤새 지키셔야 합니다, 그리고 만약 무슨 일이 생기면 저한테 연락하세요." 의사가 그녀에게 말했다.

그 다음날 4월 30일은 파랗고 습한 하늘에 이미 훈훈한 미풍이 불어오고 있었다. 미풍은 가장 먼 교외에서부터 꽃향기를 실어왔다. 거리에서 나는 아침의 소음들이 보통 때보다 더 활기 있고 더 즐겁게 들리는 것 같았다.

한 주일 동안 겪었던 그 막막한 두려움을 떨쳐내 버린 우리의 작은 도시는 어느 곳이나 바로 그날이 새로 태어난 날 같았다. 리외 자신도 아내의 편지를 받고 안심이 되어 가벼운 마음으로 경비원을 보러 내려갔다. 과연 그날 아침엔 경비원의 열도 38도로 내려가 있었다. 그는 기력이 없이 침대에 누운 채 미소를 지어보였다.

"더 나아졌잖아요, 선생님?" 그의 부인이 말했다.

"좀 더 기다려봅시다."

그러나 한낮이 되자, 환자는 갑자기 열이 40도까지 오르며 끊임없이 헛소리를 중얼거리고 다시 구토를 하기 시작했다. 목의 임파선이 만지기만 해도 아파서, 경비원은 마치 자기 머리를 몸에서 가능한 한 멀리 떨어트리고 싶어 하는 것처럼 보였다. 그의 부인은 손을 이불 위에 올려놓고 환자의 두 발을 가만히 잡은 채 침대 끝에 앉아 있었다. 그녀는 리외를 쳐다보았다.

"자, 이제, 이분을 격리시켜서 특수 치료를 시도해봐야 합니다. 병원에 전화를 해서 앰뷸런스가 오면 그를 옮기게 될 거예요." 리외가 말했다.

2시간 후, 앰뷸런스 안에서 의사와 경비원의 부인은 환자를 내려다보고 있었다. 진균성 종양으로 덮인 그의 입에서 몇 마디의 말이 튀어나왔다. "쥐들!" 하고 그가 말했다.

밀랍 같은 입술은 푸르스름하게 변했고, 속눈썹은 아래로 처졌으며, 호흡도 거칠고 가빠졌다. 그리고 임파선 때문에 몸이 제멋대로 놀고 있어, 마치 몸 위로 이불을 더 덮고 싶은 듯, 아니면 땅속에서 나온 무언가가 끊임없이 그를 부르는 듯, 그는 이불 속에 깊이 웅크리고 있었다. 경비원은 보이지 않는 어떤 무게에 짓눌려 서서히 질식해갔다. 그의 아내가 울기 시작했다.

"이제 가망이 없나요, 선생님?"

"돌아가셨습니다." 리외가 말했다.

◆

경비원의 죽음은 예기치 않은 징조들로 가득 찬 이 시기를 끝맺게 하고, 초기의 충격이 조금씩 갑작스런 공포로 바뀌어감으로써 상대적으로 더 어려운 시기가 시작되었음을 알려 주었다. 시민들은 이제 깨닫게 되었지만, 이 작은 도시가 한낮에 쥐들이 나와 죽고 경비원들이 이상한 병에 걸려 죽어가는데 있어 표적이 된, 그런 특별한 장소가 되리라고는 결코 생각하지 못했다. 이런 관점에서 보면, 요컨대 그들은 잘못 알고 있었던 것이며, 그들의 생각은 수정되어야 했다. 모든 것이 그 정도에서 끝났다면 아마도 그 일은 일상 속에 묻혀버렸을 것이다. 그러나 시민들 가운데 경비원도 가난하지도 않은 다른 사람들이 미셸 씨가 첫 번째로 들어섰던 그 길을 뒤따라갔다. 공포와 함께 반성이 시작된 건 바로 그때부터였다.

이 새로운 사건들에 대한 자세한 이야기로 들어가기 전에, 진술자는 지금까지 묘사한 기간에 대해 다른 한 증인의 의견을 밝히는 게 유익하리라고 믿는다. 그 증인은 이 이야기의 서두에서 이미 언급했던 장 타루라는 사람으로 그는 몇 주일 전부터 오랑에 정착해 있었으며, 그때부터 계속 시내 중심가의 큰 호텔에서 지내고 있었다. 언뜻 보기에 그는 상당히 넉넉하게 살만한 수입을 가지고 있는 듯했다. 하지만 이 도시의 생활에 어느 정도 익숙해졌음에도 불구하고, 그가 어디서 왔는지, 여기서 무슨 일을 하는지, 아는 사람은 아무도 없었다. 그는 사람들이 모이는 곳이면 어디나 돌아다녔다. 봄이 시작되자마자 그는 바닷가에서 자주 보였는데, 만면에 즐거운 표정을 짓고는 때때로 수영을 하고 있었다. 그는 인상 좋고 늘 미소를 짓고 있어서, 정상적인 쾌락이라면 무엇이든 그것에 노예처럼 얽매이지 않고도 친근하게 어울릴 수 있을 것 같았다. 사실 사람들이 알고 있는 그의 유일한 습관은 우리 도시에 상당수 있는 스페인 댄서들, 뮤지션들과 열성적으로 어울리는 일이었다.

어쨌든 그의 수첩에도 이 어려운 시기에 대한 일종의 기록이 남아 있었다. 그러나 그 기록은 무의미한 일을 취급하기 위해 작성된 것처럼 보이는 매우 특이한 것이었다. 언뜻 보면, 타루가 작은 쌍안경을 통해 사물과 사람들을 과소평가하려고 무진 애를 쓴 것으로 보일 수도 있을 것이다. 전반적인 혼란 속에서, 요컨대 그는 할 이야기가 없는데도 이야기꾼이 되고자 전념했다. 사실 우리는 그 계획을 매우 유감스럽게 생각하며, 그의 마음이 너무 메마른 것 아닌가 의심해볼 수도 있다. 그럼에도 불구하고 그의 수첩들은 이 시기에 대한 기록으로서 부차적이긴 하지만 그래도 매우 중요한 수많은 자료를 상세히 제공하고 있기 때문에 기묘하기조차 한 이 흥미로운 인물에 대해 너무 급한 판단을 내려버리진 못할 것이다.

장 타루가 쓴 초기의 기록들은 그가 오랑에 도착한 날로 적혀 있다. 그 기록은 시작부터 이미 도시로서는 약간 추한 그런 곳에 살게 된 자신의 야릇한 만족감을 보여주고 있다. 거기엔 시청을 장식하고 있는 두 마리의 청동 사자 상에 대한 상세한 묘사가 적혀 있으며, 나무들이 없는 점에 대한 호의적인 해석들, 볼품없는 집들, 그리고 터무니없는 도시의 지도 등도 기록되어 있었다. 타루는 또한 전차 안에서나 거리에서 들었던 대화들을 곁들였는데, 거기엔 어떠한 설명도 덧붙이지 않았다. 다만 조금 뒤에 가서 캉이라는 사람과 관련된 대화들 가운데 하나에만 예외로 설명을 덧붙여 놓았다. 타루는 전차 차장 두 사람이 나누는 대화를 듣고 있었다.

"너, 캉 잘 알지?" 한 사람이 물었다.

"캉? 그 검은 콧수염에 키 큰 사람?"

"그래. 선로변경을 맡았던 사람 말이야."

"아, 맞아."

"글쎄, 그 사람이 죽었대."

"아! 언제 죽었는데?"

"쥐 사건 후에."

"저런! 무슨 일이 있었기에?"

"나도 모르겠는데, 열병이 있었다나봐. 게다가 그리 건강하지 못했었대. 팔 밑에 종기가 났는데, 그걸 버티지 못했던 거지."

"하지만 특별히 나빠 보이지 않았는데."

"아니야, 그 사람 흉부 쪽이 약했어. 그리고 합창단 밴드에서 악기를 했었대. 오랫동안 나팔을 불었는데, 그것 때문에 악화된 거야."

"아! 몸이 안 좋으면 나팔을 불지 말았어야지." 두 번째 차장이 말을 끝맺었다.

이런 몇 가지 대화를 나열한 후, 타루는 캉이 왜 명백하게 자신의 이익에 상반되는 합창단 밴드에 들어가게 되었는지, 그리고 주일 미사행렬을 위해 그의 생명을 무릅쓰도록 만들었던 그 깊은 이유가 무엇이었는지 의문을 적고 있었다.

이어서 타루는 자기 방 창문과 마주보고 있는 발코니에서 자주 펼쳐지는 한 장면에 대해 굉장히 좋은 인상을 받았던 것 같다. 사실 그의 방은 작은 골목 쪽으로 나 있는데, 그곳의 담벼락 아래 그늘 속에서 고양이들이 잠을 자곤 했다. 그런데 매일 점심식사 후, 도시 전체가 더위 때문에 졸음에 빠지는 시간이 되면 길 건너편 발코니에 자그마한 체격의 한 노인이 나타나곤 했다. 백발 머리를 단정하게 빗질한 그 노인은 군복 스타일의 옷차림을 하고 있어서 꼿꼿하고 엄격해 보였는데, 차가우면서도 부드러운 목소리로 "나비야, 나비야" 하고 고양이들을 불렀다. 그러면 고양이들은 움직이지도 않고 졸음에 겨운 거슴츠레한 눈만 치켜떴다. 노인이 종이를 잘게 찢어서 길에다 던지면 고양이들은 흰 나비처럼 흩날려 떨어지는 그 종이에 유인되어 마지막 조각을 향해 주춤거리면서도 발을 멈칫 멈칫하며 길 한가운데로 나아갔다. 그러면 그 작은 노인은 정확한 거리를 재며 고양이들 위에다 힘껏 침을 뱉었다. 침이 목표물을 맞히기라도 하면 그는 키득거리며 웃어댔다.

여하튼 타루는 외양과 활기 그리고 쾌락까지도 상거래의 필요성에 의해 지배되고 있는 듯이 보이는 이 도시의 상업적 성격에 완전히 매료된 것 같았다. 이 특이성(이건 그의 수첩에서 사용되고 있는 용어다)은 타루의 칭찬을 불러일으켰고, 그가 찬사를 보내며 주목한 것들 중 하나는 "마침내!"라는 감탄사로 끝나기까지 했다. 그날 이 여행자가 기록한 내용들은 어떤 개인적인 성격을 드러낸 것 같은 유일한 대목이었다. 그 의미와 진지함에 대해 단순하게 평가하기는 어렵다. 호텔의 회계원이 죽은 쥐를 한 마리 발견하고는 놀라서 장부에 오류를 저질렀다는 얘기를 상세히 기술한 다음, 타루는 보통 때보다 더 분명치 않은 필체로 다음과 같이 덧붙였다.

_ 질문 : 자신의 시간을 잃지 않으려면 어떻게 해야 할까?
_ 대답 : 모든 시간의 길이를 느낄 것.
_ 방법 : 치과 대기실의 편하지 않은 의자에 앉아 나날을 보낼 것, 일요일 오후엔 발코니에서 지낼 것, 이해할 수 없는 외국어로 하는 강연을 들을 것, 가장 길고 가장 편리하지 않은 철도 여행을 선택할 것, 그리고 당연히 서서 여행할 것, 극장 매표소에서 줄을 서고 좌석은 잡지 말 것 등등

그러나 이처럼 엉뚱한 말 또는 생각을 늘어놓은 다음, 곧바로 그는 수첩에다 그 도시의 전차에 대해, 그것의 곤돌라 같은 모양에 대해, 불분명한 색깔에 대해, 그들의 더러운 습관에 대해 상세한 묘사를 하기 시작했다. 그리고 아무 설명도 하지 않은 채 "이건 주목할 만한 일이다" 하는 말로 그의 관찰을 끝맺고 있었다.

어쨌든 타루가 쥐 사건에 대해 알린 사항들은 다음과 같다.

_ 오늘, 건너편의 그 작은 노인은 당황했다. 고양이들이 보이지 않았던 것이다. 길거리 여기저기서 대량으로 발견된 죽은 쥐들 때문에 자극을 받은 고양이들은 사실상 사라져버리고 없었다. 내 생각에, 고양이들이 죽은 쥐를 먹는 건 아니다. 내 고양이들은 죽은 쥐를 몹시 싫어했었던 기억이 난다. 고양이들은 지하 창고에서 뛰어다니고 있을 텐데도 그 작은 노인은 당황스러워 했다. 그는 머리 빗질도 잘 되어있지 않고 활기도 별로 없었다. 그리고 불안해보였다. 잠시 후, 그는 허공에 침을 한 번 내뱉고는 안으로 들어가 버렸다.

_ 오늘 시내에서 전차 한 대가 돌연 멈춰 섰다. 어떻게 들어왔는지 모르지만 전차 안에서 죽은 쥐 한 마리가 발견되었기 때문이다. 두세 명의 여자들이 전차에서 내렸고, 사람들이 그 쥐를 밖으로 내던졌다. 전차는 다시 출발했다.

_ 호텔의 믿음직한 사람인 그 야간 당직자가 자기는 이 쥐들 때문에 어떤 불행한 일이 일어날 것을 예상한다고 내게 말했다. "쥐들이 배를 떠날 때…" 나는 그에게, 배의 경우에는 그게 맞지만 도시에서 그런 일이 있었는지는 확인되지 않

았다고 대답했다. 하지만 그의 확신은 변함없이 그대로였다. 나는 그에게 그럼 대체 어떤 불행이 우리에게 닥칠 수 있다고 생각하느냐고 물었다. 그는 불행을 예측하기는 불가능하기 때문에 자기도 모른다고 했다. 그러나 지진사태가 일어난다고 해도 자기는 크게 놀라지 않을 거라고 했다. 그럴 수도 있을 거라고 내가 인정하자, 그는 나더러 그런 것이 불안하지 않느냐고 물었다.

_ "내가 관심을 갖는 유일한 일은 내적인 평화를 찾는 겁니다." 내가 그에게 말했다.

_ 그는 내 말을 완전히 알아들었다.

_ 호텔 레스토랑에 아주 재미있는 한 가족이 있었다. 아버지는 마르고 키가 컸으며, 칼라가 빳빳한 검은색 옷을 입고 있었다. 그는 머리 한가운데가 벗겨져 있고, 오른쪽과 왼쪽에 두 뭉치의 흰머리가 남아있었다. 동그랗고 굳은 표정의 작은 눈과, 가느다란 코, 수평으로 길게 나있는 입 때문에 그는 마치 잘 길들여진 올빼미 같은 인상을 풍겼다. 그는 항상 첫 번째로 레스토랑 문 앞에 도착해서는 옆으로 비켜서서 검은 쥐처럼 호리호리한 자기 아내가 먼저 들어가게 한 다음, 숙련된 강아지처럼 옷을 입은 어린 아들과 딸을 데리고 자신은 뒤따라 들어갔다. 식탁에 와서는 아내가 자리에 앉기를 기다렸다가 자기도 앉았다. 그리고 마지막으로 두 귀여운 강아지

들이 자기들 의자에 걸터앉을 수 있도록 했다. 그는 부인과 아이들에게 존칭을 쓰는데, 부인에게는 악담을 세련되게 하는 방법으로, 그리고 아이들에게는 못을 박는 식으로 설명을 늘어놓기 위해서였다.

_ "니콜, 당신은 너무 불쾌하게 그러는군요."

_ 그러면 어린 딸은 곧 울상이 된다. 그래야 하기 때문이다.

_ 오늘 아침엔 어린 아들이 쥐 이야기를 듣고 엄청 흥분돼있었다. 그래서 식탁에서 한 마디 하고 싶어 했다.

_ "필립, 식탁에서 쥐 얘기는 안 하는 거예요. 앞으론 절대 그런 말을 꺼내지 말아요."

_ "아버지 말씀이 옳아." 검은 쥐 같은 부인이 말했다.

_ 두 귀여운 강아지는 자신들의 접시에 코를 박고 있었고, 올빼미 같은 남자는 길게 말할 필요가 없다는 듯이 고갯짓으로 고맙다는 표시를 했다.

_ 이런 좋은 예에도 불구하고, 시민들은 온통 쥐에 대한 이야기로 떠들어댔다. 신문도 거기에 합세를 했다. 보통은 아주 다양한 내용들을 다루는 지역신문도 이제는 시청을 비난하는 캠페인으로 온통 도배를 했다. 이를테면 이런 제목의 기사였다. "우리 시의 간부들은 썩은 쥐의 시체들이 야기할 수 있는 위험에 대해 알고 있었는가?" 호텔 지배인은 다른 것에 대해서는 더 이상 말할 수도 없었다. 그만큼 그는

화가 나있었다. 유명한 호텔의 엘리베이터 안에서 쥐가 발견된다는 건 그로서는 상상도 할 수 없는 일이었다. 그를 안심시키려고 내가 말했다.

_ "누구나 다 그런 일을 겪고 있는 걸요."

_ "맞습니다. 우리도 이젠 다를 바가 없죠." 그가 대답했다.

_ 사람들이 불안을 느끼기 시작한 이 갑작스런 열병의 초기 상황들을 내게 말해준 사람은 바로 그 호텔 지배인이다. 호텔의 룸 메이드 중 한 명이 그 병에 걸렸던 것이다.

_ "하지만 이건 분명 전염병은 아니에요." 그가 재빨리 덧붙였다.

_ 난 아무래도 상관없다고 그에게 말했다.

_ "아! 알겠습니다. 선생님도 저랑 같으시군요. 운명론자 말이죠."

_ 나는 그 비슷한 것에 관심을 가져본 적이 없고, 게다가 난 운명론자가 아니라고 그에게 말했다.

그때부터 타루는 대중들이 이미 불안해하고 있는 이 미지의 열병에 대해 좀 더 상세한 내용들을 수첩에 기록하기 시작했다. 그 작은 노인은 쥐들이 사라지면서 드디어 자기 고양이들을 되찾게 되었고, 목표물에 침 뱉는 행위를 끈질기게 다시 하게 되었다는 얘기를 기록하며, 타루는 이 열병에 걸린 환자가 이미 10여 명을 헤아리게 되었고, 그 중 대부분은 죽고 말았다고 덧붙였다.

이것을 참고삼아, 우리는 타루가 묘사한 의사 리외의 모습을 재현해낼 수 있을 것이다. 진술자가 판단할 수 있는 한, 리외의 모습은 아주 충실하게 묘사되어 있었다.

_ 35세 정도로 보임. 중간 키. 강한 어깨. 거의 직사각형 얼굴. 거무스름하고 반듯한 눈에 돌출된 턱. 곧고 큼직한 코. 아주 짧게 깎은 검은 머리. 거의 항상 꽉 다물고 있는 두툼한 입술에 활처럼 휘어진 입매. 그을린 피부와 검은 머리칼, 그리고 잘 어울리긴 하지만 언제나 짙은 색의 옷을 입고 있어서 시칠리아의 농부 같은 인상을 풍김.

_ 그는 빨리 걷는다. 그리고 일정한 속도로 보도를 따라 내려간다. 그런데 세 번 중 두 번은 훌쩍 뛰어 반대편 보도로 올라간다. 운전을 할 때는 방심해서, 길을 돌고 난 다음에도 걸핏하면 방향 신호등을 켜둔 채 그대로 있다. 모자는 쓰지 않음. 정통한 인상.

◆

타루의 숫자는 정확했다. 의사 리외는 그것에 대해 어느 정도 알고 있었다. 경비원의 시체를 격리시킨 후, 그는 리샤르에게 전화를 걸어 사타구니에 발생하는 열병에 관해 물어보았다.

"나도 그건 전혀 모르겠어요. 두 명이 죽었는데, 한 명은 48시간도 안 돼서, 그리고 다른 한 명은 사흘 만에 그렇게 됐죠. 그 두 번째 사람은 그날 아침에 봤을 때만 해도 겉으로 보기엔 완전히 회복해가는 것 같아서 나도 그냥 내버려뒀었거든요." 리샤르가 대답했다.

"다른 상황들이 생기면 좀 알려주세요." 리외가 말했다.

그는 몇몇 의사들에게 더 전화를 했다. 그렇게 조사해본 결과, 20여 명의 비슷한 환자가 며칠 사이에 발생했다는 것을 알게 되었다. 그들은 거의 모두 죽어갔다. 그래서 리외는 오랑 시의 의사협회 회장인 리샤르에게 새로 나오는 환자들을 격리시킬 것을 요청했다.

"나는 그것을 결정할 수가 없습니다. 도청의 조치가 있어야 할 것 같아요. 그런데 그게 전염의 위험이 있다고 누가 선생한테 말했습니까?"

"누가 그런 말을 한 건 아닙니다. 다만 그런 걱정스런 조짐이 보여서 말이죠."

하지만 리샤르는 '자기는 그럴 자격이 없다'고 생각하고 있었다. 그가 최대한 할 수 있는 것은 도지사를 찾아가 그 일에 대해 말하는 것뿐이었다.

사람들이 그런 얘기로 떠드는 동안 날씨는 악화되어갔다. 경비원이 죽은 다음날, 짙은 안개가 하늘을 뒤덮더니 폭우가 잠시 이 도시에 쏟아져 내렸다. 그렇게 갑작스런 소낙비가 지나간 다음엔 숨 막히는 더위가 찾아왔다. 바다조차도 그 짙은 푸른색을 잃어버리고, 안개 낀 하늘 아래서 쳐다보기가 힘들 정도로 은이나 강철처럼 눈부시게 반짝거리고 있었다. 봄의 눅눅한 더위가 사람들로 하여금 차라리 여름의 불타는 열기를 기다리게 만들었다. 고원 위에 바다를 거의 등진 채 나선형 계단식으로 건물이 지어져있는 이 도시에는 음울한 무기력함이 팽배해 있었다. 초벽만 칠해져 있는 기다란 벽의 한가운데서, 먼지투성이의 진열창들이 늘어서있는 길에서, 누르스름하고 더러운 전차 안에서, 사람들은 자신들이 마치 하늘에 갇혀있는 죄수와도 같다고 느끼고 있었다. 다만 리외의 그 늙은 환자만이 천식을 물리치고 그런 날씨를 즐기고 있었다.

"날씨가 찌는구먼, 기관지에는 좋은 날씨야." 그가 말했다.

정말이지 푹푹 찌는 날씨였다. 그러나 열병보다는 더하지도 덜하지도 않은 더위였다. 도시 전체가 열병에 걸려있었는데, 어쨌든 그것이 코타르의 자살미수에 대한 검증에 입회하기 위해 페데브르 가에 갔었던 그날 아침 의사 리외의 머릿속을 내내 따라다녔던 인상이었다. 하지만 그런 인상이 리외에게는 불합리한 것으로 생각되었다. 그는 자신이 이런 상황 속에 둘러싸여있다 보니 짜증과 불안에 사로잡힌 거라고 여기며, 서둘러 생각을 좀 정리해야겠다고 마음먹었다.

그가 도착했을 때 경감은 아직 와있지 않았다. 그랑이 충계참에서 기다리고 있어서, 리외는 그와 함께 일단 출입문을 열어놓은 채 코타르의 집으로 올라가기로 결정했다. 이 시청 직원은 방 두 개에 가구가 아주 소박하게 갖춰진 집에 살고 있었다. 눈에 띄는 거라곤 단지 두세 권의 사전이 꽂혀있는 흰색 나무 선반과 검은색 칠판뿐이었는데, 칠판엔 반쯤 지워졌지만 아직 알아볼 수 있을 정도로 '꽃 피는 오솔길'이라는 단어가 씌어져 있었다. 그랑의 말에 의하면, 코타르가 밤은 잘 보냈는데 아침에 깼을 땐 머리를 아파하면서 꼼짝도 하지 못했다는 것이었다. 그랑은 피곤

하고 신경이 곤두서있는 것처럼 보였다. 그는 방안에서 이리저리 걸어 다니며, 탁자 위에 놓여있는 자필서류들이 가득 찬 두툼한 서류철을 열었다 덮었다 했다.

그는 의사에게, 자기는 코타르를 잘 알지 못하지만 가진 것은 좀 있어 보인다고 말했다. 코타르는 좀 이상한 사람이라는 것이었다. 그와의 관계는 오래 전부터 계단에서 마주치면 그저 인사 몇 마디 나누는 정도라고 했다.

"저는 그 사람과 두 번밖에 얘기를 안 해봤어요. 며칠 전에는 제가 분필통을 들고 집으로 가다가 층계참에서 그걸 떨어트리고 말았어요. 거기엔 빨간색과 파란색 분필이 들어있었죠. 그때 코타르가 층계참으로 나왔다가 줍고 있는 저를 도와주었어요. 그러더니 저한테 여러 가지 색깔의 분필이 왜 필요하냐고 묻더군요."

그래서 그랑은 코타르에게 다시 라틴어를 좀 공부해볼까 한다고 말했다는 것이다. 고등학교 때 이후로 그는 라틴어 실력이 희미해졌던 것이다.

"그렇습니다, 프랑스어의 뜻을 더 잘 이해하려면 라틴어 공부가 필요하다고 사람들이 강조하더군요." 그랑이 의사에게 말했다.

그래서 그는 라틴어 단어들을 칠판에 써놓고 동사의 변화와 활용에 따라 바뀌는 부분은 파란색 분필로, 바뀌지 않는 부분은 빨간색 분필로 계속 써보았다는 것이다.

"코타르가 잘 알아들었는지는 모르겠지만, 아무튼 관심 있어 보였어요. 그러더니 저한테 빨간색 분필 하나를 달라고 하더군요. 저는 좀 놀랐지만 어쨌든 분필을 그런 목적에 쓸 줄은 당연히 짐작도 못했죠."

그럼 두 번째 대화는 무엇에 관한 것이었냐고 리외가 물었다. 그때 경감이 부하를 데리고 도착했다. 그는 우선 그랑의 진술을 듣고 싶어 했다. 의사는 그랑이 코타르에 대해 얘기하면서 계속 그를 '절망한 사람'이라고 부르는 것에 주목했다. 그랑은 또 어떤 때는 '치명적 결심'이라는 표현을 사용하기도 했다. 그들은 코타르의 자살 동기에 대해 토의를 했는데, 그때도 그랑은 단어를 선택하는 데 있어 유별스러웠다. 마침내 '내적인 슬픔'이라는 단어로 결론이 내려졌다. 경감은 코타르의 태도에서, 그랑이 '그의 결심'이라고 부른 것에 대해 예측할만한 점이라도 없었느냐고 물었다.

"코타르가 어제 우리 집 문을 두드리더니 성냥을 빌려 달라고 하더군요. 그래서 성냥 통을 그대로 줬죠. 그는 이웃 사이에… 라고 말하면서 미안해하더라고요. 그리고는 성냥 통을 꼭 돌려주겠다고 했어요. 난 그냥 가지고 있어도 된다고 말했죠." 그랑이 대답했다.

경감이 그랑에게 코타르한테서 이상한 점이 보이지는 않았었느냐고 물었다.

"이상하게 보였던 건, 그가 늘 말을 걸고 싶어 하는 표정이었다는 점이에요. 제가 일을 하고 있는 중이었는데도 말이죠."

그랑은 리외를 돌아보더니, 당황한 표정으로 덧붙였다.

"개인적인 일이죠."

경감은 아무튼 환자를 살펴보고 싶어 했다. 그러나 리외는 코타르가 이 방문에 대해 우선 준비를 하는 게 낫겠다고 생각했다. 리외가 방으로 들어가자, 칙칙한 플란넬 잠옷만 입고 있던 코타르는 침대에서 일어나 걱정스런 표정으로 문을 향해 돌아보았다.

"경찰이군요, 그렇죠?"

"맞습니다. 하지만 걱정하실 건 없어요. 두세 가지 형식만 거치면 끝날 겁니다." 리외가 말했다.

그러나 코타르는 경찰이 올 필요도 없고 자기는 경찰을 좋아하지 않는다고 대답했다. 리외가 화를 내며 말했다.

"나도 경찰을 좋아하지 않아요. 그들의 질문에 간단하고 정확하게 대답만 하면 되는 거예요. 단 한 번에 끝내려면 말이죠."

코타르는 아무 대꾸도 하지 않았다. 의사가 문으로 가

려고 막 돌아서는데, 그 자그마한 남자가 얼른 의사를 부르더니, 그가 침대 옆으로 다가가자 그의 손을 잡았다.

"환자를 건들지는 않겠죠, 그것도 목매단 사람을요, 그렇죠 선생님?"

리외는 잠시 그를 쳐다보다가, 그런 종류의 문제가 전혀 아니니 걱정할 것 없다고 그를 안심시키며, 자기 또한 환자를 보호하기 위해 여기에 왔을 뿐이라고 말했다. 코타르가 조금 안심이 된 듯하자, 리외는 경감에게 들어오라고 했다.

경감은 코타르에게 그랑의 증언을 읽어준 뒤, 왜 그런 행동을 하게 됐는지 이유를 자세히 설명할 수 있겠느냐고 물었다. 코타르는 경감을 쳐다보지도 않고, "내적인 슬픔 때문이죠, 보통은 아주 좋았어요."라고만 대답했다. 경감은 그에게 또다시 그런 짓을 할 건지 대답하라고 윽박질렀다. 코타르는 흥분하면서, 그러지 않을 것이며 자기를 그냥 가만히 내버려두기만 하면 좋겠다고 대답했다.

"당신한테 지적하는데, 지금 다른 사람들을 괴롭히는 건 바로 당신 자신이에요." 경감이 짜증난 목소리로 말했다.

그러나 리외가 눈짓을 하자, 경감도 그쯤에서 그만 두었다.

"선생님도 알다시피 이 열병에 대한 이야기가 나오면서부터 우리도 다른 할 일이 많아서 말이죠…." 경감이 방에서 나오면서 한숨을 내쉬며 말했다.

그러면서 사태가 심각하냐고 의사에게 물었다. 리외는 자기도 전혀 모르겠다고 대답했다.

"날씨 때문이죠, 다른 건 없어요." 경감이 결론을 내렸다.

어쩌면 날씨 때문인지도 몰랐다. 낮 시간이 지나가면서 모든 것이 손에 끈적거리며 들러붙었다. 리외는 왕진을 갈 때마다 두려움이 커지는 것을 느꼈다. 바로 그날 저녁, 변두리 동네에서 그 늙은 환자의 이웃 사람 하나가 사타구니를 누르며 흥분 상태에서 구토를 하고 있었다. 그의 임파선들은 경비원의 임파선보다 상당히 더 컸다. 임파선 중 하나가 곪기 시작하더니 얼마 후엔 썩은 과일처럼 터져버렸다. 리외는 집으로 돌아와 도청의 약품 보관소에 전화를 했다. 그날 기록된 그의 임상 메모엔 '부정적인 답변'이라고만 씌어 있었다. 그리고 이미 다른 곳에서도 그 비슷한 증세들 때문에 리외에게 연락이 왔다. 종기를 째야만 했는데, 그것은 의심할 여지가 없었다. 메스로 두 번 십자 모양을 내자 임파선에서 피가 섞인 고름이 흘러나왔다. 환자들은 꼼짝도 못하고 피를 흘렸다. 그러나 배와 다리에 반점들이 나타나고 임파선 하나에서 고름이 멈추자 다시 부어올랐다. 환자들은 대부분 지독한 악취를 풍기며 죽어갔다.

쥐 사건을 다루며 그토록 소란을 피우던 신문이 이 문제에 대해서는 입을 다물어버렸다. 쥐들은 길에서 죽었지만, 사람들은 방안에서 죽어나갔기 때문이다. 아무튼 신문들은 거리에서 일어난 일들에만 관심을 쏟았다. 그러나 도청과 시청은 이 일에 대해 의아하게 생각하기 시작했다. 의사들도 각자 두세 건의 경우들밖에 더 이상은 알지 못했고, 그 동안엔 아무도 돌아다닐 생각을 하지 않았다. 그러나 결국 누군가가 합계를 내볼 생각을 하기만 하면 되었다. 합계를 해보니 놀라울 정도였다. 겨우 며칠 동안 사망건수가 점점 더 늘어났고, 이 이상한 질병에 대해 걱정하는 사람들은 이게 틀림없는 전염병일 거라고 확신하게 되었다. 리외와 같은 의사이자 그보다 나이가 훨씬 많은 카스텔이 그를 만나러 온 것은 바로 그 무렵이었다.

"리외, 당신은 물론 이 질병이 무엇인지 알고 있겠죠?" 그가 물었다.

"저는 분석 결과를 기다리고 있습니다."

"난 그 질병을 알고 있어요. 그래서 분석은 필요치 않아요. 나는 한동안 중국에서 의사생활을 했었고, 20여

년 전엔 파리에서 몇 가지 증세를 봤거든요. 다만 당시엔 그 증세에다 감히 병명을 붙일 수가 없었어요. 여론은 존엄한 거니까요. 공포에 떨게 하면 절대 안 돼요. 한 동료의사가 '그건 말이 안 돼. 모두가 다 알듯이 그 병은 서양에서 이미 사라졌거든' 하고 말했듯이 말이죠. 그래요. 모두가 그걸 알고 있었어요. 죽은 사람들만 제외하고. 자, 리외, 당신도 나만큼이나 이 질병이 무엇인지를 잘 알고 있을 겁니다."

리외는 곰곰이 생각해보았다. 그는 진료실 창문을 통해 멀리 만(灣) 끝에 앉아있는 바위 절벽의 등성이를 바라보았다. 하늘은 파랗지만 오후시간이 지나가면서 부드러워진 흐릿한 광채가 남아있었다.

"그렇습니다, 카스텔. 정말 믿을 수가 없어요. 하지만 이건 분명 페스트인 것 같습니다." 리외가 말했다.

카스텔은 일어나 문 쪽으로 다가갔다.

"사람들이 우리한테 뭐라고 얘기할지 당신도 알고 있겠죠? '그 질병은 기후가 온화한 지방에서는 이미 오래 전에 사라졌어요.'라고 말할 거예요." 그 나이든 의사가 말했다.

"사라지다니, 그게 무슨 뜻이죠?" 리외가 어깨를 움츠리며 물었다.

"그게 말이죠, 파리에서도 대략 20년 전에 있었던 일이라는 걸 잊지 마세요."

"그럼 이번엔 그때보다 더 심해지지 않기를 바라야겠군요. 어쨌든 정말 믿기지가 않습니다."

◆

'페스트'는 지금 처음으로 표명되고 있는 단어다. 이야기는 이제 베르나르 리외가 진료실 창문을 통해 바라보고 있는 데까지 이르렀으며, 이어서 진술자는 의사 리외의 의아심과 놀라움을 해명해주게 될 것이다. 왜냐하면 여러 뉘앙스를 지니고 있는 그의 반응은 대부분 우리 시민들이 보인 반응과 같았기 때문이다. 사실 재앙은 누구에게나 일어날 수 있는 일이지만, 그것이 막상 자신의 머리 위로 떨어질 때에는 믿기 어려워지는 법이다. 이 세상에는 전쟁만큼이나 페스트 또한 있어왔다. 그런데도 페스트와 전쟁이 발생하면 사람들은 언제나 또 속수무책으로 당하고 만다. 의사 리외도 우리 시민들이 그랬던 것처럼 속수무책이었다. 따라서 그의 망설임을 이해해야만 한다. 또한 그가 불안감과 안도감 사이에서 갈팡질팡하고 있었던 것도 이해해야 한다. 전쟁이 터지면 사람들은 '오래 지속되진 않을 거야, 그건 너무 어리석은 짓이지.' 하고 말한다. 전쟁은 분명 너무나 어리석은 짓이지만, 그렇다고 해서 오래 지속되지 말라는 법도 없다. 어리석은 짓은 언제나 끈질기다는 것을 깨달을 수 있을 것이다. 항상 자기 자신만 생각하지 않는다면 말이다. 이런 점에서 볼 때 우리 시민들은 모든 사람들과 마찬가지로 자신들만을 생각하고 있었다. 다시 말해서 그들은 휴머니스트였다. 즉 그들은 재앙을 믿지 않았다. 재앙은 인간이 어떻게 할 수 있는 것이 아니다. 그래서 사람들은 재앙이 비현실적인 것이고, 곧 사라져버리는 악몽과 같은 것이라고 생각하는 것이다. 그러나 재앙은 반드시 사라져버리는 것이 아니고, 악몽에서 악몽으로 이어지는 것이며, 사라져버리는 것은 바로 인간들이다. 게다가 휴머니스트들은 조심성이 없기 때문에 맨 먼저 사라진다. 우리 시민들이 다른 사람들보다 더 많이 잘못을 저지른 것은 아니었다. 그들은 다만 겸손해야 한다는 것을 망각했고, 자기들에겐 여전히 모든 것이 가능하다고 생각하고 있었다. 그런 믿음이 곧 재앙이란 있을 수 없는 것이라고 넘겨짚게 만들었던 것이다. 그들은 사업을 계속했고, 여행을 계획했으며, 각자의 의견을 가지고 있었다. 미래라든지 이동이라든지 토론 같은 것들을 모두 없애버릴 페스트를 그들이 어떻게 알 수 있었겠는가? 그들은 자유롭다고 믿고 있었다. 그러나 재앙이 존재하는 한 어느 누구도 결코 자유로울 수 없을 것이다.

의사 리외는 여기저기서 갑자기 수많은 환자들이 페스

트로 죽어가고 있다는 사실을 앞에 있는 동료에게서 들었음에도 불구하고, 위험이 여전히 비현실적인 것으로 생각되었다. 그는 다만 의사로서 고통에 대해 잘 알기 때문에 좀 더 많은 상상을 할 수가 있었다. 창문 밖으로 아무런 변화도 없는 시내를 바라보면서, 의사는 불안이라고 일컬어지는 미래를 앞두고 약간의 불쾌감이 솟아나는 것을 느꼈지만, 그건 별것 아니었다.

그는 이 병에 대해 자신이 알고 있는 것을 머릿속에 정리해보려고 애썼다. 숫자가 기억 속에서 떠다니고 있었지만, 역사상 알려진 30여 차례의 대규모 페스트로 인해 약 1억 명이 죽었다는 사실을 그는 생각해보았다. 그런데 1억 명의 사망자란 대체 무엇을 의미하는 것일까? 전쟁을 할 때는 한 사람이 죽는다는 게 어떤 의미인지를 거의 알지 못한다. 죽은 사람은 그가 죽는 걸 누군가가 봤을 경우에만 그 무게를 가지므로, 길고 긴 역사 동안 내던져진 1억 명의 시체들은 상상 속에 피어오른 한 줄기 연기일 뿐이다. 의사는 콘스탄티노플에서 발생했던 페스트를 떠올렸는데, 프로코프의 기록에 의하면, 당시 하루 동안 1만 명의 희생자가 나왔다는 것이었다. 1만 명의 죽음은 큰 영화관 관객 수의 다섯 배가 되는 숫자다. 이렇게 생각해보자. 다섯 군데 영화관에서 나오는 사람들을 모두 모아 시내의 한 광장으로 데려간 다음, 거기서 무더기로 죽게 만드는 것이다. 그러면 좀 더 명확하게 이해될 것이다. 그럼 이제 그 익명의 시체더미 위에 아는 사람들의 얼굴을 놓아볼 수 있을 것이다. 하지만 그런 일은 물론 일어날 수도 없을 뿐 아니라, 누가 1만 명이나 되는 얼굴을 알고 있겠는가? 게다가 프로코프 같은 사람들은 숫자를 셀 줄도 몰랐을 게 분명하다. 70년 전 광동에서는 4만 마리의 쥐가 페스트로 죽은 다음에야 사람들은 그 재앙에 관심을 갖게 되었다. 그러나 1871년엔 쥐의 숫자를 셀 수 있는 방법이 없었다. 사람들은 각자 대충 어림잡는 식으로 셈을 했기 때문에 분명히 오차의 가능성이 많았다. 그렇지만 쥐 한 마리의 길이가 30센티미터라고 할 때, 4만 마리의 쥐를 놓고 합산해본다면…

의사는 조바심이 났다. 그는 될 대로 되라는 식으로 내버려뒀으나 그래서는 안 될 것 같았다. 몇몇 경우들은 전염이 되지 않으므로 예방조치로 충분하다. 자신이 아는 것만으로 그는 만족해야 했다. 이를테면 마비상태, 쇠약증세, 눈의 충혈, 흉측해지는 입, 두통, 임파선 종기, 극심한 갈증, 정신착란, 몸의 반점, 불안증상, 그리고 이 모든 것의 끝엔… 그리고 마침내 한 문장이 의사 리외에게 떠올랐다. 그건 바로 여러 증상들에 대해 열거해놓은 그의 매뉴얼 안에 마지막으로 씌어져있는 문장이었다. '맥박이 약해지고 거의 움직임이 없다가 죽음이 닥쳐온다' 그렇다, 이 모든 증세 후에 결국 한 가닥 실오라기에 매달리게 되고, 그들 중 4분의 3은 – 이것은 정확한 수치였다 – 성급하게도 자신들의 죽음을 재촉하는 그 미세한 움직임을 하고 마는 것이다.

의사는 여전히 창밖을 바라보고 있었다. 유리창 저쪽엔 봄의 상쾌한 하늘이 펼쳐져 있고, 반대쪽엔 페스트라는 단어가 아직도 방안에서 울리고 있었다. 이 단어 안에는 과학적인 의미만 들어있는 것이 아니라, 누렇고 칙칙한 이 도시와는 어울리지 않는 일련의 놀라운 이미지도 내포되어 있었다. 도시는 이 시간쯤이면 어느 정도 활기에 차 있고, 시끄럽기보다는 윙윙거리며, 사람들이 행복하면서도 동시에 침울할 수 있다면 대체로 행복한 곳이라고 말할 수 있었다. 그토록 온화하고 무심한 평온함은 옛날에 일어났던 재앙의 그림자들을 쉽게 지워버리고 있었다. 페스트가 만연하면서 새들도 모두 사라져버린 아테네, 어느 곳이나 조용히 죽어가는 사람들이 넘치는 중국의 도시들, 썩어서 질질 흐르는 시체들을 구덩이 안으로 밀어 넣고 있는 마르세유의 죄수들, 페스트의 맹렬한 확산을 막기 위해 프로방스 지방에 세워진 거대한 벽, 자파와 그 도시의 끔찍한 걸인들, 콘스탄티노플 병원의 클레이코트 바닥에 바싹 붙은 채 눅눅하게 썩어가는 침대들, 갈고리로 끌려나오는 환자들, 페스트가 창궐하던 시기에 마스크를 쓴 의사들의 가장행렬 같은 모습, 밀라노의 공동묘지에서 숨이 붙어있는 자들의 성행위, 공포에 휩싸인 런던의 시체 운반 짐수레들, 그리고 어느 곳이나 항상 사람들의 끝없는 절규로 가득 차있던 낮과 밤들. 아니, 이 모든 것들은 그날의 평화를 말살하기엔 아직도 충분히 강렬하지 못했다. 창밖 저쪽에서 눈에 띠지 않게 오던 전차가 갑자기 종소리를 울리며 순식간에 그 참혹함과 고통을 부인해버린 것이다. 오로지 바다만이 지루한 바둑판 배열처럼 서 있는 주택들 끝에서, 이 세상엔 불안해서 결코 안심할 수 없는 것이 존재한다는 사실을 증언하고 있었다. 만(灣) 쪽을 바라보고 있던 의사 리외는 뤼크레스가 말했던 그 화형대, 즉 페스트로 타격을 입은 아테네 사람들이 바다 앞에 세워놓았다던 그 화장용 장작더미를 떠올렸다. 그들은 시체들을 한밤중에 그곳으로 옮겼는데, 장작더미 위에 자리가 부족해서 자기들끼리 서로 횃불을 휘두르며 주먹다짐을 했다는 것이었다. 자기들이 귀중하게 운반했던 시체들이 자리를 차지하도록 하기 위해서였다. 시체들을 내팽개치기보다는 피나게 싸우는 편을 선택했던 것이다. 조용하고 어두운 바다 앞에서 시뻘겋게 타오르는 장작더미와, 불꽃이 타닥타닥 튀는 한밤중의 횃불 싸움, 그리고 잔잔한 하늘로 솟아오르는 시커먼 독한 연기를 상상할 수 있었다. 무섭기도 하다….

그러나 이 현기증은 이성 앞에서는 계속되지 않았다. '페스트'라는 단어가 들먹여진 건 사실이다. 지금 당장도 이 재앙이 한두 명의 희생자를 뒤흔들어 내던진 것도 사실이다. 그러나 페스트는 멈춰질 수도 있다. 꼭 해야 할 일은 인정해야 할 것은 분명히 인정하고, 결국은 쓸데없는 의혹들을 제거하며 적절한 조치를 취하는 것이다. 그렇게 하면 사람들은 페스트를 생각하지 않거나 혹은 그것을 사실과 다르게 생각하기 때문에 페스트는 멈추게 될 것이다. 만약 페스트가 멈춘다면, 그게 유력하지만, 모든 건 잘 되어갈 것이다. 반대의 경우, 사람들은 페스트가 어떤 것인지를, 그리고 페스트를 우선 개선한 다음 그걸 무너뜨릴 방법이 있을지 없을지를 알게 될 것이다.

의사는 창문을 열었다. 도시의 소음이 일시에 들려왔다. 이웃 작업실에서 나는 기계톱 소리가 짧고 반복적으로 찍찍거리며 울려오고 있었다. 리외는 몸을 비비적거렸다. 확실함은 매일 하는 노동 속에, 바로 그곳에 있는 것이다. 그 나머지는 사소한 행동이나 끈에 연결되어 있으므로,

거기서 우물쭈물 할 수는 없다. 중요한 것은 자신의 일을
충실히 하는 것이다.

◆

　의사 리외는 조제프 그랑이 찾아왔다는 연락을 받고서
야 골몰해있던 생각에서 빠져나왔다. 시청 직원인 조제프
그랑은 맡고 있는 일이 매우 다양함에도 불구하고 호적증
명 과에서 통계업무를 주기적으로 맡아하곤 했다. 따라서
그는 사망자의 숫자를 집계하게 되었던 것이다. 그는 친절
한 성격이어서, 집계결과의 사본 한 장을 리외에게 직접 가
져오기로 했었다.

　의사는 그랑이 그의 이웃인 코타르와 함께 들어오는 것
을 보았다. 시청 직원은 종이 한 장을 흔들어 보였다.

　"선생님, 숫자가 증가하고 있어요. 48시간 동안 11명의
사망자가 나왔죠." 그가 알려주었다.

　리외는 코타르에게 인사를 하며 기분이 좀 어떠냐고 물
었다. 그랑은 코타르가 의사선생님에게 감사하고 있으며,
자기 때문에 선생님이 곤란을 겪게 해서 미안해한다고 설
명했다. 하지만 리외는 통계가 적힌 종이만 들여다보고 있
었다.

　"자, 이젠 이 질병에 이름을 붙여 부르도록 결정지어야

합니다. 지금까지 우리는 답보상태에 있었어요. 자 함께 갑시다. 연구실로 가야 하니까요."

"네, 그렇죠. 모든 것은 이름을 붙여야 하죠. 그런데 그 병명이 뭡니까?" 의사를 뒤따라 계단을 내려오면서 그랑이 물었다.

"저는 그걸 말할 수가 없습니다. 게다가 당신들한텐 그게 필요치도 않을 겁니다."

"알고 계시는군요. 별로 쉽지는 않겠죠." 시청 직원이 미소를 지으며 말했다.

그들은 아르므 광장 쪽으로 향했다. 코타르는 계속 침묵하고 있었다. 거리 곳곳이 사람들로 붐비기 시작했다. 이 지방의 짧은 석양은 벌써 어둠 앞에서 물러났고, 첫 별들이 아직 선명하게 보이는 수평선 위로 나타나고 있었다. 잠시 후, 거리의 가로등이 일제히 켜지자 하늘이 온통 더 캄캄해 보였고 사람들의 대화 소리도 어조가 더 높아진 것 같았다.

"죄송합니다만 저는 전차를 타야겠어요. 제가 저녁시간을 성스럽게 여겨서요. '오늘 할 일을 내일로 미뤄선 안 된다' 우리 고향 사람들이 자주 하는 말이거든요." 그랑이 아르므 광장의 한 모퉁이에서 말했다.

리외는 그랑이 가지고 있는 이런 강박증을 이미 주시하

고 있었다. 몽텔리마르 출신인 그랑은 자기 고향의 격언들을 원용하기도 하고, 어디에서도 사용하지 않는 진부한 관례적 문구들을 덧붙이기도 했다. 일테면 '꿈같은 날씨'라든지, '꿈처럼 아름다운 불빛' 같은 표현들이었다.

"아! 사실이에요. 저녁 식사 후에는 아무도 이 사람을 집에서 끌어낼 수가 없거든요." 코타르가 말했다.

리외는 그랑에게 혹시 그 시간에 시청을 위해 일하느냐고 물었다. 그랑은 아니라면서 자기 자신을 위해 일한다고 대답했다.

"아! 일은 잘 돼갑니까?" 뭔가를 말하려고 리외가 물었다.

"몇 년 전부터 거기서 마지못해 일하고 있어요. 다른 의미에서 보더라도, 많은 진전이 없었어요."

"근데 무슨 문제가 있는 겁니까?" 의사가 걸음을 멈추며 물었다.

그랑은 커다란 귀 위로 둥근 모자를 똑바로 쓰면서 뭔가 알아들을 수 없는 말을 중얼거렸다. 리외는 그가 개성의 자유로운 표현에 있어 뭔가 문제가 있다는 걸 아주 어렴풋이 알 수 있었다. 그러나 시청 직원은 이미 그들을 떠나 총총걸음으로 서두르며 무화과나무가 늘어서있는 마른느 대로를 거슬러 올라갔다. 연구소 문턱에 이르자, 코타르는 의사에게 언제 한 번 조언을 듣고 싶어 꼭 만나러 오겠다고 말했다. 주머니 속에 들어있는 통계표를 만지작거리던 리외는 그에게 진찰시간에 오라고 권했다. 그리고는 다시 생각을 하더니, 자기가 다음날 그 동네에 갈 일이 있으니 오후 늦게 그를 보러 들르겠다고 말했다.

코타르와 헤어지면서 의사는 자신이 그랑에 대해 생각하고 있다는 것을 깨달았다. 그는 페스트가 한창일 때, 그리 심각하지 않은 페스트가 아니라 역사적인 대규모 페스트 상황일 때, 그 한가운데에 있는 그랑을 상상해보았다. '그런 상황 속에서도 잘 넘어갈 그런 유형의 사람이지.' 리외는 페스트가 허약한 체질의 사람들을 놔두고 오히려 원기 왕성한 기질의 사람들을 무너뜨린다는 이야기를 읽은 기억이 났다. 그런 생각을 계속하면서 그는 시청 직원에게서 뭔가 수수께끼 같은 기색을 발견했다.

언뜻 보기에 조제프 그랑은 사실 외모로도 풍기지만, 시청의 하급 직원 외에는 아무것도 아니었다. 크고 마른 몸에, 항상 너무 큰 옷을 입는 바람에 옷과 몸이 따로 노는데, 그건 옷이 크면 더 오래 입는다는 착각에서 그런 것들을 선택하기 때문이었다. 그리고 아래 잇몸에는 대부분의 치아가 아직 남아있는 반면, 위쪽 치아들은 빠지고 없었다. 그는 웃을 때 특히 윗입술이 올라가는데, 그럴 땐 마치 유령의 입을 연상시켰다. 이 얼굴에 신학생의 거동을 덧붙여본다면, 그는 벽에 바싹 붙어 걸어가다가 문 안으로 미끄러지듯 들어가는 기술을 가지고 있었다. 또 지하실과 연기에서 나는 냄새를 풍기며 온갖 무의미한 표정을 짓고 있어서, 시내의 목욕탕 요금을 점검한다든지 또는 젊은 상관에게 보고할 일반 가정의 쓰레기 수거에 관한 새로운 세금 관련 자료들을 모은다든지 하는 일에 적합한 사람처럼 보였다. 그래서 사무실 책상 앞이 아닌, 다른 곳에 있는 그를 상상할 수 없다는 것을 깨닫게 될 것이다. 선입견이 없는 정신의 소유자가 보기에도, 그는 하루에 62.3프랑을 받는 시청의 임시보조원으로서 눈에 띄지는 않지만 필요불가결한 임무를 수행하기 위해 이 세상에 온 사람처럼 보였다.

그의 말에 의하면, 자기에 대한 처우문제는 사실 '자격'란에 언급되어 있다는 것이었다. 22년 전 대학 졸업 후 돈이 없어서 공부를 계속할 수 없었을 때, 그는 이 직책을 받아들였다. 그리고 조만간 '정식 발령'이 날 것으로 기대했었다는 것이다. 다만 얼마 동안은 시의 행정이 걸려있는 여러 가지 까다로운 문제들을 다루는 데 있어서 그가 역량을 보여주어야 했다. 그 다음엔 반드시 넉넉히 살 수 있는 문서 기안자의 자리로 승진할 거라고 그에게 안심을 시켰다는 것이었다. 물론 그게 조제프 그랑을 움직이게 하는 야망은 아니었다는 것이다. 그는 우울한 미소를 지으며 확신하고 있었다. 오히려 물질적 삶에 대한 전망은 검소한 생활방식으로 보장될 수 있었다. 따라서 자신이 좋아하는 일에 후회 없이 몰두할 수 있는 가능성을 그는 무척 바라게 되었다. 그가 자신에게 주어진 그 자리를 받아들인 것은 명예로운 이유에서였으며, 말하자면 어떤 이상에 대한 충실성 때문이었다.

그가 이렇게 아주 오래 전부터 임시직으로 일해 온 동안 물가지수는 엄청나게 상승했고, 그의 월급은 몇 차례의 전반적인 인상에도 불구하고 아직도 터무니없는 수준에 불과했다. 그는 리외에게 그 얘기를 하며 툴툴거렸지만, 어느 누구도 그 문제를 진지하게 생각하는 것 같지 않았다. 그랑의 특성 또는 적어도 그의 특징 중 하나가 자리 잡고 있는 지점은 바로 이곳이었다. 사실 그는 권리라고 확신하지는 않더라도 적어도 자신에게 주어진 보장들을 실행하라고 주장할 수는 있었다. 그러나 우선, 그를 채용한 사무실 국장이 오래 전에 죽었고, 게다가 이 시청 직원은 자신에게 해주었던 약속의 근거가 되는 정확한 조항조차 기억해내지 못하고 있었다. 결국, 조제프 그랑은 무엇을 어떻게 해야 할지 자신의 주장을 찾지 못하고 있었던 것이다.

　리외가 그에게서 주목한 바와 같이, 같은 우리의 시민인 그랑을 가장 잘 나타내는 것은 바로 이런 특성이었다. 그러나 사실 이 특성은 그가 심사숙고해 요구서를 쓰거나 또는 상황에 따라 요구되는 조치를 취하는 데 있어 늘 그에게 장애가 되기도 했다. 그의 말에 의하면, 그는 자신이 '권리'에 대해 확고하지 못해서 그 단어를 사용하기가 특히 난처한 느낌이 든다는 것이었다. '약속'이라는 단어도 마찬가지라고 했다. 그것은 자신의 몫을 요구한다는 의미로 비쳐서 결국 뻔뻔한 성격을 띤 것처럼 여겨질지도 모르고, 무엇보다 자신이 맡고 있는 보잘것없는 직무와는 어울리지 않기 때문이라고 했다. 또 다른 것으로, 그는 '호의' '청원' '감사' 같은 용어들도 사용하길 거부했는데, 그런 단어들은 자신의 개인적인 위엄과 양립하지 않는다고 판단했다는 것이다. 이처럼 꼭 들어맞는 단어를 찾지 못한 우리의 시민은 나이가 상당히 들 때까지도 자신의 암울한 직무를 계속 수행해나갔다. 게다가 그가 늘 의사 리외에게 하는 말에 의하면, 자기는 어쨌든 물질적 삶이 보장되는 방법을 알게 되었는데, 그건 무엇보다 자신이 필요한 것을 수입에 맞춰 적응하면 되었기 때문이라는 것이었다. 그렇게 해서 그는 우리 도시의 거대한 실업가인 시장이 좋아하는 단어 중 하나인 정당성을 인정하게 되었던 것이다. 시장은 결국, 그러니까 결국(그는 자신의 고찰의 모든 무게가 걸려있는 이 단어를 강조했다), 우리 시에서 굶주려 죽은 사람은 결코 본 적이 없다고 힘주어 단언했다. 아무튼 조제프 그랑이 해나가는 거의 금욕적인 생활은 그를 결국 이런 종류의 모든 근심에서 실제로 해방시켜 주었다. 그는 계속 적절한 단어를 찾고 있었다.

어떤 의미에서 그의 삶은 모범적이었다고 말할 수 있다. 그는 다른 곳에서도 마찬가지겠지만 우리 도시에서 보기 드문, 자신의 선한 감정에 대해 늘 용기를 갖고 있는 그런 사람들 가운데 하나였다. 그가 자신에 대해 고백하는 경우는 아주 드물었지만, 그때마다 그는 오늘날 사람들이 솔직하게 드러내지 못하는 선량함과 애정을 그대로 보여주었다.

그에게 남아있는 유일한 친척이며 2년에 한 번씩 프랑스로 가서 만나는 누이와 조카들을 사랑한다고 털어놓을 때도 그는 얼굴을 붉히지 않았다. 그는 자신이 아직 젊었을 때 돌아가신 부모님을 떠올릴 때마다 슬퍼진다는 말도 했다. 또 오후 5시쯤 부드럽게 울리는 자기 동네의 어떤 종소리를 특히나 좋아한다는 사실도 부인하지 않았다. 그러나 매우 단순한 감정을 표현하기 위해 최소한의 단어를 찾는데도 그는 무척이나 힘들어했다. 결국 이런 어려움은 그에게 더 큰 근심이 되고 말았다. "아! 선생님, 제 생각을 표현하는 방법을 좀 배우고 싶습니다." 그가 말했다. 그는 리외를 만날 때마다 매번 그 말을 하곤 했다.

그날 저녁, 의사는 시청 직원이 떠나는 걸 바라보고 있다가 문득, 그가 말하고자 했던 게 무엇이었는지를 이해하게 되었다. 그는 아마도 책이나 그와 비슷한 어떤 것을 쓰고 있는 것 같았다. 연구실 안까지 들어가서도 그 생각은 리외의 마음에 남아 있었다. 그는 이런 생각이 어리석다는 것을 알면서도, 명예롭다는 망상에 길들여진 보잘것없는 관리들을 찾아볼 수 있는 이런 도시에 페스트가 정말로 퍼질 수 있다는 사실이 믿어지지 않았다. 정확히 말해, 페스트가 한창인 지금 이런 망상이 자리한다는 것을 그는 상상하지 못했으며, 따라서 실제로 우리 시민들 사이에서는 페스트가 오래 가지 않으리라고 그는 판단했다.

◆

그 다음날, 리외는 부당한 주장이라는 소리를 들으면서
도 고집을 부린 덕분에, 도청의 보건위원회를 소집할 수
있었다.

"시민들이 불안해하는 건 사실입니다. 그리고 괜히 떠들
어대는 말들은 전부 다 과장된 소리에요. 도지사가 저한
테 '하려면 서둘러서 합시다, 조용히 말이죠.' 하고 말하더
군요. 도지사도 그게 정확하지 않은 소란이라는 걸 확신
하고 있으니까요." 리샤르가 털어놓고 말했다.

베르나르 리외는 도청으로 가는 김에 카스텔을 자동차
에 태웠다.

"도청에 혈청이 남아있지 않다는 걸 알고 있습니까? 카
스텔이 말했다.

"네, 알고 있습니다. 제가 약품 보관실에 전화를 했더니
거기 책임자가 깜짝 놀라더군요. 파리에서 그걸 가져오도
록 조치해야겠어요."

"오래 걸리지 않으면 좋겠네요."

"제가 이미 전보를 쳤습니다." 리외가 대답했다.

도지사는 친절했지만 약간 짜증이 나있었다.

"시작합시다, 여러분. 제가 상황을 간단히 설명할까요?" 도지사가 말했다.

리샤르가 생각하기에 그건 필요 없는 일이었다. 의사들은 상황을 이미 다 알고 있기 때문이었다. 문제는 다만 어떤 조치를 취하는 게 적절한지를 아는 것이었다.

"문제는 페스트인지 아닌지를 알아야 하는 것이죠." 연장자인 카스텔이 다짜고짜 말했다.

두세 명의 의사들은 탄성을 질렀지만, 다른 의사들은 주저하는 것 같았다. 도지사는 펄쩍 뛰면서 그 터무니없는 말이 복도로 새나가지 않도록 문이 잘 닫혀있는지 확인하려는 것처럼 자동적으로 문을 향해 돌아섰다. 리샤르는 이같은 광적인 동요에 굴복해선 안 된다는 게 자신의 의견이라고 표명했다. 그러면서, 사타구니에 발생하는 합병증에 따른 고열이 문제이며, 사람들이 말하는 모든 가설들은 과학에서나 일상생활에서나 늘 위험할 수 있는 것이라고 강조해 말했다. 카스텔은 옆에서 잠자코 자신의 누르스름한 콧수염을 우물우물 씹고 있다가 환한 표정으로 리외를 쳐다보았다. 그리고는 참석자들을 호의적인 시선으로 둘러본 다음, 자기는 그게 페스트라는 걸 잘 알고 있었으며, 그걸 공식적으로 인정할 경우 당연히 무자비한 조치를 취하지 않으면 안 될 거라고 그들에게 환기시켰다. 그는 자신의 동료들이 머뭇거리게 된 것도 결국은 이 점 때문이라는 것을 알고 있으며, 따라서 그는 동료들이 안심할 수 있도록 그 질병은 페스트가 아니라고 정말로 부인하고 싶었다는 것이었다. 도지사는 흥분하며, 어쨌든 이런 식으로 숙고하는 것은 좋은 방법이 아니라고 자신의 의견을 밝혔다.

"중요한 점은 숙고하는 방법이 좋냐 나쁘냐가 아니라, 이 방법이 무엇을 숙고하게 만드느냐 하는 데 있습니다." 카스텔이 말했다.

리외가 침묵하고 있자, 사람들이 그에게 의견을 물었다.

"장티푸스와 비슷한 열병인데, 거기에다 임파선 종기와 구토증이 같이 나타나기도 하죠. 제가 임파선 종기를 수술해봤기 때문에 연구소에다 분석을 하도록 의뢰할 수 있었고, 결국 거기서 강한 페스트균을 식별해냈던 겁니다. 더 정확히 설명하자면, 이 균의 몇몇 특수한 변이들은 전통적으로 이제까지 해온 기록들과는 일치하지 않는다는 것입니다."

리샤르는 바로 그 점 때문에 망설이는 거라고 강조하며, 적어도 며칠 전부터 시작된 일련의 분석들에 대한 통계결과가 나올 때까지 기다려야 한다고 했다. 짧은 침묵이 흐른 뒤, 리외가 말했다.

"어떤 세균이 사흘이 지나는 동안 비장의 크기를 네 배로 붓게 하고, 장간막의 림프절을 오렌지 하나 크기와 죽처럼 진한 농도로 만들었다면, 그때는 절대로 망설이면 안 됩니다. 감염된 가정들이 점점 많아지고 있습니다. 질병이 퍼져나가는 속도로 볼 때, 만약 저지시키지 못한다면 두 달 안으로 시민의 절반을 죽음으로 몰고 갈 위험이 있습니다. 그러니 여러분들이 그걸 페스트라고 부르든 전염성 열병이라고 부르든 그건 중요하지 않습니다. 중요한 건, 시민의 절반이 죽어나가지 않도록 여러분들이 저지시켜야 한다는 것입니다."

리샤르는 그 어떤 것도 어두운 면으로 몰아가지는 않아야 하며, 더욱이 그의 환자들의 가족도 여전히 멀쩡한 것을 보면 전염성이 있다는 건 아직 증명되지 않았다고 했다.

"하지만 다른 사람들은 죽었습니다." 리외가 지적하며 다시 입을 열었다. "그리고 물론 전염성이란 게 결코 절대적인 것은 아니죠. 전염성이 없어도 환자 숫자가 무한정으로 늘어나서 치명적인 인구감소가 초래될 수도 있습니다. 어떠한 것도 어두운 면으로 몰아가지 않는 게 중요한 것이 아니라, 문제는 예방조치를 해야 한다는 것입니다."

리샤르는 그렇기는 하지만 만약 질병이 스스로 사라지

지 않는다면 이 질병을 멈추게 하기 위해서는 법에 규정되어 있는 중대한 예방조치를 적용해야 한다고 상기시키면서 이 상황을 정리하려고 했다. 즉 그렇게 하려면 우선 페스트가 발생했다는 것을 공식적으로 인정해야 하는데, 그에 대해 절대적인 확신을 갖는 것은 어렵기 때문에 이건 계속 숙고해야 할 문제라는 것이었다.

리외도 계속 강조하며 말했다.

"문제는 법으로 규정되어 있는 조치들의 중대성이 아니라, 시민의 절반이 죽어나가는 것을 막기 위해 그 조치들이 꼭 필요한 것인지를 알아봐야 하는 것입니다. 나머지 문제는 행정에서 할 일인데, 마침 우리의 제도는 이런 문제들을 조정하기 위해 도지사라는 직책을 두고 있습니다."

"물론 그렇습니다. 하지만 저는 페스트라는 전염병이 발생했다는 것을 여러분들이 공식적으로 인정해주면 좋겠습니다." 도지사가 말했다.

"우리가 그걸 인정하지 않는다 해도, 어쨌든 전염병은 도시 인구의 절반을 죽게 할 위험이 있습니다." 리외가 말했다.

리샤르가 신경질적으로 끼어들었다.

"사실 이 친구는 페스트라고 믿고 있습니다. 병의 증상에 대해 설명하는 것을 보면 그게 확실해요."

리외는 바로 대답을 했는데, 자기는 병의 증상에 대해 설명한 게 아니라, 자기가 본 것을 그대로 설명한 거라고 했다. 그러면서 자기가 본 것은 임파선 종기와 반점들, 그리고 헛소리를 지르면서 48시간 안에 죽게 만드는 고열이었다고 말했다. 그리고는 리샤르 씨에게, 엄격한 예방조치 없이도 이 전염병이 멈출 거라고 자신 있게 책임질 수 있느냐고 물었다.

리샤르는 머뭇거리다가 리외를 쳐다보았다.

"솔직하게 당신의 생각을 말씀해주시죠. 당신은 이 질병이 페스트라고 확신하고 있습니까?"

"당신은 문제를 잘못 보고 있군요. 이건 병명의 문제가 아니라 시간의 문제입니다."

"당신의 생각은 이게 페스트가 아니라 하더라도 페스트가 발생할 때 적용하기로 한 적절한 예방조치들을 해야 한다는 것이군요." 도지사가 말했다.

"제가 반드시 의견을 말해야 한다면, 사실 그것입니다."

의사들은 서로 상의를 했다. 그리고는 마침내 리샤르가 말했다.

"따라서 우리는 이 질병이 마치 페스트인 것처럼 행동해야 하는 책임을 가져야 합니다."

이 표현은 열렬한 동의를 받았다.

"이것 역시 당신의 의견이죠, 리외?" 리샤르가 물었다.

"표현은 어떻든 상관없습니다. 다만 우리는 시민의 절반이 죽게 될지도 모르는 위험을 마치 없는 것처럼 감추고 행동해선 안 됩니다. 왜냐하면 그렇게 될 테니까요." 리외가 말했다.

모두들 짜증스러운 가운데, 리외는 그곳을 떠났다. 얼마후, 튀김냄새와 오줌냄새가 진동하는 변두리 동네에서 사타구니가 피투성이인 채 숨넘어가듯 비명을 지르는 한 여자가 그를 향해 돌아다보았다.

◆

회의가 끝난 다음 날, 열병은 또다시 약간 되살아났다. 신문들도 가볍게 다루긴 했지만 그 소식을 일제히 보도했다. 그들은 몇 가지 시사를 던지는 것으로 만족했던 것이다. 아무튼 이틀 후, 리외는 도청 당국이 도시의 가장 후미진 구석들에 서둘러 붙여놓은 작은 흰색 벽보들을 발견할 수 있었다. 그 벽보 내용에서 당국이 사태를 올바르게 보고 있다는 증거를 끌어내기는 어려웠다. 조치가 아주 엄격하지도 않았고, 다만 여론을 불안하게 만들지 않으려는 노력을 상당히 쏟은 것처럼 보이긴 했다. 그 명령문의 서두엔, 이 열병이 전염성이 있는지는 아직 확인할 수 없지만, 악성 열병이 오랑 시에서 몇 건 발생했다고 쓰여 있었다. 이 증상들은 실제로 불안을 줄 만큼 그 특징이 아직은 드러나지 않기 때문에 시민들은 각자 틀림없이 침착함을 유지할 수 있을 것이다, 그럼에도 불구하고 모든 시민들이 이해하리라 믿으면서 신중한 고심 끝에 도지사로서 몇 가지 예방조치를 취한다, 이 조치들이 이해되고 적용되어 잘 지켜진다면 결국 모든 전염병의 위협을 단호히 저지시킬 수 있다. 따라서 도지사는 자신이 기울이는 개인적인 노력에 시민들이 헌신적인 협조를 해주리라는 것을 확신한다는 것이었다.

이어서 벽보엔 전반적인 조치들이 열거되어 있었는데, 그 중엔 하수구 안에 유독성 가스를 분사함으로써 과학적으로 쥐를 박멸하는 방법과, 물로 음식을 할 때 세심한 주의를 해야 한다는 내용도 씌어있었다. 벽보는 또 시민들에게 극도의 청결함을 지키도록 부탁하며, 벼룩이 있는 사람들은 시립 보건소에 가서 진료를 받으라고 권고했다. 한편 의사의 진단이 내려진 환자의 경우는 그 가족들이 의무적으로 신고를 하고, 그 환자를 병원의 특별 병실에 격리 수용하는 데 동의해야 한다. 더구나 이 특별 병실들은 환자들을 최단시간 내에 최대한의 치료가 가능하도록 시설이 갖춰져 있다는 것이었다. 몇 가지 추가 내용들엔 환자의 방과 운반 차량을 의무적으로 방역하도록 명시되어 있었다. 그 나머지는 환자 주변 사람들에게 위생에 주의할 것을 꼭 지켜달라고 권고하는 데 그쳤다.

의사 리외는 벽보에서 갑자기 뒤돌아서 자신의 진료실 방향으로 다시 걸어갔다. 기다리고 있던 조제프 그랑이 그를 발견하고는 팔을 들어올렸다.

"네, 알고 있어요. 숫자가 늘어나고 있죠." 리외가 말했다.

전날 밤에 시내에서 10여 명의 환자가 죽어나갔던 것이다. 의사가 그랑에게, 코타르를 방문할 예정이므로 아마도 저녁때쯤 다시 만날 수 있을 거라고 말했다.

"잘 생각하셨어요. 그 친구가 좋아할 겁니다. 사람이 좀 달라진 것 같더군요." 그랑이 말했다.

"어떻게 달라졌는데요?"

"좀 공손해졌어요."

"전에는 안 그랬어요?"

그랑은 머뭇거렸다. 그는 코타르가 무례했다고 말할 수는 없었다. 그런 표현은 옳지 않았을 것이다. 코타르는 어딘가 좀 멧돼지 같은 거동에다 속내를 드러내지 않고 말 수가 없는 사람이었다. 그의 방, 수수한 식당, 그리고 약간 미스터리한 외출들, 그런 것이 코타르가 보내고 있는 생활의 전부였다. 알려진 그의 직업은 포도주와 리쾨르를 취급하는 판매 대리인이었다. 때때로 그는 자신의 고객인 것 같은 두 세 명의 방문을 받기도 했다. 그리고 저녁엔 가끔 바로 집 앞에 있는 극장에 갔다. 시청 직원인 그랑은 코타르가 특히 갱들이 나오는 영화를 즐겨 보는 것 같다고 말하기도 했다. 아무튼 이 판매 대리인은 늘 혼자 있으며 의심이 많았다.

그런데 그랑의 말에 의하면, 그 모든 점이 많이 달라졌다는 것이다.

"뭐라고 표현해야 할지 모르겠지만, 제가 보기에는 사람들과 친하게 지내려고 애쓴다고 할까요, 모든 사람을 자기편으로 끌어들이고 싶어 하는 것 같았습니다. 저한테 자주 말을 걸고, 함께 외출하자고 제안하기도 했는데, 늘 거절을 할 수는 없었어요. 게다가 저도 이 친구한테 관심이 가더라고요. 요컨대, 제가 그의 목숨을 구해줬으니까요."

자살시도 이후로 코타르는 누구의 방문도 더 이상 받지 않았다. 길거리에서나 납품업체에서나 그는 항상 동정심을 받고자 했다. 그리고 결코 본 적이 없을 정도로 그는 식료품 상인들과 얘기할 때면 너무나 부드럽게 말하고, 담배 가게 여주인의 말을 들을 때도 그렇게나 깊은 관심을 기울이곤 했다.

"그 담배 가게 여자는 정말 살모사 같은 인간이에요. 제가 코타르한테 그 얘기를 했더니, 그는 내가 틀렸다면서 그 여자도 알아줘야 할 장점이 있다고 대답하더군요." 그랑이 말했다.

코타르는 마침내 그랑을 두세 차례 시내의 고급 레스토랑과 카페로 데리고 갔다는 것이다. 실제로 그는 그런 곳에 자주 드나들기 시작했던 것이다.

"그런 데 가면 좋았어요. 그리고 거기 온 사람들도 모두 좋아 보였고요." 그랑이 말했다.

그랑은 종업원들이 이 판매 대리인에게 특별히 친절하게 대해주는 것을 눈여겨봤는데, 그 이유를 알고 보니 그가 놓고 가는 지나치게 많은 팁 때문이었다고 말했다. 코타르는 돈을 지불하는 대가에 대한 종업원들의 친절함에 매우 예민한 반응을 보였다는 것이다. 어느 날은 호텔 지배인이 그를 배웅하러 나와 외투를 걸치도록 도와주자, 코타르가 그랑에게 말했다.

"좋은 사람이죠, 이 사람은 증언해줄 수 있어요."

"무엇에 대해 증언하는데요?"

코타르는 머뭇거렸다.

"그러니까, 내가 나쁜 사람이 아니라는 것 말이죠."

그는 때로 기분이 돌변하기도 했다. 어느 날은 식료품 가게 주인이 좀 불친절하게 대하자, 그는 걷잡을 수 없을 정도로 화가 나서 집으로 돌아왔다는 것이다.

"그가 다른 자들하고만 지내더라고, 나쁜 놈 같으니." 그는 반복해서 말했다.

"다른 자들이라니, 어떤 사람들 말인가요?"

"다른 사람들 모두요."

그랑은 담배 가게 여주인 집에서 기묘한 장면을 목격하기도 했다. 대화가 한창 이어지던 도중에, 그 여주인이 알제에서 최근에 큰 소란을 일으켰던 한 체포 사건에 대해 얘기를 했다. 그건 어떤 무역회사의 한 젊은 직원이 바닷가에서 아랍인 한 명을 살해한 사건에 관한 것이었다.

"그런 불량배들을 전부 다 감옥에 처넣어버리면 정직한 사람들이 좀 숨을 쉴 수 있을 거예요." 여주인이 말했다.

그러나 실례한다는 말 한 마디 없이 가게 밖으로 뛰쳐나간 코타르의 갑작스런 태도를 보며, 그녀는 말을 중단해야만 했다. 그랑과 여주인은 팔을 덜렁거리며 달아나는 그를 바라보고만 있었다는 것이다.

이어서 그랑은 리외에게, 그밖에도 코타르의 성격에서 달라진 점들을 알려주었다. 코타르는 항상 매우 자유주의적 견해를 가지고 있었다. 그가 좋아하는 문장인 '강자들은 항상 약자들을 먹어치운다'가 그의 이런 점을 잘 증명해주었다. 그는 얼마 전부터는 오랑의 보수적 신문밖에는 읽지 않았고, 게다가 그것을 굳이 사람들이 많은 공공장소에서 과시하듯 읽는 것이었다. 또 이런 일도 있었다. 병에서 회복된 지 며칠 후, 그는 우체국에 가려던 그랑을 부르더니, 멀리 떨어져 사는 자기 여동생에게 매달 보내는 100프랑 짜리 우편환을 좀 부쳐달라고 부탁했다. 그러더니 그랑이 막 떠나려는 순간, 이렇게 말했다는 것이다.

"200프랑을 보내주세요. 동생한테 깜짝 소식이 될 겁니다. 동생은 내가 자기를 전혀 생각하지 않는다고 믿고 있지만, 사실은 그 애를 정말 사랑하고 있거든요."

결국 코타르는 그랑과 묘한 대화를 이어갔다. 그랑은 자신이 저녁마다 매달려서 하는 소소한 일에 대해 호기심을 가지고 있는 코타르의 질문에 대답하지 않을 수가 없었다.

"그러니까, 책을 쓰시는군요." 코타르가 말했다.

"그런 셈이지요, 근데 그보다 더 복잡해요!"

"아! 저도 당신처럼 정말 책을 쓰고 싶네요." 코타르가 외쳤다.

그랑이 놀라워하는 표정을 보이자, 코타르는 떠듬거리면서 예술가가 되면 모든 일이 잘 될 것 같다고 말했다.

"왜죠?" 그랑이 물었다.

"그러니까, 예술가는 다른 사람들보다 더 많은 권리를 갖게 되기 때문이죠, 모두들 그렇게 알고 있어요. 예술가에겐 많은 것들이 허용되거든요."

벽보를 본 날 아침에 리외가 그랑에게 말했다.

"다른 사람들처럼 그도 쥐 사건으로 아마 머리가 어지러운 모양이네요. 틀림없어요. 아니면 열병이 무서워서 그런 것인지도 모르죠."

그랑이 대답했다.

"그런 것 같지는 않은데요, 선생님. 제 생각을 말씀드려도 된다면…."

쥐 박멸 차량이 엔진소리를 요란하게 내며 창문 아래로 지나갔다. 리외는 자기 목소리가 알아들을 수 있게 될 때까지 가만히 기다렸다가 지나가는 말투로 시청 직원의 생각을 물었다. 시청 직원은 심각한 표정으로 의사를 쳐다보았다.

"그는 무언가를 스스로 자책하고 있어요." 그가 말했다.

의사는 어깨를 으쓱했다. 경감이 말했듯이, 그는 더 중요한 다른 일이 많았다.

오후에 리외는 카스텔과 함께 상의를 했다. 혈청은 아직 도착하지 않았다.

"그런데, 혈청이 소용이 있을까요? 그 균이 유별나서 말이죠." 리외가 물었다.

"오! 나는 그렇게 생각하지 않아요. 균들은 항상 어떤 특성을 가지고 있거든요. 그러나 본질은 같은 거라고 해야겠죠." 카스텔이 말했다.

"당신은 단지 그렇게 추측하는 거죠. 사실 우리는 이 모든 것에 대해 아무것도 모르는 셈입니다."

"물론이죠, 나는 추측할 뿐입니다. 그러나 다른 사람들도 모두 마찬가지에요."

하루 종일 리외는 페스트를 생각할 때마다 일어나는 가벼운 어지럼증이 점점 심해지는 것을 느꼈다. 마침내 그는 자신이 두려워하고 있다는 걸 알았다. 그는 사람들로 가득 찬 카페에 두 번이나 들어갔었다. 그도 역시 코타르처럼 인간적인 따스함이 필요하다고 느꼈던 것이다. 리외는 그런 생각이 어리석다는 걸 알았지만, 그 때문에 판매 대리인을 방문하기로 했던 약속이 떠올랐다.

저녁에 의사가 코타르의 집으로 찾아갔을 때 그는 주방의 식탁 앞에 앉아있었다. 식탁 위에는 탐정소설 한 권이 놓여있었다. 그러나 저녁시간이 벌써 많이 지나갔기 때문에 어스름 속에서 책을 읽는다는 건 분명 어려워 보였다. 코타르는 어쩌면 방금 전까지만 해도 희미한 빛 속에 앉아서 생각에 잠겨 있었을지도 모른다. 리외가 그에게 건강은 좀 어떠냐고 물었다. 코타르는 의자에 앉으면서 자기는 이제 괜찮고, 아무도 자신을 참견하지 않을 거라고 확신할 수 있다면 건강이 더 좋아질 거라며 투덜거렸다. 리외는 사람이 항상 혼자 있을 수 없다는 것을 일깨워주었다.

"오! 그게 아니에요. 저는 귀찮게 하는 사람들에 대해 말하는 거예요."

리외는 잠자코 있었다.

"제 경우는 아닙니다만, 잘 들어보세요. 저는 이 소설을 읽고 있었어요. 이건 한 불행한 남자가 어느 날 아침에 갑자기 체포된 이야기에요. 누가 그를 관리하고 있었는데, 그는 그 사실에 대해 아무것도 모르고 있었죠. 사람들이 사무실에서 그에 대해 얘기하고 카드에 그의 이름을 등록시켰어요. 그게 정당한 일이라고 생각하세요? 한 인간에게 그렇게 할 권리가 있다고 보십니까?"

"상황에 따라 다르겠죠. 어떤 의미에서는 사실 누구도 그렇게 할 권리가 없습니다. 하지만 그런 모든 것은 부차적인 문제일 뿐이에요. 너무 오랫동안 집안에 틀어박혀 있으면 안 됩니다. 외출을 하셔야 해요." 리외가 말했다.

코타르는 짜증난 표정으로, 자기는 그렇게밖에 살지 않았으며 그것을 증명해야 한다면 동네 사람들 모두가 자기를 위해 증언해줄 수도 있을 거라고 말했다. 그러면서 다른 동네에도 교류를 하는 사람들이 있다고 말했다.

"리고 씨를 아세요? 건축가 말입니다. 그 사람도 내 친구들 중 한 명이에요."

실내에 어둠이 짙어지고 있었다. 이 변두리 거리에 활기가 일어나며 거리의 가로등이 켜지는 순간 나지막한 안도의 감탄 소리가 밖에서 들려왔다. 리외가 발코니로 나가

자 코타르도 그를 뒤따라 나왔다. 우리 도시에서 매일 저녁 그렇듯이, 주변의 온 동네에서 불어오는 잔잔한 미풍이 사람들의 속삭이는 소리와 고기 굽는 냄새 그리고 소란스런 젊은이들의 웅성거리는 소리를 실어오고 있었다. 그들은 거리를 점령한 채 점차로 커져가는 즐겁고 향기로운 자유를 만끽하고 있었다. 밤, 보이지 않는 배에서 들려오는 요란한 소리들, 바다와 여기저기로 흘러가는 군중에게서 새어나오는 소음, 리외가 잘 알고 있고 예전에 좋아했던 이 시각, 이 모든 것들이 오늘은 그가 알고 있는 사실들 때문에 숨 막히게 다가왔다.

"불을 좀 켜도 될까요?" 그가 코타르에게 말했다.

실내가 다시 환해지자, 그 자그마한 남자는 눈을 껌벅거리며 의사를 쳐다보았다.

"선생님, 제가 만약 병에 걸린다면 선생님 병원에서 치료를 받게 해주시겠습니까?"

"그럼요."

그러자 코타르는 진료실이나 병원에 있는 환자도 체포당한 일이 있었느냐고 물었다. 리외는 그런 경우를 본 적은 있지만, 모든 건 환자의 상태에 따라 다르다고 대답했다.

"저는요, 선생님을 믿습니다." 코타르가 말했다.

이어서 그는 의사에게 자동차로 자기를 시내까지 데려다줄 수 있느냐고 물었다.

　시내 중심가엔 사람들도 이미 많이 줄어들었고 불빛도 드물게 보였다. 아이들은 아직도 문 앞에서 놀고 있었다. 코타르가 부탁한 대로, 의사는 아이들이 모여 있는 곳 앞에다 차를 세웠다. 아이들은 소리를 지르며 돌차기 놀이를 하고 있었다. 그들 가운데, 달라붙은 검은 머리에 가르마를 똑바로 내고 얼굴이 더러워진 한 아이가 맑고 겁먹은 눈빛으로 리외를 빤히 쳐다보았다. 의사는 시선을 돌렸다. 코타르는 인도에 내려서서 의사와 악수를 했다. 판매 대리인은 두세 번 뒤를 돌아보더니, 걸걸거리며 힘겨운 목소리로 말했다.

　"사람들이 전염병에 대해 얘기를 하던데요, 그게 사실인가요, 선생님?"

　"사람들은 늘 이런저런 말을 하죠. 그건 당연한 거예요." 리외가 말했다.

　"맞습니다. 그러니까 십여 명의 사망자가 나온다면 세상이 끝날 거예요. 우리가 해야 하는 건 그게 아닌데 말이죠."

　리외는 이미 차에 시동을 걸고 기어를 잡고 있었다. 떠나기에 앞서 그는 여전히 진지하고 조용한 표정으로 자기를 뚫어지게 쳐다보고 있는 그 아이를 다시 바라보았다. 그때 갑자기 그 아이가 이를 활짝 드러내며 그에게 미소를 지어보였다.

"그러면 우리가 해야 할 일이 뭘까요?" 의사도 아이에게 미소를 지으며 코타르에게 물었다.

그런데 코타르가 별안간 자동차 문을 잡아 젖히더니, 슬픔과 분노가 가득한 목소리로 소리를 치면서 도망가 버렸다.

"지진이요. 진짜 지진이라고요!"

그러나 지진은 일어나지 않았다. 그 다음 날 리외는 시내 여기저기를 돌아다니며 환자의 가족들과 상의를 하고, 환자 본인들과도 이야기를 나누면서 하루를 보냈다. 그는 이제껏 자신의 직업을 그토록 힘겹게 생각해본 적이 한 번도 없었다. 지금까지는 환자들이 그의 임무를 어렵지 않게 할 수 있도록 도와주었고, 자신에게 몸을 맡겨왔었다. 그런데 이제 환자들은 주저하며 증세를 말하지 않았고, 의사에게 일종의 불신감을 가지고 자신의 질병 속에 도사리고 있는 듯이 보였다. 그런 현상은 아직 그가 익숙해지지 못한 하나의 투쟁이었다. 그리고 저녁 10시쯤, 마지막으로 찾아간 천식환자 노인의 집 앞에 차를 세우고, 리외는 자동차 의자에서 힘겹게 몸을 일으켜 빠져나왔다. 그는 머뭇거리며 어두운 거리와 컴컴한 하늘에 나타났다 사라지는 별들을 바라보았다.

천식환자 노인은 침대에서 일어나 앉아 있었다. 그는 호흡이 전보다 나아보였으며, 병아리 콩을 세면서 한 냄비에서 다른 냄비로 옮기고 있었다. 그는 반가운 얼굴로 의사를 맞이했다.

"그런데, 선생님, 콜레라가 맞습니까?"

"어디서 그 얘길 들었어요?"

"신문에서요. 라디오에서도 그 얘길 하던데요."

"아니에요, 그 병은 콜레라가 아니에요."

"어쨌든, 그들도 걸린다고 하던데요, 잘난 사람들 말이에요!" 노인은 지나치게 흥분해서 말했다.

"그 얘긴 아예 믿지 마세요." 의사가 말했다.

의사는 노인의 진찰을 마치고 보잘것없는 식당 한가운데에 앉았다. 그렇다, 그는 겁이 났다. 이 변두리 지역에서도 다음 날 아침이면 임파선 종창으로 몸이 구부정한 환자가 10여 명이나 자기를 기다리고 있을 거라는 걸 그는 알고 있었다. 그러나 두세 명 정도만 임파선 절개수술로 약간 나아졌을 뿐이다. 대부분의 환자는 바로 입원을 해야 했지만, 그는 가난한 사람들에게 입원이 무엇을 의미하는지 잘 알고 있었다. 어떤 환자의 부인이 그에게 "의사들의 임상실험에 남편이 이용되는 것을 절대 원하지 않아요."
라고 말한 적이 있었다. 그 환자는 의학적 임상실험에 제
공된 게 아니라, 그대로 죽어간 것이며, 그게 전부였다. 내
려진 조치들이 충분하지 않았다는 건 너무나 분명했다.
'특별한 시설이 갖춰진' 병실에 대해서도, 리외는 그곳이 어
떻다는 것을 잘 알고 있었다. 환자들을 급히 옮겨놓은 다
음, 창문을 막아버리고 위생 차단선으로 둘러쳐놓은 두
개의 작은 별실이었던 것이다. 만일 전염병이 저절로 멈추
지 않는다면 행정당국이 생각했던 이런 조치들로는 퇴치
되지 않을 게 분명했다.

그럼에도 불구하고 그날 저녁에 있었던 당국의 공식발
표는 여전히 낙관적이었다. 그 다음 날, 랑스독 통신사는
도청당국의 조치들이 평온하게 시행되고 있으며, 이미 30
여 명의 환자들이 신고를 했다고 보도했다. 카스텔이 리외
에게 전화를 했다.

"그 별실에 침대가 몇 개나 갖춰져 있나요?"

"80개요."

"이 도시에 환자가 30명은 넘겠죠?"

"겁을 먹고 있는 사람들도 있고, 그 밖의 대부분은 신
고할 여유조차 없는 사람들이죠."

"사망자를 매장하는 건 감시가 안 되고 있나요?"

"안 되고 있습니다. 제가 리샤르한테 전화를 해서 말로만 할 게 아니라 완전한 조치가 이루어져야 한다고, 그리고 전염병에 대비해서 실질적인 방벽을 쌓든지 해야지, 안 그러면 허사라고 말했어요."

"그랬더니요?"

"자기는 권한이 없다고 대답하더군요. 제 생각엔 환자가 더 늘어날 것 같아요."

3일 동안 실제로 두 개의 별실은 환자로 가득 차고 말았다. 리샤르는 당국이 학교 하나를 폐쇄해서 부속병실로 만들 거라고 믿고 있었다. 리외는 백신을 기다리며 임파선 종기 수술을 계속하고 있었다. 카스텔은 오래 전에 읽었던 책들을 다시 찾아 읽느라 도서관에서 한참이나 머물곤 했다.

"쥐들은 페스트나 또는 그와 매우 유사한 어떤 질병 때문에 죽은 거예요." 카스텔은 그런 결론을 내리며 말을 이어갔다. "쥐들이 수만 마리의 벼룩을 퍼뜨려놓았기 때문에 즉시 그것을 막지 않으면 병균이 전염돼서 기하급수적으로 늘어날 겁니다."

리외는 침묵하고 있었다.

그 무렵, 날씨는 변함없이 일정했다. 태양은 얼마 전에 소나기로 생긴 웅덩이의 물을 끌어올리기라도 하듯 작열하고 있었다. 노란빛이 쏟아져 내리는 맑고 푸른 하늘, 점점 올라가는 열기 속에서 윙윙거리는 비행기소리, 이 계절엔 모든 것이 평온해 보였다. 하지만 4일 동안 이 열병은 네 단계나 놀라운 증가세를 나타냈다. 사망자가 16명에서 24명, 28명, 32명으로 늘어났던 것이다. 4일째 되던 날, 당국은 유치원 한 곳을 부속병원으로 사용하기로 했다고 발표했다. 지금까지 농담을 하며 불안감을 겉으로 드러내지 않았던 시민들은 거리에서도 이젠 낙심한 표정으로 할 말을 잃은 듯 조용히 지나가기만 했다.

리외는 도지사에게 전화를 해야겠다고 마음먹었다.

"이런 조치로는 안 됩니다."

"저도 환자 숫자를 알고 있는데, 사실 우려할 만 합니다." 도지사가 말했다.

"우려보다 더한 상황입니다, 그건 확실해요."

"중앙정부에 보고해서 지시를 요청하겠습니다."

리외는 카스텔이 보는 앞에서 전화를 끊었다.

"지시를 기다린다고! 어떻게든 해볼 생각을 해야지."

"그런데, 혈청은 어떻게 됐습니까?"

"그건 이번 주 안으로 도착할 거예요."

도청에서 리샤르를 통해 리외에게 보고서를 부탁했는데, 그건 지시를 촉구하기 위해 식민지의 수도로 보내질 예정이었다. 리외는 그 보고서에 진료상황과 환자수를 기록했다. 그런데 바로 그날, 40여 명의 사망자가 집계되었다. 도지사는 자신이 말한 대로 그 다음 날부터 이미 공고된 조치들을 강화시키도록 시달했다. 의무적인 신고와 격리조치는 그대로 유지하기로 했다. 환자의 집들은 폐쇄하고 소독을 해야 했으며, 그 가족들은 약 40일 동안 안전하게 격리되어야 했고, 매장은 곧 발표될 조건에 따라 시에서 관장하기로 했다. 혈청은 하루 늦게 비행기로 도착했다. 환자의 치료에 필요한 량으로는 충분했다. 그러나 만약 전염병이 더 퍼지게 되면 그 정도로는 충분치 않았다. 리외가 보낸 전보에 답신이 왔는데, 비축되어 있던 구급품은 바닥이 났고, 제품의 제조가 새로 시작되었다고 했다.

그러는 동안, 근교의 모든 지역에서 봄이 시장으로 파고들어왔다. 수천 송이의 장미가 인도를 따라 늘어서있는 상인들의 바구니 속에서 시들어가고 있었으며, 그 감미로운 향기가 도시 곳곳에 감돌고 있었다. 겉으로 보기에 달라진 건 아무것도 없었다. 전차는 하루 종일 비어있고 지저분하다가 러시아워 때면 늘 만원이었다. 타루는 그 자그마한 노인을 주시해보고 있었는데, 노인은 여전히 고양이를 향해 침을 뱉고 있었다. 그랑은 저녁이면 집으로 돌아와 그 비밀스런 작업을 이어갔다. 코타르는 시내를 빙빙 돌았고, 예심판사 오통 씨는 늘 자신의 애완동물을 끌고 다녔다. 그 천식환자 노인은 병아리 콩을 냄비에 옮겨 담고 있었고, 침착하고 호기심이 가득한 표정의 랑베르 기자도 이따금 길에서 보였다. 저녁때가 되면 늘 똑같은 군중이 거리를 가득 채웠고, 극장 앞에는 긴 줄이 늘어서있었다. 그리고 전염병도 물러난 듯이 보였고, 며칠 동안은 사망자가 10여명 밖에 집계되지 않았다. 그러다가 갑자기 전염병이 다시 기승을 부렸다. 사망자 수가 또다시 30여명에 도달한 날, 베르나르 리외는 도지사가 "사람들이 두려워하고 있어요."라고 말하면서 그에게 내민 긴급 전보를 들여다보았다. 전보엔 이렇게 적혀 있었다. '페스트 사태를 선포하고, 도시를 폐쇄할 것'

2

◆

그때부터 페스트는 우리 모두에게 골칫거리가 되었다고 말할 수 있다. 그때까지만 해도, 그 이상한 사건들이 불러일으킨 충격과 불안에도 불구하고 우리 시민들은 늘 해왔던 대로 각자의 일상적인 위치에서 자신들의 일에 전념해왔다. 그리고 틀림없이 계속 그렇게 해나갔을 것이다. 그러나 일단 도시가 폐쇄되자, 시민들 모두 그리고 진술자 자신까지도 한 우리에 갇히게 되었으며, 그것에 적응해야 한다는 사실을 알아차리게 되었다. 그래서 일테면 사랑하는 사람과의 이별 같은 개인적인 감정이 첫 몇 주일째부터 갑자기 모든 주민들에게 확산되었고, 그 오랜 격리기간 동안 가장 힘든 공포와 고통이 되었던 것이다.

사실, 도시가 폐쇄됨에 따라 가장 눈에 띄는 결과 중 하나는 모두들 아무런 준비도 못 한 채 자리 잡고 있던 곳에서 떠나야 하는 갑작스런 이별이었다. 어머니들, 아이들, 부부들, 연인들 모두는 며칠 전만 해도 일시적인 이별로 끝나리라고 믿고 있었기 때문에 역 플랫폼에서 몇 마디 당부도 하면서 서로 포옹을 했었다. 그들은 며칠 또는 몇 주일 후에는 서로 재회하게 되리라고 확신하고 있었으며, 그런 인간적인 어리석은 믿음에 빠져 오히려 이 작별로 인해 일상적인 걱정에서 어느 정도 벗어났다고 느끼기까지 했다. 그러나 단번에 덮친 페스트 때문에 어찌해볼 도리도 없이 멀리 떨어져 서로 만나지도 못하고 대화도 할 수 없게 되었던 것이다. 왜냐하면 도시의 폐쇄는 도지사의 명령이 공표되기 몇 시간 전에 시행됐는데, 특별한 예외를 고려해주는 것은 당연히 불가능했기 때문이었다. 이 질병의 난폭한 침범은 그 첫 번째 결과로서 시민들로 하여금 마치 개인 감정이라곤 전혀 없는 것처럼 의무적으로 행동하도록 만들었다. 명령이 시행된 날 처음 몇 시간 동안, 도청은 사정을 호소하는 사람들의 인파로 포위되다시피 했다. 그들은 전화로 또는 공무원들을 직접 찾아와서, 흥미롭기도 하지만 또한 검토할 수도 없는 요구들을 늘어놓았다. 사실상 우리는 타협의 여지가 없는 상황에 처해있으며, '타협' '특혜' '예외' 같은 단어들은 더 이상 의미가 없다는 사실을 이해하는 데 며칠이 걸렸다.

편지를 쓰는 소소한 즐거움조차도 금지 당했다. 이 도시는 사실상 다른 지역과 일상적인 통신 수단도 연결되지 않았다. 게다가 편지들이 전염의 매개체가 되는 것을 막기 위해 새로운 명령으로 모든 서신 교환을 금지시켰다. 처음엔 몇몇 특권층들이 도시의 출입지역에서 보초병들과 접촉을 할 수 있었기 때문에 외부로 우편물이 전달되도록 조치를 하기도 했다. 그러나 이런 경우도 전염병이 시작된 첫 며칠 동안 아직 보초병들이 자연스레 동정심에 사로잡혀 있을 때나 가능했던 일이다. 하지만 얼마 후, 그 보초병들도 사태의 심각성을 깨닫고는 그 파급이 어떻게 될지 예견할 수 없어 더 이상 그 일에 대해 책임을 지려고 하지 않았다. 초기에 허용되었던 시외 통화도 공중전화 박스와 회선에 큰 혼잡을 야기했기 때문에 며칠 동안은 완전히 중지되었다가, 사망이나 출산, 결혼 같은 긴급한 경우에만 전화를 할 수 있도록 엄격히 제한되었다. 따라서 전보만이 우리의 유일한 통신수단으로 남아있었다. 이해와 감정과 혈육으로 연결된 존재들은 10개의 단어로 된 전보의 대문자 속에서나 가족이라는 오래된 일치의 흔적을 겨우 찾아볼 수 있었다. 가뜩이나 한 장의 전보 속에 쓸 수 있는 제한된 글자 수로는 쓸 말이 곧 바닥나기 때문에 오랜 공동생활이나 고통스러운 애정에 대해서도 그저 '잘 지내고 있어. 당신을 생각할게. 사랑해' 같은 판에 박힌 말을 돌려가며 바꾸는 것으로 얼른 끝맺고 말았다.

　그래도 우리 중 몇 명은 기어코 편지를 써서 외부와 연락하기 위해 끊임없이 여러 수단을 생각했지만, 결국은 항상 허망한 일로 끝나고 말았다. 우리가 생각해낸 방법 중 어떤 것은 성공을 했다 하더라도 답장을 받지 못하고 있었으므로, 결국 우리는 아무 소식도 모르고 있었던 것이다. 우리는 몇 주 동안 똑같은 편지를 계속해서 다시 쓰고, 똑같은 호소문을 계속 베껴내는 처지가 되었다. 그래서 얼마간 시간이 흐른 뒤에는 우리의 가슴에서 피를 흘리며 나온 문구들조차도 의미가 없는 공허한 것이 되고 말았다. 우리는 그 호소문들을 기계적으로 베끼면서도, 이 죽은 말들을 이용해 우리의 어려운 삶에 관한 상황들을 나타내보려 했다. 그리고 마침내, 헛되고 고집스런 독백이나 벽을 향해 말하는 것 같은 삭막한 대화보다는 전보의 상투적 호소문이 우리에겐 더 바람직해 보였다.

그런데 며칠이 지난 후, 아무도 도시 밖으로 나가지 못할 거라는 사실이 분명해지자, 시민들은 혹시 전염병이 시작되기 전에 떠났던 사람들이 다시 돌아올 수 있는지를 궁금해 했다. 도청은 며칠을 고심한 끝에 긍정적인 대답을 밝혔다. 그러나 일단 귀환한 사람들은 어떤 경우에도 다시 도시 밖으로 나갈 수는 없다고 분명히 선을 그었다. 들어오는 것은 자유지만 다시 나갈 수는 없다는 것이었다. 그럼에도 불구하고, 드물긴 했지만 몇몇 가족은 사태가 심각하지 않다고 생각하며 신중치 못한 행동을 했는데, 가족을 다시 보고 싶은 마음에 도시 밖에 있는 가족에게 이 기회를 이용하도록 권했던 것이다. 그러나 너무나 빠르게 페스트에 갇히고 만 사람들은 가족이 처하게 될 위험을 알아차리고는 결국 이별의 고통을 감수하기로 했다. 그 질병이 가장 심했을 때, 고문당해 죽는 고통보다 인간의 감정이 더 강했던 경우는 오직 한 가지만이 눈에 띄었다. 그것은 누구나 예상할 수 있듯이, 고통을 넘어서서 사랑이 서로를 희생하게 만드는 연인들의 경우가 아니었다. 오히려 오래 전에 결혼을 한 의사 카스텔과 그 부인의 경우였다. 카스텔 부인은 전염병이 발생하기 며칠 전에 가까운 도시로 떠났었다. 그들은 행복의 본보기를 세상에 모범적으로 보여주는 그런 부부들 중 하나는 아니었다. 진술자가 모든 가정을 해보며 말할 수 있다면, 이 부부는 지금까지 자신들의 결합에 대해 만족한다는 확신조차 없이 살아왔다. 그러나 이 갑작스럽고 오래 끌어온 별거가 그들로 하여금 서로 떨어져 살 수는 없다는, 어느 날 갑자기 밝혀진 진실 앞에서 페스트 정도야 별 것 아니라고 심지어 확신하게 만들었던 것이다.

이 부부는 예외적인 경우였다. 대부분의 사람들에게 있어서 별거상태는 전염병이 끝나야만 중단될 게 분명했다. 그리고 우리 모두에게 있어 삶을 영위하게 하는 감정, 그래도 우리가 잘 알고 있다고 생각했던 감정(이미 말했듯이, 오랑 사람들은 단순한 열정을 가지고 있다)은 새로운 면을 가지게 되었다. 배우자에게 가장 큰 신뢰를 보여준 남편들과 연인들은 질투심을 드러내기도 했으며, 사랑을 가볍게 생각했던 남자들은 오히려 스스로 변함없는 사랑을 되찾기도 했다. 어머니 곁에서 살았지만 어머니를 거의 쳐다보지도 않았던 아들들은 자신들의 기억 속에 어른거리는 어머니의 얼굴 주름살 하나에도 자신들의 모든 불안과 회한을 연결시켰다. 갑작스럽고 빈틈없이, 그리고 미래를 예측할 수도 없이 어느 날 닥친 이 별거는 우리를 당황하게 만들었고, 이제는 우리의 일상을 차지해버린 채 여전히 가깝게 느껴지면서도 이미 너무 멀어진 존재에 관한 추억에 대해서도 아무런 반응조차 할 수 없게 만들어버렸다. 사실 우리는 이중으로 고통스러웠다. 우선 우리 자신의 고통과, 그 다음엔 부재하는 사람들 - 자식들이나 아내나 연인들 - 을 생각하는 고통이었다.

그리고 다른 상황에 있었다면, 우리 시민들은 더 외향적이고 더 활동적인 생활 속에서 어떤 돌파구를 찾을 수 있었을지도 모른다. 그러나 페스트는 일거에 시민들을 한가하게 만들었고, 음울한 도시 안에서 뱅뱅 돌아다니게 했으며, 하루하루 추억을 떠올리는 하찮은 게임에나 빠지게 만들었다. 왜냐하면 그들은 산책을 할 때 목적지도 없이 항상 똑같은 길로 발길이 이끌렸는데, 아주 작은 이 도시에서 대부분의 시간을 보낸 이 길들은 전염병이 돌기 전에도 지금 옆에 없는 사람들과 함께 걸었던 바로 그 길들이었기 때문이다.

이처럼 페스트가 우리 시민들에게 끼친 첫 사건은 바로 유배생활이었다. 그리고 진술자는 자신이 당시 경험했던 것을 모든 사람의 이름으로 여기서 기록할 수 있으리라 생각한다. 왜냐하면 진술자도 수많은 시민들과 마찬가지로 그것을 경험했기 때문이다. 그렇다, 그건 바로 유배된 감정이었는데, 그건 우리가 우리 자신 속에 끈질기게 지니고 있던 공허감이며, 과거로 돌아가거나 또는 반대로 시간의 흐름을 재촉하고 싶은 어이없는 욕망이라는 명확한 감정이었고, 또한 추억이 불타는 화살처럼 맹렬해지는 그런 감정이었던 것이다. 만약 이따금 우리가 상상의 나래를 펴고 귀가하는 사람이 울리는 갑작스런 벨 소리나 층계를 올라오는 익숙한 발걸음 소리를 즐겁게 기다린다고 해도, 그리고 그 순간 기차가 정체되었다는 사실을 잊어버리기로 한다고 해도, 또 만약 어떤 여행객이 저녁 급행열차를 타고 우리 동네에 도착할 그 시간에 우리 집에 머물 수 있도록 준비를 해놓고 있다고 해도, 물론 이런 놀이는 오래 계속될 수가 없다. 기차가 영원히 도착하지 않을 거라는 사실을 우리가 분명히 알게 될 그런 순간은 반드시 오고 만다. 따라서 우리는 우리의 별거상태가 계속될 수밖에 없고, 시간이 흐르면서 적응하도록 노력해야 한다는 것을 알게 되었다. 그때부터 우리는 요컨대 감금되어 있는 우리의 상태를 다시 확인하면서 과거로 좁혀지고 말았다. 우리 가운데 몇 사람이 미래에 살고 싶다는 욕망에 사로잡혔다 해도, 다른 사람들은 상상에 사로잡힌 그들이 결국 나중에 입을 상처를 알아차리고 가능한 빨리 그런 유혹을 포기하는 것이었다.

특히 모든 우리 시민들은 자신들의 격리 기간을 점칠 수 있었던 습관조차도 공공연하게 서둘러 포기해버렸다. 왜 그랬을까? 그 이유는, 예를 들어 가장 비관적인 사람들이 격리 기간을 6개월로 생각하고 앞으로 다가올 6개월 동안의 모든 고통을 미리 다 겪고 났을 때, 그리고 이 시련의 기간에 자신들의 용기를 간신히 끌어올렸을 때, 낙담하지 않고 그토록 긴 나날 동안 고통을 견뎌내고 있을 때, 우연히 만난 친구나 어떤 신문에 실린 의견이나 덧없는 의혹 또는 뜻밖의 통찰력이 결국은 그들에게 이 질병이 6개월 이상이나 어쩌면 1년 혹은 그 이상 더 계속되지 않을 이유가 없다는 생각을 갖게 할 것이기 때문이었다.

그때 그들의 용기와 의지 그리고 인내심이 무너져 내린 것은 너무나 갑작스러워서 그들은 이제 그 수렁에서 영원히 다시 헤어날 수 없을 것처럼 보였다. 따라서 그들은 자신들이 해방될 시기를 절대로 생각하지 않고, 미래를 향해 돌아보지도 않으며, 이를테면 항상 눈을 낮추도록 애를 써야 했다. 그러나 당연하게도, 이런 신중함을 기울이고 고통을 벗어나기 위해 이런 방법을 쓰며 투쟁을 거부하기 위해 경계심을 단념하는 방법을 쓴다고 해도, 이 모든 것들은 효과를 얻지 못했다. 그들은 어떤 대가를 치르더라도 원하지 않았던 그런 와해를 피하긴 했지만, 동시에 앞으로 다가올 재회를 생각하며 페스트를 잊을 수 있었던 그런 순간들마저도 사실상 빼앗기고 말았다. 그럼으로써 심연과 정점의 중간 지점에 좌초된 채, 그들은 목적 없는 나날과 헛된 추억에 매달려 살았다기보다는 오히려 떠돌아 다녔는데, 결국 이 떠도는 망령이야말로 고통의 대지에 뿌리를 내리려고 애쓸 때 다시 활력을 찾을 수 있을 진정한 망령이었던 것이다.

그들은 이처럼 아무 소용도 없는 기억과 함께 살아가는 죄수나 유형자들처럼 깊은 고통을 느끼고 있었다. 그들이 끊임없이 곰곰이 생각해봤던 그 과거조차도 씁쓰름하기만 했다. 그들은 사실 자신들이 기다리고 있는 남자 또는 여자와 옛날에 함께 할 수 있을 때 하지 않았던 것에 대해 애석한 모든 것을 과거에 덧붙여보려고 했다. 또한 비교적 행복했던 감금생활의 모든 상황에 지금은 옆에 없는 사람들을 한데 합쳐보려고 했다. 하지만 그 상황들은 결국 그들을 만족시킬 수가 없었다. 현재는 초조하고 과거는 적대적이며 미래마저 박탈당한 우리 자신들은 이처럼 인간의 정의 또는 증오가 철창 속으로 밀어 넣은 죄수들을 닮아있었다. 결국 그 견딜 수 없는 휴가에서 벗어나는 유일한 방법은 상상 속에서 기차들을 또다시 달리게 하고, 끈질기게도 침묵하는 초인종 소리의 반복된 울림을 들으며 시간을 채우는 것이었다.

그러나 비록 갇혀있는 상태라고는 해도, 대부분의 경우는 자기 집 안에 갇혀있는 것이었다. 어쨌든 진술자는 모든 사람들이 갇혀 지냈다는 것밖에 몰랐지만, 랑베르 기자나 그 밖의 다른 사람들을 잊어서는 안 된다. 그들은 우리와는 반대로, 페스트의 습격을 받아 이 도시에 억류되어 있는 여행자들로서 멀리 떨어져 있어 사람들을 만날 수가 없고, 더욱이 자기들의 고향도 떨어져 있어야 했기 때문에 격리에서 오는 고통이 점점 더 커져갔던 것이다. 전반적인 유배생활 속에서도 그들은 가장 철저히 유배된 사람들이었다. 왜냐하면 자기 집에 격리되어 있는 모든 사람들처럼 그들에게도 시간이 그 자체로 지니고 있는 고통을 야기했다. 또한 공간에 붙박여 있었고, 페스트가 만연해있는 지역과 자신들의 잃어버린 고향을 둘로 갈라놓는 장벽에 끊임없이 부딪쳤던 것이다. 먼지로 가득한 도시에서 자기들만이 알고 있는 저녁과 자기네 고향의 아침 풍경을 조용히 부르고 있다면 아마도 바로 그들이었을 것이다. 그들은 제비들의 비상이나 일몰시간의 이슬방울 또는 태양이 이따금 인적 없는 거리에 던져놓는 그 묘한 광선들처럼 예측할 수도 없는 징조와 당황스러운 소식들로 자신들의 재난을 살찌우고 있었다. 그들은 항상 모든 것을 면하게 해줄 수 있는 이 외부 세계에 대해 눈을 감고, 너무나 생생한 자신들의 꿈을 고집스럽게 어루만지고 있었다. 그리고 모든 힘을 다해 어떤 대지에 대한 상상을 계속 추구해가고 있었는데, 그곳은 바로 어떤 빛과 두세 개의 언덕들, 좋아하는 나무 그리고 여인들의 얼굴이 그들에게 다른 어떤 것으로도 대체될 수 없는 하나의 풍토를 이루고 있는 곳이었다.

가장 흥미롭고 또 아무래도 필자가 말하기 좋은 처지에 있는 연인들에 관해 좀 더 분명히 얘기하자면, 그들은 다른 여러 가지 걱정 때문에 고통스러워하고 있었는데, 그 중에서도 특히 회한의 감정이 두드러졌다. 사실 이런 상황은 그들로 하여금 자기들의 감정을 일종의 열띤 객관성을 가지고 고려해보도록 해주었다. 그리고 이런 경우 그들 자신의 실수가 자기들에게도 명백하게 드러나곤 했다. 그들은 무엇보다도 지금 옆에 없는 부재자의 행동과 일들을 구체적으로 떠올리기가 어렵다는 사실을 알게 되었다. 따라서 그들은 사랑하는 사람이 어떻게 시간을 보내고 있는지 모르기 때문에 그 사실을 슬퍼했다. 그들은 그런 일에 대해 자세히 알아보는 걸 등한시 했으며, 사랑하는 사람에게 연인의 시간표는 모든 기쁨의 원천이 아니라며 믿지 않으려 한 자신들의 경솔함을 자책했다. 그때부터 그들은 자신들의 사랑을 거슬러 올라가, 그 안에서 자신들의 결점이 무엇이었는지를 쉽사리 살펴보게 되었다. 보통 때는 모두들 의식적이든 아니든 간에, 완전한 사랑은 없으며 그래서 우리의 사랑은 보잘 것 없다는 것을 다소 평온하게 받아들였던 것이다. 그러나 추억은 더 끈질긴 것이다. 그리고 매우 당연한 결과지만, 외부에서 우리에게 다가와 도시 전체를 강타한 이 재난은 우리 모두가 분개할 수도 있었던 그 부당한 고통만을 가져온 것은 아니었다. 그건 우리에게 또한 우리 스스로를 고통에 빠지도록 야기했고, 그 고통을 받아들이도록 했던 것이다. 바로 그 점이 우리의 관심을 다른 데로 돌리고 혼란을 야기하는 이 질병이 가진 여러 수단 중 하나였다.

이렇듯 각자는 하루하루를 혼자 하늘을 마주보고 살아가기를 받아들여야 했다. 하지만 결국 각자의 성격을 단련시킬 수 있었던 이런 전반적인 포기상태는 한편으로 사람들을 경박하게 만들기 시작했다. 예를 들어 우리 시민들 가운데 몇 명은 태양과 비에 좌우되는 또 다른 노예 상태에 굴복하기도 했다. 그들의 표정을 보면, 처음으로 그리고 직접적으로 날씨가 어떻다거나 하는 반응을 나타내는 것 같았고, 단지 황금빛 햇빛이 비치기만 해도 즐거운 표정을 지어 보였다. 반면에 비가 오는 날이면 그들의 얼굴과 생각엔 두꺼운 베일이 드리워지곤 했다. 몇 주일 전만 해도 그들은 이런 허약함과 비상식적인 노예 근성에서 벗어날 수 있었는데, 그건 그들만이 세상과 홀로 맞닥트리고 있는 것이 아니었다. 어떤 의미에서는 함께 살고 있는 사람이 그들의 우주 앞에 마주해 자리를 잡고 있기 때문이었다. 하지만 어떤 순간부터는 반대로, 그들은 어쩔 수 없이 하늘의 변덕에 맡겨지고 말았다. 이를테면 이유도 없이 괴로워했다가 희망에 들뜨기도 했던 것이다. 이와 같은 극도의 고독 속에서는 결국 어느 누구도 이웃의 도움을 바랄 수가 없고, 각자 혼자서 자신의 근심을 마주해야 했다. 만약 우리들 중 한 사람이 우연히 자신의 감정에 대해 무언가를 고백하거나 말하려 한다면, 그가 받을 대답은 그게 어떤 유형이든 간에 대개는 상처를 주는 것들이었다. 그러면 결국 그는 상대방과 자신이 서로 같은 것에 대해 말한 게 아니었다는 사실을 깨닫게 된다. 사실 그는 긴 나날의 밑바닥에서부터 반추하고 괴로워하며 속마음을 털어놓았던 것이고, 그가 대화를 나누고 싶었던 마음속의 어떤 영상은 기다림과 정열의 불길 속에서 오랫동안 익힌 것이었다. 그런데 반대로 상대방은 의례적인 감동이나 시장에서 물건을 파는 것 같은 괴로움, 또는 시리즈로 풀어내는 어떤 감상 정도로 생각했던 것이다. 그게 호의든 악의든 간에 돌아오는 대답은 늘 빗나가기 마련이어서, 결국은 단념을 해야 했다. 또는 적어도 침묵을 견딜 수 없는 사람들은 다른 사람들이 마음에서 나오는 진실한 언어를 알아듣지 못하기 때문에 그들도 차라리 시장바닥의 언어를 쓰고 말았다. 그들은 또한 상투적인 말투로, 단순한 이야기책이나 신문의 사회면에 나오는 말투로, 이를테면 일간신문에 나오는 말투로 지껄이고 말았다. 더욱이나 가장 진실한 고통조차도 일상적인 대화의 평범한 방식으로 표현되는 습성을 띠게 되었다. 페스트로 격리되어 있는 사람들은 이런 대가를 통해서나 겨우 건물 경비원의 동정심이랄지 또는 함께 대화하는 사람들의 관심을 얻을 수가 있었던 것이다.

그렇지만 이게 가장 중요한 점인데, 근심이 아무리 심각했고 공허한 마음이 힘겨웠다 해도, 격리된 사람들은 페스트가 발생한 초기에는 그래도 특혜를 받았었다고 솔직히 말할 수가 있다. 사실 사람들이 미칠 지경이 되기 시작했던 바로 그때부터, 그들의 생각은 온통 자신들이 기다렸던 사람에게로 향해 있었다. 전반적인 비참함 속에서도 사랑의 이기주의가 그들을 지켜주었으며, 페스트에 대해 생각하긴 했지만 그것도 다만 페스트가 그들의 별거를 영원히 계속되게 만들 위험성이 있다고 여겨질 때뿐이었다. 그들은 이렇게 전염병이 기승을 부릴 때조차도 냉정함을 유지하기 위해 마음이 끌린 유익한 오락을 즐기곤 했다. 절망감은 그들을 공포에서 구해냈고, 그들의 불행은 좋은 점도 있었다. 예를 들어 그들 중 한 명이 병에 걸려 죽는다면 그건 거의 항상 그 사람이 죽음을 방비할 수 있는 게 아니기 때문이다. 어떤 유령과 함께 지탱해온 이 오랜 내적인 대화에서 끌려나오자마자, 그는 일거에 대지의 가장 무거운 침묵 속으로 내던져지는 것이었다. 그는 시간을 전혀 갖지 못했던 것이다.

◆

우리 시민들이 이 갑작스런 유배생활에 적응하려고 애쓰는 동안 페스트는 도시의 출입문마다 보초병을 서게 만들었고, 오랑 시로 향해 가던 선박들의 방향을 돌려버렸다. 도시가 폐쇄된 후로는 단 한 대의 차량도 도시 안으로 들어오지 못했다. 그날부터 사람들은 자동차들이 제자리에서 뱅뱅 도는 것 같은 인상을 받았다. 큰길의 높은 곳에서 항구를 바라보는 사람들에겐 그 모습이 기이하게 보였다. 그곳을 연안에서 가장 활발한 항구들 중 하나로 만들었던 일상적인 활기는 별안간 사라져버렸다. 검역중인 몇몇 선박들이 아직 정박해 있는 게 보였다. 그러나 부두에 분해된 채 놓여있는 대형 기중기들, 옆으로 쓰러트려 놓은 화물차, 황량하게 쌓여있는 술통과 자루들이 페스트 때문에 무역 역시 죽었다는 것을 증언해주고 있었다.

이런 낯선 광경에도 불구하고 우리 시민들은 자기들에게 무슨 일이 일어났는지를 이해하지 못하고 있는 게 분명했다. 별거나 두려움 같은 공통된 감정들이 있긴 했지만, 그들은 여전히 개인적인 관심을 가장 앞에 두었다. 어느 누구도 아직은 이 질병을 현실적으로 받아들이지 않았다. 대부분의 사람들은 다만 자기들의 관습을 혼란스럽게 만들거나 또는 자신들의 이득에 영향을 끼치는 점에 대해 특히 예민하게 반응했다. 그래서 짜증을 내거나 화를 내기도 했는데, 그런 면은 결코 페스트와 맞설 수 있는 감정은 아니었다. 예를 들어 그들의 첫 반응은 행정당국을 비난하는 것이었다. 신문이 그 반향('검토된 조치들에 대해 완화를 고려해볼 수는 없을까?')을 일으킨 비난들에 대한 도지사의 답변은 상당히 뜻밖이었다. 지금까지 신문이나 랑스독 통신사도 그 질병의 통계에 관한 공식적인 통보를 받지 못하고 있었는데, 도지사가 나서서 그 통계를 매일매일 통신사에 알려주며 매주 단위로 그것을 보도하도록 당부했다.

그러나 역시 대중의 반응은 즉각적으로 나타나지 않았다. 사실 페스트가 발생한 지 3주 동안 302명의 사망자가 발생했다는 보고는 예측과 그리 빗나간 숫자는 아니었다. 한편으론, 사망자 모두가 페스트 때문에 죽은 건 아니었을 것이다. 그리고 다른 한편으론, 이 도시에서 평상시 1주일에 몇 명이나 죽었는지를 아는 사람도 없었다. 이 도시엔 20만 명의 주민이 있었다. 사람들은 이런 사망률이 정상적인 것인지 아닌지도 몰랐다. 사망률이 발표되는 것은 분명 사람들의 관심사임에도 불구하고, 그런 종류의 정확한 통계는 결코 사람들이 큰 관심을 기울이는 문제가 아니었다. 이를테면 대중에겐 비교의 기준이 없었다. 결국 시간이 흐른 다음에야 사망자의 증가를 확인하게 되고, 여론도 진실을 이해하게 되는 것이다. 사실 5주째엔 321명의 사망자가 나왔고, 6주째엔 345명으로 증가했다. 그 증가추세는 대단했지만 수치가 그리 높은 건 아니어서, 시민들은 한창 불안한 가운데서도 그게 분명 성가신 사건이긴 하지만 아무튼 일시적인 것으로 그칠 거라는 느낌을 가질 뿐이었다.

따라서 그들은 길거리를 돌아다니거나 카페의 테라스에 앉아 있곤 하는 일을 계속 이어갔다. 전반적으로 봐서 그들은 무기력하지 않았고, 탄식보다는 농담을 더 많이 주고받았으며, 일시적일 것이 분명한 불편한 점들도 좋은 기분으로 받아들이려는 표정을 지었다. 겉으로 보이는 것들은 별다른 이상이 없었다. 그러나 그달 말쯤, 그리고 나중에 얘기하겠지만 기도주간이 가까워지자 더 심각한 징후가 도시의 양상을 변화시켜갔다. 가장 우선, 도지사는 차량운행과 식량보급에 관련하여 조치를 취했다. 식량보급은 제한되었고, 휘발유도 배급제로 제한되었다. 절전까지도 시행되었다. 다만 생활필수품들은 육로와 항공으로 오랑에 공급되었다. 그래서 차량운행이 점차 줄어들다가 거의 없어지게 되었고, 럭셔리 가게들은 하루아침에 문을 닫았으며, 물건을 사려는 사람들의 줄이 가게 문 앞에 늘어서있는 동안 몇몇 다른 가게들은 더 이상 물건이 없다는 팻말을 진열창에 붙이기도 했다.

오랑 시는 이처럼 기이한 모습을 띠게 되었다. 보행자들의 수는 더 많아졌고, 가게들과 몇몇 회사들이 문을 닫는 바람에 활동이 줄어든 많은 사람들이 보통은 한가한 시간인데도 거리와 카페를 가득 메우고 있었다. 당분간 그들은 아직 실업 상태는 아니고 휴가 중이었다. 그래서 오랑 시는 예컨대 오후 3시쯤 날씨가 맑을 때면 마치 축제 중인 도시 같은 착각을 불러일으켰다. 그건 시민들의 가두행진을 허용하기 위해 차량운행을 통제하고 가게를 닫게 하며, 그래서 시민들이 즐거움에 동참하기 위해 거리를 점령하고 있는, 그런 인상을 풍겼기 때문이다.

극장들은 당연히 이런 전반적인 휴가를 이용해 큰돈을 벌었다. 그러나 도내에 필름의 반입이 금지되어 있었기 때문에 2주일이 지나고부터 극장들은 자기들의 영화 프로그램을 서로 교환해야 했고, 얼마 후엔 결국 똑같은 영화를 계속 돌리는 처지가 되고 말았다. 그래도 영화관의 수

입은 줄어들지 않았다.

　그리고 이 도시에선 포도주와 알콜의 판매가 선두를 차지하고 있던 터라 카페들은 쌓아두었던 많은 재고 덕분에 자기네 고객들에게 여전히 마실 것을 공급할 수 있었다. 사실대로 말하면, 사람들은 술을 많이 마셔댔다. 어떤 카페에서 '순수한 포도주는 병균을 죽인다.'라는 광고를 붙이자, 알콜이 전염병을 예방한다는 말이 대중 속에서 이미 자연스럽게 생각돼오다가 이참에 여론으로 더욱 굳어지게 되었다. 매일 밤 2시쯤이면 카페에서 쫓겨나온 많은 주정꾼들이 거리를 가득 메우고는 서로 낙관적인 얘기들을 한껏 발산하기도 했다.

　그러나 이 모든 변화가 어떤 의미에선 매우 놀라웠고 또 너무나 빠르게 이루어졌기 때문에 그런 상황들이 마치 정상적이고 오래 지속되리라고 생각하기는 쉽지 않았다. 따라서 사람들은 각자 자신의 개인적인 감정을 여전히 가장 우선으로 놓고 있었다.

　도시가 폐쇄된 지 이틀 후, 의사 리외는 병원에서 나오다가 코타르와 마주쳤는데, 그는 아주 만족스런 표정을 짓고 있었다. 리외가 그의 안색을 보며 축하해주었다.

　"네, 완전히 좋아졌어요. 근데 선생님, 이 빌어먹을 페스트 말이죠! 이게 점점 심각해지기 시작하네요." 그 자그마한 남자가 말했다.

의사는 그 말을 시인했다. 그러자 코타르는 쾌활하다 싶을 정도의 어조로 확언을 했다.

"지금 페스트가 끝날 리가 없어요. 앞으로 모든 게 뒤죽박죽 될 겁니다."

그들은 함께 잠시 걸었다. 코타르의 얘기에 의하면, 자기 동네의 어떤 큰 식료품 가게 주인이 비싼 가격에 팔아먹으려고 식품들을 쟁놓고 있었는데, 발병한 그를 병원에 데려가려고 사람들이 왔다가 그의 침대 밑에 쌓여있는 통조림들을 발견하게 됐다는 것이었다. "그 사람은 병원에서 죽었어요. 결국 페스트로 대가를 치른 거죠." 코타르는 이렇게 전염병에 대해 진짜든 가짜든 많은 얘기를 해주었다. 예를 들면, 어느 날 아침에 시내 중심가에서 페스트 증세를 보이는 한 남자가 정신착란을 일으켜 밖으로 뛰어나갔다가, 처음 만난 여자한테 달려들어 껴안으며 자기가 페스트에 걸렸다고 소리를 쳤다는 것이었다.

"그래요! 우리는 모두 미쳐버릴 겁니다. 확실해요."

코타르는 자신의 장담과는 어울리지 않는 부드러운 말투로 얘기했다.

또한 그날 오후, 조제프 그랑은 의사 리외에게 마침내 자신의 개인적인 비밀을 털어놓았다. 그는 책상 위에 놓여

있는 리외 부인의 사진을 발견하고는 의사를 쳐다보았다. 리외는 자기 아내가 시외의 어떤 곳에서 치료를 받고 있다고 말해주었다. "어떤 의미에선 다행이죠." 그랑이 말했다. 그러자 의사는 그건 분명 다행스런 일이며 자기는 아내가 낫기만을 바라고 있다고 대답했다.

"아! 그러시겠죠." 그랑이 말했다.

리외가 그를 알게 된 후 처음으로, 그랑은 말을 쏟아내기 시작했다. 아직도 적절한 말을 찾느라 헤매긴 했지만, 마치 자기가 말하고 있는 것을 오래 전부터 생각했던 것처럼 거의 항상 적절한 표현들을 찾아낼 수 있었다.

그는 아주 젊었을 때 이웃의 가난한 젊은 여자와 결혼을 했다. 공부를 중단하고 일자리를 잡은 것도 바로 결혼을 하기 위해서였다. 잔느와 그는 자기네 동네 밖으로 나가본 적이 없었다. 그는 잔느를 만나러 그녀의 집으로 가곤 했는데, 잔느의 부모는 말없고 어설픈 이런 구혼자에 대해 좀 비웃었다. 그녀의 아버지는 철도원이었다. 그는 쉬는 날엔 늘 창가의 한쪽 구석에 앉아 커다란 두 손을 허벅지에 올려놓고는 생각에 잠긴 채 거리의 움직임을 바라보곤 했다. 그녀의 어머니는 항상 집안일을 하고 있었으며, 잔느가 함께 돕고 있었다.

잔느는 몸이 아주 호리호리해서, 그녀가 길을 건널 때마다 그랑은 늘 불안한 마음으로 쳐다보았다. 그에겐 자동차들이 과도하게 빨리 달리는 것처럼 보였던 것이다. 어느 날, 크리스마스 선물을 파는 가게 앞에서 잔느가 감탄한 표정으로 진열장을 바라보다가 그에게 몸을 기대며 "너무 예쁘다!" 하고 말했다. 그때 그랑은 잔느의 손목을 잡았다. 그렇게 해서 결혼이 결정됐던 것이다.

그랑의 말에 의하면, 그 나머지 이야기는 매우 단순했고 다른 사람들과 마찬가지였다고 했다. 즉 결혼하고, 여전히 조금 사랑하며 일을 하는 것이다. 사람들은 사랑하는 걸 잊어버릴 정도로 일을 한다. 잔느 역시 일을 했다. 왜냐하면 국장이 그랑에게 한 약속이 아직 지켜지지 않았기 때문이었다. 이 대목에서 그랑이 말하고자 하는 것을 이해하기 위해서는 약간의 상상력이 필요했다. 그는 피로가 겹쳐서 될 대로 되라는 식으로 자기 생활을 내버려뒀으며, 점점 더 침묵하게 되었고, 젊은 아내가 자신이 여전히 사랑 받고 있다는 생각을 유지하도록 그녀를 받혀주지 못했다. 일하는 남자, 빈곤, 서서히 닫히는 장래, 저녁식탁에 감도는 침묵, 그런 세계 속에서 열정이 자리할 곳은 없는 법이다. 잔느도 틀림없이 괴로워했을 것이다. 그래도 그녀는 머물러 있었다. 사람은 오랫동안 괴로운 처지에 있으면서도 그 사실을 모르고 겪는 수가 있다. 그렇게 여러

해가 지나갔다. 그 후, 그녀는 떠나버렸다. 물론 그냥 떠나버린 건 아니었다. "당신을 정말 사랑했지만 이제는 나도 피곤해서… 이렇게 떠나는 게 행복하진 않아. 그러나 다시 시작하기 위해서는 행복하지 않아도 할 수 없지." 그녀가 그에게 남겨놓은 글은 대체로 이런 내용이었다.

조제프 그랑도 괴로워했다. 리외가 그에게 일깨워줬듯이, 그는 다시 시작할 수도 있었다. 그러나 결국 그는 확신이 없었다.

다만, 그는 늘 그녀를 생각했다. 그가 하고 싶었던 것은 자신의 마음을 증명하기 위해 편지를 쓰는 것이었다. "그런데 어렵더군요. 오래 전부터 그걸 생각했지만 말이죠. 우리가 서로 사랑했던 만큼 우리는 말이 없이도 서로를 이해했어요. 그렇다고 해서 우리가 항상 사랑했던 것은 아닙니다. 언젠가 한 번은 그녀를 붙잡을 표현을 찾았어야 했는데, 그렇게 하지 못했던 거죠." 그랑이 말했다. 그는 체크무늬로 된 손수건 비슷한 데다 코를 풀었다. 그리고는 콧수염을 닦았다. 리외가 그를 쳐다보았다.

"죄송합니다, 선생님. 근데 뭐랄까요?…. 저는 선생님을 믿습니다. 선생님한테는 얘기를 할 수가 있거든요. 하고 나면 감명을 받으니까요." 그랑이 말했다.

그는 확실히 페스트에 대해서는 전혀 관심이 없었다.

그날 저녁 리외는 아내에게 전보를 쳤다. 도시가 폐쇄되었고, 자기는 잘 지내고 있으며, 계속 몸조리 잘 하기 바라고, 자기는 그녀를 생각하고 있다는 내용이었다.

도시가 폐쇄된 지 3주 후, 리외는 병원을 나오다가 자기를 기다리고 있던 한 젊은 남자를 만났다.

"저를 알아보시겠어요?" 그 남자가 말했다.

리외도 그를 만난 것 같았지만 잠시 망설였다.

"저는 이 사태가 일어나기 전에 왔습니다. 선생님께 아랍인들의 생활 상태에 대한 자료를 좀 부탁하러 말이죠. 저는 레몽 랑베르라고 합니다." 그가 말했다.

"아! 네. 그럼 이제 좋은 기사거리를 찾은 거군요." 리외가 말했다.

그 남자는 초조해보였다. 그러면서 자기는 그것 때문에 온 게 아니라, 의사 리외에게 도움을 부탁하러 왔다고 말했다.

"죄송합니다만 이 도시에 제가 아는 사람이 하나도 없고 우리 신문사 주재원은 불행히도 멍청해서 말이죠." 그가 덧붙여 말했다.

리외는 그에게 시내 중심가의 한 진료소까지 함께 걸어가자고 제의했다. 몇 가지 지침을 전할 일이 있기 때문이었다. 그들은 흑인들이 사는 동네의 골목길을 걸어 내려갔다. 저녁이 다가오고 있었지만, 예전에는 이 시간이면 그토록 소란스러웠던 도시가 기이하게도 스산해 보였다. 아직 남아있는 황금빛 하늘에 울려 퍼진 몇 번의 나팔 소리만이 군인들이 직무를 수행하고 있다는 기색을 나타내 주고 있었다. 그러는 동안 가파른 길을 따라 무어 식 집들의 파란색, 붉은색, 자주색 벽들 사이를 걸어가면서 랑베르는 몹시 흥분하며 이런저런 얘기를 했다. 그는 파리에 아내를 두고 왔다고 했다. 사실대로 말하면, 아내가 아니지만 아내나 마찬가지라는 것이었다. 그는 도시가 폐쇄되자마자 아내에게 전보를 쳤다. 처음엔 그저 일시적인 사태일 거라고 생각해서, 그녀와 연락이나 하려고 했었다는 것이다. 그런데 오랑에 있는 동료기자들이 자기들은 아무것도 할 수 없다는 얘기를 들려주었고, 본인도 우체국에 갔으나 되돌려졌으며, 도청의 한 서기가 자기를 대놓고 비웃더라는 것이었다. 그는 2시간이나 줄을 서서 기다린 끝에 "만사 잘 돼가고 있음. 조만간 봐"라고 쓴 전보 한 장을 겨우 접수시킬 수 있었다고 했다.

그러나 아침에 일어나면서 그에게 갑작스럽게 다가온 생각은 얼마 동안이나 이 상황이 지속될 것인지 결국 알 수 없다는 것이었다. 그래서 떠나기로 결심했다. 그는 이곳에 추천되어 왔기 때문에(그의 직업은 편리한 점이 있다) 도청의 비서

실장을 접촉할 수가 있어서 그에게 얘기했다. 자기는 오랑시와 아무런 관계도 없고, 이곳에 머물러 있는 건 자기 일이 아니며, 우연히 이곳에 있게 되었으므로 도시 밖으로 나가면 격리를 당하게 될지라도 자기를 떠나도록 허가해주는 게 옳은 일이라는, 그런 내용이었다. 그 비서실장은 그에게, 무슨 말인지 정말 잘 이해하겠으나 예외를 적용할 수는 없으며 자기가 알아보겠지만 요컨대 상황이 심각하니만큼 당장은 어떤 것도 결정할 수 없다고 말했다는 것이다.

"그러나 결국, 저는 이 도시에선 이방인이죠." 랑베르가 말했다.

"물론 그렇겠죠, 어쨌든 전염병이 오래 가지 않기를 바랍시다."

결국 그는 랑베르에게 오랑에서 흥미 있는 기사거리를 찾을 수 있을 것이며, 잘 살펴보면 좋은 면도 있는 거라고 얘기하면서 그를 위로하려 했다. 랑베르는 어깨를 으쓱 했다. 그들은 시내 중심가에 도착했다.

"선생님도 아시겠지만 그건 바보 같은 짓이에요. 저는 기사를 쓰려고 세상에 태어난 게 아닙니다. 아마도 한 여자와 함께 살기 위해 이 세상에 태어난 것 같아요. 그것이 이치에 맞는 것 아닐까요?"

리외는 아무튼 그건 합리적인 얘기인 것 같다고 말했다.

시내 한복판 여기저기 대로에도 사람들이 예전처럼 많지 않았다. 몇몇 행인들이 먼 곳에 있는 집을 향해 발걸음을 서두르고 있었다. 미소를 짓고 있는 사람은 아무도 없었다. 리외는 그 광경을 보면서 그날 있었던 랑스독 통신사의 보도 결과 때문이라는 생각이 들었다. 24시간 후면 우리 시민들은 또 다시 희망을 가지기 시작할 것이다. 그러나 그 당일에는 그들의 기억 속에 너무나 생생한 숫자들이 들어있었던 것이다.

"그러니까 우리는 만난 지가 얼마 안 됐고, 그래서 서로 잘 이해하고 있어요." 랑베르가 불쑥 말했다.

리외는 아무 말도 하지 않았다. 그러자 랑베르가 다시 말했다.

"제가 선생님을 귀찮게 하고 있네요. 저는 단지 선생님께 제가 이놈의 병에 걸리지 않았다고 확인해주는 증명서 한 장을 떼어주실 수 있는지 여쭤보고 싶었어요. 증명서가 저한테 도움이 될 것 같아서 말이죠."

리외는 고개를 끄덕였다. 그는 자기한테로 뛰어와 부딪친 남자아이를 조심스럽게 안아 일으켰다. 두 사람은 계속 걸어서 아르므 광장에 도착했다. 먼지에 쌓여 더러워진 공화국 기념상 둘레로 무화과 가지들과 종려나무 가지들이 뿌옇게 먼지를 뒤집어쓴 채 축 늘어져 미동도 하지 않고 있었다. 두 사람은 그 기념상 앞에서 발길을 멈췄다. 리외는 희끄무레한 먼지로 뒤덮인 신발을 하나씩 차례로 땅바닥에 탁탁 털었다. 그리고는 랑베르를 쳐다보았다. 펠트 모자를 약간 뒤로 젖혀 쓰고, 넥타이를 맨 채 단추가 풀어진 와이셔츠를 입었으며, 면도도 제대로 안한 그 신문기자는 완고하고 뿌루퉁한 표정을 하고 있었다.

리외가 말문을 열었다.

"물론 이해합니다만, 당신의 생각은 옳지 않습니다. 나는 당신에게 증명서를 발급해줄 수가 없어요. 왜냐하면 사실 나는 당신이 이 질병에 걸렸는지 안 걸렸는지도 모르고, 또 안다 해도 당신이 내 진료실을 나간 순간부터 도청에 들어가는 순간 사이 전염병에 옮지 않았다는 걸 나는 증명할 수가 없기 때문이죠. 그리고 또…."

"또 뭐죠?" 랑베르가 물었다.

"그리고 내가 당신한테 증명서를 드린다 할지라도, 그건 아무 도움이 안 될 겁니다."

"왜죠?"

"왜냐하면 이 도시엔 당신과 같은 경우의 사람들이 수천 명이나 있고, 그런데도 당국이 그들을 나가도록 허락할 수가 없기 때문이죠."

"페스트에 걸리지 않은 사람들도요?"

"그 이유가 전부는 아닙니다. 사실 이 조치는 멍청한 짓이에요. 나도 잘 알고 있어요. 하지만 그건 모든 사람한테 해당되는 조치니까 어쩔 수가 없는 거죠. 그냥 그대로 지켜야 합니다."

"저는 이곳 사람이 아닌 데도요!"

"지금부터는, 안타깝지만 당신도 다른 사람들과 마찬가지로 이곳 사람으로 취급됩니다."

신문기자가 흥분하며 말했다.

"단언컨대, 이건 인도적인 문젭니다. 서로 잘 이해하면서 사는 두 사람에게 이런 별거가 무엇을 의미하는지 아마도 선생님은 이해를 못하시는 것 같은데요."

리외는 곧바로 대답하지 않았다. 그리고는 잠시 후, 자기는 잘 이해하고 있으며, 랑베르가 아내를 다시 만나게 되고 서로 사랑하는 사람들 모두가 함께 모이기를 자기는 간절히 바라고 있지만, 명령과 법률이 있고 또한 페스트가 있는 한 자기는 해야 할 일을 하는 것뿐이라고 말했다.

"그렇지 않습니다. 선생님은 이해를 못하고 계세요. 이성적인 말씀을 하고 계시지만 추상적 관념에 빠져있는 겁니다." 랑베르가 신랄하게 말했다.

의사는 공화국 기념상을 올려다보며 자기가 이성적인 말을 했는지 안 했는지는 모르지만, 그러나 명백한 사실에 대해 얘기했고, 그 두 가지가 반드시 같은 것은 아니라고 말했다. 기자는 자신의 넥타이를 매만졌다.

"그럼, 제가 다른 방법으로 해결해야 한다는 뜻입니까? 아무튼 저는 이 도시를 떠나겠습니다." 그는 일종의 반발심을 내비치며 말했다.

의사는 그를 이해한다고 또다시 말했다. 그러나 그건 자기와 관련이 없는 일이라고 덧붙였다.

랑베르는 갑자기 감정이 격해졌다.

"아니요, 선생님과 관련이 있는 일입니다. 제가 선생님한테 온 건, 당국이 취한 조치에 선생님이 큰 역할을 했다는 얘기를 들었기 때문입니다. 그래서 저는 적어도 한 가지 상황에 있어서는 선생님이 그 조치가 내려지는 데 기여했던 만큼 선생님 자신이 직접 풀어내줄 수 있을 거라고 생각했던 겁니다. 그런데 선생님한테는 이게 상관도 없는 얘기군요. 선생님은 그 누구도 생각하지 않는 모양이네요. 떨어져 있는 사람들에 대해서는 관심도 없으시니 말이죠."

리외는 어떤 의미에선 그 말이 사실이고 자신은 그런 일에 대해 관심을 가지고자 하지 않았다는 것을 인정했다.

"아! 알겠습니다. 공공복지에 대해 말씀하시려는 것 같은데, 그러나 공공복지도 각자의 행복으로 성립되는 것이죠." 랑베르가 다시 말했다.

그때 멍한 상태에서 빠져나오듯이 의사가 말했다.

"자, 그럴 수도 있고, 그렇지 않을 수도 있어요. 단정은 짓지 않아야 합니다. 그러나 당신이 화를 낸 것은 옳지 않습니다. 만약 당신이 이 문제에서 빠져나갈 수 있다면 난 정말로 기쁠 것 같아요. 다만 내 역할로는 할 수 없는 일들이 있는 거죠."

기자는 초조해하며 머리를 흔들었다.

"네, 제가 화를 낸 건 잘못입니다. 그리고 이렇게 선생님을 너무 오랫동안 붙잡고 있었네요."

리외는 그에게 앞으로 어떻게 할 건지 그의 소식을 알고 싶으며, 감정의 응어리는 갖지 말아달라고 당부했다. 그들의 의견이 서로 일치할 수 있는 면은 분명히 있을 거라는 얘기였다. 랑베르는 갑자기 난처해졌다. 그러더니 잠시 침묵하다가 말했다.

"저도 그렇게 생각합니다. 그래요, 제 상황과 관계없이, 그리고 선생님이 저한테 말한 모든 것에도 불구하고, 그렇게 생각합니다."

그는 머뭇거리다가 다시 말을 이었다.

"그러나 선생님이 하는 일을 찬성할 수는 없습니다."

그는 펠트 모자를 이마 위로 내려쓰고 빠른 걸음으로 떠나버렸다. 리외는 그가 장 타루가 머물고 있는 호텔로 들어가는 것을 보았다.

잠시 후, 의사는 고개를 끄덕였다. 그 기자가 자신의 행복을 찾아 조바심 내는 건 옳다는 생각이 들었다. 그러나 그가 의사를 비난한 건 옳은 일이었을까? "당신은 추상적 관념에 빠져있군요." 페스트가 기승을 부려 1주일에 평균 500명의 사망자가 생기는 병원에서 보낸 나날이 정말로 추상적이란 말인가? 그렇다, 불행 속에는 추상적이고 비현실적인 측면도 있는 것이다. 그러나 추상적 관념이 우리를 죽이기 시작하면 그 추상적 관념을 잘 살펴보아야 한다. 다만 리외는 그게 대단히 쉬운 일이 아니라는 것을 알고 있었다. 예를 들어 그가 책임을 맡고 있는 그 부속병원(이젠 3개로 늘어났다)을 이끌어가는 것도 쉬운 일이 아니었다. 그는 진찰실이 내다보이는 공간에 접수처를 마련했다. 땅을 파서 크레졸 소독약의 웅덩이를 만든 다음, 그 한가운데다 벽돌을 놓아 작은 섬이 되도록 했다. 그래서 환자를 그 섬으로 옮겨 재빨리 옷을 벗기면 그 옷들이 소독약 속으로 떨어졌다. 환자는 몸이 씻기고 물기가 마른 후 깔깔한 환자복이 입혀진 다음, 리외에게로 넘어왔다가 이어서 병실로 옮겨졌다. 부속병원은 어떤 학교의 안

마당까지 사용해야 했는데, 모두 다 해서 500개의 침대를 갖추고 있으며, 거의 모든 침대가 환자로 차있는 상태였다. 리외가 직접 진료하는 오전 접수가 끝나면 환자들은 백신주사를 맞기도 하고 임파선 종기수술을 받기도 했다. 그런 다음 리외는 또 다시 통계자료를 검토하고 오후 진료를 위해 자신의 병원으로 돌아와야 했다. 그리고 마지막으론 저녁에 왕진을 나갔으며, 밤늦게야 집으로 돌아오곤 했다. 그 전날 밤, 리외의 어머니는 며느리한테서 온 전보를 아들에게 내밀다가 그의 손이 떨리고 있는 것을 알아차렸다.

"네, 좀 참으면 진정될 거예요." 그가 말했다.

그는 튼튼하고 강인했기 때문에 사실 그리 피곤하지도 않았다. 그러나 예컨대 왕진을 다니는 일은 그로서는 견디기 힘들어지고 있었다. 전염성 열병으로 진단을 내린다는 것은 결국 환자를 재빨리 격리시키라는 말이 되기 때문이다. 그때는 정말이지 추상적 관념과 어려움이 시작되는 것이다. 왜냐하면 환자의 가족은 그 환자가 완치되거나 죽기 전에는 더 이상 볼 수 없다는 것을 알기 때문이다. "제발, 선생님!" 타루가 머물고 있는 호텔의 객실 청소부의 어머니인 로레 부인이 말했다. 그건 무슨 뜻이었을까? 물론, 리외는 측은한 마음이 들었다. 그러나 그런 마음은 누구에게도 도움이 되지 않았다. 그보다는 바로 전화를 해야 했다. 그러면 곧 앰뷸런스 소리가 울려왔다. 처음엔 이웃 사람들이 창문을 열고 내다보기도 하다가, 얼마 지나고부터는 서둘러 창문을 닫아버렸다. 그래서 결국 싸움과 눈물과 설득, 요컨대 추상적 관념이 시작되는 것이었다. 열병과 불안으로 과열된 여러 곳의 아파트에서 광기어린 장면들이 펼쳐지곤 했다. 그러나 결국 환자는 격리되고, 그러면 리외도 그곳을 벗어날 수가 있었다.

그는 처음엔 전화를 한 후 앰뷸런스가 도착할 때까지 기다리지 않고 다른 환자에게로 달려가는 정도에 그쳤다. 그러나 이제는 가족들이 그 결과가 어떻게 될지 잘 아는 격리보다는 차라리 페스트와 맞대고 사는 것을 더 선호하면서 아예 문을 걸어 잠갔다. 아우성과 명령, 경찰의 개입, 그리고 나중엔 병력까지 투입되어 환자는 포위되고 말았다. 그래서 처음 몇 주 동안 리외는 앰뷸런스가 도착할 때까지 남아있어야 했다. 그 다음부터 의사가 회진할 때는 자원 봉사하는 감독관이 동행하기로 되어 있어서, 리외는 환자들을 차례로 보러 달려갈 수 있었다. 그러나 처음엔 로레 부인 집에 들어갔던 그날 저녁처럼 매일이 비슷했는데, 부채와 조화로 장식된 그 작은 아파트에서 부인은 일그러진 미소를 지으며 리외에게 말했었다.

"모든 사람들이 말하는 그 열병이 아니면 정말 좋겠어요."

그래서 그는 침대시트와 셔츠를 들추고 배와 허벅지 위에 난 붉은 반점들과 임파선이 부어오른 것을 가만히 들여다보았다. 로레 부인은 딸의 허벅지를 쳐다보다가 감정을 누르지 못하고 그만 소리를 질러버렸다. 어머니들은 매일 저녁 그렇게 죽음의 기색이 역력한 복부를 보며 어찌할 바 모르는 표정으로 울부짖었다. 그리고 매일 저녁 사람들은 리외의 팔을 붙잡고 쓸데없는 말들과 약속들 그리고 눈물을 허겁지겁 쏟아냈으며, 매일 저녁 앰뷸런스 소리는 모든 고통만큼이나 헛된 발작 같은 소리를 질러댔다. 매일 비슷한 이런 저녁이 오래 계속되자, 리외는 끝없이 되풀이되는 비슷한 장면이 오래 지속되는 것 외엔 다른 어떤 것도 바랄 수가 없게 되었다. 그렇다, 페스트는 마치 추상적 관념처럼 단조로웠다. 어쩌면 단 하나만이 달라졌는데 그건 바로 리외 자신이었다. 그날 저녁, 그는 공화국 기념상 아래서 랑베르가 사라져버린 호텔 문을 계속 바라보며 마음속에 차오르기 시작한 난감한 무관심에 대해 의식하고 있는 자신을 느꼈다.

엄청 피곤한 몇 주일이 지난 후, 도시에 황혼이 지고 사람들이 거리로 쏟아져 나와 여기저기 배회하는 저녁이 되자, 리외는 문득 동정심에 대해 더 이상 따질 필요가 없다는 것을 이해하게 되었다. 동정심이 소용없을 때는 동정하는 것도 피곤해지기 때문이다. 그리고 자신의 마음이 서서히 닫혀가는 것을 의식하며 그는 짓누르는 나날 속에서 유일한 위안을 찾았다. 자신의 임무가 쉬워질 거라는 걸 그는 알고 있었다. 그래서 기뻤다. 새벽 두 시에 들어오는 아들을 보며 그의 어머니는 자신을 바라보는 그의 공허한 시선에 마음 아파했다. 정확히 말해, 그때 리외가 받을 수 있었던 그 유일한 위안을 그녀는 슬퍼했던 것이다. 추상적 관념에 맞서기 위해서는 그것과 좀 비슷해져야 한다. 그러나 어떻게 그것이 랑베르에게 느껴질 수 있었을까? 랑베르에게 있어서 추상적 관념은 자신의 행복을 방해하는 모든 것이었다. 그리고 사실을 말하면, 리외는 그 기자가 어떤 의미에서는 옳다는 것을 알고 있었다. 그러나 추상적 관념은 행복보다 더 강하게 나타날 수도 있는데, 그때는 다만 추상적 관념을 고려해야 한다는 것도 그는 알고 있었다.

그 일은 랑베르에게 일어나고 말았고, 의사는 랑베르가 나중에 고백한 말을 통해 그것을 자세히 알 수 있었다. 리외는 이렇게 새로운 목표를 가지고 인간 각자의 행복과 페스트의 추상적 관념 사이에서 오랫동안 우리 도시의 삶

을 완전히 사로잡고 있는 일종의 암울한 투쟁을 계속할
수 있었다.

◆

그러나 어떤 사람들이 추상적 관념을 보는 바로 그곳에서 또 다른 어떤 사람들은 진실을 보고 있었다. 페스트가 유행한 첫 달 말쯤엔 전염병의 뚜렷한 악화와 파늘루 신부의 열렬한 설교 때문에 사실 분위기가 침울해졌다. 파늘루 신부는 미셸 영감이 아프기 시작했을 때부터 옆에서 도와주었던 예수회 소속의 신부였다. 그는 오랑 시의 지리협회 회보에 자주 기고를 해서 이미 유명해져 있었는데, 그의 금석학 고증은 꽤 권위가 있었다. 게다가 그는 근대 개인주의에 대한 일련의 강연을 함으로써 어떤 전문가보다 더 광범위한 청중을 획득했었다. 그는 강연을 통해 근대의 방종이나 지난 수세기 동안의 몽매주의와는 거리가 먼, 엄격한 가톨릭교의 열렬한 옹호자임을 보여주었다. 그런 기회가 있을 때마다 그는 청중들에게 준엄한 진실을 알리길 주저하지 않았다. 그의 명성은 바로 그 점에 있었다.

그런데 그달 말쯤, 우리 도시의 교권에서 공동 기도주간을 개최함으로써 그들 나름의 방법으로 페스트에 대항해 싸우기로 결정을 내렸다. 이런 대중적 신앙 행사는 페스트에 걸렸던 성 로슈에게 바쳐지는 장엄미사를 마지막 순서로 일요일에 끝날 예정이었다. 그 기회에 맞춰 사람들이 파늘루 신부에게 설교를 부탁했다. 그는 약 2주일 전부터 자신의 종파에서 성 아우구스티누스에 대한 연구와 아프리카 교회에 대한 연구 모두 손을 떼었다. 성격이 급하고 열정적인 이 신부는 자기에게 지워진 사명을 결연히 받아들였다. 그 설교가 있기 오래 전부터 시민들은 그의 설교에 대해 얘기를 했으며, 그것은 당시의 역사에서 나름대로 중요한 날짜를 기록했다.

그 기도주간에 많은 군중들이 모여들었다. 그것은 오랑시의 주민들이 평상시에도 유독 신앙심이 깊었기 때문은 아니었다. 예를 들어 일요일 아침엔 해수욕이 미사와 진지한 경쟁을 벌이기도 했다. 또한 갑작스런 개종이 그들에게 계시로 내려온 것도 아니었다. 그것은 한편으론 도시가 폐쇄되고 항구의 출입이 금지되어 해수욕을 더 이상 할 수 없었기 때문이며, 다른 한편으론 그들이 매우 특이한 정신 상태에 있었기 때문이었다. 즉 그들에게 충격을 준 이 뜻밖의 사태를 마음속 깊이 인정하지 않으면서도 분명 무언가가 달라졌다는 것을 깊이 느끼고 있었던 것이다. 그렇지만 많은 사람들은 여전히, 전염병이 곧 멈출 것이며, 가족과 함께 그걸 피하게 될 거라는 희망을 갖고 있었다. 따라서 그들은 아직까지는 어떤 것에도 얽매이는 감정을 느끼지 않았다. 그들에게 있어서 페스트는 어느 날 왔다가 떠나게 될 불쾌한 방문객에 지나지 않았다. 무서웠지만 절망하지는 않았으며, 페스트가 그들에게 생활양식 자체로서 자리 잡는 순간은 아직 오지 않았다. 또한 사는 날까지 영위해나갈 수 있었던 실존 자체를 잊어버리는 순간은 아직 오지 않았다. 요컨대 그들은 기대 속에 있었던 것이다. 종교에 관해서도, 다른 여러 문제들과 마찬가지로 페스트는 그들에게 이상한 정신 상태를 야기했다. 그것은 열정과는 거리가 멀고 무관심과도 역시 거리가 먼 것으로서 '객관성'이라는 말로 어느 정도 정의되어질 수 있는 것이었다. 그 기도주간에 참가한 사람들의 대부분은 예컨대 의사 리외 앞에서 "어쨌든 그건 해를 끼치지 못해요."라고 말했던 한 신자의 이야기를 구실로 삼았다. 타루 자신도 그의 수첩 속에, 중국인들이라면 이런 비슷한 경우에 페스트 귀신 앞에서 북을 칠 거라고 기록한 후, 하지만 실제로 북이 예방조치보다 더 효력을 나타낼지는 절대로 알 수 없다고 지적했다. 그는 다만, 문제를 딱 잘라 해결하려면 우선 페스트 귀신이 존재하는지에 대해 알아봐야 하는데, 그 점에 대한 우리의 무지는 우리가 가질 수 있는 모든 의견들을 말살시키고 있다고 덧붙여 적어놓았다.

아무튼 우리 도시의 성당은 기도주간 내내 신자들로 거의 가득 찼다. 처음 며칠 동안은 많은 시민들이 성당 정문 앞에 넓게 펼쳐져 있는 종려나무와 석류나무 정원에 늘어서서 길거리까지 파도처럼 흘러나오는 기원과 기도소리를 듣고 있었다. 이내 청중들은 조금씩 앞사람을 따라 성당 안으로 들어가서 참석자들이 하는 성가 답창에 머뭇거리는 목소리로 끼어들었다. 그 일요일엔 성당 안에 자리가 없을 정도로 넘쳐흘러 상당수 사람들이 성당 밖의 현관과 마지막 계단까지 나와 있어야 했다. 전날부터 하늘이 흐려지더니 비가 억수로 쏟아져 내렸다. 성당 밖에 있던 사람들은 우산을 펼쳐 들었다. 향에서 나는 냄새와 눅눅한 옷 냄새가 성당 안에 감돌고 있을 무렵, 파늘루 신부가 설교단으로 올라갔다.

그는 보통 키에 다부진 체격이었다. 그가 두툼한 손으로 설교대를 꽉 잡고 단상의 가장자리에 서자, 보이는 거라곤 금속 테 안경 속의 두 개의 점과 불그스름한 두 뺨 위로 올라앉은 살찌고 거무스름한 하나의 형체뿐이었다. 그의 목소리는 힘차고 열정적이어서 멀리서도 들렸으며, "형제 여러분, 여러분은 불행 속에 있습니다. 형제 여러분, 여러분은 불행 속에 있는 것이 당연합니다."라며 격렬하게 끊어서 발음하는 단 하나의 문장으로 참석자들에게 외치자, 어떤 소용돌이가 참석자들 사이를 지나 성당 앞마당까지 퍼져나갔다.

논리적으로 볼 때, 그 다음 말은 그 비장한 서두와는 연결되지 않는 것 같았다. 우리 시민들을 이해하게 만든 건 계속 이어진 그의 강론이었다. 신부는 설교 전체의 주제를 능숙한 웅변 방식으로 마치 한 방 먹이듯 단번에 서두에 내놓았던 것이다. 파늘루 신부는 그 발언을 한 후 곧바로, 이집트에서 발생했던 페스트에 관한 출애굽기의 한 구절을 인용하며 말했다. "이 재앙이 처음 역사에 등장한 건 신에게 대적한 자들을 후려치기 위해서였습니다. 파라오가 신의 섭리에 맞서자 페스트가 그를 무릎 꿇도록 한 것이었습니다. 역사를 통틀어 지금까지 신이 내린 재앙은 오만한 자들과 눈먼 자들을 그의 발아래 굴복시켰습니다. 이 의미를 깊이 생각해보시고 무릎을 꿇으십시오."

밖엔 비가 더 세차게 내렸으며, 완전한 정적 속에 울려 퍼진 그의 마지막 발언은 유리창 위로 쏟아져 내리는 빗소리 때문에 더욱 더 깊게 파고들며 강한 울림으로 퍼져나갔다. 잠시 침묵이 흐른 후, 몇몇 청중들이 의자에서 미끄러져 내려와 기도 받침대 위에 무릎을 꿇었다. 다른 사람들도 그 귀감을 따라야 한다고 생각한 듯, 모두들 차례로 삐걱거리는 의자소리 외에 다른 소리는 내지 않고 이내 무릎을 꿇었다. 파늘루 신부는 자세를 바로 하고 깊은 숨을 들이쉬더니 점점 더 강한 어조로 말을 이어갔다. "오늘날 여러분들이 페스트를 겪게 된 것은 깊이 생각해야 할 때가 왔기 때문입니다. 올바른 사람들은 그것을 두려워할 필요가 없습니다. 그러나 사악한 사람들이 두려움에 떠는 것은 당연합니다. 우주의 거대한 곳간에서는, 짚에서 낟알이 떨어져 나올 때까지 타작하는 것처럼 무자비한 재앙이 인간이라는 밀알을 타작할 것입니다. 낟알보다는 짚이 더 많을 것이며, 선택된 사람들보다는 부름을 받은 사람들이 더 많을 것입니다. 이런 불행은 하나님이 바라신 것이 아니었습니다. 너무나 오랫동안 이 세상은 악으로 이루어져 있었으며, 너무나 오랫동안 이 세상은 하나님의 자비 위에서 안식하고 있었습니다. 회개하기만 하면 되었고, 그 다음엔 모든 것이 허용되었습니다. 그래서 각자는 회개하는 일을 중요하게 여겼습니다. 때가 오면 사람들은 틀림없이 그걸 느끼게 될 것입니다. 지금부터 그때까지 가장 쉬운 일은 되는대로 살아가는 것이며, 그 나머지는 하나님께서 자비를 베풀어주실 거라고 믿었습니다. 하지만 그런 일은 오래 지속될 수 없었습니다. 참으로 오랫동안 이 도시의 사람들에게 연민의 얼굴을 기울여주셨던 하나님께서는 기다림에 지치고 영원한 축원 속에서 실망한 나머지, 이제는 눈길을 돌리셨습니다. 하나님의 광명을 잃어버린 우리는 이렇게 오랫동안 페스트의 암흑 속에 갇혀버린 것입니다!"

성당 안에서 어떤 사람이 마치 참을성 없는 말처럼 고개를 흔들며 재채기를 해댔다. 신부는 잠깐 멈췄다가 더 낮은 어조로 다시 설교를 이어갔다. "〈황금전설〉이라는 책에 이런 이야기가 나옵니다. 롬바르디아의 홈베르트 왕 시대에 이탈리아에서 극심한 페스트가 발생해 온 나라가 황폐화되다시피 했습니다. 살아남은 사람이 적어서 죽은 사람을 간신히 매장할 수 있었는데, 그 페스트는 특히 로마와 파비아에서 창궐했습니다. 그러자 한 천사가 나타나 사냥용 창을 들고 서있는 악마에게 모든 집들의 문을 두드리라고 명령했습니다. 그런데 각 집의 문을 두드린 숫자만큼 그 집에서 사망자가 나왔다는 것입니다."

파늘루 신부는 이쯤에서 마치 비 때문에 흔들리고 있는 커튼 뒤의 무언가를 가리키듯 짧은 두 팔을 들어 성당 앞마당을 향해 뻗었다. 그리고는 힘차게 말했다. "형제 여러분, 바로 그 죽음의 사냥이 오늘날 우리의 거리에서 일어나고 있습니다. 루시퍼(성서에 나오는 사탄의 별명_역주)처럼 아름답고 악 그 자체로서 빛나는 이 페스트의 천사를 보십시오. 그는 여러분의 집 지붕 위에 서서 오른손으로는 붉은 창을 머리 높이 들고, 왼손으론 여러분의 집들 중 하나를 가리키고 있습니다. 어쩌면 지금 이 순간에도 그의 손가락이 여러분의 집을 향해 뻗쳐 창끝으로 문을 두드리고 있는지도 모릅니다. 또한 페스트가 여러분의 집으로 들어가 방안에 앉아서 여러분이 돌아오기를 기다리고 있는지도 모릅니다. 페스트는 참을성 있고 조심스럽게 세상의 질서 그 자체인 것처럼 자신 있게 그곳에 있습니다. 여러분에게 향해질 그 손은 그 어떤 지상의 권력이나 공허한 인문학도 여러분이 그걸 피하도록 할 수 없다는 것을, 여러분은 분명히 알고 있어야 합니다. 그리고 여러분은 피비린내 나는 고통의 탈곡장에서 두들겨 맞고 짚더미와 함께 버려질 것입니다."

이 대목에서 신부는 재앙의 비참한 상황에 대해 더 풍부한 표현을 쓰면서 다시 설명했다. 그것은 거대한 나무토막이 도시 위에서 빙빙 돌다가 닥치는 대로 후려치고 나서 피투성이가 된 채 다시 올라가 "진리의 수확을 준비하는 파종을 위해" 마침내 인간의 고통과 피를 흩뿌리는 장면을 연상시켰다.

긴 이야기를 마친 후, 파늘루 신부는 머리카락을 이마에 내려뜨린 채 두 손이 설교대 위에서 떨리고 있는 걸로 보아, 온 몸이 부들부들 흔들리고 있는데도 불구하고 더 낮은 음성으로, 그러나 뭔가 비난하는 어조로, 다시 말을 이어갔다. "그렇습니다. 깊이 숙고해야 할 때가 다가왔습니다. 여러분은 매일 매일이 자유롭기 위해 일요일에 하나님을 찾아뵙는 것으로 충분하다고 믿었습니다. 여러분은 몇 번 무릎 꿇는 행동이 여러분의 범죄적 무관심에 대해 충분한 대가를 치르는 거라고 생각했습니다. 그러나 하나님은 그렇게 미적지근한 분이 아니십니다. 그런 소원한 관계는 그분의 불타는 사랑에 충분하지 못합니다. 하나님은 여러분을 더 오래도록 보고 싶어 하십니다. 바로 그것이 여러분을 사랑하는 하나님의 방식이며, 그리고 사실 말해서 그것만이 사랑의 유일한 방식입니다. 그렇기 때문에 여러분이 오기를 기다리다 지치신 하나님께서 인류의 역사가 시작된 이래 죄악에 빠진 모든 도시와 마찬가지로 이 도시에도 재앙을 풀어놓아 여러분을 찾아가도록 한 것입니다. 카인과 그의 자손들, 노아의 대홍수가 일어나기 전의 사람들, 소돔과 고모라의 사람들, 파라오와 욥 그리고 저주받은 모든 사람들이 겪었던 것처럼, 여러분은 이제 죄악이 어떤 것인지를 알게 되었습니다. 그리고 그들 모두가 그랬던 것처럼, 이 도시가 여러분과 재앙을 벽으로 둘러싸 가둬버린 그날 이후로, 여러분은 새로운 시선으로 존재와 사물을 대하고 있습니다. 여러분은 이제 알고 있습니다. 결국 본질적인 것에 다가서야 한다는 것을 말입니다."

그때 습한 바람이 본당 아래로 밀려들어와 촛불이 지지직거리며 이리저리 휘어졌다. 초에서 나는 진한 냄새와 기침소리, 재채기소리가 파늘루 신부 쪽으로 올라갔는데, 그는 대단한 평가를 받은 적이 있던 능란한 방법으로 자신의 설교에 집중하며 잔잔한 목소리로 계속 이어갔다. "여러분 중 많은 사람들은 내 설명이 결국 어떻게 결론 날지 당연히 궁금해 할 것입니다. 나는, 모든 얘기를 다 했지만, 여러분들이 진리에 다가서도록 돕고 싶고, 여러분들이 기뻐하도록 가르쳐주고 싶습니다. 충고나 우정의 손길이 여러분을 올바른 쪽으로 밀어주는 수단이었던 시기는 이제 더 이상 없습니다. 오늘날, 진리는 바로 명령입니다. 그리고 구원의 길은, 여러분에게 그 길을 가리켜주고 여러분을 그곳으로 밀어붙이는 재앙의 붉은 창인 것입니다. 형제 여러분, 만물 속에 선과 악, 분노와 연민, 페스트와 구원을 관장하시는 하나님의 자비가 마침내 발현하고 있는 것은 바로 이곳입니다. 여러분을 괴롭히는 이 재앙 자체가 여러분을 향상시키고 여러분에게 길을 안내해주고 있는 것입니다."

"옛날에 아비시니아의 기독교인들은 페스트를 겪으며 영

원성을 획득하는 효과적인 방법을 알게 되었는데, 그것은 바로 신의 근원에서 나온 것이었습니다. 페스트에 걸리지 않은 사람들은 확실하게 죽기 위한 방법으로 페스트 환자들이 사용했던 시트를 몸에 감곤 했었습니다. 구원에 대한 이런 열광은 분명 권장할만한 일은 아닐 것입니다. 그 열광은 유감스럽게도 정말 교만이라고 할 만큼 성급함을 보여주었습니다. 하나님보다 더 서둘러서는 안 되며, 하나님이 영원히 이룩해놓으신 불변의 질서를 가속화시키려는 모든 행위는 이단으로 몰릴 것입니다. 그러나 적어도 이런 예는 그 자체의 교훈을 지니고 있습니다. 우리 정신의 깊은 통찰력으로 볼 때, 그것은 모든 고통의 저 깊은 곳에 자리하고 있는 영생의 미세한 빛만을 드러나게 하는 것입니다. 그 빛은 해방으로 이끌어주는 황혼의 길을 비추고 있습니다. 그 빛은 틀림없이 악을 선으로 변화시키는 신의 의지를 드러냅니다. 오늘날에도 죽음과 번민과 부르짖음의 과정을 통해 그 빛은 우리를 본질적인 침묵으로 그리고 삶의 근원으로 인도합니다. 형제 여러분, 내가 여러분에게 전하고 싶은 얘기는 바로 이 무한한 위로의 말씀입니다. 나는 여러분들이 여기서 가져가는 게 단지 응징의 말만이 아니라, 마음을 위로해주는 말씀 또한 가져가기를 진심으로 바랍니다."

파늘루 신부는 말을 마친 것 같았다. 밖에는 비가 그쳐 있었다. 물기와 햇빛이 뒤섞여 있는 하늘은 더 눈부신 빛을 광장에 쏟아 부었다. 거리에서 얘기하는 소리들과 자동차들의 질주소리, 그리고 깨어난 도시의 모든 소리들이 들려오고 있었다. 청중들은 귀를 멍하게 하는 소란스런 이동 속에서도 자신들의 소지품을 조심스럽게 챙겼다. 그 와중에도 신부는 다시 말을 시작했다. 페스트가 신에게 근원을 둔 것이며, 그 재앙의 응징적인 특징을 알렸으니만큼 자기로서는 할 말을 다 했고, 이토록 비극적인 내용을 언급하면서 장소에 어울리지 않는 웅변으로 결론을 맺고 싶지는 않다고 말했다. 그에게는 모든 얘기가 청중들 한 사람 한 사람에게 명백해진 것처럼 보였다. 그는 다만, 마르세유에서 페스트가 크게 발생했을 때 그 사건을 기록했던 마튜 마레(회상록 저작자, 1665-1737)가 구원도 없고 희망도 없이 이렇게 사는 것은 지옥에 빠진 것이나 마찬가지라면서 비탄했던 일을 상기시켰다. 세상에! 마튜 마레는 눈이 멀었던 것이다! 그와 반대로, 파늘루 신부는 이제까지 단 한 번도 오늘날처럼 모두에게 베풀어진 신의 구원과 기독교의 희망을 느껴본 적이 없었다. 당시의 공포와 죽어가는 사람들의 절규에도 불구하고, 그는 우리 시민들이 그리스도의 말이며 사랑의 말인 그 유일한 말을 하늘

에 대고 외치길 그 어떤 희망보다 더 원했다. 나머지 모든
것은 하나님이 하실 거라고 했다.

◆

　파늘루 신부의 설교가 우리 시민들에게 영향을 끼쳤다 하더라도 그것을 설명하기는 쉽지 않다. 예심판사 오통 씨가 의사 리외에게 자기는 파늘루 신부의 강론을 '절대 반박할 수 없는' 것으로 생각한다고 말했다. 그러나 모든 사람들이 그렇게 명확한 의견을 가지고 있는 것은 아니었다. 다만 그 설교는 그때까지도 희미했던 어떤 생각을 더 자각하도록 해주었다. 그건 바로 자기들도 모르는 어떤 죄 때문에 자신들이 상상도 할 수 없는 감금 선고를 받았다는 사실이었다. 그래서 어떤 사람들은 자신들의 소시민 생활을 계속하며 그 유폐생활에 적응해가는 반면, 또 어떤 사람들은 그때부터 이 감옥에서 탈출하려는 생각만 하고 있었다.

　처음에 사람들은 외부와 단절되는 것을 받아들였는데 일상 습관들 중 몇 가지만 불편할 뿐인 일시적인 골칫거리 정도로 그것을 받아들였기 때문이다. 그러다가 갑자기 푹푹 찌는 여름이 시작되면서 공기가 무거워지자 일종의 감금상태를 의식하게 되었고, 이런 감옥살이가 자기들의 모든 생활을 위협하고 있다는 사실을 어렴풋이 느끼게 되었다. 그리고 저녁이 되면 서늘한 공기 속에서 되찾은 에너지가 이따금 그들을 절망적인 행동으로 내몰았다.

무엇보다 먼저, 그것이 우연의 일치로 인한 결과든 아니든 간에 그 주 일요일부터 우리 도시에선 시민들이 자기들의 상황에 대해 정말로 자각하기 시작한 게 아닌가 하는 생각이 들 정도로 다소 전반적이고 심각한 일종의 두려움을 갖게 되었다. 이런 관점에서 보면, 우리가 살고 있는 이 도시의 분위기도 약간 변하긴 했다. 그러나 사실, 분위기가 변한 것인지 사람들의 마음이 변한 것인지, 그것이 문제였다.

설교가 있은 지 며칠 후, 리외는 그랑과 함께 변두리 동네로 가면서 그 설교에 대해 얘기를 주고받던 중, 어둠 속에서 걷지도 못하고 자기들 앞에서 비틀거리는 한 남자와 마주쳤다. 바로 그 순간, 점점 더 늦게 켜지던 도시의 가로등이 갑자기 환해졌다. 그들 뒤쪽에 높이 달려있던 전등이 눈을 감은 채 소리도 없이 웃고 있는 그 남자를 돌연 비췄다. 말없이 폭소를 터뜨리고 있는 그의 희끄무레한 얼굴에 굵은 땀방울이 흐르고 있었다. 두 사람은 지나쳐 갔다.

"미친 사람입니다." 그랑이 말했다.

리외가 그랑을 끌고 가려고 그의 팔을 잡았을 때, 그가 흥분해 떨고 있는 것이 느껴졌다.

"우리 시에 조만간 미친 사람들이 더 많아질 겁니다." 리외가 말했다.

피곤이 겹치면서 리외는 목이 컬컬해졌다.

"뭐라도 마십시다."

그들이 들어간 작은 카페에는 카운터 위에 전등 하나만이 켜져 있었으며 불그스름하고 무거운 분위기 속에서 사람들은 뚜렷한 이유도 없이 낮은 목소리로 대화를 하고 있었다. 그랑은 카운터에 서서 의사의 예상과는 달리 술을 한 잔 주문해 단숨에 마시더니 자기는 술이 세다고 말했다. 그리고는 밖으로 나가고 싶어 했다. 거리로 나오자 리외는 밤이 신음소리로 가득 차있는 것처럼 느껴졌다. 가로등 위 어두운 하늘 어딘가에서 들리는 은은한 휘파람소리가 보이지 않는 재앙이 끈질기게 텁텁한 공기를 휘젓고 있다는 생각을 그에게 불러일으켰다.

"다행히도, 다행히도." 그랑이 말했다.

리외는 그가 무슨 말을 하려는 건지 궁금했다.

"다행히도, 저는 제 일이 있습니다." 그랑이 말했다.

"그래요, 유리한 점이죠." 리외가 말했다.

그는 휘파람 소리를 듣지 않으려고 애쓰며 그랑에게 자

신의 일에 대해 만족하느냐고 물었다.

"글쎄요, 순조롭게 돼가고 있는 것 같습니다."

"오래 걸리는 일인가요?"

그랑은 생기를 띠며 목소리에 알콜의 열기가 묻어났다.

"모르겠어요. 그런데 문제는 그게 아닙니다, 선생님. 그게 문제가 아니에요, 아니죠."

어둠 속에서도 리외는 그가 두 팔을 흔들고 있다는 것을 알 수 있었다. 그랑은 갑자기 뭔가 떠올라 말하려는 것 같더니, 이내 수다스럽게 쏟아놓기 시작했다.

"제가 바라는 것은요, 선생님, 원고가 출판사에 도착하는 날 편집자가 그걸 읽고 나서는 자리에서 일어나 자기 직원들에게 '여러분, 모자를 벗으세요!'라고 말하는 것입니다."

그의 갑작스런 얘기에 리외는 놀라지 않을 수 없었다. 그랑은 모자를 벗는 동작을 하는 것처럼 한 손을 머리에 올렸다가 수평으로 팔을 뻗었다. 저 위에서 이상한 휘파람소리가 다시 더 크게 들려오는 것 같았다.

"그렇죠, 완벽해야 합니다." 그랑이 말했다.

리외는 문학계의 관행에 대해 아는 것이 별로 없긴 했지만 그럼에도 일이 그렇게 간단하게 될 거라는 느낌은 들지 않았다. 예컨대 편집자들도 사무실에서 모자를 쓰고 있을 것 같지는 않았다. 그러나 확실한 것은 알 수가 없으므로 그는 침묵을 택했다. 그러다가 자기도 모르게 페스트의 수수께끼 같은 소음에 귀를 기울였다. 그들은 그랑이 사는 동네에 근접하고 있었다. 동네가 좀 높은 지대에 위치해 있어서 가벼운 미풍이 그들을 시원하게 해주었는데, 동시에 그 미풍은 도시의 온갖 소음들을 쓸어가기도 했다. 그 동안에도 그랑은 계속 말을 했지만 리외는 그 친구가 하는 말을 하나도 납득할 수가 없었다. 그는 다만, 그랑이 지금 쓰고 있는 작품이 벌써 많이 진전되었으며 작품을 완벽하게 만들기 위해 저자가 기울이는 고통이 너무나 힘들었다는 것만을 이해할 수 있었다. "단 한 개의 단어를 위해, 또 가끔은 단 하나의 접속사를 고심하느라, 몇 날 밤, 몇 주일 내내…" 이쯤에서, 그랑은 말을 멈추고 의사의 외투를 잡았다. 그리고는 제멋대로 난 이빨 사이로 말이 더듬거리며 튀어나왔다.

"자 들어보세요, 선생님. 엄밀히 말해 '그러나'와 '그리고' 중에서 선택하는 건 그래도 좀 쉬워요. 그런데 '그리고'와 '그리고 나서' 중에서 고르는 건 이미 어려운 일이 되고 말죠. '그리고 나서'와 '이어서' 중에서 고르라면 어려움은 더 커집니다. 그런데 정말 더 어려운 경우가 있는데, 그건 '그리고'를 넣어야 할지, 넣지 말아야 할지를 판단해야 된다는 겁니다."

"그렇군요. 이해가 됩니다." 리외가 말했다.

그러고 나서 의사는 다시 걷기 시작했다. 그랑은 잠깐 당황한 것 같다가, 이내 본래의 자신으로 돌아갔다.

"죄송합니다. 제가 오늘 밤에 왜 이러는지 모르겠네요!" 그는 재빨리 중얼거리듯 말했다.

리외는 그의 어깨를 가만히 두드리면서 자기는 그를 도와주고 싶고 그의 이야기가 아주 재미있었다고 말했다. 그랑은 마음이 좀 가라앉아 보였다. 집 앞에 도착하자, 그는 조금 주저하더니 의사에게 잠깐 들어오지 않겠느냐고 물었다. 리외는 그 제의를 받아들였다.

집안의 식당으로 들어가자 그랑은 의사에게 테이블 앞에 앉으라고 권했다. 그 테이블 위에는 종이들이 널려있었다. 거기엔 깨알만한 글씨들이 적혀있었고 그 위에는 또 삭제하기 위해 줄이 잔뜩 그어져 있었다.

"네, 바로 이겁니다." 그랑은 의아한 시선으로 자기를 쳐다보고 있는 의사에게 말했다.

"근데 뭘 좀 마시겠어요? 포도주가 조금 있는데요."

리외는 사양했다. 그리고는 그 종이들을 쳐다보았다.

"쳐다보지 마세요. 그건 제가 쓴 첫 문장이거든요. 힘들었어요, 굉장히 힘들었어요."

그랑 자신도 그 모든 종이들을 유심히 쳐다보더니 못 참겠다는 듯이 그 중 한 장을 집어 들어 갓도 씌워지지 않은 전구 앞에다 대고 비춰보았다. 종이를 들고 있는 그의 손이 떨리고 있었다. 리외는 그의 이마가 땀으로 젖어있는 것을 보았다.

"앉아서 그걸 읽어주시죠." 리외가 말했다.

그랑은 의사를 쳐다보고는 고맙다는 듯이 미소를 지었다.

"네, 저도 그럴까 생각했어요."

그는 종이를 계속 응시하면서 잠깐 머뭇거리다가 자리에 앉았다. 리외는 그때 재앙의 휘파람에 대답하는 것처럼 윙윙거리는 소리가 시내에서 어렴풋이 들려오는 것에 귀를 기울였다. 바로 그 순간, 그는 이 도시에 대해 이상할 정도로 예리한 직관이 들었는데 바로 발아래 펼쳐져 있는 이 도시는 갇힌 세계 안에 들어앉아 있으며, 그 어둠 속에서 질식할 정도로 무시무시한 절규를 내지르고 있는 것이었다.

그랑의 목소리가 잔잔하게 올라가고 있었다. "오월의 어느 아름다운 날, 멋진 한 여인이 밤색 털을 가진 근사한 말을 타고 아침나절 동안 불로뉴 숲의 꽃핀 오솔길을 달리고 있었다." 그랑의 말이 잠시 중단되자 고통에 잠긴 도시에서 분명치 않은 소리가 다시 들려왔다. 그랑은 종이를 내려놓고 또다시 그걸 유심히 쳐다보았다. 그리고는 잠시 후 시선을 들어올렸다.

"어떻게 생각하세요?"

리외는 문장의 도입부가 그 다음이 어떻게 될지 궁금하게 만든다고 대답했다. 그러나 그랑은 활기를 띠며 그런 관점은 좋지 않다고 말했다. 그는 손바닥으로 종이를 쳤다.

"이건 대충 써본 것뿐입니다. 제가 머릿속에 가지고 있는 그림이 완벽해질 수 있을 때, 그리고 제 문장이 하나 둘 셋, 하나 둘 셋 하고 속보로 걷는 것과 같은 속도로 나갈 때, 그때는 나머지도 더 쉬워질 거고 특히 시작부터 떠오르는 환상이 이 정도면 '모자를 벗으시오!' 라는 말도 나올 수 있을 겁니다."

그러나 그렇게 되기까지는 아직 해야 할 일이 많다는 것이었다. 그는 이 문장 그대로는 인쇄소에 절대로 넘기지 않을 거라고 했다. 왜냐하면 가끔 문장이 마음에 든다 하더라도 그것이 아직은 사실에 완전히 들어맞는 게 아니고, 어느 정도는 문장이 안이한 어조를 지니고 있으며, 그렇게 두드러지게 나타나는 건 아니지만 어쨌든 그래도 상투적인 표현에 가깝다는 것을 자신이 알고 있기 때문이라고 했다. 아무튼 그게 그랑이 말하고자 한 것의 의미였는데, 그때 창문 아래로 사람들이 뛰어가는 소리가 들렸다. 리외는 자리에서 일어났다.

"제가 그걸 어떻게 할지 두고 보십시오." 그랑은 말하고 나서 창문 쪽으로 돌아서며 덧붙였다. "이 모든 사태가 끝날 때 말이죠."

사람들이 서둘러 걷는 소리가 다시 들려왔다. 리외는 이미 계단을 내려가 있었다. 그리고 거리로 들어서자 남자 두 명이 그의 앞으로 지나갔다. 십중팔구, 그들은 도시의 출입문을 향해 가고 있었다. 시민들 중 몇 명이 더위와 페스트 때문에 이성을 잃고 폭력에 가담한 채 도시 밖으로 도망치려고 방벽의 감시를 따돌리려 했던 것이다.

◆

다른 사람들도 랑베르와 마찬가지로 뚜렷하게 드러나기 시작하는 공포의 분위기에서 도망치려고 시도했는데, 그다지 성공적인 것은 아니었지만 끈질기고 교묘한 방법을 이용했다. 랑베르는 우선 공식적인 절차를 계속해나갔다. 그가 말한 바에 의하면, 자기 생각엔 끈질기게 하는 것이 항상 모든 것을 이기게 되며, 또 어떤 관점에서 보면 자신의 직업상 영악해질 필요가 있다고 했다. 따라서 그는 수많은 관리들과 관계자들을 방문했는데 그들은 모두 역량이 예사롭지 않은 사람들이었다. 그러나 이런 종류의 일에 있어서 그 역량은 그들에게 아무 쓸모도 없었다. 대부분의 경우, 그들은 은행이나 수출 또는 감귤류 과일이라든지 포도주 판매 등과 관련된 모든 것에 대해 명확하고 잘 정리된 생각을 가지고 있는 사람들이었다. 그들은 또한 소송이나 보험 문제에 관련해서도 확실한 자격증이나 분명한 선의를 가졌음은 물론, 이론의 여지가 없는 지식까지 보유하고 있었다. 그러나 페스트에 관해서 그들의 지식은 거의 아무 쓸모가 없었다.

그럼에도 불구하고 랑베르는 이 사람들 개개인을 만날 때마다 그리고 기회가 올 때마다, 자신이 도시 밖으로 나가야 하는 이유를 항변했다. 그의 주장의 요지는 자신은 이곳 시민이 아닌 외국인이며, 따라서 자신의 경우는 특별히 검토되어야 한다는 것이었다. 랑베르가 만난 상대방들은 대체로 그 점에 대해서는 기꺼이 인정을 했다. 그럼에도 그들은 랑베르에게 그와 같은 처지에 있는 사람들은 꽤 많으며, 따라서 그의 문제는 그 자신이 생각하는 만큼 그렇게 특별한 경우가 아니라고 통상적인 설명을 해주었다. 이에 대해 랑베르는 그들이 아무리 설명해도 자신의 주장을 절대로 바꿀 수 없다고 반박했고, 그들도 랑베르의 주장이 행정적 어려움에 어떤 문제를 야기할 수 있다고 대답했다. 즉 지금의 행정절차는 모든 특혜조치들에 반대하고 있으며 그런 특혜조치들은 사람들이 커다란 반감을 표시하며 '선례'라고 부르는 것을 도입할 위험이 있다는 것이었다. 랑베르가 의사 리외에게 제시한 분류에 의하면, 이런 유형의 추론을 하는 사람들은 형식주의자의 범주에 속하는 사람들이었다. 이들 외에도 랑베르는 말솜씨가 능란한 사람들을 만날 수 있었다. 그들은 이런 상태가 결코 오래 갈 수 없을 거라면서 랑베르를 안심시키거나, 그가 그들에게 결정을 내려달라고 요구하면 좋은 충고를 아낌없이 베풀면서 지금 그의 상황은 잠시 골치 아픈 문제일 뿐이라는 단정을 지으며 그를 위로하려 했다. 또 랑베르가 방문할 경우, 그가 처한 상황에 대해 간단히 적어놓고 가기를 요청하는 신중한 사람들도 있었다. 그들은 그런 경우에 관해 규정을 만들어야겠다고 알려주기도 했다. 경박한 사람들도 있었다. 그들은 랑베르에게 좋은 숙소나 값싼 하숙집의 주소를 내밀기도 했다. 또 체계적인 사람들도 있었다. 그들은 서류에 기입을 하고는 곧 그것을 정리해놓았다. 일이 너무 많아 정신없는 사람들은 두 팔을 들어버렸고, 귀찮게 생각하는 사람들은 아예 시선을 돌려버렸다. 그리고 또한 보수적인 사람들이 있었다. 그들은 숫자적으로 가장 많았는데 랑베르에게 다른 부서로 가보라거나 절차를 새로 시작하라고 권유하기도 했다.

이 신문기자는 이처럼 여기저기 찾아다니느라 결국 탈진해버렸다. 그러다가 한 가지 분명한 생각이 들었다. 그것은 시청이나 도청이 도대체 어떤 곳인가 하는 것을 알았다는 것이다. 그건 바로, 면세된 국채를 신청하라거나 식민지 군대에 입대하라고 권유하는 큰 광고판 앞의 인조가죽 의자에 앉아 마냥 기다린 덕분이었다. 또는 방문하는 사람들의 얼굴이 문서정리함이나 서류철처럼 그렇게 만만하게 보이는 사무실에 들락거린 덕분이기도 했다. 랑베르가 리외에게 쓰라린 어감으로 얘기했듯이, 그가 여러 사람들을 만나면서 얻은 이점이 있다면 그건 바로 실제상황이 어떻게 돌아가는지 알 수 없게 되었다는 사실이었다. 그는 실제로 페스트가 어느 정도로 진행되어 가는지 알지 못했다. 시간이 그렇게 빨리 지나가는 건 차치하고라도, 도시 전체가 처해있는 상황을 보면 지나가는 하루하루는 모든 사람들에게 있어 시련의 끝을 앞당기는 것이라고 할 수 있었다. 죽지 않는다는 조건 하에서 말이다. 리외도 그 점은 사실이라고 인정해야 했지만, 그래도 그건 좀 지나친 일반적 진실일 뿐이었다.

랑베르는 한순간 희망을 품었었다. 도청에서 신원조회 서류를 받았는데 공란에 정확히 기입해달라는 내용이었다. 그 서류는 그의 신분, 가족상황, 과거와 현재의 수입, 그리고 이력이라고 부를만한 것들을 모두 적어 넣어야 했다. 랑베르는 그 서류가 원래 거주지로 송환될 사람들을 조사하기 위한 목적으로 하는 것이라는 느낌이 들었다. 어떤 사무실에서 얻은 명확하지 않은 정보들이 이 느낌을 더 확실하게 해주었다. 그러나 몇 번의 치밀한 탐문 끝에 그는 마침내 서류를 보내온 기관을 찾아내게 되었는데, 거기서는 '만일의 경우를 위해' 정보를 모으는 것이라고 대답했다.

"뭐라고요, 만일의 경우요?" 랑베르가 물었다.

그들은 페스트에 걸려 죽을 경우를 말한 것이었다고 밝혔다. 그럴 경우, 한편으론 가족에게 알릴 수 있어야 하며, 다른 한편으론 병원비를 시의 예산으로 충당해야 하는지 아니면 친지가 부담할 때까지 기다릴 수 있는지를 알아보기 위해서라는 것이었다. 물론 이건 사회가 가족들을 돌봄으로써 랑베르도 자기를 기다리고 있는 그들과 완전히 격리된 건 아니라는 사실을 증명하고 있었다. 그렇다고 해서 그 사실이 위안이 되지는 않았다. 더 주목할 점은 그들이 했던 방법이었는데 랑베르도 결국 그 점을 주목했다. 그들은 가장 비극적인 상황에서도 자기들의 기관이 그 업무를 위해 세워졌다는 이유만으로, 상부에 보고도 하지 않고 수시로 자기들의 일을 계속하면서 또 다른 사태를 대비해 자발적 조치를 취했다는 것이었다.

그 이후부터는 랑베르에게 있어 가장 쉬우면서도 또 가장 어려운 시기였다. 그건 바로 마비된 기간이었기 때문이다. 그는 모든 관련기관들을 방문하고 모든 절차를 다 해보았지만 그 방면의 해결책은 당분간 막혀있었다. 그는 여기저기 카페를 헤매고 다녔다. 아침이면 어떤 카페의 테라스에 앉아 미지근해진 맥주 한 잔을 앞에 놓고 신문을 읽었다. 페스트가 곧 끝나간다는 어떤 기사라도 찾을 수

있지 않을까 하며 희망을 가져보기도 했고, 거리를 지나
가는 사람들의 얼굴을 바라보며 그들의 슬픈 표정을 보
기 싫어서 얼굴을 돌려버리기도 했다. 그리고 맞은편 가
게들의 간판과 이제는 팔지도 않는 유명 아페리티프의 광
고를 100번이나 읽고 난 다음, 그는 자리에서 일어나 이
도시의 누르스름한 거리를 정처 없이 돌아다녔다. 외로
운 산책을 하다가 카페로 가고, 카페에 있다가 레스토랑
으로 옮기면 어느새 저녁이 되곤 했다. 리외는 어느 날 저
녁 무렵 우연히 랑베르를 알아보았는데 그는 카페 문 앞
에서 들어가지 않고 망설이고 있었다. 그러다가 결심을
한 듯 카페로 들어가 안쪽에 가서 앉았다. 그 시각은 상
부 명령에 의해 카페에서의 점등시간을 가능한 한 늦추
고 있을 때였다. 땅거미가 뿌연 물결처럼 홀 안으로 스며
들었고, 장밋빛 노을이 유리창에 반사되고 있었다. 그리
고 밀려드는 어둠속에서 테이블의 대리석이 희미하게 빛나
고 있었다. 텅 빈 홀에 앉아있는 랑베르는 마치 길을 잃
은 망령처럼 보였다. 그래서 리외는 그가 지금 체념하고
있는 거라는 생각이 들었다. 이 시간은 또한 도시에 감
금된 모든 사람들이 그런 체념의 감정을 느끼고 있는 순
간이기도 했다. 그래서 자신들의 해방을 서두르기 위해서
는 무슨 일이라도 해야만 했다. 리외는 돌아서서 다시 걸

어갔다. 랑베르는 역에서도 한동안 시간을 보냈다. 플랫폼에 접근하는 것은 금지되어 있었다. 그러나 밖으로 향한 대기실은 열려있었다. 날씨가 더울 때면 이따금 거지들이 그곳에 진을 치고 앉아 있었는데 무엇보다 그늘지고 시원하기 때문이었다. 랑베르도 대기실로 가서 옛날 기차시간표를 읽어본다든지, 침 뱉기 금지 표지판이나 열차의 공안규칙 같은 것도 읽어보았다. 그러고 나서는 한쪽 구석에 가서 앉았다. 대기실은 어두웠다. 낡은 무쇠난로 하나가 차갑게 식은 채 옛날 물뿌리개 모양의 팔각형 안에 몇 달 전부터 놓여있었다. 벽에 붙어있는 몇몇 광고들은 방돌이나 칸느에서의 자유롭고 행복한 삶을 선전하며 부추기고 있었다. 랑베르는 빈곤의 저 깊은 곳에 있는 이런 종류의 끔찍한 자유를 이 도시에서 접해보았다. 그가 가장 견디기 어려웠던 이미지들은 적어도 그가 리외에게 말한 것에 의하면 파리에 대한 것들이었다. 고풍스러운 석조물과 물이 어우러진 풍경, 팔레-로얄의 비둘기들, 북역, 팡테옹의 황량한 구역들, 그리고 자기가 그토록 사랑하고 있는 줄 몰랐던 그 도시의 몇몇 다른 장소들이 랑베르의 머릿속에 계속 떠올라 아무것도 할 수 없게 만들었다. 리외는 랑베르가 이런 이미지들을 그가 사랑하는 이미지들과 동일시하고 있다고만 생각했다. 그리고 랑베르가 자기는 새벽 4시에 잠에서 깨어 자신의 도시에 대해 생각하는 걸 좋아한다고 말했던 날, 의사 리외는 자신의 경험으로 비춰볼 때 랑베르가 두고 온 여자를 떠올리고 싶은 것이라고 이해했다. 그 시각은 사실, 그녀에 대한 생각에 사로잡힐 수밖에 없는 때였다. 사람들은 대체로 새벽 4시엔 아무 일도 하지 않으며 밤 시간이 뜻대로 안됐다고 해도 그 시각엔 잠을 자는 것이 보통이다. 그렇다, 그 시각엔 잠을 잔다. 그리고 잠을 자야 안정이 된다. 왜냐하면 불안한 마음을 가진 사람이 간절히 바라는 것은 사랑하는 사람을 중단 없이 소유하는 것이며, 사랑하는 사람이 옆에 없을 때는 다시 만나는 날까지 그 애인이 깨어나지 않도록 꿈조차 없는 깊은 잠 속에 그를 빠뜨릴 수 있기를 바라기 때문이다.

◆

　파늘루 신부의 설교가 있은 지 얼마 후부터 더위가
시작되었다. 6월 말이 되었다. 철늦게 온 비가 그 일요일
의 설교를 각인시켰다. 그 다음날부터 갑자기 여름이 하
늘과 집들 위로 작열하기 시작했다. 우선 뜨거운 바람이
일어나 온종일 불어대며 벽들을 건조시켰다. 태양이 꼼
짝도 않고 제자리에 있는 것 같았다. 열기와 햇빛이 끊
임없이 넘실대며 하루종일 도시에 쏟아졌다. 아케이드들
이 있는 거리와 아파트들을 제외하고는, 어느 한 곳도 앞
이 안 보일 정도로 눈부시지 않은 곳이 없었다. 태양은
우리 시민들을 거리의 구석까지 끈질기게 쫓아와, 그들
이 멈춰서기만 하면 곧바로 후려쳤다. 첫 더위가 오면서
동시에 희생자 숫자도 급격히 올라가 매주 약 700명으
로 집계됨으로써 도시엔 일종의 허탈감이 엄습해왔다. 변
두리 지역 중의 평탄한 거리와 테라스가 달린 집들 사이
에서도 활기가 줄어들었고, 사람들이 항상 문 앞에 나와
살던 동네는 이제 모든 문들이 닫혀있고 덧창도 잠겨있
었다. 그게 햇빛을 가리려는 것인지, 아니면 페스트 때문

인지는 알 수 없었다. 그래도 몇몇 주택에서는 신음소리가 밖으로 새나왔다. 전에는 그런 일이 일어나면 호기심 많은 사람들이 밖으로 나와 주위를 살피곤 했다. 그러나 이런 위험상황이 오래 가다보니 모두들 마음이 굳어져, 이제는 그런 탄식소리가 들려도 그 옆에서 같이 살거나 그냥 지나쳐 갔다. 신음소리가 마치 인간의 자연스런 언어인 것처럼 말이다.

도시의 출입문에서 있었던 폭력사태는 답답한 혼란만 만들어내고 말았는데, 그러는 동안 헌병들은 자신들의 무기를 사용할 수밖에 없었다. 부상자들은 분명히 있었지만 더위와 두려움 때문에 모든 것이 부풀려 말해지는 시내에서는 사망자들도 있었다는 말이 떠돌았다. 어쨌든 시민들의 불만이 계속 높아지자, 당국은 사실상 최악의 사태를 우려하며 재앙에 억눌린 사람들이 폭동을 일으킬지도 모를 경우에 대비한 조치들을 진지하게 검토해나갔다. 신문엔 도시출입의 금지를 다시 연장하고 그걸 위반하는 자들은 징역형에 처해질 수 있다는 법령이 일제히 게재되었다. 순찰대가 도시 곳곳을 돌아다녔다. 인적도 없고 푹푹 찌는 거리에서 기마 순찰대가 수시로 돌바닥 위로 말발굽소리를 내며 줄지어 서있는 닫힌 창문들 앞으로 지나가곤 했다. 순찰대가 사라지고 나면 무거운 불신의 침묵이 위태로운 이 도시에 다시 내려앉았다. 때때로 전담 수색대의 발포소리가 났는데, 그들은 최근에 내려진 명령에 의해 벼룩을 옮길 수 있는 개와 고양이를 사살하는 임무를 맡고 있었던 것이다. 그 메마른 총소리는 이 도시가 위험상황에 놓여있음을 더 북돋우고 있었다.

더위와 적막함 속에서 공포에 사로잡혀 있는 시민들에겐 모든 것이 가뜩이나 더 중요하게 느껴졌다. 하늘의 빛깔과 흙냄새가 계절이 바뀐 걸 알려주고 있었는데, 모든 사람들이 그걸 처음으로 민감하게 느꼈던 것이다. 이제 여름이 본격적으로 시작됐다는 것을 알고 있는 시민들은 더위 때문에 전염병이 더 기승을 부릴 거라며 두려워했다. 저녁하늘의 매 울음소리도 이 도시에선 더 가냘프게 들렸다. 우리 고장에서 지평선이 멀어지는 6월의 석양 무렵과는 어울리지 않는 울음소리였다. 시장에 나와 있는 꽃들도 봉오리 상태로 도착한 게 아니라 이미 활짝 피어 있었으며, 오전 판매가 끝나면 먼지투성이의 보도는 온통 꽃잎으로 뒤덮였다.

봄이 기진맥진한 채, 사방 어디에나 수많은 꽃들을 피우느라 온 힘을 다 쏟았으며, 페스트와 더위라는 이중의 무게 아래서 서서히 짓눌려 이제는 졸고 있는 것이 확실했다. 모든 시민들에게 있어 여름의 하늘과 먼지와 답답한 분위기 아래서 희미해진 거리들은 날마다 이 도시의 분위기를 무겁게 만드는 100여 명의 죽음과 똑같이 위협적인 징조를 보이고 있었다. 끊임없이 작열하는 태양 아래서 졸음과 바캉스가 그리운 이 시간들은 이제 더 이상 과거처럼 물과 육체의 축제를 불러일으키지 않았다. 시간은 반대로 적막하게 닫혀있는 도시 안에서 공허하게 울리고 있었다. 시간은 행복한 계절의 구릿빛 광채를 잃어버린 것이다. 페스트 속에서는 태양도 모든 색깔을 바래게 하고, 모든 쾌락을 사라지게 만들어버렸다.

이 질병으로 인한 커다란 변혁 중 하나는 바로 거기에 있었다. 모든 시민들은 여름을 평소엔 너무나 즐거워하며 맞이했다. 그때가 되면 사람들은 바닷가로 몰리고, 백사장엔 젊음이 넘쳐흘렀다. 그러나 이번 여름은 반대로, 바다가 가까이에 있어도 출입이 금지되고, 육체는 즐거움을 누릴 권리를 잃어버렸다. 이런 상황 속에서 무엇을 한단 말인가? 당시의 우리 삶에 대해 가장 충실한 묘사를 해주는 사람은 역시 타루였다. 물론 그는 페스트가 어떻게 진행되어 가는지 전반적인 상황을 따라가고 있었다. 라디오에서 더 이상 매주 수백 명의 사망자가 나왔다고 보도하지 않고 하루에 92명이나 107명 또는 120명이 죽었다고 보도할 그 무렵에, 전염병은 새로운 단계로 접어들었다고 타루는 기록하고 있었다.

_ 신문들과 당국은 페스트를 가지고 아주 교활하며 간사한 꾀를 부리고 있다. 그들은 130은 910보다 덜 큰 숫자이기 때문에 페스트에서 점수를 빼는 것으로 생각하고 있다.

또한 타루는 전염병의 비장하고 극적인 면도 상기시키고 있었다. 이를테면 덧창들이 모두 닫혀있는 황량한 어떤 동네에서 한 여자가 별안간 자기 머리 위쪽의 창문을 열고는 큰소리를 두 번 외치더니 캄캄하게 그늘진 방의 덧창을 다시 닫았다는 얘기 같은 것이었다. 또한 박하정제가 약국에서 사라져버렸는데, 왜냐하면 많은 사람들이 혹시 모를 전염에 대비하기 위해 그걸 빨아먹기 때문이라고 그는 기록하고 있었다.

그는 또 자신이 좋아하는 사람들을 계속 관찰하기도 했다. 그래서 고양이들과 장난을 치던 그 작은 노인 역시 비극 속에서 살고 있다는 것을 알게 되었다. 어느 날 아침 몇 번의 총소리가 났는데, 타루가 기록한 바에 의하면, 납덩어리 총알들 몇 개가 발사되면서 고양이들을 거의 다 죽였고, 살아남은 놈들은 공포에 떨며 그 골목을 떠났다는 얘기였다. 바로 그날, 그 작은 노인은 늘 그 시간에 발코니로 나갔다가 깜짝 놀라며 허리를 굽혀 길 끝까지 유심히 살펴보더니 기다리기를 포기했다는 것이다. 그는 손으로 발코니 난간을 톡톡 쳤다. 그리고는 또다시 기다렸다가 종이를 잘게 찢어 흩뿌리고는 안으로 들어갔다가 다시 나왔다. 그런 다음 얼마 후, 그는 갑자기 화를 내며 유리문을 닫더니 안으로 들어가 버렸다. 그 이후에도 똑같은 장면이 되풀이되긴 했지만, 그 작은 노인의 표정엔 이제 슬픔과 혼란의 기색이 점점 더 나타나는 것을 볼 수 있었다. 노인은 매일같이 발코니에 나왔는데, 1주일 후엔 타루가 그곳을 아무리 지켜봐도 그는 결국 나오지 않았다. 창문들도 굳게 닫혀 있는 것으로 보아 노인의 슬픔은 충분히 이해할 수 있는 것이었다.

_ 페스트가 한창일 때는 고양이에게 침 뱉는 행위를 금지함

타루의 수첩에 적혀있는 기록의 결론은 이와 같았다.

한편, 타루는 저녁에 호텔로 돌아올 때면 늘 홀에서 이리저리 돌아다니고 있는 야간 경비원의 침울한 얼굴과 마주치곤 했다. 그 경비원은 사람만 만나면 누구에게나 자기가 무슨 일이 일어날지를 예견했었다며 계속 그 얘기를 들려주었다. 그는 어떤 불행이 닥칠 거라고 예언을 했는데,

타루는 그 얘기를 듣고 수긍은 했지만 그건 지진에 관한 것이 아니었느냐고 경비원에게 말했다. 그러자 그 늙은 경비원이 타루에게 말했다. "아! 차라리 이게 지진이었다면! 한 번 심하게 흔들리면 더 이상 얘기할 필요도 없을 텐데… 죽은 사람과 산 사람의 숫자를 세고 나면 그걸로 끝나는 거예요. 그런데 이놈의 지겨운 병은 걸리지 않은 사람들도 마음속에는 그걸 가지고 있다니까요!"

호텔 지배인도 덜 고통스러운 건 아니었다. 초기에 도시를 떠나지 못한 여행자들은 시가 폐쇄되자 호텔에 고립되었다. 그러다가 전염병이 점점 길어지면서 그들 중 많은 이들은 친구 집에서 머물고 싶어 했다. 호텔의 모든 방들이 가득 차 있다가 이제는 빈방이 남아돌았는데, 새로운 여행객들이 더 이상 이 도시에 오지 않았기 때문이었다. 몇 안 되는 투숙객 중 한 사람으로 남아있는 타루에게 지배인은 기회가 있을 때마다 마지막 고객들이 편하게 머물기를 자기가 바라지 않았다면 이미 오래 전에 호텔 문을 닫았을 거라고 얘기하곤 했다. 그는 자주 타루에게 이 전염병이 언제까지 계속될 것 같으냐고 좀 예측을 해달라고 부탁했다. "사람들 말로는, 추위가 이런 종류의 질병을 막는다고 하더군요." 타루가 말했다. 지배인은 미칠 것 같은 표정이었다. "하지만 선생님, 이곳은 실제로 추운 날씨는 절대로 없거든요. 그렇다면 앞으로 몇 달은 더 가겠군요."

게다가 그는 여행객들이 앞으로도 오랫동안 이 도시를 외면하리라고 확신했다. 페스트가 관광을 무너뜨린 것이다.

한동안 안 보이던 올빼미 같은 남자 오통 씨가 다시 레스토랑에 나타났다. 그러나 이번엔 숙련된 강아지 같은 두 아이들만 데리고 그곳에 왔는데, 알아본 바에 의하면 오통 씨의 아내는 친정 엄마를 병간호하다가 그녀를 매장한 뒤 지금은 격리기간에 들어가 있다는 것이었다.

"난 저 사람을 좋아하지 않아요. 격리기간이든 아니든 간에, 그 여자도 병에 걸린 것 아닐까 의심쩍거든요. 그렇다면 저 사람들도 의심스럽죠." 지배인이 타루에게 말했다.

타루는 지배인에게 그런 관점에서 보면 모든 사람들이 다 의심스럽게 보이는 거라고 말했다. 그러나 지배인은 확신에 차있었고 그 문제에 대해 단호한 견해를 가지고 있었다.

"아니에요, 선생님이나 저는 의심쩍지 않아요. 그런데 저 사람들은 의심이 간단 말이죠."

그러나 오통 씨는 그런 하찮은 일로 달라질 사람이 아니었고, 페스트도 그에게는 헛고생만 하고 있는 셈이었다. 그는 한결같은 태도로 레스토랑에 들어와서 아이들 앞에 앉아 점잖으면서도 냉담한 말투로 그들에게 얘기했다. 어

린 아들만이 외모가 달라져 있었다. 자기 누나처럼 검은
색 옷을 입었는데, 몸에 더 끼었으며, 아버지의 작은 그림
자처럼 보였다. 오통 씨를 좋아하지 않는 야간 경비원이
타루에게 말한 적이 있었다.

"아! 저 사람은 옷을 입은 채로 죽을 거예요. 그러면 옷
치장을 해줄 필요도 없죠. 그대로 무덤으로 갈 테니까요."

파늘루 신부의 설교에 대해서도 타루의 수첩에 기록되
어 있었는데, 다음과 같은 논평이 적혀 있었다.

_ 나는 이런 격렬한 열정을 이해할 수 있다. 재앙이 시작되
거나 끝날 때면 사람들은 늘 약간의 수사적 표현을 하곤 한
다. 첫 번째 경우는 습관을 아직 떨치지 못했고, 두 번째 경
우는 습관이 이미 돌아와 있는 것이다. 진실에 익숙해지는
건, 다시 말해 침묵에 익숙해지는 건, 바로 불행한 순간에 있
을 때이다. 기다려보자.

타루는 마지막으로, 의사 리외와 오랫동안 대화를 나눴
다고 기록하며 그 대화가 좋은 결과를 가져왔다는 것만
알리고 있었다. 또 리외 어머니의 밝은 갈색 눈에 대해 언
급하며 그토록 친절한 마음이 엿보이는 눈빛이라면 언제
나 페스트를 이겨낼 수 있을 거라고 이상하리만치 단언을

했다. 그리고 마치면서, 리외가 치료해주고 있는 그 천식환자 노인에 대해 꽤 긴 단락을 할애하고 있었다.

타루는 의사를 만난 후 그와 함께 노인을 보러 갔었다. 그 천식환자 노인은 타루를 시큰둥하게 맞이하며 두 손을 비벼댔다. 노인은 베개에 기댄 채 침대에 앉아 무릎 위에다 완두콩이 담긴 냄비 두 개를 올려놓고 있었다. 그러면서 타루를 보며 말했다. "아! 한 분이 더 오셨구먼. 이건 세상이 거꾸로 된 거지, 환자보다 의사가 더 많으니 말이요. 빨리들 죽어가고 있군요. 그렇죠? 그 신부 말이 맞아요. 당연히 벌 받아야죠." 그 다음날, 타루는 예고도 없이 노인을 다시 찾아갔다.

그의 수첩에 기록된 얘기가 사실이라면, 그 천식환자 노인의 직업은 잡화상이었는데 쉰 살이 되자 이젠 그 일도 지긋지긋해졌다. 그리고는 병들어 눕게 되었으며, 그 이후로 다시는 일어나지 못했다는 것이다. 그래도 천식은 앉아 있을 때는 그럭저럭 조절이 되었다. 적은 액수지만 연금이 75세까지 나오기 때문에 그는 편하게 살아갈 수가 있었다. 그는 시계를 보기가 지겨웠다. 그래서 그의 집엔 시계가 단 한 개도 없었다. "시계는 말이죠, 비싸고 바보 같은 것이지요." 그가 말했다. 그는 시간 중에서도 특히 식사시간을 측정해냈는데 그 시간은 그에게 유일하게 중요한 것이기 때문이었다. 그건 잠에서 깨어나면서부터 냄비 두 개를 가지고 그 중 하나에 완두콩을 가득 담은 뒤 하는 방법이었다. 그는 규칙적이고 숙달된 동작으로 콩을 하나씩 하나씩 한 냄비에서 다른 냄비로 옮겨 채웠다. 이렇게 그는 냄비로 하루를 측정하며 자신의 기준을 알아내는 것이었다. "냄비를 열다섯 번 채울 때마다 식사를 하면 되는 거죠. 아주 간단해요." 그가 말했다.

게다가 노인의 부인 얘기에 의하면, 그는 아주 젊었을 때 이미 그런 소질의 기미가 보였었다는 것이다. 노인의 흥미를 끄는 것은 아무것도 없었다. 일도, 친구도, 카페도, 음악도, 여자도, 산책도, 아무것에도 그는 관심이 없었다. 자신이 살고 있는 도시 밖으로 나간 적도 없었는데, 딱 한 번 집안일로 알제에 가야 했던 하루만 예외였다. 하지만 그것도 오랑에서 가장 가까운 역에서 내리고 말았다. 더 이상 멀리 가는 모험을 할 수가 없었기 때문이었다. 그래서 오랑으로 돌아오는 첫 기차를 타고 집으로 돌아왔다는 것이다.

그처럼 틀어박혀서 사는 얘기를 듣고 놀란 얼굴로 쳐다보는 타루에게 그는 종교를 비유해 대략 설명했다. 인간의 삶에서 앞의 절반은 상승이고 나중 절반은 하강이며 하강 속에서 인간의 하루하루는 이미 자신의 것이 아니기 때문에 언제 그걸 빼앗길지 모르므로 아무 일도 할 수가 없다. 따라서 최선의 방법은 바로 아무것도 하지 않는 것이라는 얘기였다. 더구나 노인은 그런 모순을 두려워하지 않았다. 그는 조금 뒤에 타루에게 신은 확실히 존재하지 않는다고 말했는데, 그 이유는 신이 존재할 경우엔 신부들이 필요 없어지기 때문이라는 것이었다. 다만 타루는 계속 이어진 노인의 주장을 이해할 수는 있었다. 그런 사고방식이 생긴 이유는 그가 속해 있는 교구에서 헌금을 너무 자주 요구하기 때문에 거기서 생긴 감정과 밀접하게 연관되어 있는 것이었다. 하지만 그 노인이 어떤 사람인가를 결정적으로 알게 해준 것은 그의 소망을 듣고 나서였다. 노인이 타루에게 몇 번이나 되풀이해 말한 그 소망은 깊은 의미가 있어 보였는데, 자기는 아주 오래 살다가 죽고 싶다는 것이었다.

'그는 성자일까?' 타루는 자문해보았다. 그리고는 스스로 대답했다. '성스러움도 습관의 총체라고 한다면 그럴 수도 있겠지.'

이와 동시에 타루는 페스트로 병든 이 도시의 어느 하루에 대해 상당히 자세한 묘사를 시도했으며, 그럼으로써 이번 여름 동안 시민들의 일과 삶에 대한 솔직한 생각을 보여주었다.

_ 술 취한 사람들 말고는 아무도 웃지 않으며, 술 취한 사람들은 너무 웃어댄다.

타루는 이렇게 말하며 그날의 기록을 시작하고 있었다.

_ 이른 아침, 아직 인적이 드문 도시에 바람이 가볍게 불고 있다. 밤의 죽음과 낮의 고통 사이에 있는 이 시간엔 페스트도 잠깐 그 기세를 멈추고 숨을 돌리는 것 같다. 모든 상점들은 문이 닫혀있다. 그 중 몇몇 상점들은 '페스트로 인해 휴업함' 이라고 써 붙여놓아서, 다른 상점들과는 달리 잠시 후에도 문을 다시 열지 않을 것임을 확실히 하고 있다. 신문 팔이들은 아직 졸고 있느라 뉴스를 외쳐대지는 않지만, 길거리 구석진 곳에서 마치 몽유병자 같은 동작으로 자신들의 신문을 가로등 밑에 진열해놓고 있다. 잠시 후, 첫 전차소리가 들리면 그들은 잠에서 깨어나 '페스트'라는 단어가 폭발할 듯이 많은 신문들을 치켜 올리고는 도시 곳곳으로 흩어질 것이다. 이를테면 이런 제목들이다. "페스트는 가을에도 계속될 것인가? B교수는 '그렇지 않다'고 대답함." "사망자 124명, 페스트 94일째 집계."
_ 종이 파동이 점점 심해져서 몇몇 정기간행물이 어쩔 수 없

이 페이지 수를 줄였음에도 불구하고 다른 신문 하나가 또 생겨났다. 〈전염병 소식〉이라는 신문이다. 이 신문은 '세심하게 객관성을 유지하려고 노력하며 병의 진행과 쇠퇴에 관해 시민들에게 알리고, 전염병의 미래에 관한 가장 권위 있는 판단을 제공하며 유명하든 아니든 간에 재앙과 싸울 준비가 되어있는 모든 사람들에게 지면을 제공하고, 주민들의 사기를 북돋우며 당국의 지침을 전달하는, 한 마디로 말해 우리에게 닥친 불행을 효과적으로 퇴치하기 위해 모든 열의를 결속시키는' 역할에 충실하겠다는 것이었다. 그러나 이 신문은 사실상 아주 재빨리, 페스트를 방지하는 데 효과가 있다는 새로운 약품의 광고를 싣는 게 고작이었다.

_ 아침 6시쯤이면 모든 신문이 팔리기 시작하는데 사람들은 상점 문이 열리기도 전에 1시간 넘게 이미 줄을 지어 서있는 것이다. 그 다음엔 외곽에서 미어터지는 전차를 타고 오는 사람들에게 팔리기 시작한다. 전차는 유일한 교통수단이 되었기 때문에 계단과 난간에도 터질 듯이 사람들을 태운 채 간신히 나아가고 있다. 그럼에도 희한한 건, 모든 승객들이 가능한 한 서로 전염을 피하려고 등을 돌리고 있는 것이다. 정류장에 도착한 전차가 한 무더기의 남녀승객을 쏟아놓으면 사람들은 혼자가 되려고 서둘러 떠나버린다. 단지 기분이 나쁘다는 이유로 싸움이 빈번하게 일어나는데, 이것도 이

젠 만성적인 일이 되어가고 있다.

_ 첫 전차가 지나가고 나면 도시는 서서히 깨어나고, 일찍부터 영업하는 음식점들은 카운터 쪽으로 문을 열어놓는데, 거기 표지판엔 '커피 없음' '설탕은 가져 오세요' 등등이 적혀 있다. 이어서 상점들이 문을 열고 거리는 활기를 띠어간다. 아울러 해가 점점 올라가며 더위가 7월의 하늘을 차츰 납빛으로 물들인다. 바로 그때가 할일 없는 사람들이 전염병의 위험을 무릅쓰고 대로 쪽으로 나가는 시각이다. 그 중 대부분은 자신들의 사치를 과시함으로써 페스트를 쫓아내느라 애썼던 것처럼 보인다. 매일 11시 무렵엔 주요 도로에서 젊은 남녀들의 퍼레이드가 열리는데, 그걸 보면 이 커다란 불행의 한가운데서도 삶의 열정은 사그라지지 않는다는 것을 느낄 수 있다. 전염병이 확산되면 도덕도 해이해질 것이다. 우리는 무덤가에서 벌어졌던 그 방탕한 행위인 밀라노의 사투르누스 장면을 다시 보게 될 것이다.

_ 식당들은 점심시간이면 순식간에 자리가 다 찬다. 미처 자리를 잡지 못한 작은 그룹들이 금방 다시 문 앞에 몰려든다. 하늘은 심한 더위 때문에 빛을 잃기 시작한다. 식사를 하려는 사람들은 커다란 블라인드 그늘 아래서 자신의 차례를 기다리고 있지만 햇빛이 쏟아지는 길가에 있는 것이나 마찬가지다. 사람들이 이처럼 식당에 몰려드는 이유는 그곳에서

많은 사람들의 식사 문제를 간단히 해결해주기 때문이다. 그러나 식당들도 전염에 대한 불안은 그대로 남아있다. 함께 식사하는 사람들은 자신들의 식기를 끈기 있게 닦느라 꽤 긴 시간을 보내곤 한다. 얼마 전만 해도 몇몇 식당에서 '이곳의 식기는 끓는 물에 소독함' 이라고 써 붙여놓기도 했다. 그러나 차츰 그들은 모든 광고를 그만두게 되었는데, 그 이유는 손님들이 너무 몰려왔기 때문이었다. 더구나 손님들은 돈쓰기를 주저하지 않는다. 고급 와인들 또는 그와 비등한 것들, 가장 비싼 안주들을 주문하며 광적인 질주가 시작되는 것이다. 또한 어떤 식당에서 한 손님이 몸이 불편해 얼굴이 창백해지더니 자리에서 일어나 비틀거리면서 급히 출구로 가는 모습을 보고 공포의 아수라장이 벌어졌던 모양이다.

_ 2시쯤 되면 도시는 점차 한산해지고 침묵과 먼지와 태양 그리고 페스트가 거리에서 서로 맞부딪치게 된다. 회색빛 커다란 집들을 따라 열기가 끊임없이 쏟아지고 있다. 이 기나긴 감금의 시간은 인구가 밀집되어 소란스러운 이 도시에서는 저녁이 붉게 물들어 주저앉을 때 끝이 난다. 더위가 시작된 처음 며칠 동안은 때때로 그리고 이유도 없이 저녁이면 거리가 적막했다. 그러나 낮이 지나고 서늘한 바람이 불기 시작하면 희망까지는 아니더라도 일종의 느긋함을 가져다준다. 그래서 모두들 거리로 나가 서로 떠드느라 정신이 없으며 싸

우거나 또는 서로를 갈망하기도 한다. 그리고 7월의 붉은 하늘 아래 연인들과 외침으로 가득 찬 도시는 숨 가쁜 밤을 향해 표류하는 것이다. 매일 저녁 대로에서는 계시를 받았다는 어떤 노인이 펠트모자에 나비넥타이를 하고 군중 속을 헤집고 다니면서 끊임없이 외치고 있었다. "신은 위대하십니다, 그분에게 오십시오." 그러나 그건 헛수고였다. 모든 사람들은 노인의 외침을 무시하고 그 무언가를 향해 서둘러 갈 뿐이다. 잘 모르긴 해도 그들에게는 신보다 더 중요하게 여겨지는 그 어떤 것이 있는 것 같다. 처음에 사람들이 이 질병을 다른 질병들과 유사한 거라고 생각했을 때는 종교도 한 몫을 했다. 그러나 이 질병이 심상치 않다는 것을 알았을 때, 그들은 쾌락에 대해 되돌아보게 되었다. 낮에 얼굴에 드러나 있는 모든 고뇌는 잿빛의 뜨거운 황혼 무렵엔 일종의 격한 흥분으로, 그리고 모든 사람들을 열광시키는 무분별한 자유로 바뀌어 있는 것이다.

_ 그리고 나 또한 그들과 마찬가지다. 그런데 뭐가 어떻단 말인가! 죽음은 나와 같은 사람들에겐 아무것도 아니다. 그것은 그들에게 동기를 부여하는 하나의 사건일 뿐이다.

◆

타루가 자신의 수첩에 언급한 리외와의 만남을 요청한 사람은 바로 그 자신이었다. 리외가 타루를 기다리고 있던 날 저녁, 의사는 마침 주방 한 구석의 의자에 조용히 앉아있는 자기 어머니를 바라보고 있었다. 그녀는 집안일을 끝내고 나면 그곳에서 자신의 시간을 보내곤 했다. 두 손을 모아 무릎에 올려놓은 채 그녀는 기다리고 있었다. 리외는 어머니가 기다렸던 사람이 바로 자신이었다는 것조차 모르고 있었다. 어쨌든 그가 나타나면 어머니의 얼굴엔 뭔가 변화가 일어나곤 했다. 고된 삶이 그녀의 얼굴에 새겨놓은 침묵의 그 모든 것이 그 순간엔 생기를 되찾는 것 같았다. 그러고 나서 그녀는 다시 침묵 속에 잠기는 것이었다. 그날 저녁, 그녀는 창밖으로 이젠 텅 빈 거리를 바라보았다. 야간 조명이 3분의 2나 줄어들어 있었다. 그리고 아주 희미한 불빛 하나가 도시의 어둠 속에서 이따금 빛을 반사하고 있었다.

"페스트가 극성일 동안엔 조명을 계속 줄일 모양이지?" 리외의 어머니가 말했다.

"그럴 것 같네요."

"겨울까지 계속되지 않으면 좋을 텐데. 그렇게 되면 서글
플 거야."

"그렇겠죠." 리외가 말했다.

그는 어머니의 시선이 자기 이마에 닿아있는 것을 느꼈
다. 지난 며칠간의 걱정과 과로로 자신의 얼굴이 수척해진
것을 그도 알고 있었다.

"오늘은 일이 잘 안됐니?" 그의 어머니가 물었다.

"아! 늘 그렇죠."

늘 그렇다! 사실, 파리에서 보내온 새 혈청이 첫 번째 것
보다 효과가 못한 것 같았고, 통계숫자도 더 올라갔던 것
이다. 이미 감염된 가족들 외에 다른 사람들에게 예방혈
청을 접종할 수 있는 가능성은 여전히 없었다. 혈청 사용
을 일반화하려면 대량생산을 해야만 했다. 대부분의 임파
선 종창은 마치 응고의 계절이 오기라도 한 것처럼 절개
하기가 어려웠다. 따라서 환자들에게 엄청난 고통을 주었
다. 전날 밤부터 도시엔 전염병의 새로운 형태를 띤 두 명
의 환자가 생겨났다. 페스트는 이제 폐 질환으로 확대되었
던 것이다. 바로 그날 회의 도중, 기진맥진한 의사들은 방
향을 잃고 헤매는 도지사에게, 폐로 전이되는 페스트의
경우 입에서 입으로 옮겨지는 전염을 막으려면 새로운 조

치가 내려져야 한다는 요구를 했고 마침내 얻어내게 되었다. 하지만 늘 그렇듯이 여전히 아무것도 알아내지는 못했다.

그는 어머니를 쳐다보았다. 갈색의 아름다운 눈동자가 리외의 마음속에 애정의 지난 세월을 떠오르게 했다.

"어머니, 두려우세요?"

"내 나이엔 별로 두려울 것도 없지."

"날은 아주 긴데, 제가 집에 붙어있질 않으니까 말이죠."

"네가 올 거라는 걸 알면 기다리기는 건 문제가 안 돼. 그리고 네가 집에 없을 때는 지금 무슨 일을 하고 있을까 생각하면서 보내지. 네 처한테서 새로운 소식은 있니?"

"네, 지난번 전보에 의하면 별일 없이 다 괜찮대요. 근데 저를 안심시키려고 그렇게 말한 건 알고 있죠."

문에서 벨소리가 울렸다. 의사는 어머니에게 미소를 짓고는 문을 열어주러 갔다. 층계참의 희미한 빛 속에 타루가 회색 옷을 입은 커다란 곰처럼 서있었다. 리외는 방문객을 책상 앞에 앉도록 했다. 그리고 자신은 안락의자 뒤에 자리를 잡았다. 그들은 방안에 단 하나 켜있는 책상 위의 전등을 사이에 두고 떨어져 있었다.

"선생님하고 솔직하게 얘기할 수 있다고 보는데요." 타루는 서두도 없이 말을 꺼냈다.

리외는 말없이 고개를 끄덕였다.

"보름이나 한 달 후면 선생님은 여기서 아무 쓸모도 없는 사람이 될 겁니다. 이 사태에 대처하지 못하고 끌려가고 있으니까요."

"그건 사실이에요." 리외가 말했다.

"위생업무의 체계가 잘못돼있어요. 선생님한텐 인력도 시간도 다 부족한 실정이죠."

리외는 그것도 사실이라고 다시 한번 시인했다.

"제가 알기로는, 도청에서 전반적인 구급활동에 참가할 수 있는 건강한 남자들을 동원하려고 일종의 시민 봉사활동을 검토하고 있다고 하던데요."

"잘 알고 계시네요. 그런데 벌써부터 불만이 커서 도지사가 망설이고 있어요."

"왜 자원봉사자들을 요청하지 않는 거죠?"

"요청했어요, 근데 결과가 시원치 않았던 거죠."

"별로 확신도 없이, 그냥 사무적인 방법으로 요청을 했군요. 공무원들한테 부족한 게 바로 그 상상력이에요. 그들은 재앙의 단계에 따라 맞출 줄을 모르거든요. 그러니까 그들이 생각해낸 치료제라는 게 기껏해야 코감기 수준의 것이죠. 우리가 만약 그들이 하는 대로 내버려둔다면 그들도 죽게 될 거고, 우리도 마찬가지로 죽게 되는 겁니다."

"그럴지도 모르죠. 그들도 죄수들을 써보려는 생각까지 했다고 하더군요. 이를테면 험한 작업에 말이죠." 리외가 말했다.

"일반인들이면 더 좋을 것 같은데요."

"나도 그렇게 생각합니다. 그런데 왜 그렇게 생각하죠?"

"저는 사형선고를 혐오하거든요."

리외는 타루를 쳐다보았다. 그리고 물었다.

"그래서요?"

"그래서, 제가 보건 자원봉사 단체를 조직하기 위한 계획을 가지고 있으니까, 그 일을 맡아서 해보겠습니다. 그리고 당국은 내버려두기로 하죠. 더구나 당국은 할 일도 넘치니까요. 제 친구들이 여기저기 좀 있는데, 그들이 핵심이 돼서 일할 겁니다. 저도 당연히 거기에 참여할 거고요."

"잘 알겠습니다. 짐작하시다시피 나는 기꺼이 동의합니다. 우리는 도움받을 필요가 있어요, 특히 이런 일에서는 말이죠. 내가 책임지고 이 의견을 도청에서 받아들이도록 해보겠습니다. 가뜩이나 그들은 선택의 여지가 없어요. 그런데…" 리외가 말했다.

그리고는 곰곰이 생각해보았다.

"그런데 잘 아시다시피 그런 일은 치명적일 수 있어요.

좌우간 나는 그 점을 알려드려야 하니까요. 잘 생각해보 셨나요?"

타루는 회색빛 눈으로 의사를 쳐다보았다.

"선생님은 파늘루 신부의 설교를 어떻게 생각하십니까?"

질문이 자연스럽게 나왔고 리외도 거기에 자연스럽게 대 답했다.

"집단적인 처벌에 대한 생각을 옹호하기에는 내가 병원 에서 너무 오래 일했어요. 하지만 당신도 알다시피 기독교 인들은 실제로는 전혀 그렇게 생각하지 않으면서도 가끔 그렇게 말하거든요. 그들은 보기보다는 더 좋은 사람들입 니다."

"그렇지만 선생님도 파늘루 신부처럼 페스트가 좋은 점 도 있고, 사람들의 눈을 뜨게도 하고, 뭔가를 생각하게 만든다고 믿고 계시겠죠!"

의사는 초조하게 머리를 흔들었다.

"세상의 모든 질병들이 다 그렇겠죠. 세상의 악에 대해 진실인 것은 페스트에 대해서도 진실인 겁니다. 그건 몇몇 사람들을 크게 하는데 도움이 될 수도 있어요. 그러나 페 스트가 몰고 온 이 비참과 고통을 보면서 그냥 체념하고 받아들인다면, 그건 미치거나 눈이 멀거나 비겁해야만 가 능하겠죠."

리외는 목소리만 조금 크게 했을 뿐이었다. 그러나 타루는 그를 진정시키려는 듯 손짓을 하며 미소를 지었다.

"그래요, 근데 당신은 내가 아까 물은 말에 대답을 안 했어요. 잘 생각해보셨나요?" 리외가 어깨를 으쓱해 보이면서 말했다.

타루는 안락의자에 편안하게 앉은 채 전등 밑으로 머리를 내밀었다.

"신을 믿습니까, 선생님?"

질문이 또다시 자연스럽게 던져졌다. 리외는 이번엔 주저했다.

"아니오, 근데 무슨 뜻인가요? 나는 어둠속에 있으면서도 밝게 보려고 애쓰고 있어요. 하지만 그게 별다르다고 생각하지 않은지는 오래 됐죠."

"그게 선생님과 파늘루 신부의 다른 점 아닐까요?"

"난 그렇게 생각하지 않습니다. 파늘루 신부는 학자에요. 그는 사람들이 죽는 것을 많이 보지 못했어요. 그렇기 때문에 늘 진리를 앞세우면서 말하는 겁니다. 그러나 아주 못난 시골 신부일지라도 자기 교구의 신자들을 관장하고 죽어가는 사람의 숨소리를 들어봤다면 나처럼 생각하게 되죠. 재앙이 지니고 있는 어떤 우수한 점을 증명하려고 하기 이전에 우선 치료부터 할 거라는 얘깁니다."

리외는 자리에서 일어났다. 그의 얼굴은 이제 전등불빛이 없는 어둠 속에 놓이게 되었다.

"그만 합시다, 당신이 대답하기 싫어하니 말이죠." 리외가 말했다.

타루는 의자에 그대로 앉은 채 미소만 지어보였다.

"제가 질문하는 것으로 대답을 대신하면 어떨까요?"

이번엔 의사가 미소를 지었다.

"당신은 미스터리를 좋아하는군요. 들어봅시다." 의사가 말했다.

"그런데 선생님 자신은 신을 믿지도 않으면서 왜 그토록 헌신적인 행동을 보여주시는 거죠? 선생님의 대답이 어쩌면 제 자신의 대답에 도움이 될 것 같습니다." 타루가 말했다.

의사는 어둠 속에 그대로 선 채, 자기는 이미 대답을 했다고 말했다. 자기가 만약 전능한 신이 있다고 믿는다면 의사로서의 일을 그만두고, 그런 수고를 신에게 맡길 것 같다고 했다. 그러나 이 세상의 어느 누구도, 신을 믿는다고 생각하고 있는 파늘루 신부조차도, 이런 식으로 신을 믿지는 않는다고 했다. 왜냐하면 신에게 자신을 완전히 맡겨버리는 사람은 아무도 없으며, 이 점에 있어서는 리외 자신도 있는 그대로의 세상과 맞서 싸우면서 진리의 길에서있다고 믿기 때문이라고 했다.

"아! 그게 바로 선생님이 자신의 직업에 대해 생각하는 것이군요?" 타루가 말했다.

"대체로 그렇습니다." 의사는 다시 불빛 아래로 돌아오며 대답했다.

타루가 가만히 휘파람을 불자 의사가 그를 쳐다보았다.

"그렇게 하려면 자부심이 있어야 한다고 생각하시겠죠. 그러나 나는 꼭 필요한 만큼의 자부심만 가지고 있어요. 그렇다는 얘깁니다. 무엇이 나를 기다리고 있는지, 이 모든 것이 끝난 다음엔 무슨 일이 닥칠지 나는 알지 못해요. 다만 지금으로선 환자들이 있으니까 그들을 치료해야 합니다. 그러고 나면 그들은 생각을 해볼 것이고, 나 역시 마찬가지에요. 어쨌든 가장 급한 일은 그들을 치료해주는 겁니다. 내가 할 수 있는 한 그들을 지켜주는 거죠. 다른 건 없어요. 그게 다에요."

"누구에 맞서 지켜준다는 거죠?"

리외는 창문 쪽으로 돌아섰다. 그는 멀리 지평선의 캄캄한 어둠이 응축되어 있는 곳에 바다가 있을 거라고 짐작했다. 그는 단지 피곤함을 느끼고 있다가 그 순간 어떤 욕구가 일어나 그것과 싸우고 있었다. 그 욕구는 갑작스럽고 불합리한 것이었는데 기이하면서도 우애가 느껴지는 이 사람에게 좀 더 솔직하게 마음을 내보여야겠다는 생각이 들었던 것이다.

"타루, 난 그것에 대해서는 모릅니다. 정말 모르겠어요. 내가 이 직업에 들어섰을 때, 말하자면 난 추상적으로 생각했어요. 왜냐하면 이 일을 하고 싶었고 다른 일과 마찬가지로 이것도 하나의 일자리였으니까요. 그리고 젊은 사람들이 하고 싶어 하는 일들 중 하나였어요. 나처럼 노동자의 자식으로선 특히 더 어렵기 때문이기도 했던 것 같아요. 그리고 사람이 죽는 걸 봐야만 했죠. 당신은 죽기를 거부하는 사람들이 있다는 거 알고 계신가요? 한 여자가 죽어가는 순간에 '안 돼' 하고 소리 지르는 걸 들어본 적 있어요? 난 들어봤어요. 그때 난 그런 일에 익숙해질 수 없다는 사실을 알게 되었죠. 젊었었기 때문에 내가 느낀 거부감은 세상의 질서 그 자체에 질문을 한 거라고 믿었어요. 그때부터 난 더 겸허해졌죠. 다만, 죽음을 보는 것은 계속 익숙해지지 않았어요. 그 외엔 아무것도 모릅니다. 그러나 결국…"

리외는 말을 중단하고 자세를 고쳐 앉았다. 입안이 마르는 것 같았다.

"결국은요?" 타루가 조용히 물었다.

"결국…" 의사는 다시 말을 시작했다. 그러나 조심스럽게 타루를 쳐다보며 또 다시 망설였다. "당신 같은 사람은 이해할 수 있을 겁니다. 세상의 질서는 죽음을 통해 해결되는 것이기 때문에 어쩌면 신으로서는 사람들이 자기를 믿지 않고, 자신이 침묵하고 있는 하늘을 향해 우러러보지도 않으면서, 있는 힘을 다해 죽음과 맞서 싸우는 것을 더 바랄지도 모릅니다."

"네, 이해가 됩니다." 타루가 동의를 하며 말했다. "하지만 선생님이 말하는 승리는 늘 일시적인 상태일 겁니다. 그게 전부죠."

리외의 표정이 어두워졌다.

"늘 그렇다는 걸 나도 알고 있어요. 하지만 그것이 싸움을 중단할 이유는 되지 않습니다."

"맞습니다, 그건 이유가 안 되죠. 그렇다면 이 페스트가 선생님에게 어떤 것이라는 게 이제 짐작이 되는군요."

"그래요, 끝없는 패배죠." 리외가 말했다.

타루는 잠시 의사를 뚫어지게 쳐다보더니 자리에서 일어나 육중한 걸음으로 문 쪽으로 다가갔다.

리외도 그를 따라 걸어갔다. 그리고 금방 그의 옆에 가서 서자, 타루는 자신의 발을 내려다보고 있는듯하다가 리외에게 말했다.

"누가 선생님한테 그 모든 것을 가르쳐줬나요?"

대답이 즉각 나왔다.

"가난이요."

리외는 사무실 문을 열고 복도로 나와 자기도 내려가서 외곽동네에 있는 환자들 중 한 명을 보러 갈 거라고 말했다. 타루가 그에게 함께 가도 되느냐고 제의하자 의사도 받아들였다. 복도 끝에서 그들은 리외의 어머니와 마주쳤고 의사는 어머니에게 타루를 소개했다.

"친구예요." 리외가 말했다.

"오! 알게 돼서 정말 반가워요." 리외의 어머니가 말했다.

어머니가 떠나자 타루는 뒤돌아서 그녀를 쳐다보았다. 의사는 층계참에서 자동스위치를 켜려고 시도해봤지만 소용이 없었다. 층계는 어둠 속에 잠겨 있었다. 의사는 그게 절전을 위한 새로운 조치 때문인가 하는 생각이 들었다. 그러나 알 수는 없었다. 이미 얼마 전부터 집에서도 거리에서도 모든 게 제대로 돌아가지 않고 있었다. 아마도 경비원들과 일반 시민들이 이젠 더 이상 아무것도 돌보지 않기 때문인지도 몰랐다. 그러나 의사는 더 이상 생각해볼 시간이 없었다. 뒤에서 이미 타루의 목소리가 들려왔기 때문이다.

"선생님, 한 말씀만 더 드릴게요. 황당해 보일지 모르지만, 제가 하고 싶은 말은 선생님의 얘기가 전적으로 옳다는 겁니다."

리외는 어둠속에서 어깨를 으쓱했다.

"나는 정말 아무것도 모릅니다. 그런데 당신은 뭘 알고 계신가요?"

"오! 저는 이제 배울 게 별로 없습니다." 타루는 아무 감정도 드러내지 않고 말했다.

의사가 멈춰 서자 뒤따라 내려오던 타루의 발이 계단에서 미끄러졌다. 타루는 리외의 어깨를 붙잡고 몸을 지탱했다.

"당신은 인생에 대해 다 안다고 생각하십니까?" 리외가 물었다.

어둠속에서 여전히 조용한 목소리로 대답이 들려왔다.

"그렇습니다."

그들이 거리로 나왔을 때는 꽤 늦어서 11시쯤 된 것 같았다. 도시는 조용했고 바스락거리는 소리만 가득 차있었다. 아주 멀리서 앰뷸런스 소리가 들려왔다. 두 사람은 자동차에 올라타고 리외가 시동을 걸었다.

"당신은 내일 병원에 와서 예방백신을 맞아야 됩니다. 그러나 마지막으로, 그리고 그 일을 시작하기 전에, 당신이 거기서 벗어날 수 있는 가능성은 3분의 1밖에 없다는 걸 알고 있어야 합니다." 리외가 말했다.

"선생님, 그런 계산은 의미가 없다는 걸 선생님도 저처럼 잘 아실 텐데요. 백 년 전에 페르시아의 한 도시에서 페스트가 발생해 전 주민이 다 죽었었죠. 정확히 말하면 시체를 염하는 사람만 빼고 말이죠. 그 사람은 자기 일을 단 한 번도 중단하지 않고 계속했다고 하더군요."

"그 사람은 3분의 1의 기회를 지킨 것뿐이에요." 갑자기 더 낮은 목소리로 리외가 말했다. "그런데 사실 그 문제에 관해서는 우리가 아직 배울 점이 많아요."

그들은 이제 외곽동네로 들어섰다. 자동차 헤드라이트가 인적 없는 거리를 환하게 밝혔다. 그들은 차에서 내렸고, 리외가 자동차 앞에서 타루에게 같이 들어가겠느냐고 묻자, 그는 그러겠다고 대답했다. 반사광이 위에서 그들의 얼굴을 비췄다. 리외가 느닷없이 다정하게 웃었다.

"자, 타루, 당신은 뭣 때문에 이런 일에 몰두하는 거죠?" 리외가 물었다.

"모르겠어요. 아마도 도의심 때문이겠죠."

"어떤 도의심인데요?"

"인식하려는 거죠."

타루가 집 쪽으로 돌아서는 바람에, 그 천식환자의 집에 함께 들어갈 때까지 리외는 그의 표정을 보지 못했다.

◆

    그 다음 날부터 타루는 일에 착수해 첫 팀을 모집했으며, 이어서 여러 팀이 모집될 예정이었다.

    진술자는 이 보건단체에 실제 의미 이상으로 더 큰 중요성을 부여할 의도는 없다. 반면에, 사실 많은 시민들은 오늘날 그들이 한 역할을 과장하려는 유혹에 넘어갈지도 모른다. 그러나 진술자는 오히려 그런 훌륭한 행위에 지나칠 정도의 중요성을 부여하는 것은 결국 악행에 간접적으로 강렬한 찬사를 보내는 것이라고 믿고 싶었다. 왜냐하면 그런 훌륭한 행위가 그토록 많은 가치를 갖는 것은 그런 행위들이 흔하지 않고 인간의 행위에 있어 훨씬 더 빈번하게 일어나는 원동력은 악의와 무관심이라고 생각되기 때문이다. 바로 그런 이유 때문에 진술자는 거기에 공감하지 않는 것이다. 세상의 악은 거의 언제나 무지에서 비롯되며 선한 의지도 그것이 밝혀지지 않으면 악의만큼이나 피해를 입힐 수가 있다. 인간은 악하기보다는 선한 편이며 사실 그건 문제가 되지 않는다. 그러나 인간은 다소 무지하다. 그것은 바로 미덕 또는 악덕이라고 불리는 것으로서 가장 절망적인 악덕은 모든 것을 안다고 믿으며 남을 죽여도 된다고 생각하는 무지에서 비롯되는 바로 그것이다. 살인자의 영혼은 마비된 상태이며, 할 수 있는 한 온전한 통찰력이 없이는 진정한 호의도 없고 아름다운 사랑도 없는 것이다.

따라서 타루의 도움으로 실현된 우리의 보건단체는 객관적인 호응 속에서 판단되어져야 한다. 그러므로 진술자는 그 의지와 영웅주의에 대해 지나치게 웅변적인 예찬자는 되지 않을 것이며, 거기에 합당한 중요성만을 인정하게 될 것이다. 그러나 페스트가 그 당시 우리 모든 시민들의 마음을 찢어지게 하고 간절하게 만든 것에 대해서는 이야기꾼의 역할을 계속할 것이다.

그 보건단체에 헌신했던 사람들은 사실 그 일을 하는 데에 그토록 대단한 가치를 부여한 것은 아니었다. 왜냐하면 그들은 그 일이 해야 할 유일한 것이며, 그런 결심을 하지 않는 것은 당시로선 있을 수 없는 일이라고 생각했기 때문이었다. 이 보건단체는 시민들이 페스트 속으로 보다 깊이 들어가는 데 도움을 주었고 질병이 바로 눈앞에 있으니 그것과 맞서 싸우기 위해 필요한 일을 해야 된다는 것을 부분적으로 납득시킬 수 있었다. 이처럼 페스트는 몇몇 사람들의 과제가 되었기 때문에 페스트 본연의 모습 그대로, 즉 모든 사람들의 일로서 현실로 드러나게 되었던 것이다.

잘된 일이었다. 그러나 어떤 교사가 2 더하기 2는 4라고 가르치는 것에 대해 그를 칭찬하지는 않는다. 사람들은 아마도 그가 좋은 직업을 선택했다는 점에 대해서는 칭찬할 것이다. 따라서 타루와 그 밖의 사람들이 2 더하기 2는 다름 아닌 4라는 것을 증명하기로 선택했다는 것은 칭찬할만한 일이라고 해두자. 그리고 또한 이 선한 의지가 그들과 교사에게 또 그 교사와 같은 마음을 가진 모든 사람들에게 공통되는 것이라고 해두자. 그리고 명예스럽게도 세상엔 그런 사람들이 생각보다 더 많은데, 이건 적어도 진술자의 신념에 의한 것이다. 게다가 진술자는 자신에게 해올 반박을 매우 잘 알고 있다. 그건 이 사람들이 자신들의 생명을 무릅쓰고 있었다는 것이다. 그러나 우리의 역사에서 2 더하기 2는 4라고 용감하게 말하는 사람에게도 사형이 내려지는 시간은 언제나 오기 마련이다. 교사는 그런 것을 잘 알고 있다. 문제는, 이런 논리 앞에 기다리고 있는 것이 보상이냐 처벌이냐를 알아내는 데에 있지 않다. 문제는, 2 더하기 2는 4라는 게 맞느냐 틀리느냐에 있다. 그 당시에 생명을 무릅썼던 그들로서는 자기들이 페스트 한가운데에 있느냐 없느냐, 또 페스트에 맞서 싸워야 할

지 아닐지를 결정해야만 했던 것이다

우리 도시의 수많은 신참 도덕가들은 그 당시, 아무것도 소용이 없고 무릎을 꿇어야 한다고 말하면서 돌아다녔다. 타루도 리외도 그들의 친구들도 이런 저런 대답을 할 수 있었지만, 결론은 늘 그들이 이미 알고 있던 것이었다. 즉 어떤 방법으로든지 싸워야 하며 무릎을 꿇어서는 안 된다는 것이었다. 문제는 바로, 가능한 한 많은 사람들이 죽지 않고 결정적인 별거상태를 겪지 않도록 하는 데에 있었다. 그러기 위해서는 단 하나의 방법밖에 없었다. 바로 페스트를 퇴치하는 것이었다. 이 진실은 그리 놀라운 일은 아니고 그저 귀결일 뿐이었다.

그래서 리외보다 나이 많은 의사인 카스텔이 자신의 모든 신념과 에너지를 혈청 만드는 데 쏟는 것은 자연스런 일이었다. 그것은 임시변통의 재료로 현장에서 만드는 것이었다. 리외와 카스텔은 그 도시에 창궐한 바로 그 세균의 배양으로 만들어진 혈청이 다른 곳에서 온 혈청보다 더 직접적인 효과가 나타나기를 바라고 있었다. 왜냐하면 그 세균은 전통적으로 분류되었던 페스트균과는 약간 달랐기 때문이다. 카스텔은 자신의 첫 혈청을 빨리 갖고 싶어 했다.

또한 위인다운 데라고는 전혀 없는 그랑이 보건단체에

서 일종의 비서직을 담당했던 것도 자연스런 일이었다. 타루가 만든 팀의 일부는 사실 인구과잉 지역에서 예방을 돕는 작업에 매진하고 있었다. 그래서 필요한 위생이 그곳에 들어오도록 애썼고, 소독을 아직 안 한 창고나 지하실의 숫자를 파악했다. 팀의 다른 일부는 의사들의 왕진 업무를 도왔고, 페스트 환자들의 이동을 책임졌으며, 심지어 전문요원이 없을 때는 환자와 사망자를 실어 나르는 차량을 운전하기까지 했다. 이 모든 일을 기록하고 통계 내는 작업이 요구됐는데, 그랑이 그 일을 맡기로 했던 것이다.

이 관점에서 보면, 진술자는 이 보건단체에 활기를 불어 넣은 조용한 미덕의 실질적 대표는 리외나 타루 이상으로 그랑이었다고 평가한다. 그는 본래 자신이 지니고 있던 선의를 가지고 망설임도 없이 자기가 하겠다고 말했던 것이다. 그는 다만 자잘한 일에 도움이 되기를 바랐을 뿐이다. 다른 일을 하기엔 그는 너무 나이가 들었기 때문이다. 오후 6시부터 8시까지 그는 시간을 낼 수 있었다. 그래서 리외가 그에게 마음깊이 고마워했을 때 그는 놀라서 말했다. "이건 가장 어려운 일이 아니에요. 페스트가 있으니까 자기 자신을 보호해야 하는 게 당연한 거죠. 아! 모든 일이 이렇게 단순했으면!" 그러면서 그는 자기가 쓰고 있는 문장 얘기로 돌아갔다. 저녁에 통계카드 작업이 끝나면 리외는 가끔 그랑과 이야기를 나누곤 했다. 마침내 타루까지 그 대화에 끼어들자, 그랑은 자신의 동료인 두 사람에게 점차 눈에 띌 정도로 기꺼이 마음을 털어놓고 이야기를 했다. 리외와 타루는 페스트 한복판에서 그랑이 계속하고 있는 그 끈질긴 작업을 흥미 있게 따라가고 있었다. 결국 그들도 거기서 일종의 평안함을 찾게 되었다.

"그 말 타는 여인은 어떻게 돼가나요?" 하고 타루가 자주 물으면 그랑은 한결같이 "달리고 있어요, 달리고 있어요." 하며 알 수 없는 미소를 지으면서 대답했다. 어느 날 저녁에 그랑은 그 말 타는 여인에 대해 '우아한'이라는 형용사를 깨끗이 포기하고 이제부터는 '날씬한'이라는 형용사를 쓰기로 했다고 말했다. "그게 더 구체적이죠." 하고 그는 덧붙였다. 언젠가 그는 자신의 청중 두 명에게 다음과 같이 고친 첫 문장을 읽어주었다. "5월의 어느 아름다운 아침, 날씬한 한 여인이 멋진 밤색 암말을 타고 불로뉴 숲의 꽃이 피어있는 오솔길을 달리고 있었다."

"이렇게 하니까, 그녀가 더 잘 드러나죠, 그리고 나는 '5월의 어느 아침' 이 표현이 더 좋아요, 왜냐하면 '5월 달'이라고 하면 문장의 리듬이 좀 늘어지니까요." 그랑이 말했다.

이어서 그는 '멋진'이라는 형용사에 대해 깊이 고심하고 있는 듯 했다. 그의 말에 의하면 그 형용사는 의미가 제대로 전달이 안 돼서 자신이 상상하는 화려한 암말을 단번에 사진으로 찍은 것처럼 느껴질 수 있는 그런 단어를 찾고 있다는 것이었다. '기름진'이라는 표현도 적당치 않은데 이건 구체적이긴 하지만 좀 경멸적인 느낌이 들기 때문이라고 했다. '윤이 나는'이라는 표현이 잠시 그를 유혹했지만 리듬이 거기에 맞지 않았다는 것이다. 어느 날 저녁엔 '밤색의 검은 암말'이라는 표현을 찾았다면서 그는 자신만만하게 알렸다. 그의 주장에 의하면 검은색은 우아함을 조심스럽게 가리킨다는 것이었다.

"그건 말이 안 돼요." 리외가 말했다.

"왜죠?"

"'밤색의'란 표현은 품종을 가리키는 게 아니라 색깔을 뜻하는 거니까요."

"어떤 색깔이요?"

"그러니까, 어쨌든, 검은색이 아닌 색깔인 거죠!"

그랑은 마음이 아주 심란한 것 같았다.

"감사합니다, 선생님이 여기 계셔서 다행이에요. 근데 이게 얼마나 어려운 일인지 선생님도 아실 겁니다." 그랑이 말했다.

"'화려한'이라는 표현은 어떨까요? 타루가 말했다.

그랑이 그를 바라보았다. 그리고는 가만히 생각해보았다.

"네, 좋습니다!" 그가 말했다.

그리고는 그의 얼굴에 차츰 미소가 돌아왔다.

그로부터 얼마가 지난 후, 그는 '꽃이 피어있는'이라는 표현 때문에 고심에 빠져있다고 털어놓았다. 그는 아는 곳이라곤 오랑과 몽텔리마르밖에 없었으므로 가끔 두 친구들에게 불로뉴 숲의 오솔길에는 꽃이 어떤 모습으로 피어있는지를 물어보곤 했다. 정확히 말해서 리외나 타루는 오솔길을 보며 그랑이 표현한 것 같은 인상을 받은 적은 없었지만 그 시청직원의 확신은 그들의 마음을 흔들어 놓았다. 그는 두 사람이 확실히 알지 못하고 있는 데 대해 의아해하며 속으로 말했다. '볼 줄 아는 사람은 예술가들밖에 없군.' 그러나 리외는 언젠가 한 번 그랑이 매우 흥분해있는 것을 보았다. 그는 '꽃이 피어있는'을 '꽃으로 가득한'으로 바꿔놓았던 것이다. 그러면서 두 손을 비벼대고 있었다. "마침내 꽃들이 보이고 향기도 나는군요. 여러분, 모자를 벗으세요!" 그는 자신만만하게 다음 문장을 읽었다. "5월의 어느 아름다운 아침, 날씬한 한 여인이 화려한 밤색 암말을 타고 불로뉴 숲의 꽃으로 가득한 오솔길을 달리고 있었다." 그는 목소리를 높여 읽다보니 문장을 끝 맺는 세 단어의 속격이 부자연스럽게 울려서 약간 머뭇거렸다. 그래서 낙담한 표정으로 자리에 앉아버렸다. 그리고는 의사에게 가겠다고 양해를 구했다. 그는 좀 더 깊이 생각해보고 싶어 했다.

나중에 안 일이지만 그랑이 직장에서 멍한 증세를 보였던 건 그 무렵이었는데, 직원이 한 명 줄어들면 그만큼 과도한 업무에 대처해야 하므로 다른 직원들도 그의 태도를 유감스럽게 여겼던 것이다. 그가 소속된 부서에서는 그 때문에 난처해했다. 그래서 부서의 책임자가 그에게, 일을 완수하라고 월급을 주고 있다는 사실을 상기시켰다. 정확히 말하면 그는 완수하지 못하고 있다며 심하게 나무랐다. 그러면서 말했다. "당신은 자신의 일 외에 그 보건단체에서 자원봉사를 하는 모양인데요. 그건 나와는 아무 상관도 없는 일이에요. 나와 상관이 있는 것은 바로 당신이 맡은 일이죠. 그리고 이 끔찍한 상황 속에서 당신이 유익한 사람이 되는 첫 번째 방법은 바로 당신이 맡은 일을 잘 처리하는 겁니다. 안 그러면 그 나머지도 아무 소용이 없어요."

"그의 말이 옳아요." 그랑이 리외에게 말했다.

"네, 그의 말이 옳군요." 의사도 동의를 했다.

"그런데 저도 멍해져서 어떻게 글을 끝내야 할지 모르겠 어요."

그는 누구나 다 이해할 거라고 생각돼서 '불로뉴'라는 단어를 삭제해야겠다고 마음먹었다. 그러나 그렇게 하면 문장이 '꽃'에 결부된 것처럼 보이게 되는데 그건 사실은 '오솔길'에 관계되는 것이었다. 그는 또한 '꽃으로 가득한 숲의 오솔길'이라고 쓸 수 있는지 그 가능성도 검토해보았 다. 그러나 명사와 수식어 사이를 제멋대로 갈라놓고 있 는 '숲'의 위치가 그에겐 살 속에 박힌 가시처럼 느껴졌다. 저녁에 어떨 때는 그가 리외보다 더 피곤해 보이기도 했다.

그렇다, 그는 정신을 온통 빼앗고 있는 그 연구 때문에 지쳐있었다. 그래도 그는 계속해서 보건단체가 필요로 하 는 집계와 통계작업을 해나갔다. 매일 저녁, 그는 끈기 있 게 카드를 분류한 다음, 거기에 추이그래프를 곁들여 작성 하고 가능한 한 정확한 상황을 제시하려고 찬찬히 전력 을 다해나갔다. 그는 꽤 자주 병원으로 리외를 만나러 가 서 그에게 사무실이나 의무실에 있는 책상 하나를 쓰겠다 고 부탁하곤 했다. 그리고는 마치 시청의 자기 책상에 자 리 잡고 앉는 것처럼 서류를 들고 그 자리에 가서 앉았 다. 그런 다음 소독제와 질병 냄새 때문에 탁해진 공기 속 에서 그는 잉크를 말리려고 종이를 흔들어댔다. 그는 이제

214

말 타는 여인에 대해서는 더 이상 생각하지 않고 필요한 일만 하려고 충실히 노력했다.

그렇다, 정말로 사람들이 영웅이라고 부르는 전형과 본보기를 세워놓길 원한다면, 그리고 이 이야기 속에 그런 사람이 꼭 한 명 있어야 한다면, 진술자는 바로 이 평범하고 기억에도 희미한 이 영웅을 추천하고자 한다. 그는 마음속엔 약간의 호의, 그리고 겉으로 봐선 우스꽝스런 이상 밖에는 가진 것이 없는 사람이다. 이렇게 하면, 진리로 귀착하는 것만을 진리에 부여할 것이다. 즉 2더하기 2의 합은 총 4라는 것을, 그리고 영웅주의에게는 원래 자기 자리인 두 번째 위치를 부여할 것이다. 영웅주의는 행복에 대한 커다란 욕구 바로 다음에 위치하는 것일 뿐, 결코 그 앞에 위치하는 것은 아니다. 또 이렇게 하면, 이 기록도 그 자신의 특징, 즉 좋은 감정을 가지고 이루어진 어떤 이야기의 특징을 지니게 될 것이다. 이 감정은 이를테면 노골적으로 나쁘지도 않고, 어떤 흥행물처럼 비열한 방식으로 자극적이지도 않은 감정을 말하는 것이다.

이건 어쨌든 의사 리외의 말이었는데, 당시 그는 신문에서 읽었거나 라디오에서 들었다면서 페스트에 감염된 이 도시에 외부에서 많은 후원과 격려를 보내오고 있다는 것이었다. 또한 항공과 육로로 구호물자가 들어오고 있으며, 그와 더불어 매일 저녁 방송이나 신문들은 논평을 다루느라 바빴다. 바야흐로 고적해진 이 도시에 대해 측은해하거나 감탄하는 내용들이었다. 그런데 서사시를 읽거나 수상식에서 연설할 때와 같은 말투를 들을 때마다, 의사는 짜증이 나서 견딜 수가 없었다. 물론 그는 이런 배려가 거짓이 아님은 알고 있었다. 하지만 그런 것은 사람들이 스스로 인류와 연결하는 것을 나타내고자 할 때 사용하는, 관례적인 언어 속에서나 표현될 수 있는 것이었다. 그리고 그런 언어는, 예를 들어 그랑이 일상적으로 하는 사소한 노력들을 표현하기엔 적합하지 않았다. 왜냐하면 페스트 한복판에서 그랑이라는 존재가 무엇을 의미하는지 이해할 수 없기 때문이었다.

심야에 이따금, 인적이 없는 도시의 깊은 적막 속에서 의사는 잠깐이나마 잠을 자려고 침대로 갈 때마다 라디오 스위치를 돌려보곤 했다. 그러면 수천 킬로미터나 떨어져 있는 세상의 끝에서, 낯설지만 친근한 목소리들이 자신들의 연대의식을 알리고자 서투르게 시도해보는 것을 들을 수 있었다. 그들은 실제로 결속에 대해 얘기했지만 그건 동시에, 보이지 않는 고통을 진정으로 함께 나눈다는 것은 지독하게 무익하다는 것을 증명하고 있었다. '오랑! 오랑!' 하며 바다를 건너온 외침도 아무 소용이 없었고, 리외가 경계 태세를 갖추고 준비하고 있어도 짜증나게 들리는 건 마찬가지였다. 곧 라디오에서 또 다시 웅변조의 말이 튀어나오고, 이 웅변가와 그랑이라는 두 사람의 이방인을 만든 그 본질적인 차이점을 더 강조해 나타냈다. '오랑! 그렇다, 오랑! 아니다.' 의사는 생각에 잠겼다. '함께 사랑하든지 죽든지, 다른 방법은 없다. 그들은 너무 멀리 있다.'

◆

페스트가 절정에 이르는 동안 재앙이 온 힘을 다해 이 도시를 내려치고 마침내 휩쓸어버린 사건을 얘기하기 전에 당연히 되짚어야 할 것이 남아있다. 그건 바로 랑베르처럼 마지막으로 남아있는 사람들이 행복을 되찾고 모든 타격에 맞서 지키고 있는 자신들의 몫을 페스트에서 구하기 위해 끈질기게 애쓰는 절망적이고도 지루한 노력들이다. 그것은 곧 그들을 위협하고 있는 굴종을 거부하려는 그들 스스로의 방식이었으며, 이 거부가 분명 또 하나의 다른 거부만큼 효과적인 것은 아니었지만, 진술자가 볼 때는 그것도 나름의 의미를 가지고 있었고, 그 허영과 모순자체 속에서도 당시 우리 스스로에게 자랑스러워하는 것이 있었다는 것을 또한 증명하고 있었다.

랑베르는 페스트가 자신을 덮칠까봐 막아내기 위해 싸우고 있었다. 그는 합법적인 방법으로는 도시를 빠져나갈 수 없다는 확증을 얻었기 때문에 다른 방법을 써보기로 마음먹었다고 리외에게 말했었다. 이 신문기자는 우선 카페 종업원들부터 시작을 했다. 카페 종업원은 늘 모든 소식에 밝기 때문이다. 그러나 그가 물어본 처음 몇 사람은 그런 종류의 계획을 처벌하는 매우 무거운 형벌에 대해 특히 잘 알고 있었다. 한 번은 그가 선동자로 취급된 적도 있었다. 그래서 일을 좀 진척시키기 위해 리외의 집에 가서 코타르를 만나야 했다. 그날, 리외와 코타르는 이 신문기자가 여러 기관을 찾아다니며 헛된 발걸음을 했던 것에 대해 또다시 얘기를 하고 있었다. 며칠 후, 코타르는 길에서 랑베르를 만났는데, 그는 이제 만나는 모든 사람들에게 솔직한 태도로 대하고 있었다.

"계속 아무 진척도 없어요?" 코타르가 물었다.

"전혀 없습니다."

"관청에 의지할 수는 없어요. 그런 데는 남들을 이해해주기 위해 만들어진 곳이 아니니까요."

"정말 그래요. 그래서 다른 방법을 찾고 있는데, 힘드네요."

"아! 알겠습니다." 코타르가 말했다.

그는 어떤 경로를 알고 있었다. 그래서 놀라고 있는 랑베르에게 설명을 해주었다. 오래전부터 그는 오랑 시의 모든 카페에 자주 드나들어서 그곳에 친구들이 많이 있고, 그러다보니 그런 종류의 일을 맡아서 해주는 어떤 조직의 존재를 알게 되었다는 얘기였다. 사실 코타르는 이제 지출

이 수입을 초과해서 배급물품에 대한 밀매사업에 발을 디디고 있었다. 그는 계속 값이 오르는 담배와 싸구려 술을 되팔았는데, 그런 식으로 해서 얼마간의 재산을 모으고 있는 중이었다.

"확실한 겁니까?" 랑베르가 물었다.

"그럼요, 내가 그 제안을 받았으니까요."

"그런데도 당신은 그 조직을 이용하지 않았다고요?"

"의심 안하셔도 돼요." 코타르가 사람 좋은 표정으로 말했다. "사실 나는 떠날 생각이 없었기 때문에 그걸 이용하지 않았던 거예요. 나한테 이유가 좀 있어서요."

그는 잠시 침묵하고 있다가 덧붙여 말했다.

"내 이유가 뭔지 안 물어보십니까?"

"저와는 관련이 없는 일 같은데요." 랑베르가 말했다.

"사실, 어떤 의미에서는 당신과 관련이 없죠. 그런데 다른 의미에서는…. 어쨌든 한 가지 분명한 건, 우리가 페스트를 함께 겪고 있는 그때부터 나는 여기서 기분이 정말 좋아지고 있다는 거예요."

랑베르는 그의 말을 귀 기울여 듣고 나서 물었다.

"어떻게 그 조직과 접촉하죠?"

"아! 그건 쉽지 않아요, 나랑 같이 가요." 코타르가 말했다.

오후 4시였다. 무더운 날씨 속에서 도시가 푹푹 찌기 시작했다. 모든 가게들이 블라인드를 내리고 도로는 한산했다. 코타르와 랑베르는 가게들이 늘어서있는 길을 따라 한동안 말도 없이 걸어갔다. 이 시간이면 페스트도 눈에 잘 띄지 않을 때였다. 이 고요, 색깔도 움직임도 없는 이 죽음, 이것들은 재앙의 고요와 죽음이며, 또한 여름의 고요와 죽음이기도 했다. 찌뿌듯한 날씨가 페스트의 위협 때문인지 또는 먼지와 더위 때문인지 그건 알 수가 없었다. 페스트를 찾아내려면 관찰하고 숙고해야 했다. 왜냐하면 페스트는 음성적인 징후로만 나타나기 때문이었다. 코타르는 페스트에 익숙해있었기 때문에 랑베르에게 예를 들어 개들이 보이지 않는다는 점을 상기시키며, 개들은 시원한 바람을 찾느라 복도 문턱에 앉아 헐떡거리면서 기진맥진해 있는 게 보통인데, 이상하다고 했다.

그들은 팔미에 대로를 따라가다가 아르므 광장을 가로질러 마린느 구역 쪽으로 내려갔다. 왼쪽에 보이는 초록색 카페 하나가 노란색 천으로 된 차양을 경사지게 쳐놓아 햇빛을 가리고 있었다. 코타르와 랑베르는 카페로 들어가면서 이마의 땀을 닦아냈다. 그들은 초록색 양철 테이블 앞의 정원용 접이식 의자에 자리를 잡고 앉았다. 카페 안은 텅 비어있었다. 파리들이 사방에서 윙윙거렸다. 덜

걱거리는 카운터 위에 노란색 새장 하나가 놓여있었다. 그 안에는 털이 몽땅 빠진 앵무새 한 마리가 횃대 위에 무기력하게 앉아있었다. 전투 장면을 그린 낡은 그림들이 땟자국과 두터운 거미줄에 덮인 채 벽에 걸려 있었다. 모든 양철 테이블 위에, 그리고 랑베르 앞에 놓인 테이블 위에도 닭똥이 말라붙어 있었는데, 그게 어디서 생긴 것인지는 알 수 없었다. 그런데 갑자기, 어두운 구석에서 약간 바스락거리는 소리가 들리더니 멋진 수탉 한 마리가 깡충거리며 튀어나왔다.

더위가 더 심해지는 것 같았다. 코타르는 재킷을 벗고 양철 테이블을 두드렸다. 파란색 긴 앞치마를 두른 자그마한 남자가 안에서 나오더니 멀리서 코타르를 보며 인사를 했다. 그리고는 거친 발길질로 수탉을 쫓아버리고 다가와서는, 닭 울음소리가 요란한데도 불구하고, 두 분께서는 무엇을 드시겠느냐고 물었다. 코타르는 백포도주를 주문한 다음, 가르시아라는 사람에 대해 물어보았다. 이 땅딸보의 말에 의하면 그는 벌써 며칠 전부터 카페에 나타나지 않는다는 것이었다.

"오늘 저녁에 그가 올까요?"

"아니! 그런 것까진 제가 알 수 없죠. 하지만 그 사람이 오는 시간을 당신은 알고 계시잖아요?" 땅딸보가 말했다.

"알고는 있지만, 그건 중요하지 않아요. 나는 다만 그 사람한테 소개할 친구가 한 명 있어서요."

그 자그마한 남자는 앞치마에다 축축한 손을 닦았다.

"아! 선생께서도 그 일을 하고 계시는군요?"

"네, 그래요." 코타르가 대답했다.

땅딸보는 코를 훌쩍거렸다.

"그럼, 오늘 저녁에 다시 오세요. 제가 그 사람한테 애를 하나 보낼게요."

카페를 나오면서 랑베르는 코타르에게 그 일이라는 게 무엇이냐고 물었다.

"물론, 밀수를 말하는 거죠. 그들이 상품을 도시의 출입문으로 통과시키거든요. 그리고는 비싼 값으로 팔고 있어요."

"그렇군요. 자기들끼리 결탁되어있는 거죠?" 랑베르가 물었다.

"당연하죠."

저녁이 되자, 카페의 차양이 다시 올라가 있고 앵무새는 새장에서 깍깍거리며 양철 테이블마다 셔츠 바람의 남자들로 둘러싸여 있었다. 그들 중 한 사람이 밀짚모자를 뒤로 젖혀 쓰고 흰색 셔츠를 가슴팍까지 열어젖힌 채 햇볕에 그을린 살갗을 내보이고 있었는데, 코타르가 들어오자 자리에서 일어섰다. 단정하고 햇볕에 탄 얼굴, 검고 작은 눈, 하얀 치아, 손가락에 두세 개의 반지를 끼고 있는 모습으로 보아 대략 서른 살쯤 되어 보였다.

"안녕하세요, 카운터에서 한 잔 하시죠." 그 남자가 말했다.

세 사람은 말없이 한 잔씩 마셨다.

"나가시겠어요?" 가르시아가 말했다.

함께 항구 쪽으로 내려가는 길에 가르시아가 그들에게 자기를 무슨 일로 찾았느냐고 물었다. 코타르는 그에게 랑베르를 소개하려는 것은 정확히 말해 사업 때문이 아니고, 다만 그가 '외출'이라고 부르는 것 때문이라고 설명했다. 가르시아는 담배를 피며 똑바로 걷고 있었다. 그는 랑베르에 대해 말할 때 '그'라고 언급하며 몇 가지 질문을 했다. 마치 랑베르가 바로 옆에 있는 것을 모르기라도 하듯이.

"뭣 때문에 나가려는 건가요?" 그가 물었다.

"그의 아내가 프랑스에 있어요."

"아!"

그리고 잠시 말이 없었다.

"그 사람 직업이 뭔데요?"

"기자요."

"말이 많은 직업이네요."

랑베르는 입을 다물고 있었다.

"내 친구에요." 코타르가 말했다.

그들은 말없이 계속 걸어갔다. 그리고 부두에 도착했는데, 그곳은 큰 철책으로 가로막아 통행을 금지하고 있었다. 그래서 그들은 정어리 튀김을 파는 작은 술집 쪽으로 방향을 잡았다. 그들이 있는 곳까지 냄새가 풍겨왔던 것이다.

"아무튼, 그 문제는 나하고는 관계가 없고 라울이 하고 있어요. 그를 찾아야 되는데 쉽지는 않을 거예요." 가르시아가 결론을 내렸다.

"아! 그가 숨어있다는 거예요?" 코타르가 힘을 주어 물었다.

가르시아는 대답하지 않았다. 그리고는 작은 술집 근처까지 갔을 때 걸음을 멈추고 처음으로 랑베르를 돌아보며 말했다.

"모레 열한 시에 세관 건물 모퉁이에서 봅시다. 시내 높은 지대에 있어요."

그는 떠날 것처럼 하더니 두 사람 쪽으로 다시 돌아섰다.

"비용이 들 겁니다." 그가 말했다.

그건 일종의 확인이었다.

"물론이죠." 랑베르가 동의했다.

잠시 후, 신문기자는 코타르에게 감사하다고 말했다.

"아! 아니에요. 도와드리게 돼서 기쁩니다. 더구나 당신이 기자시니까 언젠가는 저한테도 도움을 주시겠죠." 코타르가 쾌활하게 말했다.

이틀 뒤, 랑베르와 코타르는 뙤약볕 아래서 도시의 높은 지대 쪽으로 나있는 가파른 길을 따라 올라갔다. 세관 건물의 일부가 진료소로 바뀌어 있었고, 그 커다란 문 앞에 사람들이 모여 서성거리고 있었다. 그들은 면회가 허용되지 않았지만 그래도 희망을 가지고 왔거나 또는 한두 시간 후면 효력이 없어질 정보라도 얻으려고 온 사람들이었다. 어쨌든 사람들이 이렇게 모여듦으로써 그곳에서 많은 왕래가 이루어졌고 가르시아와 랑베르의 만남이 이곳으로 정해졌던 걸 보면 그 점에 대한 고려가 자연스러웠다는 것을 짐작할 수 있었다.

"기어코 이 도시를 떠나시려고 하는 게 이상하네요. 여하튼 지금 여기서 일어나는 일들이 재미있는데 말이죠." 코타르가 말했다.

"나는 그렇게 생각하지 않는데요." 랑베르가 대답했다.

"오! 물론 위험한 일도 겪게 되죠. 그러나 어쨌든 페스트가 퍼지기 전에도 아주 혼잡한 네거리를 건너는 것만큼이나 위험을 겪었어요."

그때, 리외의 자동차가 그들 앞에 와서 멈춰 섰다. 타루가 운전을 했고, 리외는 반쯤 졸고 있는 것 같았다. 그는 잠에서 깨어 서로에게 인사를 시켰다.

"우리 서로 아는 사이에요, 같은 호텔에 묵고 있거든요." 타루가 말했다.

그는 랑베르에게 시내까지 태워다주겠다고 제의했다.

"아니오, 우리는 여기서 약속이 있어서요."

리외가 랑베르를 쳐다보았다.

"그렇습니다." 랑베르가 대답했다.

"아! 선생님도 알고 계셨나요?" 코타르가 놀라며 물었다.

"저기 예심판사가 오네요." 타루가 코타르를 쳐다보며 알려주었다.

코타르의 표정이 달라졌다. 정말로 오통 씨가 길을 내려와 그들 쪽으로 다가오고 있었는데, 걸음이 힘차면서도 절도가 있었다. 그는 이 사람들 앞을 지나가면서 모자를 벗었다.

"안녕하세요, 판사님!" 타루가 말했다.

판사는 차 안에 있는 사람들에게 인사를 하고는 뒤쪽에 있던 코타르와 랑베르를 쳐다보며 정중하게 머리를 숙여 인사했다. 타루가 금리생활자와 신문기자를 소개했다. 판사는 잠깐 하늘을 쳐다보며 한숨을 쉬더니 정말 슬픈 시기를 겪고 있다고 말했다.

"타루 씨, 요즘 예방조치 일에 힘쓰고 계시다면서요? 뭐라고 찬사를 보내야 할지 모르겠네요. 의사선생님, 이 질병이 더 확산될 거라고 생각하십니까?"

리외는 그렇지 않길 바란다고 말했다. 그러자 판사는 신의 섭리는 헤아릴 수 없는 것이니 항상 희망을 버리지 않아야 한다고 반복해 말했다. 타루가 그에게 이번 사태로 일이 많이 늘었느냐고 물었다.

"그 반대예요, 일반법에 해당하는 사건은 줄어들었어요. 나는 새로운 조치에 관련된 중대 위반 사건만 심리를 맡고 있죠. 전에는 법이 이렇게 잘 지켜졌던 적이 결코 없었어요."

"새로운 조치가 과거의 법과 비교해서 분명히 좋은 모양이네요." 타루가 말했다.

판사는 몽상에 잠긴 것 같은 표정과 허공에 떠있는 것 같은 시선을 모두 떨치고 냉정한 시선으로 타루를 살펴보았다.

"새로운 조치가 무엇을 했죠? 중요한 것은 법이 아니라 처벌입니다. 우리도 어쩔 수가 없어요." 판사가 말했다.

"저 사람이 적대자 1번이에요." 판사가 떠나고 나자 코타르가 말했다.

자동차가 움직이기 시작했다.

잠시 후, 랑베르와 코타르는 가르시아가 오는 것을 보았다. 그는 아무런 신호도 안 하고 두 사람 쪽으로 다가오더니, 인사 대신 "기다려야 돼" 하고 말했다.

그들 주위로 많은 사람들이 있었는데 대다수가 여자들이었고, 모두들 조용히 기다리고 있었다. 거의 모든 여자들이 바구니를 들고 있었으며, 혹시 아픈 가족에게 그걸 전달할 수 있을까 하는 헛된 희망을 갖고 있었다. 그리고 더 어리석은 것은 그 바구니 안의 음식이 환자들에게 비축식량으로 이용될 수 있을 거라는 생각이었다. 진료소 정문은 총을 든 공익요원들이 지키고 있었고, 가끔 이상한 소리가 병동과 정문 사이로 나있는 마당을 가로질러 들려왔다. 그러면 기다리는 사람들 가운데 몇 명이 불안한 얼굴로 진료소 쪽을 돌아보았다.

세 명의 남자가 그 광경을 쳐다보고 있다가 등 뒤에서 뚜렷하고 위엄 있는 목소리로 '안녕하십니까' 하는 소리가 들리자 모두들 뒤돌아보았다. 더위에도 불구하고 라울은 단정하게 옷을 차려입고 있었다. 키가 크고 체격도 좋은 그는 짙은 색 더블재킷을 입고, 챙 끝이 말려 올라간 펠트 모자를 쓰고 있었다. 얼굴이 상당히 창백했고 갈색 눈에 입을 꽉 다물고 있었다. 라울은 빠르고 정확한 말투로 얘기를 했다.

"시내로 내려갑시다. 가르시아, 너는 가도 돼."

가르시아는 담배에 불을 붙인 후 그 자리를 떠났다. 세 사람은 빠른 속도로 걸었는데, 가운데서 걸어가는 라울의 걸음에 속도를 맞추기 위해서였다.

"가르시아한테서 얘기 들었는데요, 일이 될 것 같습니다. 그러나 어쨌든 비용이 1만 프랑은 들 겁니다." 라울이 말했다.

랑베르는 좋다고 대답했다.

"내일 저랑 점심 같이 하시죠, 마린느 가에 있는 스페인 식당에서 봅시다."

랑베르가 알았다고 하자, 라울은 처음으로 미소를 지으며 그와 악수를 했다. 그가 떠난 후, 코타르가 미안해하며 양해를 구했다. 자기는 다음날 시간이 없으며 이젠 랑베르도 혼자서 할 수 있기 때문이라는 것이었다.

그 다음날, 신문기자가 스페인 식당으로 들어서자 모든 사람들이 그가 지나가는 쪽으로 돌아다보았다. 그 어둠침침한 지하식당은 좁은 골목에 위치해 있었다. 그곳은 작열하는 햇빛 때문에 길이 누르스름했고 단골손님들은 남자들뿐이었으며 대부분은 스페인 사람들이었다. 그러나 안쪽 식탁에 앉아있던 라울이 신문기자에게 손짓을 하고, 랑베르가 그쪽으로 향하자 사람들의 얼굴에선 곧 호기심이 사라지며 자신들의 접시로 시선을 돌려버렸다. 라울의 식탁 앞엔 키가 크고 마른 한 남자가 같이 있었다. 그는 면도질이 대충 되어있고, 어깨가 지나치게 넓으며, 말처럼 생긴 얼굴에 머리카락이 듬성듬성 나있었다. 시커먼 털로 덮여있는 가늘고 긴 팔은 소매를 걷어 올린 셔츠 밖으로 나와 있었다. 이 남자는 랑베르를 소개받자 고개를 세 번 끄덕거렸다. 남자는 자신의 이름을 말하지 않고, 라울은 그저 '우리 친구'라고만 했다.

"우리 친구가 당신을 도울 수 있을 거라고 하네요. 그는 당신을…."

라울은 말을 멈췄다. 여자 종업원이 랑베르에게 주문을 받으려 왔기 때문이었다.

"이 친구가 당신을 우리 동료들 가운데 두 사람과 연결시켜줄 건데, 그 사람들이 우리가 매수한 경비병들한테 당신을 소개해줄 겁니다. 그런데 그걸로 다 끝나는 게 아니에요. 경비병들이 적절한 때를 스스로 판단해야 됩니다. 가장 간단한 방법은 그들 중 도시의 출입문 근처에 사는 한 사람 집에 가서 당신이 며칠간 머무는 거예요. 그러나 그 전에, 우리 친구가 당신한테 필요한 접선을 시켜줄 겁니다. 모든 게 잘 되면, 이 친구한테 비용을 지불하면 돼요."

친구라는 사람이 말처럼 생긴 머리를 또다시 끄덕이며 토마토와 피망 샐러드를 끊임없이 으깨면서 게걸스럽게 먹어댔다. 그리고는 스페인어 억양을 약간 섞으며 말했다. 그는 랑베르에게 이틀 뒤 오전 8시에 대성당 입구 앞에서 만나자고 제안했다. "이틀이나 더 기다려야 하는군요." 랑베르가 말했다.

"그게 쉬운 일이 아니거든요. 그 사람들을 찾아야 되니까요." 라울이 말했다.

말같이 생긴 남자가 다시 한번 고개를 끄덕였고 랑베르도 맥없이 동의했다. 식사시간은 이야깃거리를 찾느라 다 지나가버렸다. 그러나 그 말같이 생긴 자가 축구선수라는 걸 랑베르가 안 순간부터는 모든 것이 아주 쉬워졌다. 랑베르도 역시 축구를 오래 했었다. 그래서 프랑스의 프로 축구 챔피언 결정전에 대해서나, 영국 프로 팀의 실력에 대해, 또는 W형 전술에 대해 얘기를 했다. 마지막엔 그 말같이 생긴 자가 완전히 열변을 토하며 랑베르에게 편하게 말을 놓기까지 했는데, 축구에서는 미드필드만큼 멋진 위치가 없다는 것을 그에게 납득시키려는 것이었다. "알겠지,

미드필더는 게임을 조율하는 사람이라는 것 말이야. 게임을 조율하는 것, 그게 바로 축구거든." 랑베르는 자신이 항상 포워드를 맡았었지만 그의 의견에 동의했다. 그들의 대화는 라디오 소리 때문에 중단됐는데 라디오에서 감상적인 멜로디가 나지막이 울리더니, 이윽고 방송이 나왔다. 전날 페스트로 137명이 사망했다는 내용이었다. 식당에 앉아있는 사람들 속에서는 어떤 반응도 나오지 않았다. 말처럼 생긴 남자가 어깨를 으쓱 올리며 자리에서 일어났다. 라울과 랑베르도 그를 따라 일어났다.

그 미드필더는 떠나면서 랑베르와 힘껏 악수를 했다.

"나는 곤잘레스라고 하네." 그가 말했다.

그 후 이틀 동안이 랑베르에게는 끝나지 않을 것처럼 길게 느껴졌다. 그는 리외를 찾아가 진행 상황을 자세히 얘기해주었다. 그리고는 의사가 어떤 집에 왕진을 가는 길에 함께 따라나섰다가, 그 집 문 앞에서 의사에게 작별인사를 했다. 페스트 증상이 있는 환자가 의사를 기다리고 있었기 때문이다. 복도에서 사람들이 뛰어가는 소리와 목소리가 들려왔다. 누군가 가족에게 의사의 도착을 알리는 소리였다.

"타루가 늦지 않으면 좋겠는데." 피곤해 보이는 얼굴로 리외가 중얼거렸다.

"전염병이 너무 빨리 퍼지고 있나요?" 랑베르가 물었다.

리외는 그렇지 않다고 하면서 통계곡선조차도 속도가 더 느리게 올라가고 있다고 말했다. 다만, 페스트를 막기 위한 방법이 그리 충분하지는 못하다고 했다.

"물자가 부족해요. 세계 어느 나라 군대에서든 물자가 부족할 땐 인력으로 대체하는 게 일반적이죠. 그런데 우리는 지금 인력도 부족해요." 그가 말했다.

"외부에서 의사들과 보건 인력이 합세하는데도 그런가요?"

"그렇습니다. 의사 열 명과 백여 명의 인원이 왔어요. 많은 것 같아 보이죠. 하지만 지금 상태의 병세를 보면 겨우 막을 정도에요. 전염병이 더 퍼지면 이 인력도 부족할 겁니다." 리외가 말했다.

리외는 안에서 나오는 소리에 귀를 기울였다가, 이내 랑베르에게 미소를 지어보였다.

"당신도 빨리 일이 잘 돼야 할 텐데요." 그가 말했다.

랑베르의 얼굴에 어둠이 스쳤다.

"아시다시피, 그것 때문에 제가 떠나는 건 아닙니다." 아주 낮은 목소리로 그가 말했다.

리외는 알고 있다고 대답했다. 그러나 랑베르는 계속해서 말했다.

"저는 제가 비겁하다고는 생각하지 않습니다. 적어도 대부분의 경우에는 말이죠. 그걸 증명해보일 기회도 있었어요. 다만, 견딜 수 없는 생각이 몇 가지 있습니다."

의사는 그를 똑바로 쳐다보았다.

"부인을 다시 만나게 되겠군요." 그가 말했다.

"그렇겠죠, 하지만 이런 상황이 계속되고, 그러는 동안 내내 그녀가 늙어갈 거라는 생각을 하면 참을 수가 없어요. 서른 살이면 늙기 시작하니까, 무슨 기회라도 살려야 해요. 선생님이 이해할 수 있을지 모르겠네요."

리외는 자기도 이해할 수 있다면서 중얼거리듯 말했다. 그때 타루가 활기를 띠며 나타났다.

"방금 파늘루 신부한테 우리와 함께 일하자고 부탁했어요."

"그랬더니 뭐래요?" 의사가 물었다.

"생각해보더니 그러겠다고 했어요."

"잘 됐네요. 그 사람이 자기 설교보다 더 훌륭한 사람이란 걸 알게 돼서 기쁘군요." 의사가 말했다.

"모든 사람이 다 그래요. 다만 기회가 없을 뿐이죠." 타루가 말했다.

그는 미소를 지으며 리외를 쳐다보고 눈을 찡긋했다.

"그게 제가 해야 할 일입니다, 기회를 제공하는 것 말이죠."

"죄송하지만 저는 가야겠어요." 랑베르가 말했다.

약속을 한 목요일, 랑베르는 8시 5분 전에 대성당 정문 앞에 도착했다. 공기는 아직 서늘했다. 하늘엔 하얀 뭉게구름이 자잘하게 떠다니고 있었는데, 잠시 후 더위가 솟구치면 단번에 삼켜버릴 것이었다. 습한 냄새가 아직도 어렴풋이 잔디밭에서 올라오고 있는데도 잔디밭은 메말라 있었다. 동쪽에 있는 집들 뒤편에서 태양이 잔 다르크 동상의 투구를 달구고 있었는데, 온통 금도금이 된 동상은 광장을 차지하다시피 서있었다. 광장의 큰 시계가 여덟 번의 종을 울렸다. 랑베르는 한적한 정문 앞에서 몇 발짝을 걸었다. 대성당 안에서 시편을 노래하는 어렴풋한 소리가 들려왔으며 향냄새와 지하실의 퀴퀴한 냄새도 났다. 갑자기 노래 소리가 멈췄다. 10여 명의 자그마한 검은 형체가 성당에서 나오더니 시내 쪽으로 종종거리며 걸어갔다. 랑베르는 불안해지기 시작했다. 또 다른 검은 형체들이 대성당 앞의 큰 계단을 올라와 정문 쪽으로 다가오고 있었다. 그는 담배에 불을 붙였다. 그러나 곧 이곳이 흡연을 금지하는 곳일 것 같은 생각이 들었다.

8시 15분, 대성당의 오르간이 잔잔하게 연주를 하기 시작했다. 랑베르는 둥근 천장의 어두컴컴한 내부로 들어갔다. 잠시 후, 중앙 홀에 있는 검은 형체들이 그의 눈에 띄었다. 그들은 랑베르보다 앞서 그곳에 들어와 있는 사람들이었다. 그 형체들은 모두 한쪽 구석, 일종의 임시 제단 앞에 모여 있었다. 그 제단엔 성 로크 상을 이제 막 설치해두었는데 시내의 한 아틀리에에서 급히 제작된 것이었다. 무릎을 꿇고 있는 그 형체들은 더 오그라들어 보였으며, 단색화 속에 엉겨붙어있는 어렴풋한 부분들처럼 희미해진 채, 사방에 떠있는 안개보다 더 짙게, 마치 그 안개 속에 떠있는 것처럼 보였다. 그 형체들 위에서 오르간이 끝없는 변주곡을 울리고 있었다.

랑베르가 밖으로 나왔을 때, 곤잘레스는 이미 계단을 내려가 시내 쪽으로 향하고 있었다.

"난 네가 가버린 줄 알았지. 보통 있는 일이니까." 그가 신문기자에게 말했다.

그는 친구들과 8시 10분 전에 근처에서 보기로 약속이 돼있어서 그들을 기다리느라 늦었다고 설명했다. 그런데 20분을 기다렸지만 허탕을 쳤다는 것이었다.

"무슨 사고가 생긴 게 분명해. 우리가 하는 일이 항상 쉽게 되는 건 아니거든."

그는 다음날 같은 시간에 전사자 기념비 앞에서 만나자고 다시 한번 약속을 했다. 랑베르는 한숨을 쉬며 모자를 뒤로 젖혔다.

"별것 아니야." 곤잘레스가 웃으며 단정을 지었다. "모든 조합을 생각해봐, 한 골을 넣기 위해 필요한 침투와 패스를 말이야."

"물론이지. 하지만 시합은 한 시간 반이면 끝나잖아." 랑베르가 또 다시 말했다.

오랑 시의 전사자 기념비는 바다를 볼 수 있는 유일한 곳에 있었다. 아주 가까운 곳에 항구가 내려다보이는 절벽이 있으며, 그 절벽을 따라 뻗어있는 일종의 산책로가 있었다. 그 다음날, 랑베르는 약속시간보다 일찍 도착해 전사자 명단을 유심히 읽고 있었다. 몇 분 후, 두 남자가 다가오더니 그를 무심히 쳐다보며 지나갔다. 그리고는 산책로 난간으로 가서 팔꿈치를 괴고는 인적도 없이 텅 비어있는 항구를 정신없이 내려다보고 있는 것처럼 보였다. 두 남자는 키가 같고, 파란색 바지에 짧은 소매의 감색 셔츠를 입고 있었다. 신문기자는 좀 떨어져 있다가 이윽고 벤치에 앉아서 여유 있게 그들을 쳐다볼 수 있었다. 그는 두 사람이 분명 스무 살 이상은 안됐다는 것을 알아차렸다. 그때 곤잘레스의 모습이 보였는데, 그는 변명을 하며 걸어오고 있었다.

"저기 친구들이 와있군." 곤잘레스가 랑베르를 두 청년

쪽으로 데리고 가더니, 마르셀과 루이라면서 그들의 이름을 소개했다. 얼굴을 보니 두 청년이 많이 닮아있었다. 그래서 랑베르는 그들이 형제라고 추측을 했다.

"자, 이제 인사가 끝났으니, 일도 상의해야죠." 곤잘레스가 말했다.

그러자 마르셀인가 루이인가가 자기들이 경비를 설 차례가 이틀 후에 시작돼서 1주일간 계속될 거니까, 가장 적합한 날을 택해야 할 거라고 말했다. 네 명이 서쪽 출입문을 지키는데, 다른 두 명은 직업군인이라는 것이었다. 그들은 믿을만한 사람들이 못되고 게다가 비용도 비싸지기 때문에 그들을 이 일에 붙일 수는 없다고 했다. 그런데 저녁이면 가끔 그 두 명의 직업군인은 잘 아는 술집 뒷방에서 밤을 새우곤 한다는 것이었다. 마르셀인가 루이인가가 그런 얘기를 하면서 랑베르에게 출입문 근처에 있는 자기들 집에 와서 머물며 그를 데리러 올 때까지 기다리라고 제안했다. 그러면 통과하는 건 굉장히 쉬울 거라고 했다. 그러나 시 외곽에 초소를 이중으로 세운다는 말이 얼마 전부터 떠돌고 있기 때문에 빨리 서둘러야 한다고 말했다.

랑베르는 수긍하며 마지막 남은 담배 몇 개비를 그들에게 권했다. 그때까지 아무 말도 안하고 있던 다른 청년이 곤잘레스에게 혹시 비용문제가 해결되었는지, 그리고 선금을 받을 수 있는지를 물어보았다.

"아니, 그럴 필요 없어. 이 사람은 친구니까, 비용은 출발할 때 계산할 거야." 곤잘레스가 말했다.

그들은 다시 만나기로 약속을 잡았다. 곤잘레스가 이틀 후에 스페인 식당에서 만나 저녁식사를 함께 하자고 제안했다. 거기서 바로 그 경비병들의 집으로 갈 수 있다는 것이었다.

"첫날밤은 내가 같이 가줄게." 그가 랑베르에게 말했다.

그 다음날, 랑베르는 자기 방으로 올라가다가 호텔 계단에서 타루와 마주쳤다.

"나 지금 리외를 만나러 가는데, 같이 가실래요?" 타루가 말했다.

"방해가 안 될지 모르겠네요." 랑베르가 잠시 망설이다가 대답했다.

"그렇지 않을 거예요. 그가 당신에 대해 여러 번 얘기하더군요."

신문기자는 곰곰이 생각해보았다.

"그러면, 저녁식사 후에 잠깐 시간 있으시면 늦게라도 괜찮으니까 두 분이 호텔 바(bar)로 오세요." 그가 말했다.

"그 사람과 페스트에 달렸죠." 타루가 말했다.

아무튼 밤 11시에 리외와 타루는 작고 비좁은 호텔 바에 도착했다. 안에는 30여 명의 손님들이 팔꿈치를 괴고 큰소리로 떠들고 있었다. 페스트에 전염된 도시의 적막함 속에 있다가 나온 두 사람은 안으로 들어오다가 좀 어리둥절해서 걸음을 멈췄다. 그들은 사람들이 아직까지 술을 마시고 있는 것을 보고는 이렇게 떠들썩한 이유를 이해할 수 있었다. 랑베르는 카운터 끝의 높은 의자에 앉아 있다가 그들에게 손짓을 했다. 두 사람은 랑베르의 양쪽에 가서 섰는데, 시끄럽게 떠드는 옆 사람을 타루가 태연스럽게 밀어붙였다.

"술 마셔도 괜찮죠?"

"그럼요, 좋죠." 타루가 말했다.

리외는 자기 잔에서 씁쓸한 허브 향을 맡아보았다. 그런 소란 속에서 대화하기가 어렵기도 했지만, 랑베르는 우선 술 마시는 데 열중해있는 것 같았다. 의사는 그가 술에 취해있는지 아직은 판단할 수 없었다. 그 좁은 장소에 남아있는 두 개의 테이블 중 하나엔, 한 해군장교가 양팔에 여자를 하나씩 끼고 앉아서 얼굴이 벌겋게 된 어떤 뚱보에게 카이로에서 장티푸스 전염병이 돌았던 당시의 얘기를 늘어놓고 있었다. "수용소가 있었는데 현지인들을 위한 수용소를 만들고, 환자용 천막을 세우고, 그리고 그 주변엔 온통 보초병으로 경계선을 쳤지. 그래서 가족들이 몰래 민간요법 약을 가져오려고 하면 보초병들이 총을 쐈어. 가혹했지만 그게 정당했지." 또 다른 테이블엔 세련된 젊은이들이 앉아있었다. 그들의 대화는 알아들을 수 없었고, 그 소리마저 높이 위치한 전축에서 흘러나오는 〈세인트 제임스 인퍼머리〉 곡 속으로 파묻혀버렸다.

"잘 돼갑니까?" 리외가 목소리를 높이며 말했다.

"거의 돼가고 있습니다. 어쩌면 일주일 안으로요." 랑베르가 말했다.

"유감이군요." 타루가 소리쳤다.

"왜요?"

타루는 리외를 쳐다보았다.

"아!" 리외가 말했다. "타루는 당신이 여기서 우리한테 도움이 될 수 있을 거라고 생각하기 때문에 그 말을 한 것 같군요. 하지만 나는 떠나려고 하는 당신의 심정을 너무나도 잘 이해하고 있어요."

타루가 한 잔씩 더 하자고 제안했다. 랑베르는 카운터 의자에서 내려와 처음으로 타루를 정면에서 쳐다보았다.

"제가 무슨 일로 당신에게 도움이 될까요?"

"글쎄요, 우리 보건단체에 도움이 되죠." 타루는 술잔으로 천천히 손을 뻗으며 말했다.

랑베르는 여느 때처럼 고집스런 표정으로 다시 의자에

올라앉았다.

"그런 단체들이 유익할 거라고 생각하지 않습니까?" 타루는 막 술잔을 비우고 나서 랑베르를 유심히 쳐다보며 물었다.

"아주 유익하죠." 신문기자는 대답을 하고 나서, 또 술을 마셨다.

리외는 그의 손이 떨리는 것을 보았다. 그는 랑베르가 정말로 완전히 취했다는 것을 알았다.

그 다음날, 랑베르가 두 번째로 스페인 식당에 들어갔을 때, 그는 몇 명이 모여 있는 한가운데로 지나가게 되었다. 그 사람들은 의자를 입구 앞에다 꺼내놓고 더위가 겨우 누그러지기 시작하는 푸르른 황금빛 저녁시간을 음미하고 있었다. 그리고는 자극적인 냄새가 나는 담배를 피우고 있었다. 식당 안에는 사람이 거의 없었다. 랑베르는 안쪽 테이블에 가서 앉았는데, 그곳은 처음으로 곤잘레스를 만났을 때 앉았던 자리였다. 그는 종업원에게 사람을 기다린다고 말했다. 저녁 7시 30분이었다. 사람들이 점점 식당 안으로 다시 들어와 자리를 잡았다. 그들이 주문한 음식이 나오기 시작하고, 둥그런 천장이 아주 낮게 되어있는 식당 내부는 식기들 부딪치는 소리와 웅성거리는 대화들로 가득 찼다. 8시가 됐는데도 랑베르는 계속 기다리고 있었다. 불이 켜졌다. 새로운 손님들이 들어와 자리에 앉았다. 그는 식사를 주문했다. 8시 30분에 식사를 마칠 때까지도 곤잘레스와 두 젊은이는 오지 않았다. 그는 담배를 몇 대 피웠다. 식당은 천천히 비어갔다. 밖은 매우 빠르게 어두워지고 있었다. 바다에서 불어오는 미지근한 바람이 유리창의 커튼을 살짝 들어올렸다. 9시가 되자, 랑베르는 실내가 비어있고 종업원이 의아해하며 자기를 바라보고 있다는 사실을 알아차렸다. 그는 계산을 하고 밖으로 나왔다. 식당 맞은편에 카페 한 곳이 열려있었다. 랑베르는 그곳으로 들어가 카운터에 앉아서 식당 입구를 지켜보았다. 9시 30분에 그는 호텔로 향하며 주소도 모르는 곤잘레스를 어떻게 하면 다시 만날까 하는 부질없는 궁리를 해보았다. 모든 과정을 다시 해야 한다는 생각에 그는 가슴이 답답해졌다.

그가 나중에 의사 리외에게 말한 것처럼, 밤새 앰뷸런스가 질주하는 그때, 그는 자신과 아내를 갈라놓은 장벽에서 탈출구를 찾느라 온통 열중한 나머지 그동안 줄곧 아내 생각을 거의 잊고 있었다는 것을 깨달았다. 그러나 모든 길이 또 다시 막혀버린 바로 그때, 그는 욕망의 한가운데서 다시금 아내를 떠올리며 너무나 갑자기 고통이 솟구쳐, 그 견딜 수 없는 통증을 벗어나려고 호텔을 향해 뛰기 시작했다. 그렇지만 그 고통은 그를 따라다니며 관자놀이를 물어뜯었다.

그 다음날 일찍, 그는 리외를 찾아가서 코타르를 어떻게 하면 만날 수 있느냐고 물었다.

"제가 이제 할 수 있는 일은 다시 순서대로 따라가는 것뿐입니다." 랑베르가 말했다.

"내일 저녁에 오세요. 타루가 코타르를 불러달라고 내게 부탁했거든요. 무슨 일인지는 나도 몰라요. 그는 열시에 올 겁니다. 당신은 열시 반에 이곳으로 오세요." 리외가 말했다.

다음날 코타르가 의사의 집에 도착했을 때, 타루와 리외는 어떤 사람이 뜻밖에 완치된 것에 대해 얘기를 나누고 있었다. 그건 의사 리외가 맡고 있는 구역 안에서 일어난 일이었다.

"열 명 중 하나 정도 행운이 있는 거죠." 타루가 말했다.

"아! 근데 그건 페스트가 아니었어요." 코타르가 말했다.

그러자 두 사람은 코타르에게 그건 분명 페스트였다고 단언을 했다.

"그럴 수가 없어요, 그 사람이 나았다면 말이죠. 당신들이 나보다 더 잘 아시겠지만, 페스트는 봐주지 않아요."

"일반적으로는 그렇습니다. 그런데 좀 끈질기게 버티다보면 놀라운 일도 생기는 거죠." 리외가 말했다.

코타르는 웃었다.

"그렇게 보이지 않습니다. 오늘 저녁에 나온 숫자발표 들었습니까?"

호의적으로 그 금리생활자를 쳐다보고 있던 타루는, 자기가 그 숫자를 들었으며 상황이 심각하긴 하지만 그게 무엇을 뜻하겠느냐고 물었다. 그러면서, 그건 더 특별한 조치가 필요하다는 것을 증명하는 것 아니겠느냐고 말했다.

"아니! 당신들은 그런 조치를 이미 했잖아요."

"그렇죠, 하지만 각자가 자신을 위해서 그 조치를 취해야 돼요."

코타르는 이해가 안돼서 타루를 쳐다보았다. 타루는 너무나 많은 사람들이 나태해있는데, 페스트는 각자의 문제이며, 각자는 자신의 의무를 이행해야 한다고 말했다. 자원봉사 단체는 모든 사람에게 열려있다는 것이었다.

"좋은 생각이긴 하지만 아무 소용도 없을 겁니다. 페스트가 너무 심해서 말이죠." 코타르가 말했다.

"그건 우리가 모든 것을 다 시도해본 다음에나 알게 될 겁니다." 타루는 인내심을 가지고 말했다.

두 사람의 얘기가 오가는 동안, 리외는 자기 책상에서

카드를 다시 베껴 쓰고 있었다. 타루는 의자에 앉아 마음이 흔들리고 있는 금리생활자를 한참이나 바라보았다.

"코타르 씨, 당신은 왜 우리와 함께 일하지 않으시죠?"

코타르는 기분이 상한 얼굴로 자리에서 일어나 자신의 둥그런 모자를 집어 들었다.

"그건 내가 할 일이 아니에요."

그리고는 도전적인 억양으로 말을 이어갔다.

"게다가 난 말이죠, 이 페스트 속에서도 잘 지내고 있어요. 그런데 뭣 하러 그걸 퇴치하는 데 내가 거기에 섞이겠어요. 그럴 이유가 없거든요."

타루는 문득 진실을 알았다는 듯이 자기 이마를 쳤다.

"아! 그렇군요. 잊고 있었어요. 그게 아니었으면 당신은 체포됐을 거예요."

코타르는 움찔 하더니 마치 떨어지기나 할 것처럼 의자를 움켜잡았다. 리외는 글을 쓰다 말고 진지하면서도 흥미로운 표정으로 그를 바라보았다.

"누가 당신한테 그런 얘기를 했어요?" 금리생활자가 소리쳤다.

타루가 놀라며 말했다.

"바로 당신이 그렇게 말했잖아요. 어쨌든 의사선생님과 나는 그렇게 알고 있거든요."

이제 코타르는 심한 분노에 휩싸인 나머지, 알아들을 수
도 없는 말들을 지껄여댔다.

"화내지 마세요." 타루가 덧붙여 말했다. "의사선생님도
나도 당신을 고발하지는 않을 거예요. 우리는 당신 사건
과 아무 관련도 없어요. 그리고 우리는 경찰을 결코 좋아
한 적이 없어요. 자, 자리에 앉으시죠."

금리생활자는 좀 머뭇거리며 자기 의자를 쳐다보더니
자리에 앉았다. 그리고는 얼마쯤 있다가 한숨을 내쉬었다.

"아주 오래된 이야기에요." 그는 타루의 말을 인정했다.

"그 사람들이 옛날 얘기를 다시 문제 삼아 끄집어냈어
요. 난 다 잊었을 거라고 생각했죠. 그런데 어떤 자가 고
자질을 한 겁니다. 그들은 나를 소환하더니 조사가 끝날
때까지 계속 대기하고 있으라고 하더군요. 그래서 결국 나
는 그들에게 체포되고 말 거라고 생각했었어요."

"중죄인가요?" 타루가 물었다.

"그건 말하기에 달렸어요. 어쨌든 살인은 아닙니다."

"금고형인가요 아니면 징역형인가요?"

코타르는 몹시 허탈해 보였다.

"금고형이요, 운이 좋다면…"

그러나 잠시 후, 그는 다시 격렬하게 말했다.

"그건 과실이었어요. 누구나 다 실수를 하는 거죠. 그런

데 그 일 때문에 체포된다는 생각을 하면 견딜 수가 없었어요. 내 집과 일상들, 내가 아는 모든 사람들과 떨어져야 한다는 생각 말이죠."

"아! 그것 때문에 목 매달 생각을 했었군요?"

"네, 물론 어리석은 짓이었죠."

리외가 처음으로 입을 열어 코타르에게 말했다. 자기는 그의 불안을 이해하고 있으며 모든 것이 잘 될 거라고 했다.

"오! 당분간은 나도 두려워하지 않아도 된다는 걸 알고 있죠."

"제 생각에 당신은 우리 보건단체엔 들어오지 않을 것 같군요."

두 손으로 모자를 돌리고 있던 코타르는 모호한 시선으로 타루를 쳐다보았다.

"나를 원망하진 마세요."

"그럼요. 하지만 적어도 고의로 병균을 퍼뜨리려고 시도하지는 말아주세요." 타루가 말했다.

코타르는 자기가 페스트를 원했던 건 아니고, 페스트 스스로가 나타났으며, 그 덕분에 당분간은 자기 일이 잘 돼가고 있지만, 그건 자기 탓이 아니라고 항변하듯이 말했다. 그리고 랑베르가 문 앞에 도착하자, 그는 목소리에 온

힘을 실어 덧붙였다.

"어쨌든 내 생각에 당신들은 아무 성과도 못 낼 겁니다."

랑베르는 코타르한테서 곤잘레스의 주소를 모르고 있다는 말을 들었다. 그러나 그 작은 카페에 언제든 가볼 수는 있다고 했다. 그들은 다음날 만나기로 했다. 그리고 리외가 소식을 알고 싶다는 뜻을 내비치자, 랑베르는 주말 밤에 아무 때나 호텔로 타루와 함께 오라고 권했다.

아침에 코타르와 랑베르는 그 작은 카페에 가서 가르시아에게 전할 쪽지를 남겨두고 왔는데, 저녁이나 또는 곤란한 경우엔 그 다음날 보자는 내용이었다. 그날 저녁, 그들은 가르시아를 기다려봤지만 헛수고였다. 그 다음날은 가르시아가 그곳에 와있었다. 그는 랑베르의 이야기를 조용히 귀 기울여 들었다. 그리고는 자기는 상황을 잘 모르지만, 자기가 알기로는 가택 검사를 실시하기 위해 24시간 동안 구역 전체에 통행을 금지시켰다는 것이었다. 곤잘레스와 두 청년이 바리케이드를 넘을 수 없었을지도 몰랐다. 그는 자기가 할 수 있는 최선은 그들을 다시 한번 라울과 연결시켜주는 것인데, 물론 그것도 이틀 후에나 가능할 거라고 했다.

"모든 걸 다시 시작해야 할 것 같은데요." 랑베르가 말했다.

이틀 후, 어떤 길모퉁이에서 라울은 가르시아가 말한 추측을 확인할 수 있었다. 아래 동네에 통행이 금지되었던 것이다. 그는 곤잘레스와 다시 접선을 해야만 했다. 이틀 후, 랑베르는 그 축구선수와 함께 점심을 했다.

"바보짓을 한 거야. 다시 만날 방법을 얘기해 놨어야지." 축구선수가 말했다.

랑베르의 생각도 같았다.

"내일 아침에 우리가 젊은 친구들 집으로 가서, 모든 걸 조정해봐야지."

그런데 다음날, 그 젊은이들은 집에 없었다. 그래서 그 다음날 정오에 리세 광장에서 만나자고 메모를 남겨놓았다. 그리고 랑베르가 오후에 타루를 만났을 때, 그는 타루가 깜짝 놀랄 정도의 표정을 하고는 그의 집으로 들어섰다.

"일이 잘 안되나요?" 타루가 물었다.

"결국 다시 시작해야 돼요." 랑베르가 말했다.

그러면서 그는 호텔로 오라고 한 약속을 되풀이해 말했다.

"오늘 저녁에 오세요."

그날 저녁, 두 남자가 랑베르의 방으로 들어섰을 때, 그는 누워있었다. 그러더니 일어나서 준비해놓은 잔에 술을 따랐다. 리외는 잔을 받으며 일이 잘 진행되고 있느냐고 물었다. 신문기자는 한 바퀴를 완전히 다시 돌았다고 말했다. 그리고 제자리로 돌아왔으며, 조만간 마지막 약속을 하게 될 거라고 설명했다. 그는 술을 마시고 나서 덧붙여 말했다.

"물론 그 사람들은 오지 않을 겁니다."

"그걸 전제할 필요는 없죠." 타루가 말했다.

"아직 이해를 못하셨군요." 랑베르가 어깨를 올리며 말했다.

"뭘 말인가요?"

"페스트 말입니다."

"아!" 리외가 중얼거렸다.

"그렇습니다, 그게 다시 발생할 거라는 걸 이해하지 못하고 계세요."

랑베르는 방 한쪽으로 가서 작은 축음기를 켰다.

"이 디스크가 뭐죠? 들었던 곡인데." 타루가 물었다.

랑베르는 그게 〈세인트 제임스 인퍼머리〉라고 대답했다.

음악을 듣고 있는데 멀리서 총소리가 두 번 들려왔다.

"개 아니면 탈주자 때문이겠지." 타루가 말했다.

잠시 후, 디스크가 다 돌아가자 앰뷸런스 소리가 뚜렷

하게 들려오더니 큰 소리를 내며 호텔방 창문 아래로 지나갔다. 그리고는 점점 작아졌다가 마침내 그쳤다.

"이 디스크는 재미가 없어요. 게다가 오늘은 이걸 열 번이나 들었거든요." 랑베르가 말했다.

"그 디스크를 그렇게나 좋아하세요?"

"아니오, 그냥 이것밖에 없어서요."

그리고는 잠시 후에 말했다.

"페스트는 다시 발생하게 될 겁니다."

그는 리외에게 그 보건단체가 어떻게 돌아가고 있느냐고 물었다. 조직은 5개 팀으로 나뉘어 일하고 있고, 또 다른 팀들을 조직할 계획이었다. 신문기자는 침대에 앉아서 손톱을 만지느라 열중해있는 것 같았다. 리외는 침대 가에 웅크리고 앉아있는 그 자그마하고 다부진 몸을 살펴보았다. 그러다가 문득 랑베르가 자기를 쳐다보고 있다는 것을 알아차렸다.

"선생님도 알다시피, 나도 그 단체에 대해 생각을 많이 해봤어요. 내가 선생님과 함께 하지 않는 것은 몇 가지 이유가 있어서입니다. 그 외의 일이라면 아직도 나 자신을 바칠 수 있을 것 같아요. 나는 스페인 전쟁에도 참가했으니까요."

"어느 편이었어요?" 타루가 물었다.

"패한 쪽이었죠. 하지만 그 후로 생각을 해봤어요."

"무엇에 대해서요?" 타루가 물었다.

"용기에 대해서요. 이제 나는 인간이 위대한 행위를 할 수 있다는 걸 알고 있어요. 그러나 만약 그 인간이 위대한 감정을 가질 수 없다면, 나는 그에게 흥미가 없습니다."

"인간은 모든 것을 할 수 있다는 것 같군요." 타루가 말했다.

"그렇지 않습니다. 인간은 오랫동안 고통스럽거나 행복할 수가 없어요. 따라서 인간은 가치 있는 일은 아무것도 할 수가 없습니다."

그는 두 사람을 쳐다보고는 계속 말을 이어갔다.

"자, 타루, 당신은 사랑을 위해 죽을 수 있습니까?"

"모르겠어요, 그러나 이제는 못할 것 같아요."

"거봐요, 그러나 당신은 하나의 관념을 위해서는 죽을 수 있어요. 그건 맨눈으로도 알 수 있죠. 그런데 난 말이죠, 나는 어떤 관념을 위해서 죽는 사람들은 질색입니다. 나는 영웅주의를 믿지 않아요. 내가 알기로 그건 쉬운 일이에요. 그리고 파괴적인 거라고 배웠어요. 내가 관심을 갖는 것은 사랑하는 것에 따라 살고 죽는 것입니다."

리외는 신문기자의 말을 주의 깊게 들었다. 그리고는 그를 쳐다보며 나지막이 말했다.

"인간은 관념이 아니에요, 랑베르."

랑베르는 침대에서 벌떡 일어났다. 흥분으로 얼굴이 상기되어 있었다.

"인간은 하나의 관념입니다. 얄팍한 관념이죠. 사랑에서 등을 돌리는 순간부터 말이죠. 그리고 바로 우리는 더 이상 사랑할 능력이 없어요. 체념하고 받아들입시다, 선생님. 그리고 사랑할 수 있게 되기를 기다립시다. 만약 정말로 그게 불가능하다면 영웅놀이는 집어치우고 전반적으로 해방되길 기다려봅시다. 난 이제 가지 않을 겁니다."

리외는 갑자기 지친 기색으로 자리에서 일어났다.

"당신이 옳아요, 랑베르. 정말 옳아요. 무슨 일이 있더라도 당신이 하고자 하는 일을 단념하지 않으면 좋겠어요. 그게 정당하고 옳아 보이니까요. 그러나 이건 말해야 할 것 같습니다. 이 모든 것은 영웅주의와는 아무런 관계가 없어요. 이건 성실의 문제인 거죠. 이것도 웃기는 하나의 관념일 수 있지만, 페스트와 맞서 싸울 수 있는 유일한 방법은 바로 성실함입니다."

"성실함이 뭡니까?" 갑자기 진지한 표정으로 랑베르가 물었다.

"그것이 일반적으로 어떻다는 건 나도 모릅니다. 그러나 내 경우를 말하면, 그건 내가 맡은 역할을 해내는 것이죠.

"아!" 랑베르가 격분하며 말했다. "난 내 역할이 뭔지 모르겠어요. 어쩌면 내가 사랑을 선택함으로써 막상 잘못을 저지르고 있는 것인지도 모르겠군요."

리외는 그를 마주보았다.

"그렇지 않아요, 당신은 잘못하고 있지 않습니다." 그가 힘주어 말했다.

랑베르는 생각에 잠긴 눈빛으로 두 사람을 쳐다보았다.

"두 분은 제가 짐작하기에, 이 모든 상황 속에서 잃을 게 아무것도 없을 것 같습니다. 좋은 편에 서는 것이 더 쉬운 일이겠죠."

리외는 술잔을 비웠다.

"자, 우리는 할 일이 있어서요."

그렇게 말한 후 리외는 밖으로 나갔다.

타루도 그를 따라나섰다. 그러다가 순간 어떤 생각이 난 듯, 신문기자에게 다시 돌아왔다.

"당신은 리외의 부인이 여기서 수백 킬로미터 떨어진 요양소에 있는 거 아십니까?"

랑베르가 놀란 몸짓을 했다. 그러나 타루는 이미 나가버렸다.

그 다음날 일찍, 랑베르는 의사 리외에게 전화를 했다.

"제가 이 도시를 떠날 방법을 찾을 때까지 선생님과 함께 일해도 될까요?"

수화기에 잠시 침묵이 흐르더니, 곧 말이 들려왔다.

"그래요, 랑베르. 고맙습니다."

3

◆

　이처럼 일주일 내내 페스트에 갇힌 사람들은 스스로 할
수 있는 데까지 발버둥을 쳤다. 그들 가운데 랑베르와 같
은 몇몇 사람들은 아직도 자유인으로 행동하며, 심지어
는 아직도 선택의 여지가 있다고 생각하고 있었다. 그러나
실제로 8월 중순쯤엔 페스트가 완전히 뒤덮었다고 말할
수 있었다. 이제 개인적 운명은 더 이상 없었고, 페스트라
는 공통의 사건과 모든 사람들이 함께 느끼는 감정들만
있었다. 가장 큰 문제는 격리와 이별이었는데, 그것 때문에
두려움과 저항의 행동이 나오곤 했다. 그래서 진술자는 더
위와 질병이 절정에 올라있을 때 그 전반적인 상황을 서
술하는 것이 적절하다고 생각한다. 예를 들어 생존해있는
시민들의 폭력행위나 사망자의 매장, 그리고 떨어져있는 연
인들의 괴로움 등에 대해서 말이다.

　페스트에 휩싸인 그 도시에 며칠간 계속 바람이 불어댔
던 건 바로 그 해의 중간쯤 됐을 때였다. 오랑 시의 시민
들은 바람을 유독 싫어했다. 그 이유는 도시가 세워져있
는 언덕 위에 바람을 막는 어떠한 자연적 장애물도 없어

서 맹렬하게 거리 곳곳으로 휘몰아치기 때문이었다. 수개월 동안 도시를 시원하게 해줄 비 한 방울 내리지 않아서 도시는 급기야 회색의 막으로 덮여버렸으며, 이젠 그 막이 바람 때문에 비늘처럼 벗겨져 떨어지고 있었다. 이처럼 바람은 먼지와 종이들을 파도치듯 일으켰고, 점점 더 드물어진 산책자들의 다리를 후려쳤다. 그들은 자세를 앞으로 구부린 채 수건이나 한 손을 입에 대고 서둘러 길을 가고 있었다. 저녁엔, 각자가 마지막이 될 수도 있는 하루하루를 가능한 한 연장해보려고, 함께 모이는 대신 몇 명씩 작은 그룹으로 만나 자기들의 집이나 카페로 서둘러 들어가곤 했다. 단 며칠 동안이긴 하지만 이 시기에는 훨씬 더 일찍 다가오는 석양 무렵이면 거리는 인적이 드물어지고 바람만이 계속 비명을 질러댔다. 물결이 높아졌지만 여전히 보이지 않는 바다에서 해초와 염분 냄새가 올라왔다. 황량하고, 먼지로 하얗게 뒤덮여있으며, 바다 냄새로 가득 찬 이 도시엔 바람소리가 계속 윙윙거리고 있으며, 불행한 섬처럼 신음하고 있었다.

지금까지 페스트는 시내 중심보다 인구가 더 밀집돼있고 환경이 덜 쾌적한 변두리 동네에서 훨씬 더 많은 희생자를 냈었다. 그러나 페스트가 갑자기 업무지역으로 다가가 정착한 것 같았다. 주민들은 바람이 전염병의 싹을 퍼트렸다고 탓을 했다. '바람이 카드를 뒤섞어버렸군' 하고 호텔 지배인이 말했다. 어찌됐든 간에 시내 중심가에 사는 사람들은 한밤중에 점점 더 빈번하게 페스트의 암울하고 무기력한 호소를 창 밑으로 울리며 지나가는 앰뷸런스의 윙윙거리는 소리를 바로 가까이서 들으며 이제 자기들 차례가 왔다는 것을 알게 되었다.

사람들은 도시 안에서도 특히 감염으로 문제가 심각한 어떤 지역들은 격리를 시키고 직무상 불가피한 사람들만 출입을 할 수 있도록 허용할 구상도 했다. 그때까지 그 지역에 살던 사람들은 이런 조치를 특별히 자기들에 맞서 취해진 일종의 가혹한 행위로 여기지 않을 수 없었다. 그래서 그들은 다른 지역들의 주민을 마치 자유로운 사람들인 것처럼 대조적으로 생각하기까지 했다. 반면에 자유로운 사람들은 어려운 순간에 처할 때면 다른 사람들은 자기들보다 아직 덜 자유롭다는 생각을 함으로써 위안을 삼았다. '나보다 더 갇혀있는 사람은 언제나 있다.' 라는 말은 당시에 가질 수 있는 유일한 희망을 한 마디로 표현한 것이었다.

거의 그 무렵, 특히 도시의 서쪽 출입문에 있는 유원지에서 화재가 재발되는 일도 있었다. 조사 결과, 격리기간을 끝내고 돌아온 사람들과 연관된 일이었는데, 그들은 비탄과 불행으로 공황상태에 빠진 나머지 페스트를 죽여야 한다는 환각 속에서 자기들의 집에 불을 지른 것이었다. 이런 시도들을 저지하느라 많은 애를 먹었는데, 빈번하게 일어나는 그런 일은 휘몰아치는 바람으로 인해 그 지역 일대를 끊임없는 위험 속에 몰아넣고 있었다. 당국에서 실시하는 주택들에 대한 방역이 모든 전염의 위험성을 내쫓는 데 충분하다는 것을 아무리 증명해보여도 소용이 없었다. 그래서 이 순진한 방화자들을 대상으로 매우 엄격한 처벌을 내리겠다는 법령을 공포해야만 했다. 그런데 아마도 그 불행한 사람들이 두려워한 것은 감옥에 갈지도 모른다는 생각이 아니라 모든 주민들에게 공통된 확신, 즉 시립 감옥에서 나타난 극도의 사망률로 볼 때 투옥된다는 것은 결국 사형과 동일하다는 확신이었다. 물론 이런 믿음은 근거가 없는 것도 아니었다. 분명한 이유로는 페스트가 군인이나 수도자들 또는 죄수들처럼 단체로 일상생활을 하는 모든 사람들에게 유독 악착스럽게 따라다니는 것 같기 때문이었다. 감염된 사람들은 격리를 함에도 불구하고 감옥은 많은 억류자들이 있는 공동체이며, 그것을 잘 증명하는 것은 시립 감옥에서 간수들이 죄수들만큼이나 많이 그 병으로 죽어나갔던 것이다. 페스트가 우월한 현재의 기준으로 보면, 교도소장에서부터 말단 죄수

263

에 이르기까지 모든 사람들이 유죄였으며, 아마도 처음으로 감옥 안에 절대적인 정의가 지배하고 있었던 것이다.

당국은 직무를 수행하던 중에 사망한 감옥의 간수들에게 훈장을 수여하려는 생각을 하면서 이런 평등한 환경에 위계질서를 도입하려고 시도했지만 허사였다. 계엄령이 선포되어 있었고, 또 어떤 면에서 보면 감옥의 간수들은 동원된 사람들로 생각할 수 있었기 때문에 사후 추증으로 무공훈장을 수여했다. 죄수들은 어떠한 항의도 하지 않았으나 군 계통에 있는 사람들은 그것을 좋게 생각하지 않았다. 또 대중들의 마음속에 꺼림칙한 혼란을 심어줄 수 있다는 점을 당연히 지적했다. 당국은 그들의 요구를 정당하다고 인정하고 가장 간단한 방법은 죽은 간수들에게 방역 포장을 수여하는 것이라고 생각했다. 먼저 받은 사람들에겐 잘못 수여된 것이라 할지라도 그들의 훈장을 취소시키는 건 생각할 수 없었다. 그러나 군 관계자들은 자신들의 주장을 절대로 꺾지 않았다. 다른 한편 방역 포장으로 말하자면, 그건 무공훈장의 수여를 통해 얻어내곤 했던 사기진작의 효과조차도 일으키지 못하는 부정적 측면이 있었다. 왜냐하면 전염병이 한창인데 그런 따위의 훈장을 받는다는 것은 하찮은 일이었기 때문이다. 요컨대 모든 사람들이 다 못마땅해 했다.

더욱이 형무 행정은 종교기관처럼, 그리고 최소한 군 당국처럼 조치를 취할 수가 없었다. 시내에 단 두 군데밖에 없는 수도원의 수도승들은 사실 독실한 가정에 일시적으로 흩어져 머물고 있었다. 마찬가지로 소규모 부대들도 가능할 때마다 병영에서 따로 떨어져 학교나 공공건물 안에 주둔하고 있었다. 이처럼 페스트는 질병으로 포위당한 사람들의 상호의존관계를 시민들에게 강요하고 있는 것 같았지만, 그와 동시에 전통적인 결속을 무력화시키며 각 개인들을 고독 속으로 내몰았다. 때문에 혼란이 일어날 수밖에 없었다.

이 모든 상황에 바람까지 가세해 몇몇 사람들의 마음속에 불을 붙였다고도 생각할 수 있다. 도시의 출입문들은 밤새 여러 번이나 또 다시 공격을 당했는데, 이번엔 소규모 무장 세력에 당한 것이었다. 총격전이 벌어졌고 부상자가 발생했으며 몇 명은 도주를 했다. 감시초소들이 강화되자 이런 시도는 곧 중단되었다. 그렇지만 이런 시도들은 도시 안에서 몇 번의 폭력 사태를 유발시켰으며, 일종의 혁명 비슷한 분위기를 조성했다. 화재가 나거나 위생상 이유로 폐쇄된 주택들이 약탈을 당했다. 사실대로 말하면, 그런 행위들이 미리 모의한 것이었다고 추측하기는 어려웠다. 대부분의 경우, 어떤 돌발적인 기회가 그때까지 점잖았던 사람들을 비난받을 행동으로 이끌었으며, 그러한 행위는 즉각 다른 사람들에 의해 모방되곤 했다. 이처럼 괴로움으로 망연자실해있는 집주인 앞에서, 아직도 불길이 남아있는 집 안으로 뛰어드는 미치광이들도 있었다. 집주인이 가만히 있는 것을 보며 많은 구경꾼들도 그들의 행동을 따라 했고, 그 어두운 거리의 불길 아래서 어렴풋한 형체들이 사방으로 도망치는 것이 보였다. 그들은 꺼져가는 불길 때문에 또는 어깨에 메고 있는 물건이나 가구들 때문에 모습이 일그러져 보였다. 이런 사건들로 인해 당국은 페스트 령을 계엄령과 동일하게 여겼고, 거기에 입각한 법률을 적용하게 되었다. 그래서 두 명의 도둑이 총살되었다. 그러나 그 일이 다른 사람들의 주의를 끌었는지는 확실치 않다. 왜냐하면 수많은 사망자들 가운데 두 명의 사형집행은 눈에 띄지도 않은 채 지나갔기 때문이다. 그건 바다에 떨어진 물 한 방울이나 마찬가지였던 것이다. 그리고 사실 비슷한 광경들이 꽤 자주 되풀이되었는데, 당국이 단속을 했지만 그들은 상관하지 않았다. 모든 주민들을 놀라게 한 것 같은 유일한 조치는 등화관제 제도였다. 밤 11시부터 완전한 어둠 속에 잠긴 도시는 마치 돌과도 같았다.

달이 떠있는 밤에, 도시는 희끄무레한 벽들과 쭉 뻗은 거리만이 줄지어 있었다. 거기엔 한 그루 나무의 시커먼 그림자도 없고, 산책자의 발걸음도 없으며, 개 짖는 소리도 들리지 않았다. 고요한 그 대도시는 이제 활기라곤 없는 거대한 입방체의 집합일 뿐이었다. 그 사이로 잊혀져버린 자선가들의 말없는 초상화나 청동 속에 영원히 박혀있는 옛 위인들의 초상화만이, 돌이나 쇠로 된 그 가공의 얼굴로, 한때는 인간이었던 것의 훼손된 모습을 상기시켜주고 있었다. 이들 보잘것없는 우상들은 답답한 하늘 아래서 활기라곤 없는 네거리에 당당히 자리 잡고 있었다. 그 무감각하고 투박스런 모습은 우리가 발을 들여놓은 정지해버린 시대, 또는 적어도 그 최후의 질서, 즉 페스트와 돌과 밤이 마침내 모든 목소리를 침묵시켜버릴 공동묘지라는 그 최후의 질서를 매우 잘 나타내고 있었다.

그러나 밤은 모든 사람들의 마음속에도 있었으며 사망자 매장에 관해 떠도는 전설과도 같은 진실들은 우리 시민들을 안심시킬 만큼 실제로는 그렇지가 못했다. 진술자는 매장에 관해서도 사실대로 말해야 하므로 이를 용서해주시기 바란다. 이 점에 대해 진술자를 비난할 수도 있겠지만 그럼에도 진술자의 유일한 변명은 그 기간 동안 매장이 계속되고 있었고 모든 시민들이 매장에 신경을 써야만 했던 것처럼 진술자 또한 어떤 의미에서는 그 일에 신경을 써야 했다는 점이다. 아무튼 그건 진술자가 이런 종류의 의례에 취미가 있었기 때문은 아니다. 그 반대로 생존자들과 함께 살아가는 것, 이를테면 해수욕하는 것을 더 좋아하기 때문이었다. 그러나 결국, 해수욕은 이미 금지되어 있었고, 살아있는 사람들은 하루 종일 죽은 사람들에게 뒷덜미를 잡힐까봐 두려워하고 있었다. 그건 자명한 이치였다. 물론 죽은 사람들을 보지 않으려고 애써 눈을 가리며 그것을 거부할 수도 있었다. 그러나 자명한 이치는 무서운 힘을 지니고 있어서 항상 모든 것을 빼앗아가고 만다. 예컨대 여러분이 사랑하는 사람들을 매장해야 할 때가 오면 어떤 방법으로 그 매장을 거부하겠는가?

그런데 처음에 우리의 장례식에서 특징을 드러냈던 것은 바로 신속함이었다. 모든 형식이 간소화 되었고, 일반적으로 성대한 장례식은 근절되었다. 환자들은 자기 가족과 헤어진 채 죽었고, 관례적인 밤샘은 금지되었으므로 저녁에 사망한 사람은 아무도 없는 밤을 시체 혼자만 보내야 했고, 낮에 사망한 사람은 지체 없이 바로 매장되었다. 물론 가족에게 통보는 해주었다. 그러나 대부분의 경우 가족도 환자 곁에서 지냈다면 똑같이 예방격리에 처해있었기 때문에 자리를 뜰 수가 없었다. 가족이 고인과 함께 살지 않았던 경우, 그 가족은 지정된 시간에 와야 했는데 시체가 씻기고 입관이 된 후 묘지로 출발하는 바로 그 시간이었다.

의사 리외가 맡고 있는 보조병원에서 이런 절차가 행해졌다고 가정해보자. 학교는 본관 뒤쪽으로 출구가 하나 있었고, 복도 쪽으로 커다란 창고가 하나 있었으며, 그 창고엔 관들이 놓여있었다. 바로 그 복도에서 가족들은 이미 닫혀있는 관을 마주할 뿐이다. 그리고 곧바로 가장 중요한 일로 넘어가는데, 말하자면 가족의 대표가 여러 가지 서류에 서명을 하는 것이다. 그런 다음엔 차량에 시신을 싣는데, 그 차량은 화물운송차이거나 개조된 앰뷸런스일 때도 있다. 가족은 아직 운행이 허용되고 있는 택시를 타고 전속력으로 달려 다른 차량과 함께 외곽도로를 따라 묘지에 도착한다. 묘지 입구에서는 헌병들이 장례행렬을 세우고 공식 통행증에 스탬프를 찍어준 다음 물러섰는데, 그 통행증이 없으면 우리 시민들은 마지막 거처라고 부르는 것마저도 획득할 수가 없었다. 그러면 차량은 안으로 들어가서 네모나게 파인 곳 옆에 도착하게 되며, 그곳엔 관이 들어갈 많은 구덩이들이 이미 준비되어 있었다. 신부 한 명이 운구를 맞이하는데 성당에서는 장례식이 금지되어 있기 때문이다. 기도가 진행되는 동안 사람들은 관을 꺼내 밧줄로 묶고, 구덩이 아래로 밀어내려 조심스럽게 집어넣는다. 그리고 관이 바닥에 닿게 되면 신부가 성수채를 들어 흔들고 첫 흙이 이미 관 뚜껑 위로 떨어진다. 앰뷸런스는 소독살포를 해야 하기 때문에 조금 먼저 떠나고, 흙 뜨는 삽질소리가 점점 더 나지막하게 울려 퍼지는 동안, 가족은 택시 안으로 허겁지겁 들어간다. 그리고 15분 후면 그들은 집에 도착해있는 것이다.

이처럼 모든 일이 실제로 최대한 신속하게 그리고 위험은 최소한으로 낮추며 진행되었다. 그리고 틀림없이, 적어도 초기에는 가족들이 솔직히 그런 것에 대해 언짢아했다는 점이 역력했다. 그러나 페스트가 한창일 때, 그런 여러 가지 감정들을 고려한다는 것은 불가능했다. 즉 효율성을 위해 모든 것을 희생했던 것이다. 더구나 초기엔 사람들의 정신상태도 이렇게 실행하는 것에 대해 괴롭게 생각했다. 왜냐하면 격식에 맞게 매장하고 싶다는 희망이 우리가 생각하는 것보다 더 널리 퍼져있었기 때문이다. 얼마 후에는 다행히도 식량보급 문제가 곤란하게 되다보니 주민들의 관심은 좀 더 직접적인 걱정거리로 방향이 돌려지게 되었다. 먹고 살려면 줄을 서야 하고, 절차를 밟아야 하고, 서류에 기재를 해야 하는 등, 그런 일들에 온통 정신을 빼앗긴 채, 사람들은 자기들 주변에서 죽어가는 사람에 대해 그리고 자신들도 언젠가는 죽는다는 것에 대해 생각할 시간조차 없었다. 그래서 그토록 고통스러웠던 이런 물질적 어려움들이 나중엔 어떤 혜택으로 드러나게 되었다. 이미 알고 있는 것처럼, 전염병이 퍼지지 않았다면 모든 것이 최선이었을 것이다.

왜냐하면 이제 관이 더 귀해지고 수의를 만들 천과 묘지의 자리도 부족해졌기 때문이다. 대비를 해야만 했다. 가장 간단한 방법은 언제나 효율성의 이유 때문이지만 장례식을 합동으로 치르고 필요할 때는 병원과 묘지 사이의 왕래를 여러 번으로 늘리는 것이었다. 그래서 리외의 경우엔, 병원에서 그 당시 다섯 개의 관을 배치해주었다. 관이 다 차면 앰뷸런스가 그것들을 실어갔다. 그리고 묘지에 가서 관들이 비워지고, 쇳빛 색깔의 시신들은 들것에 실려 이런 용도에 맞게 개조된 헛간에서 기다려야 했다. 관들은 소독제가 뿌려져 다시 병원으로 옮겨졌다. 이런 식의 작업이 필요한 만큼 몇 번이고 되풀이되었다. 이처럼 조직이 매우 잘 되어 있어서 도지사는 만족해했다. 그는 리외에게, 옛날 페스트에 관한 기록에서 발견되는 것처럼 흑인들이 끌고 가는 시체 수레보다는 어쨌든 이게 더 낫다고 말하기도 했다.

"그렇죠, 같은 매장이라도 우리는 카드를 작성하고 있으니까, 발전된 것은 이론의 여지가 없군요." 리외가 말했다.

성공적인 행정조치에도 불구하고, 당시 여러 격식들이 지니고 있던 불쾌한 특성 때문에 도청은 가족을 장례식에 참석하지 않도록 해야만 했다. 가족이 묘지 입구까지 오는 것만 허용했는데 그것도 아직은 공식적인 것이 아니었다. 왜냐하면 마지막 의식에 관해 사정이 좀 달라졌기 때문이었다. 묘지 맨 끝, 유향나무로 뒤덮인 빈터에 거대한 구덩이 두 개를 파놓았다. 남자용 구덩이와 여자용 구덩이였다. 이 점에서 볼 때는 행정당국이 관습을 존중했던 것인데, 그 이후에 여러 가지 압박에 못 이겨 결국은 마지막 수치심까지 버리고 염치 따위도 무시한 채 남자와 여자를 뒤죽박죽 아무렇게나 포개어 매장하게 되었던 것이다. 다행히 이런 극도의 혼란은 재앙의 마지막 시기에만 있었다. 우리와 관련된 그 기간에는 구덩이가 두 개로 분리되어 있었고, 도청도 그것을 고집하고 있었다. 각 구덩이의 바닥에 아주 두껍게 발라져있는 생석회에서 김이 올라오며 부글부글 끓고 있었다. 구덩이 가장자리에 쌓여있는 석회가 통풍이 잘 되는 공기 속에서 거품을 터뜨리고 있었다. 앰블런스가 여러 차례 왕복을 끝내면 들것들을 줄지어 옮기고, 벌거벗은 채 약간 비틀어진 시신들을 거의 다닥다닥 붙여 구덩이 바닥으로 미끄러지듯 내려 보낸다. 그리고는 생석회로 시신들을 덮고 이어서 흙으로 덮는데, 다만 어떤 높이까지만 덮었다. 앞으로 올 손님들이 흙 덮을 자리를 마련해주기 위해서였다. 그 다음날은 가족들이 와서 어떤 기록부에 서명을 해야 했는데, 그건 이를테면 사람과 개 사이에 있을 수 있는 차이를 표시하는 것이었다. 즉 그것은 언제나 감시될 수 있었다.

이 모든 작업을 위해서는 인력이 필요했으며 상황은 늘 부족하기 일보직전이었다. 처음엔 정식으로, 그리고 나중엔 임시로 충당되었던 많은 간호사들과 묘지 파는 인부들이 페스트로 죽어나갔던 것이다. 아무리 조심을 해도, 결국은 언젠가 전염이 되고 말았다. 그러나 깊이 생각해보면 가장 놀라운 사실은 전염병이 퍼져있는 동안 내내 그런 일을 하는 데 필요한 인력이 결코 부족하지 않았다는 것이다. 위급한 시기는 페스트가 절정에 이르기 바로 전에 있었으며, 그때 의사 리외가 불안해한 것도 근거는 있었다. 관리직에도, 그리고 이른바 중노동자 직에도 노동력은 충분치 않았다. 그러나 페스트가 실제로 온 도시를 점령했을 때부터는 그 격렬함이 오히려 매우 편리한 결과를 이끌어냈다. 왜냐하면 페스트는 모든 경제활동을 뒤흔들었고, 결과적으로 수많은 실업자를 발생시켰기 때문이었다.

그들은 대부분 관리직을 위한 채용에는 충당되지 않았지만 막노동에서는 일을 쉽게 찾을 수 있었다. 그때부터는 항상 빈곤이 공포보다 더 강하게 나타나는 것을 볼 수 있었는데, 그건 일의 위험에 비례해 노동비가 지급되었기 때문이었다. 검역소는 취업 희망자들의 명단을 마련해놓을 수 있었다. 그래서 결원이 생기는 즉시 명단의 앞에 있는 사람들에게 통보를 했는데, 통보를 받은 사람들은 그동안 휴가에 들어간 것만 아니라면 반드시 현장으로 나왔다. 이렇게 해서, 이런 종류의 작업에 유기 또는 무기 죄수들을 이용하길 오랫동안 주저했던 도지사도 이제 극단적인 상황에 이르는 것은 피할 수 있게 되었다. 실업자들이 있는 동안은 기대해볼 수 있다는 생각이었다.

그럭저럭 8월 말까지, 우리 시민들은 상식적인 방법은 아니더라도 자신들의 마지막 거처로 이끌려갈 수 있었다. 행정당국이 자신들의 의무를 이행하고 있다는 그 양심을 지키기에 어느 정도 충분한 질서 속에서 말이다. 그러나 그들이 마침내 도움을 청해야 하는 최종 방식을 얘기하기 위해서는 이 사건들 이후의 것에 대해 미리 좀 말해둘 필요가 있다. 페스트가 8월부터 사실상 유지되고 있던 시점에, 누적된 희생자들은 우리 도시의 자그마한 묘지가 제공할 수 있는 능력을 훨씬 넘어서고 있었다. 시신을 묻기 위해 아무리 담벼락을 무너뜨려 주변 땅을 넓혀도 소용이 없었고, 얼마 안 가 금방 다른 방법을 찾아야 했다. 우선 밤에 매장하기로 결정이 되었는데, 그건 결과적으로 어떤 고려를 하는 것에 대해 배제하게 만들었다. 앰뷸런스에는 점점 더 많은 시신이 쌓여갔다. 그리고 밤늦게 돌아다니는 몇몇 산책객들(또는 직업 때문에 그렇게 된 사람들)이 규칙을 어기고 등화관제 시간 이후에도 변두리 지역에서 여전히 보였다. 그들은 이따금 한산한 밤거리를 단조롭고 지루하게 윙윙거리며 전속력으로 달리는 흰색의 기다란 앰뷸런스와 마주치곤 했다. 시신들은 서둘러 구덩이 속으로 던져졌다. 시신들이 계속해서 굴러 떨어지면 석회를 뜬 삽들이 그 얼굴들을 짓이겼고, 점점 더 깊게 파인 구덩이 속에 익명으로 던져진 그들을 흙으로 덮어버렸다.

그러나 얼마 후부터는 다른 곳을 찾아 더 넓혀야 했다. 평생 양도받은 땅에 사는 거주자들은 도지사의 명령으로 그곳을 몰수당하고 발굴된 모든 유골은 화장터로 옮겨졌다. 페스트에 의한 사망자들도 곧바로 화장터로 보내져야만 했다. 그러나 그때는 도시의 출입문 밖으로 서쪽에 있는 옛 화장터를 이용해야 했다. 경비초소를 더 멀리 옮기고 한 시청직원이 예전에 해안의 절벽을 따라 운행하다가 지금은 중단된 상태로 있는 전차를 이용할 것을 권고하면서 당국의 업무를 훨씬 쉽게 해주었다. 그러기 위해서 관광열차와 기관차의 좌석을 드러내고 내부를 개조했으며, 선로를 화장터가 있는 곳으로 돌아가도록 함으로써 그곳이 출발지가 되도록 했다.

그래서 늦여름 무렵엔, 가을비가 내릴 때처럼 사람들은 승객도 없는 이상한 전차 행렬이 매일 한밤중에 해안 절벽을 따라 바다 옆으로 덜컹거리며 지나다니는 것을 볼 수 있었다. 주민들은 결국 그것이 무엇인지 알게 되었다. 순찰대가 절벽 길의 출입을 저지하고 있는데도 불구하고 몇몇 무리의 사람들이 물결 위로 솟아나와 있는 바위틈으로 걸핏하면 기어들어가, 전차가 지나갈 때 관광열차 안에다 꽃을 던졌다. 그럴 때마다 꽃과 시신을 싣고 여름밤에 더욱 요동치며 달리는 전차 소리가 들리곤 했다.

아침 무렵엔 아무튼 첫 며칠 동안엔, 이 도시의 동쪽 지역에서 악취 나는 짙은 연기가 감돌았다. 의사들의 말에 의하면 그 냄새는 불쾌하긴 하지만 사람에게 해를 끼치지는 않는다는 것이었다. 그러나 그 지역의 주민들은 그처럼 페스트가 높은 하늘에서 자기들에게로 덮치는 것이라고 확신하며 동네를 떠나겠다고 즉시 위협을 했고, 그래서 복잡한 배관시설을 함으로써 연기의 방향을 바꿔야 했으며, 그제야 주민들은 잠잠해졌다. 바람이 세게 부는 날에만 동쪽에서 풍겨오는 희미한 냄새가 그들로 하여금 자신들은 이제 새롭게 정돈된 질서 속에서 살고 있으며, 페스트의 불길이 매일 저녁 자신들의 공물을 잡아먹고 있다는 것을 상기시켜 주었다.

이런 것들이 바로 전염병의 극단적인 결과들이었다. 그러나 전염병이 계속 더 확대되지 않은 것은 다행이었다. 왜냐하면 관청의 능숙함이나 도청의 조치나 그리고 화장터의 처리능력도 어쩌면 이미 그 한계에 달했다고 여길 수도 있기 때문이었다. 리외는 그렇게 될 경우 시체를 바다에 내던지는 식의 절망적인 해결책이 예정되어 있었다는 것을 알고 있었다. 그래서 그는 파란 물 위로 시체들의 끔찍한 거품이 떠오르는 것을 쉽게 상상할 수 있었다. 그는 또한 만약 통계가 계속해서 올라가면 그 어떤 조직도, 아무리 훌륭한 조직이라 할지라도, 그것을 견뎌낼 수 없을 것이며 도청의 조치에도 불구하고 사람들은 죽어 무더기로 쌓인 채 거리에서 썩어갈 거라는 걸 알고 있었다. 그리고 도시의 공공장소에서는 죽어가는 사람들이 정당한 혐오와 어리석은 희망으로 혼동을 일으키고 있는 생존자들에게 매달리는 모습을 보게 될 거라는 것도 그는 알고 있었다.

어쨌든 이런 명백함이나 두려움은 우리 시민들에게 자

신들의 격리와 이별에 대한 의식을 계속 갖도록 만들었다. 이 점에 대해, 진술자는 예컨대 옛날이야기에 나오는 것들과 유사한 것으로서 위안이 되는 어떤 영웅이라든지 어떤 빛나는 행위와 같은 정말로 눈길을 끄는 것을 여기서 아무것도 얘기할 수 없다는 게 얼마나 유감스러운지를 너무나 잘 알고 있다. 그것은 재앙보다 더 보잘것없는 구경거리는 없으며, 그 오랜 기간을 거치면서 커다란 불행도 평범한 것이 되어가기 때문이다. 그런 삶을 살았던 사람들의 기억 속에는 페스트로 인한 끔찍한 나날들이 거대한 불길처럼 무서운 것이 아니라, 오히려 지나가면서 모든 것을 짓뭉개버리는 끝없는 발걸음으로 여겨졌다. 아니다, 페스트는 이 병이 유행하던 초기에 의사 리외의 머릿속을 줄곧 따라다녔던 대단히 자극적인 모습과는 아무런 관계도 없었다. 그것은 우선 신중하고 완전무결하게 기능을 잘 하고 있는 하나의 행정조직이었다. 그래서 여담으로 하는 애기지만 조금도 배반하지 않기 위해, 그리고 특히 자기 자신을 배반하지 않기 위해 진술자는 객관성을 지향하도록 했다. 따라서 거의 아무것도 예술적 효과를 이용해 수식하고 싶지 않았다. 대략 일관성 있는 이야기가 되기 위해 기본적으로 필요한 것들은 제외하고 말이다. 그리고 그 객관성 자체가 진술자에게 이렇게 말하도록 지시하고 있다.

즉 가장 심각하면서 가장 일반적이었던 그 당시의 커다란 고통이 바로 격리되는 것이었다 하더라도, 그리고 페스트가 그 단계에 있을 때 새로운 기록을 하는 것이 양심상꼭 필요했다 하더라도, 그럼에도 불구하고 그 고통 자체가 당시에는 비장함을 상실했다는 것이 사실과 먼 이야기는 아니었다.

이런 격리생활에 대해 가장 고통스러워했던 우리 시민들은 적어도 그런 상황에 익숙해졌을까? 그것을 긍정하는것은 전혀 옳지 못할 것이다. 육체와 마찬가지로 정신에있어서도 그들은 무미건조해지는 것에 대해 괴로워했다고말하는 게 더 정확할 것이다. 페스트 초기에 그들은 자기들이 잃어버린 사람에 대해 아주 잘 기억해냈으며, 그들이 없어진 것을 애석해했다. 그러나 자기들이 사랑했던 사람의 얼굴과 웃음 그리고 그가 행복했었다는 것을 나중에야 알게 된 어떤 날이 뚜렷하게 기억난다 하더라도, 그들이 사랑하는 사람을 회상하는 바로 그때, 이제는 너무나 멀리 떨어져있는 장소에서, 그 사람은 지금 무엇을 하고 있을까 하고 상상하는 것은 어려운 일이었다. 요컨대그 당시, 그들은 기억력은 좋았지만 상상력은 부족했던 것이다. 그러나 페스트가 두 번째 단계에 접어들었을 때, 그들은 기억력조차도 잃어버렸다. 그들은 사랑하는 사람의 얼굴을 잊은 게 아니라, 결국 똑같은 얘기지만 그 사람이 자신의 살을 잃어버렸기 때문에 그들은 자신들의 마음속에서 그 사람을 알아보지 못하게 된 것이었다. 그리고 첫 몇 주일 동안 그들은 자신들의 사랑에 있어서 이제는 유령과 상대하는 것밖엔 더 이상 할 일이 없다는 사실에 탄식하는 경향을 보였으며, 곧이어 자신들이 기억하고 있는 최소한의 얼굴 색깔마저 잊어버림으로써 그 유령들이 또다시 더 말라빠진 모습이 될 수 있다는 것을 깨달았다. 결국 격리생활이 오래 이어지면서, 그들은 자신들의 것이었던 내밀함을 더 이상 생각해내지 못했고, 언제나 손을 잡을 수 있었던 그 사람이 어떻게 자기들 옆에서 살고 있었는지도 생각해내지 못하게 되었다.

이런 관점에서 볼 때, 그들은 열악하면 할수록 더 위력을 떨치는 페스트의 지배 안으로 들어갔던 것이다. 이 도시에서는 이제 아무도 과장된 감정은 갖지 않게 되었다. 그러나 모두는 그 단조로운 감정들을 느끼고 있었다. '이젠 끝날 때도 됐는데'라고 시민들은 말했다. 왜냐하면 재앙이 있는 동안은 집단적인 고통이 끝나기를 바라는 게 자연스런 일이며, 또 실제로 그들은 재앙이 끝나기를 바라고 있었기 때문이다. 그러나 이 모든 것은 처음의 열정이나 안타까운 마음도 없이, 다만 우리에게 아직도 뚜렷이 남아있으면서 초라한 일종의 이성에서 나온 말이었다. 처음 몇 주일 동안은 격렬한 폭발이 터져 나오다가 이어서 허탈감이 뒤따랐는데, 그걸 체념으로 보는 것은 잘못일지 모르지만 일종의 잠정적인 동의를 한 것으로 볼 수는 있었다.

시민들은 보조를 맞췄고, 소위 말해 적응해갔는데 그건 달리 할 수 있는 방법이 없었기 때문이었다. 그들은 아직도 물론 불행과 고통의 반응을 나타냈지만 더 이상 극단적인 감정을 느끼지는 않았다. 게다가, 의사 리외 같은 경우는 그게 바로 불행이며 또 절망에 빠지는 습관이 절망 자체보다 더 나쁜 것이라고 생각했다. 전에는 떨어져있던 사람들도 실제로 불행하지는 않았고, 그들의 괴로움 속에는 방금 꺼진 빛이 남아있었다. 그런데 이제 사람들은 거리 모퉁이나 카페 또는 그들의 친구 집에서 평온하면서도 방심한 모습을 보이고 있으며, 너무나 지루한 눈빛을 하고 있어서 온 도시가 마치 대합실처럼 보였다. 직업을 가진 사람들도 페스트에 보조를 맞춰 세심하고 담담하게 자신들의 일을 해나갔다. 모두가 겸손해졌다. 처음으로, 떨어져있는 사람들도 거리낌 없이 옆에 없는 사람에 대해 말을 꺼냈고, 제삼자인 것 같은 말투를 썼으며 자신들의 격리 상태를 전염병의 통계와 같은 각도에서 살펴보기도 했다.

그때까지는 그들도 자신들의 고통을 집단적인 불행에서 완강하게 떼어내려 했다면, 이제는 분명하지 않은 그 혼란을 받아들였다. 기억도 없고 희망도 없이, 그들은 현실 속에 정착했다. 사실 모든 것이 그들에겐 현재가 되었다. 페스트가 모두에게서 사랑을 할 힘과 우정을 나눌 힘마저도 빼앗아버렸다는 사실을 분명히 말해야겠다. 왜냐하면 사랑은 어느 정도의 미래가 요구되는데 우리에겐 순간들밖에는 더 이상 아무것도 없었기 때문이다.

물론, 이 모든 것이 절대적인 것은 전혀 아니었다. 왜냐하면 별거하고 있던 모든 사람들이 이런 상태에 이르렀던 것이 사실이나, 모두가 동시에 그렇게 되었던 것은 아니라고 덧붙여 말하는 게 옳기 때문이다. 그리고 사실 이런 새로운 태도 속에 일단 정착한 후에도 갑작스럽게 섬광처럼 제정신이 돌아올 때는 참을성 있는 사람들로 하여금 더 젊고 더 고통스러운 감수성을 되찾게 했다는 것도 덧붙여 말하는 게 옳다. 페스트가 끝났다는 것을 전제로 하고 사람들이 어떤 계획을 세워보는 기분전환의 순간들도 있어야만 했다. 그들은 느닷없이 그리고 어떤 은총의 결과로서 근거도 없는 질투에서 나오는 고통의 괴로움도 느껴봐야만 했다. 또 다른 사람들은 갑자기 기억이 되살아나면서 일주일의 며칠은 무감각상태에서 빠져나오곤 했는데, 그것은 자연히 일요일이나 토요일 오후였다. 그 날들은 옆에 없는 사람과 함께 보냈던 시기엔 어떤 의식 같은 것을 하며 시간을 바쳤기 때문이었다. 혹은 또, 하루가 끝날 때쯤에 그들을 사로잡는 어떤 우울증이, 항상 분명한 것은 아니지만 그들에게 기억력이 되돌아올 거라는 예고를 해주기도 했다. 그 저녁 시간이 신자들에겐 자신을 성찰하는 시간이 되지만 죄수나 격리된 사람들에게 그 시간은 가혹하기만 한 것이다. 그들은 공허함밖에는 따져봐야 할 것이 없기 때문이다. 그 시간이 오면 그들은 잠시 공중에 매달린 것처럼 되었다가 이내 무기력 상태로 되돌아가며 페스트 안에 갇혀버리고 만다.

사람들은 그것이 자기들이 가지고 있는 가장 개인적인 것을 포기하는 데 있다는 것을 이미 이해하게 되었다. 페스트 초기에, 그들은 남들에게는 아무런 존재가치가 없지만 자신들에겐 매우 중요한 소소한 일들이 많다는 사실에 놀랐다. 그래서 이제는 그와 반대로, 그들도 직업적인 생활의 경험을 하게 되었고, 남들이 관심 갖는 것에만 흥미를 느꼈으며 일반적인 견해만 갖게 되었다. 그리고 그들의 사랑조차도 자신들에게는 가장 추상적인 모습을 띠게 되었다. 그들은 잠을 잘 때에나 이따금 희망을 갖게 되었고, '이 종창들 좀 끝났으면!' 하고 자기도 모르게 문득 생각하고 있을 정도로 페스트에 내맡겨지고 있었다. 그러나 그들은 사실 이미 잠이 들어 있었고, 이 기간 전체가 일종의 긴 잠에 지나지 않았다. 도시는 깨어있으면서 잠자는 사람들로 꽉 차있었다. 그들은 겉보기에 아물었던 자신들의 상처가 느닷없이 다시 열리는 밤중에 아주 가끔씩만 자신의 운명에서 실제로 벗어날 수 있었다. 그리고 소스라쳐 깨어난 그들은 일종의 방심상태에서 염증이 난 입술을 그제야 더듬어보며, 곧바로 생생하게 다가오는 고통과 자신들의 사랑 때문에 당황한 표정을 급작스럽게 다시 발견하는 것이었다. 아침이면 그들은 재앙 속으로, 다시 말해 일상으로 되돌아갔다.

그러나 떨어져있는 사람들이 어떻게 보였는지에 대해서도 말해야겠다. 그것이야말로 간단한데, 그들은 하찮게 보였다. 굳이 말한다면, 그들은 다른 사람들과 똑같아 보였다. 즉 아주 일반적인 모습이었다. 그들은 이 도시의 평온함과 유치한 흥분을 함께 지니고 있었다. 냉정한 태도는 온전히 지키면서 비판적 감각의 태도는 잃어버렸다. 예를 들어 그들 중 가장 똑똑한 사람들도 모든 사람들처럼 신문들 속에서 또는 라디오 방송에서 페스트의 빠른 종말에 관해 믿을만한 이유들을 찾을 기세거나, 헛된 희망을 노골적으로 품고 있거나, 또는 어떤 기자가 권태롭게 하품을 하면서 되는대로 끼적거린 기사를 읽고 근거 없는 공포를 느끼는 것을 볼 수 있었다. 이 외에도 그들은 누구나 서로 다를 것도 없이 맥주를 마시거나 또는 환자를 간호하거나, 빈둥거리거나 또는 지치도록 일을 했으며, 서류를 정리하거나 또는 레코드를 돌리기도 했다. 다시 말해 그들은 더 이상 아무것도 선택하지 않았다. 페스트가 가치에 대한 판단을 없애버린 것이다. 그리고 이것은 어느 누구도 자신이 사는 옷이나 식료품의 품질에 대해 더 이상 신경 쓰지 않는 태도에서도 엿보였다. 사람들은 모든 것을 일괄적으로 받아들였다.

결론적으로, 떨어져있는 사람들은 초기에 자신들을 지켜주었던 이 기이한 특권을 더 이상 갖지 않았다고 말할 수 있다. 그들은 사랑의 이기주의와 거기서 끌어냈던 혜택을 잃어버렸다. 적어도 이제는 상황이 확실해졌고 재앙은 모두에게 관련이 되었다. 우리 모두는 도시의 출입문에서 들리는 총소리와 우리의 삶 또는 죽음을 구획 짓는 스탬프 소리의 한복판에서, 그리고 화재와 자료카드들과 공포와 절차들 한가운데서 수치스럽지만 이미 등록된 죽음이 약속되어 있었다. 그래서 끔찍하게 솟아오르는 연기와 조용한 앰뷸런스 소리 가운데서 우리는 격리된 사람들과 똑같은 빵을 먹으며 깜짝 놀랄만한 모임과 평화를 은연중에 기다리고 있는 것이다. 우리의 사랑은 틀림없이 늘 그곳에 있었겠지만, 그건 다만 지니고 있기에 무겁고 우리 마음속에서 무기력한 채, 마치 범죄나 유죄판결처럼 비생산적이어서 쓸모가 없었다. 그것은 미래도 없는 인내일 뿐이며 기대에 집착하는 것 외엔 아무것도 아니었다. 그리고 이런 관점에서 보면, 우리 시민들 중 어떤 사람들의 태도는 도시의 네 귀퉁이마다 식료품 가게 앞에 길게 늘어선 줄을 생각하게 만들었다. 그것은 끝도 없고 헛된 기대도 없는 똑같은 체념과 똑같은 참을성이었다. 다만 격리에 관해서는 이 감정을 천 배 더 높은 단계로 올려야 할 것이다. 왜냐하면 그때는 또 다른 갈망이 문제이며, 그것은 모든 것을 먹어치울 수 있기 때문이다.

어쨌든, 우리 도시의 격리된 사람들의 정신상태에 관해 정확한 개념을 갖고 싶다면 저 영원한 황금빛 저녁을 또다시 떠올려야 할 것이다. 먼지로 뒤덮인 그 석양은 나무도 없는 도시 위로 떨어지며, 그러는 동안 남자들과 여자들은 거리 곳곳으로 쏟아져 나왔다. 기이하게도 그때 아직 햇볕이 들고 있는 테라스 쪽으로 올라가는 것은 보통 때 같으면 도시의 모든 언어를 이루고 있는 자동차와 기계 소리였지만, 지금은 그것들은 없어지고 발걸음과 웅성거리는 목소리로 엄청나게 시끄러운 소음들이었다. 그것은 무거운 대기 속에서 재앙이 휩쓸고 지나가는 속도만큼이나 수천 개의 구두바닥들이 고통스럽게 미끄러져가는 소리였으며, 끝없이 이어지다 마침내 질식하게 만드는 발걸음소리였던 것이다. 그것은 서서히 온 도시를 가득 채우며 당시 우리 가슴속에 사랑을 대신하고 있던 맹목적인 고집에 가장 충실하고 가장 음울한 자신의 목소리를 저녁마다 전해주고 있었다.

4

◆

   9월과 10월엔 페스트가 온 도시를 굴복시켰다. 발걸음
이 문제였는데, 수십만 명의 사람들이 또 다시 계속해서
몇 주일 동안이나 발걸음 소리를 냈던 것이다. 날씨는 안
개와 더위와 비로 계속 이어졌다. 찌르레기와 개똥지빠귀
가 조용히 떼를 지어 남쪽에서 오더니 아주 높게 날아갔
다. 마치 파늘루 신부가 말한 재앙처럼, 주택들 위로 휙휙
소리를 내며 돌아다니는 이상한 나무 조각이 그 새들을
떼어놓는 것처럼, 새들은 도시를 교묘히 피해 지나갔다.
10월 초엔 억수 같은 비가 거리를 쓸어갔다. 그리고 그 기
간 내내 이 엄청난 발걸음 소음 외에 더 중요한 일은 아
무것도 일어나지 않았다.

   그 당시 리외와 그의 친구들은 자기들이 얼마나 지쳐있
었는지를 발견했다. 사실 보건단체에서 활동하는 사람들
은 그 피곤함을 더 이상 감당할 수가 없었다. 의사 리외
는 그의 친구들과 자기 자신에게서 이상한 무관심이 커져
가는 것을 관찰하면서 그 사실을 알아차렸다. 예를 들어
페스트에 관한 모든 소식들에 이제까지 그렇게도 깊은 관

심을 보여주었던 사람들이 이제는 그런 것에 전혀 마음을 쓰지 않게 되었다. 얼마 전부터 자신이 머물고 있는 호텔에 마련된 예방격리시설 중 하나를 당분간 관리하고 있었던 랑베르는 자신이 맡고 있는 사람들의 숫자를 완벽하게 알고 있었다. 그는 병증세가 급격하게 나타나는 사람들을 위해 자신이 기획한 즉각적인 퇴거 시스템에 대해 가장 세부적인 내용들도 잘 알고 있었다. 그리고 예방격리자들에 대한 혈청의 효과에 관해서도 그의 기억 속에는 그 통계가 각인되어 있었다. 하지만 그는 페스트로 희생된 사람들의 주간 통계숫자는 말할 수가 없었다. 사실 페스트가 더 심해지고 있는지 또는 더 가라앉고 있는지는 알지 못했다. 그리고 그는 어떤 일이 있더라도 조만간 꼭 탈출하겠다는 희망을 품고 있었다.

다른 사람들의 경우, 그들은 밤낮으로 자신들의 일에 빠져 신문도 읽지 않고 라디오도 듣지 않았다. 그리고 만일 누가 그들에게 어떤 결과를 알려주면 그들은 거기에 관심을 보이는 척 하지만, 사실은 그 말을 무관심하게 흘려들으며 받아들일 뿐이었다. 이 무관심은 대규모 전쟁의 전투원들을 떠올리게 하는 것으로서 그들은 고역에 기진맥진한 채 중요한 작전도 휴전의 날도 더 이상 바라지 않으며 일상의 의무 속에서 까무러치지 않기만을 바라고 있었다.

그랑은 페스트 때문에 필요해진 통계업무를 계속하고 있었는데, 그것에 대한 전반적인 결과를 표시하는 일은 확실히 그 자신도 불가능했다. 타루와 랑베르 그리고 리외는 피로에 있어 유독 강한 반면, 그랑의 건강은 결코 좋지 않았다. 그런데도 그는 시청의 보조업무와 리외의 사무실 비서업무와 그리고 밤에 하는 자신의 작업을 모두 병행하고 있었다. 그렇게 계속된 고갈상태 속에서도 그는 두세 가지 확고한 생각 때문에 버텨나갈 수가 있었다. 그건 페스트가 끝난 다음에 적어도 1주일 동안은 완벽한 휴가를 갖겠다는 생각이었고, 그 다음엔 자신이 하고 있는 일에 '모자를 벗고' 적극적으로 해보겠다는 생각이었다. 그는 또한 갑자기 연민을 느끼기도 했다. 그럴 때면 그는 자청해서 리외에게 잔느에 대해 물어보며 지금 그 순간 그녀는 어디에 있을지, 신문을 읽으며 남편을 생각하고 있을지, 속으로 생각해보았다. 리외는 그에게 자기가 너무나 평범한 말투로 이제까지 한 번도 꺼내지 않았던 자기 아내에 대해 얘기하고 있다는 사실에 스스로도 놀랐다. 항상 안심시키려 하는 아내의 전보내용을 어디까지 믿어야 할지 도무지 알 수가 없어서, 그는 아내가 요양하고 있는 시설의 주치의에게 전보를 치기로 작정했었다. 답신으로 그가 받은 것은 환자의 상태가 악화되었다는 소식과 병의 진전을 막기 위해 모든 것을 다할 것이라는 약속이었다. 그는 이 소식을 혼자만 지니고 있었는데 피곤 때문인지 모르지만 어떻게 하다 그랑에게 그 사실을 털어놓게 되었는지 도무지 납득할 수가 없었다. 그 시청직원이 잔느에 대해 얘기한 다음, 리와에게 그녀에 관해 물어보았고 그러자 리와가 대답을 했던 것이다. "아시다시피 요즘 그런 병은 아주 잘 낫습니다." 그랑이 말했다. 그러자 리와는 그 말에 동의하면서도 아내가 병을 이겨내도록 자신이 도와줄 수도 있을 텐데 격리가 길어지기 시작해서 지금은 그녀가 너무 외로울 거라고 말했다. 그러고 나서 리와는 침묵하며 그랑이 묻는 말에 회피하듯이 대충 얼버무렸다.

다른 사람들도 똑같은 상황에 있었다. 타루는 좀 더 잘 견디고 있었지만 그의 수첩을 보면 호기심의 깊이는 줄어들지 않았고 호기심의 다양성은 줄어들어 있었다. 그 기간 내내, 사실 그는 겉으로 보기엔 코타르에게만 관심을 가지고 있었다. 그는 호텔이 격리시설로 바뀐 이후부터는 어쩔 수 없이 리와의 집에 와서 살게 되었다. 저녁에 그랑이나 의사가 결과를 발표할 때도 간신히 들을 정도였다. 그는 오랑 시의 일상생활에 있어서 소소한 내용들에 관한 이야기로 대화를 곧바로 이끌어 가곤 했다.

카스텔에 대해 말하자면 그가 리외에게 혈청이 준비되었다고 알리러 왔던 날, 그와 리외는 오통 씨의 어린 아들에게 첫 테스트를 해보기로 결정을 했다. 그때 막 병원으로 데려온 그 아이는 리외가 보기엔 증세가 절망적이었다. 리외는 그의 오랜 동료인 카스텔에게 최근의 통계를 알려주었는데, 그때 그는 같이 대화하고 있던 카스텔이 소파에 깊숙이 파묻혀 자고 있다는 것을 알아차렸다. 평소에는 온화하고 아이러니한 분위기로 영원한 젊음을 지니고 있던 그의 얼굴은 이제 갑자기 버려진 사람처럼 반쯤 열린 입술 사이로 한 줄기 침이 흘러내리며 쇠약과 늙음을 그대로 내보이고 있었다. 리외는 자신의 목이 졸리는 것 같은 느낌이 들었다.

리외가 자신의 피로를 판단할 수 있었던 것은 바로 이런 허약함에 있었다. 그는 감수성을 잃어버렸다. 대개의 경우 굳어지고 메마른 채 묶여있는 감수성이 이따금 터져버리면 그는 제어할 수 없는 감정에 휩싸이곤 했다. 그의 유일한 방어는 무감각 속으로 도피해 마음속에 생겨나고 있는 매듭을 다시 조이는 것이었다. 그는 이렇게 하는 것이 지속하기에 좋은 방법이라는 걸 잘 알고 있었다. 그밖에도 그는 많은 환상을 가지고 있지는 않았으며, 아직까지 간직하고 있는 그 환상마저도 피로가 빼앗아버렸다.

왜냐하면 그는 끝을 알 수 없는 그 기간 동안 자신이 맡은 역할은 병을 고치는 일이 아니라는 것을 알고 있었기 때문이다. 그의 역할은 진단을 내리는 것이었다. 발견하고, 식별하고, 기록하고, 등록하고, 그런 다음엔 확진선고를 내리는 것, 그것이 바로 그의 임무였다. 부인들은 그의 손목을 붙잡고 울부짖었다. "선생님, 남편을 살려주세요!" 그러나 거기서 그의 임무는 생명을 구하는 게 아니라 격리를 지시하는 것이었다. 그때 그녀들의 얼굴에서 그는 증오심을 읽을 수 있었지만, 그게 대체 무슨 소용이 있단 말인가? "당신은 인정이라곤 없군요." 언젠가 누가 그에게 이런 말을 했다. 절대 아니다, 그는 분명 인정이 있는 사람이었다. 그래서 살기 위해 태어난 사람들이 죽어가는 것을 보며 그는 매일 20시간씩을 견딜 수가 있었던 것이다. 그래서 또한 날마다 그는 일을 다시 시작할 수가 있었다. 처음부터 그는 그 일에 꼭 충분할 만큼의 인정을 갖고 있었다. 그런데 어떻게 그 인정이 사람을 살려내는 데 충분할 수 있겠는가?

그렇다, 하루 종일 그가 헌신한 것은 구조가 아니라 지시였다. 그건 물론 직업이라고 할 수는 없었다. 그러나 어쨌든 전염병으로 공포에 떨고 수많은 사람이 죽어가는 이 군중들 사이에서 누가 도대체 그런 일을 수행할 여유가 있겠는가? 피로를 느낀다는 것은 오히려 행복한 일이었다. 만약 리외가 더 활기찼다면 사방에 퍼져있는 그 죽음의 냄새는 그를 감상에 빠지도록 했을 것이다. 그러나 사람이 4시간밖에 자지 못하면 감상적으로 될 수가 없다. 그는 사람들을 있는 그대로 본다. 말하자면 정의의 관점으로, 더럽고 가소로운 정의의 관점으로 사람들을 보는 것이다. 그리고 다른 사람들, 즉 확진선고를 받은 사람들 또한 그것을 잘 알고 있었다. 페스트가 발생하기 전에 사람들은 그를 구원자로 대했었다. 그는 알약 세 개와 주사기 한 대로 모든 것을 호전시켜 나갔으며, 사람들은 그의 팔을 붙잡고 복도를 계속 따라갔다. 그것은 기분을 맞추려는 것이었지만 위험한 것이기도 했다. 하지만 이제는 그 반대로, 군인들이 그와 동행하며 개머리판으로 문을 두드려야만 가족들이 그에게 문을 열어주었다. 확진선고를 받은 사람들은 리외를, 그리고 인류 전체를, 자기들처럼 죽음 속으로 끌어들이고 싶었을 것이다. 아! 인간들은 결코 인간들 없이 살 수 없으며, 그 역시 불행한 사람들과 마찬가지로 속수무책이고, 그들 불행한 사람들을 떠나고 나면 그의 마음속에 커져가는 떨리는 동정심조차도 가치가 있는 것은 정말 사실이었다.

그것은 어쨌든 길고 긴 그 몇 주일 동안, 의사 리외가

자신의 별거 상태와 관련해 불안에 떨었던 그런 생각들
이었다. 그리고 또한 친구들의 얼굴에 나타난 반응에서
도 그가 읽을 수 있었던 그런 생각들이었다. 그러나 재앙
에 맞서서 이 싸움을 계속한 모든 사람들이 처한 고갈상
태의 가장 위험한 결과는 외부적인 사태와 다른 사람들
의 감정에 대한 무관심이 아니라, 그들이 되는 대로 맡겨
놓고 있는 것에 대한 소홀함이었다. 왜냐하면 당시 그들은
절대로 꼭 필요한 것이 아닌 행위나 늘 힘에 겨운 듯이 보
이는 태도를 모두 피하려는 경향이 있었기 때문이다. 이처
럼 사람들은 점점 더 자주 그들이 체계화 한 위생규정을
소홀히 하고 자기 자신들에게 실행해야 했던 수많은 소독
사항들 중 어떤 것들을 잊어버렸으며, 가끔은 전염에 대한
예방조치도 안하고 폐로 전이된 페스트 환자들 옆으로
달려갔다. 왜냐하면 그들은 들어가야 할 집이 감염되었다
는 사실을 마지막 순간에 연락받았고, 그래서 어떤 장소
로 되돌아가 필요한 소독약을 몸에 한 방울씩 떨어뜨려
야 한다는 것은 그들에겐 생각만 해도 너무 피곤한 일로
여겨졌기 때문이다. 거기에 진짜 위험이 있었다. 그것은 페
스트에 맞서 싸우는 투쟁 자체가 오히려 그 사람들로 하
여금 페스트에 가장 취약하게 만드는 결과가 되기 때문이
었다. 그들은 결국 요행에 맡기고 있었는데 그 요행은 누

구의 것도 아니었다.

그러나 지쳐 보이지도 않고 의기소침해 보이지도 않으며, 만족스럽고 생기 넘치는 모습을 띠고 있는 한 남자가 이 도시에 있었는데, 그는 바로 코타르였다. 그는 다른 사람들과의 관계를 온전히 유지하면서도 계속 거리를 두고 있었다. 하지만 그는 타루의 일에 지장을 주지 않는 한 그를 자주 만나기로 마음 먹었다. 그건 한편으론 타루가 자신의 사건을 잘 알고 있었기 때문이고, 다른 한편으론 타루가 키 작은 금리생활자인 자신을 늘 한결같은 진심으로 대해주기 때문이었다. 언제나 경이로운 일이었지만 타루는 그토록 헌신적인 노고에도 불구하고 항상 호의적이고 세심한 태도로 대해주었다. 어떤 때는 저녁에 으스러질 정도로 피곤하다가도 다음날이면 새로운 기운을 되찾곤 했다. "그 사람하고는 대화가 되죠, 정말 남자거든요. 우린 항상 잘 통해요." 코타르가 랑베르에게 그렇게 말한 적이 있었다.

그래서 그 시기 타루의 기록들은 차츰 코타르의 인물에 대해 집중하고 있었다. 타루는 코타르가 자기에게 털어놓은 그대로, 또는 타루 자신이 해석한 그대로, 그의 반응과 생각들에 대한 하나의 도표를 만들어보려고 했다. 〈코타르와 페스트의 관계〉라는 항목의 그 도표는 수첩의 몇 페이지를 차지했는데, 진술자는 그것을 여기서 간략히 언급하는 게 유익하리라 생각한다. 그 키 작은 금리생활자에 대한 타루의 전반적인 의견은 다음의 판단 안에서 요약되고 있었다.

_ 그는 성장하고 있는 인물이다.

겉으로 봐서도 그는 유쾌한 기분 속에서 성장하고 있었다. 그는 사건들이 진행되는 상황에 대해 불평하지 않았다. 그는 가끔 타루 앞에서 다음과 같은 고찰을 통해, 자기 속에 있는 생각을 표현하기도 했다.

_ 물론 더 나아지지는 않을 겁니다. 하지만 적어도 모든 사람들이 함께 당하고 있는 일입니다.

타루는 덧붙여 썼다.

_ 물론 그도 다른 사람들처럼 위협을 받았다. 하지만 당연히 다른 사람들과 함께 위협을 받았다. 또한 그는 내가 확신하는데 자기가 페스트에 걸릴 수도 있다는 것을 신중하게 생각하지 않는다. 그는 큰 병이나 깊은 근심에 빠져있는 사

람은 동시에 다른 모든 병이나 근심에서 제외된다는 생각을 하며 살고 있는 것처럼 보였다. 하기야 그게 아주 어리석은 생각도 아니었다. "사람은 여러 가지 병을 한꺼번에 앓을 수 없는데 그런 사실을 주목해본 적이 있습니까?" 그가 내게 말했다. "만약 당신이 위중한 병이나 불치병, 그러니까 심각한 암이나 결핵을 가지고 있다고 가정해보세요. 그러면 당신은 결코 페스트나 장티푸스에 걸리지 않을 겁니다. 그건 불가능하기 때문이죠. 게다가 이건 더 광범위한 문제인데, 암 환자가 자동차 사고로 죽는 걸 당신은 본 적이 없을 겁니다." 사실이든 거짓이든 간에 이런 생각은 코타르를 기분 좋게 만들어 주었다. 그가 원하지 않는 단 하나는 다른 사람들과 떨어져 있는 일이었다. 그는 혼자 갇혀있는 것보다는 모든 사람들 속에 에워싸이는 것을 더 좋아한다. 페스트에 걸려 있으면 비밀스런 조사도, 서류도, 정리카드도, 수수께끼 같은 지시도, 갑자기 들이닥치는 체포도, 모든 게 문제가 되지 않는다. 엄밀히 말하면 경찰도 더 이상 없고, 오래 전부터 있는 범죄나 새로 나타나는 범죄도 없으며, 범죄자도 더 이상 없다. 있는 것이라곤 특사 중에서도 가장 자유재량적인 특사를 기다리고 있는 죄수들만이 있으며 그들 중엔 경찰관 자신들도 있다.

계속해서 타루의 해석에 의하면, 이처럼 코타르는 우리 시민들이 나타내보이고 있는 불안과 혼란의 징후들을 주시할만한 근거를 가지고 있었는데, 그는 '계속 말씀하세요, 나는 당신들보다 먼저 겪었으니까요.'라는 한마디로 표현될 수 있는 관대하고 포괄적인 만족감을 지니고 있던 것이다.

_ 다른 사람들과 떨어져 있지 않기 위한 유일한 방법은 결국 양심을 지키는 것이라고 내가 아무리 그에게 말해도 그는 악의적인 눈빛으로 나를 쳐다보며 말했다. "자, 그렇다면 아무도 어떤 사람과 함께 지낼 수 없습니다." 그러고 나서 덧붙였다. "당신은 잘 될 겁니다, 내가 장담할 수 있어요. 사람들을 한데 묶는 유일한 방법은 또다시 그들에게 페스트를 내던지는 것입니다. 그러니까 당신 주변을 둘러보세요." 그런데 사실 나는 그가 무엇을 말하고자 하는지, 그리고 현재의 삶이 그에게 얼마나 편안하게 생각되는지를 잘 알고 있다. 어떻게 그는 한때 자신의 것이기도 했던 이런 반응들을 알아보지 못하는 것일까? 각자가 모든 사람들을 자기편으로 만들고자 하는 노력, 길 잃고 헤매는 사람을 이따금 안내해주기 위해 베푸는 친절과 때로는 그들이 나타내는 불쾌한 기분, 사람들이 고급 레스토랑으로 서둘러 가며 늦게라도 그

곳에 도착해 자신을 발견하는 만족감, 매일 영화관 앞에서 줄을 서고 모든 공연장과 댄스홀이 가득 차며 모든 공공장소마다 넘치는 물결처럼 퍼져있는 이 혼란스러운 인파, 모든 접촉에 대해 거리 두기, 그러면서도 한편으론 사람들끼리 서로에게 향하게 만들고 서로 팔꿈치를 닿게 만들며 이성끼리 서로 다가가게 만드는 그런 인간적인 따뜻함에 대한 욕구, 이 모든 반응들을 말이다. 코타르는 이 모든 것을 그들보다 앞서 겪었던 것이다. 그건 분명했다. 다만 여자들은 예외였는데, 왜냐하면 그런 얼굴을 가지고는…. 그리고 내 추측으로는 그가 여자들이 있는 곳에 가려고 얼추 맘먹고 있었을 때, 나중에 혹시나 피해를 입을 수도 있는 어떤 나쁜 종류의 일에 부딪힐까봐 그는 가는 것을 단념했던 것이다.

_ 요컨대, 페스트가 그에게 도움이 되었다. 페스트는 고독하면서도 고독하기를 원하지 않는 사람을 공범자로 삼는다. 왜냐하면 분명히 그는 공범자이며 한껏 즐기는 공범자이기 때문이다. 그는 눈에 보이는 모든 것, 즉 여러 가지 미신들, 근거 없는 공포, 불안한 영혼들의 신경과민, 페스트에 관해 가능한 적게 말하고자 하면서도 결국은 그 이야기를 꺼내고야 마는 그들의 강박관념, 그 질병이 두통으로 시작된다는 것을 안 이후부터 머리가 조금만 아파도 나타나는 그들의 공황상태와 창백함, 그리고 망각을 무례함으로 변형시키고

짧은 바지의 단추 하나를 잃어버려도 슬퍼하는 그들의 신경질적이고 예민하며 불안정한 감정, 이 모든 것의 공범자인 것이다.

타루는 저녁에 코타르와 함께 자주 외출을 했다. 그는 이어서 자신의 수첩에 어떻게 자기들이 어두운 석양이나 밤에 군중 속에 섞여 어깨를 나란히 하고, 전등이 가끔 비치는 희고 검은 무리 속에 잠기면서 페스트의 냉기를 막기 위해 열렬한 쾌락을 좇는 사람들의 행렬과 함께하고 있는지를 쓰고 있었다. 코타르가 몇 달 전에 공공장소에서 찾고 있던 것, 즉 사치와 넉넉한 생활, 말하자면 그가 이루지는 못하고 꿈만 꾸어오던 절제되지 않는 향락을 이제는 모든 사람들이 지향하고 있었다. 물가가 손쓸 수 없을 정도로 오르고 있었지만 그때만큼 사람들이 많은 돈을 뿌린 적이 없었다. 거의 모두에게 생활필수품이 부족했을 때도 그때처럼 사치품이 잘 팔린 적도 없었다. 하지만 그건 실업상태에서 비롯된 어떤 한가함 때문에 모든 유희들이 증가한 것이었을 뿐, 다른 의미는 없었다는 것을 알 수 있었다. 타루와 코타르는 가끔 어떤 커플을 한참동안 뒤따라가곤 했는데 그 커플은 전에는 자기들의 관계를 숨기려고 애썼지만 지금은 서로 껴안고 도시 곳곳을 줄기차게 돌아다니며 열렬한 사랑으로 인해 어느 정도 방심한 채 주변 사람들을 신경 쓰지 않았다. 코타르는 감동하며 "아! 젊은 친구들!" 하고 말했다. 그리고는 집단적인 흥분과, 그들 주위에서 뿌려지는 풍부한 팁과, 눈앞에서 맺어지는 연애를 보며 그는 표정이 밝아지면서 큰소리로 떠들었다.

그러나 타루가 보기에 코타르의 태도 속에는 거의 악의가 들어있지 않았다. 그가 '나는 저런 건 이미 다 겪었지.'라고 말한 것은 잘난 체하기보다는 오히려 불행을 나타내고 있었다. 타루는 언급했다.

_ 내가 생각하기에 그는 도시의 벽과 하늘 사이에 갇혀있는 그 사람들을 사랑하기 시작한 것이다. 예를 들어 그는 할 수만 있다면 그 사람들에게 이게 그렇게 무서운 것은 아니라는 것을 기꺼이 설명했을 것이다. "저 소리 들리시죠?" 이렇게 그는 나에게 확인을 했다. "페스트가 끝나면 나는 이런 일을 하겠다, 페스트가 끝나면 나는 저런 일을 하겠다⋯ 하는 소리들 말이죠. 그들은 침착하게 있기는커녕 자신의 생활을 망치고 있는 겁니다. 그리고 자기들에게 이로운 게 뭔지도 깨닫지 못하고 있어요. 내가 이렇게 말할 수 있을까요? 내가 체포된 다음엔 이런 것을 하겠다고 말이죠. 체포는 하

나의 시작입니다, 끝이 아니고요. 반면에 페스트는…. 내 생각을 말씀드릴까요? 그들은 사태를 내버려두지 않기 때문에 불행한 겁니다. 나는 내가 무슨 말을 하는지 알고 있어요."

타루는 계속 덧붙여 쓰고 있었다.

_ 그는 사실 자신이 무엇을 말하고 있는지 알고 있다. 그는 오랑 시민들의 모순을 가차 없이 비판하고 있다. 그들은 자기들을 서로 가깝게 만들어주는 따뜻함의 욕구를 절실히 느끼면서도, 그와 동시에 서로를 멀게 만드는 불신 때문에 자신을 내맡길 수가 없었다. 이웃을 신뢰할 수 없다는 것을 사람들은 너무나 잘 알고 있었다. 자기도 모르는 사이에 페스트에 걸릴 수도 있고, 방심하고 있는 틈을 이용해 질병에 전염될 수도 있기 때문이다. 코타르처럼 자기가 알고 지내는 모든 사람들 속에 어쩌면 밀고자가 있을 수도 있다고 생각하며 살아온 사람은 이런 감정을 이해할 수 있다. 페스트가 어느덧 그들과 어깨동무를 할 수도 있고, 아직도 건강하고 안전하게 살고 있는 것을 기뻐하는 순간 슬그머니 공격할 채비를 다시 할 거라고 생각하는 사람들의 심정도 충분히 이해할 수 있었다. 가능한 한 그는 불안 속에서도 마음은 편하게 지냈다. 그러나 그가 이 모든 것을 그들보다 앞서 겪었

기 때문에 나는 그가 그들과 똑같이 이런 불확실성의 냉혹함을 느낄 수는 없었으리라고 생각한다. 결국 그는 아직 페스트로 죽지 않은 우리들 모두와 마찬가지로 자신의 자유와 생명이 매일매일 파괴되기 일보직전에 있음을 깊이 느끼고 있는 것이다. 그러나 그 자신도 불안 속에 살아본 적이 있었던 만큼, 이번엔 다른 사람들이 그 불안을 겪게 되는 건 당연한 것이라고 그는 생각하고 있다. 더 정확히 말하면 그에게 이 불안은 완전히 혼자 겪을 때보다는 그래도 견디기가 덜 어려워 보였다. 바로 이 점에서 그는 옳지 않으며 다른 사람들보다 더 이해하기 어려운 것이다. 그러나 결국 이 점에서 그는 다른 사람들보다 더 가치가 있는데, 그건 바로 우리가 그를 이해하려고 애쓰고 있기 때문이다.

마침내 타루가 쓴 기록은 독특한 의식을 설명하는 어떤 이야기로 끝나고 있었다. 그것은 코타르와 페스트 감염자들에게 동시에 다가온 의식이었다. 이 이야기는 그 시기의 어려운 분위기를 거의 그대로 재현하고 있으며 그렇기 때문에 진술자는 이것에 중요성을 두고 있는 것이다. 그들은 〈오르페우스와 에우리디케〉를 공연하고 있는 시립오페라극장에 갔는데, 코타르가 타루를 초대했었다. 어떤 극단이 페스트가 시작된 봄에 우리의 도시에서 공연을 하기 위해 왔었던 것이다. 페스트 때문에 가로막혀 발이 묶여있던 그 극단은 오페라 극장과 계약을 맺고 매주 한 번씩 이 공연을 하기로 했었다. 그래서 몇 달 전부터 매주 금요일에 우리의 시립극장에서는 오르페우스의 아름다운 선율의 비탄과 에우리디케의 무력한 호소가 울려 퍼지고 있었다. 그동안 이 공연은 계속해서 관중의 호평을 얻고 있었고, 할 때마다 큰 수입을 올리고 있었다. 가장 비싼 좌석에 앉은 코타르와 타루는 우리 시민들 중 가장 세련된 사람들로 터질듯이 가득 찬 1층을 내려다보고 있었다. 도착한 사람들은 극장 안에 입장하지 못할까봐 눈에 띄게 애를 쓰고 있었다. 무대휘장 앞쪽의 눈부신 조명 아래서 연주자들이 자신들의 악기를 신중하게 조율하고 있는 동안 사람들의 모습이 자세히 드러났는데, 그들은 이 줄에서 저 줄로 지나가며 성의껏 허리를 굽히기도 했다. 조용한 대화의 나지막한 웅성거림 속에서 사람들은 도시의 어두운 거리에서 몇 시간 전까지도 갖지 못했던 마음의 안정을 되찾았다. 의복을 갖춰 입는 것이 페스트를 쫓아버렸던 것이다.

1막이 진행되는 동안, 오르페우스는 걸핏하면 비탄에 빠졌고 튜닉 차림의 몇몇 여자들은 기꺼이 그의 불행을 설명했다. 그리고 사랑의 노래는 규모가 작은 아리아 형식으로 불려졌다. 관중석에서는 신중하면서도 열렬한 반응을 나타내보였다. 관객들은 오르페우스가 2막의 아리아에서 악보에 표시돼있지도 않은 떨리는 소리를 섞어 약간 지나친 비장감을 띠며 지옥의 지배자에게 자신의 눈물에 감동해줄 것을 호소하는 것도 거의 알아차리지 못했다. 그에게서 나온 발작적인 몸짓은 가장 주의 깊은 사람들에게도 그 성악가의 노래에 덧붙여진 어떤 양식화된 효과처럼 보였다.

객석에 어떤 놀라움이 감돌도록 만들기 위해서는 3막(에우리디케가 연인을 떠나는 순간)에서 오르페우스와 에우리디케의 유명한 듀엣 아리아가 필요했다. 그런데 그 성악가는 마치 관중들이 동요하기만을 기다렸다는 듯이, 또는 더 정확히 말해 1층 객석에서 올라오는 웅성거리는 소리가 마치 그가 예상하고 있던 것에 확신을 심어준 것처럼, 그는 바로 그 순간을 선택해 고대의상 차림으로 팔과 다리를 벌린 채 우스꽝스런 몸짓을 하며 무대의 조명 쪽으로 다가갔다. 그리고는 양떼 우리 모양의 무대장치 한가운데서 푹 쓰러져버렸다. 그 무대장치는 시대착오적인 방식을 결코 벗어난 적이 없었지만 관객의 눈에는 그때 처음으로 보는 끔찍한 방식이었던 것이다. 왜냐하면 그와 동시에 오케스트라가 멈추고 1층의 관객들이 일어나 서서히 극장을 떠나기 시작했기 때문이다. 무엇보다 조용히, 마치 미사가 끝난 후 성당에서 나갈 때처럼, 또는 빈소를 방문한 후 떠날 때처럼, 여자들은 치마를 여미고 머리를 숙이며 나가고 남자들은 동반자의 팔짱을 끼고 그녀들이 보조의자에 부딪치지 않도록 안내하면서 극장을 나갔다. 그러나 점차 움직임이 빨라지고 수런거림은 외침으로 바뀌며 관객들은 출구로 몰려 서두르다가, 마침내는 소리를 지르며 서로 떼밀었다. 코타르와 타루는 자리에서 일어선 채로 자신들의 삶이기도 한 그런 모습들을 보며 한동안 머물러 있었다. 무대 위에는 페스트가 팔다리가 뒤틀린 어릿광대의 모습으로 분장하고 있었다. 객석에는 붉은 좌석 위에 떨어져있는 레이스 물건들과 잊어버리고 놓고 간 부채 같은 것들이 쓸모없게 돼버린 사치품으로 남아 있었다.

◆

    랑베르는 9월 초순 며칠 동안 리외 옆에서 열심히 일을
했었다. 그는 곤잘레스와 두 청년을 남자 고등학교 앞에
서 만나야 했던 그날 하루만 휴가를 요청했다.

    그날 12시에 곤잘레스와 신문기자는 두 청년이 웃으며
다가오는 것을 보았다. 그들은 지난번엔 운이 없었지만 그
건 예상했어야 하는 일이라고 말했다. 아무튼 그 주에는
그들의 경비근무가 없었다는 것이다. 다음 주까지 기다려
야만 했다. 그때 다시 시작해보자는 것이었다. 랑베르도
좋다고 했다. 그러자 곤잘레스가 다음 주 월요일에 만나
자고 제안했다. 이번엔 랑베르를 마르셀과 루이의 집에 있
게 하기로 했다. "너하고 나, 우리 약속을 하자. 만일 내가
못가면 너는 저 친구들 집으로 바로 가. 그들이 사는 곳
을 얘기해줄 테니까." 곤잘레스가 말했다. 그러자 바로 그
때 마르셀인지 루이인지 그 중 한 명이, 가장 간단한 방법
은 지금 당장 저 친구를 데리고 가는 거라고 말했다. 그
가 까다롭지만 않다면 네 사람이 먹을 것은 있다고 했다.
이렇게 하면 그 사람도 납득할 거라는 얘기였다. 곤잘레스

는 아주 좋은 생각이라고 말했다. 그래서 그들은 함께 항구 쪽으로 내려갔다.

마르셀과 루이는 마린느 지역의 맨 끝에 살고 있었다. 그곳은 바닷가 도로 쪽으로 나있는 도시의 출입문 바로 근처였다. 집은 스페인 풍으로 아담하고 벽이 두꺼우며, 페인트칠이 된 나무덧문이 달려있고, 방들은 아무 장식도 없이 어두컴컴했다. 청년들의 어머니가 쌀밥을 내놓았다. 나이든 그 스페인 여인은 미소를 짓고 있었는데 얼굴이 온통 주름살투성이였다. 시중엔 이미 쌀이 바닥난 상황이었기 때문에 곤잘레스는 그걸 보고 깜짝 놀랐다. "시의 출입문에서 마련하고 있죠." 마르셀이 말했다. 랑베르는 먹고 마셨으며, 곤잘레스는 그에게 진정한 친구라고 말했다. 그러는 동안에도 신문기자는 앞으로 1주일을 어떻게 보내야 할지 그것만 생각하고 있었다.

사실은 2주일을 기다려야 했다. 왜냐하면 경비근무가 인원수를 줄이기 위해 2주에 한 번씩 교대하기로 되어있었기 때문이다. 그래서 이 2주일 동안 랑베르는 자기 몸을 아끼지 않고 쉴 없이, 어떤 의미에선 아무것도 생각하지 않고 새벽부터 밤까지 일을 했다. 그는 밤늦게 잠자리에 들어 깊은 잠에 빠져들었다. 한가하게 지내다가 갑자기 고단한 노동을 하는 상황으로 바뀌면서 그는 거의 꿈도 없고 기력도 없어졌다. 다음 번 탈출에 대해서도 그는 거의 말을 하지 않았다. 단 한 가지 주목할 만한 일이 있었는데, 1주일이 지나고 나서 그는 처음으로 리외에게, 자신이 그 전날 밤에 취했었다고 고백을 했던 것이다. 술집에서 나왔을 때, 그는 갑자기 사타구니가 부어오르는 느낌이 들었고 겨드랑이 주위로 팔을 움직이기가 힘들었다. 그는 이게 바로 페스트라는 생각이 들었다. 그때 그가 할 수 있었던 단 하나의 반사적인 행동은 그 자신도 리외와 함께 그 행위가 올바르지 않다는 것을 인정했지만, 그 도시의 높은 곳으로 뛰어올라가 거기서 도시의 담 너머로 아내의 이름을 소리쳐 부르는 것이었다. 그곳은 자그마한 공터였는데 거기서도 바다는 보이지 않았지만 하늘을 좀 더 잘 볼 수 있었다. 집으로 돌아간 그는 자기 몸에서 어떠한 전염증상도 나타나지 않은 걸 보고는 자신의 느닷없는 발작이 부끄러웠다고 얘기했다. 리외는 사람이 그렇게 행동할 수 있다는 것을 자기는 충분히 이해한다고 말했다. "여하튼, 하고 싶은 대로 할 수도 있는 거죠." 그가 말했다.

랑베르와 헤어질 때 리외가 갑자기 덧붙여 말했다. "오통 씨가 오늘 아침에 당신 얘기를 하더군요. 나더러 당신과 아는 사이냐고 물으면서요. 그러더니 나한테 이렇게 말하는 거예요. '밀수꾼들과 자주 만나지 말라고 그 사람한테 충고하세요. 그런 행위가 남들의 시선을 끌고 있거든요.' 하고 말이죠."

"그게 무슨 뜻이죠?"

"당신이 서둘러야 한다는 얘기죠."

"감사합니다." 랑베르는 의사와 악수를 했다.

그런데 출입문 앞에서 그가 갑자기 돌아섰다. 리외는 페스트가 시작된 이후 처음으로 그가 미소 짓는 표정을 보았다.

"그런데 왜 선생님은 제가 떠나는 것을 막지 않는 거죠? 막을 방법이 있는데도 말이죠."

리외는 습관적인 동작으로 머리를 끄덕이며 말했다. 그 것은 랑베르 자신의 문제이며, 본인이 행복을 선택한 것이고, 리외 자신은 그것을 반대할 설득수단이 없다고 했다. 그는 이 문제에 관해 무엇이 옳고 무엇이 그른지를 판단할 수 없다고 느끼고 있었던 것이다.

"그런데 왜 저한테 빨리 서두르라고 하시는 거죠?"

이번엔 리외가 미소를 지었다.

"아마도 나 역시 행복을 위해 뭔가를 해주고 싶기 때문이겠죠."

그 다음날, 그들은 더 이상 아무 말도 하지 않고 옆에서 같이 일을 했다. 그 다음 주에, 랑베르는 마침내 그 작은 스페인 식 집으로 옮겨갔다. 그리고 거실에 그의 잠자리가 마련되었다. 두 청년은 식사를 하러 집에 들어오는 일도 없었고, 랑베르에게 가능한 한 외출을 자제해달라는 당부를 했기 때문에 그는 대부분의 시간을 거실에서 혼자 지내거나 청년들의 나이 든 어머니와 함께 대화를 했다. 그녀는 마른 몸에 부지런했으며 검은 옷을 입고 주름진 갈색 얼굴에 아주 깔끔한 흰 머리를 하고 있었다. 별로 말이 없는 그녀는 랑베르를 쳐다볼 때마다 눈으로 가득 미소를 지어보일 뿐이었다.

한번은 그녀가 랑베르에게 아내한테 페스트를 옮길까봐 불안하지 않느냐고 물었다. 랑베르는 그럴 위험도 있겠지만, 그런 경우는 극히 드물 것이고, 반면 이 도시에 머물러 있으면 자기들은 영원히 떨어져있게 될 위험이 있을 거라고 말했다.

"아내가 상냥한가요?" 노부인이 미소를 지으며 물었다.

"네, 아주 상냥합니다."

"예쁘고요?"

"그런 것 같아요."

"아! 그래서 여길 떠나려는 거군요." 그녀가 말했다.

랑베르는 깊이 생각해보았다. 아마 그런지도 모른다. 그러나 단지 그것 때문이라고 할 수만은 없었다.

"하나님을 믿지 않으세요?" 매일 아침 미사를 보러 가는 그녀가 물었다.

랑베르가 믿지 않는다고 말하자, 그녀는 또다시, 그렇기 때문에 여길 떠나려 하는 거라고 덧붙여 말했다.

"그녀를 꼭 만나야겠군요. 잘 생각했어요. 안 그러면 뭣 때문에 여기 남아있겠어요?"

랑베르는 나머지 시간에는 초벽만 발라진 담 주변을 서성거리며 돌아다녔다. 담벼락에 못으로 박아놓은 부채들을 쓰다듬거나 술 장식이 달린 테이블 덮개의 장식 숫자들을 세어보곤 했다. 저녁엔 두 청년이 돌아왔다. 그들은 아직 때가 아니라는 말만 할뿐 다른 얘기는 거의 하지 않았다. 저녁식사 후, 마르셀은 기타를 쳤고 그들은 함께 아니스 술을 마셨다. 랑베르는 생각에 잠겨있는 것 같았다.

수요일에 마르셀이 들어오면서 말했다. "내일 밤 12시로 정해졌어요. 준비하고 계세요." 그들과 함께 경비근무를 하는 두 사람 중 하나가 페스트에 감염되었고, 평소에 그와 같이 방을 쓰던 다른 한 사람은 지금 격리 중이라는 것이었다. 그래서 2,3일 동안은 마르셀과 루이 둘만 있게 될 거라고 했다. 그러면서 자기들이 밤중에 아주 면밀하게 준비하겠다고 했다. 다음날이면 이제 일이 성사되는 것이다. 랑베르는 고맙다고 말했다. "만족하세요?" 노부인이 물었다. 그는 그렇다고 대답했지만 속으로는 다른 생각을 하고 있었다.

그 다음날은 날씨가 충충한 데다 습도도 높아 숨 막힐 듯 무더웠다. 페스트 상황은 좋지 않았다. 그래도 그 스페인 노부인은 의연한 자세를 잃지 않았다. "세상엔 죄과가 있어요. 그래서 이게 불가피한 거예요!" 그녀가 말했다. 마르셀과 루이처럼, 랑베르도 웃옷을 벗고 맨몸으로 있었다. 그러나 어떻게 하고 있어도 땀이 계속 겨드랑이와 가슴으로 흘러내렸다. 덧문이 닫힌 어슴푸레한 집안에서 그들의 상체는 갈색으로 번들거려 보였다. 랑베르는 아무 말도 안 하고 방안에서 빙빙 돌고 있었다. 그러더니 오후 4시가 되자 갑자기 옷을 입더니 외출을 하겠다고 말했다.

"조심하세요, 오늘 밤 12시니까. 모든 건 다 준비되어 있어요." 마르셀이 말했다.

랑베르는 리외의 집으로 갔다. 그의 어머니는 리외가 지금 높은 지대에 있는 그 병원에 있다고 말했다. 경비초소 앞에 몰려와있는 사람들은 여전히 무리를 지어 서성거리고 있었다. "저리들 비켜요!" 개구리처럼 눈이 튀어나온 한 경사가 소리쳤다. 사람들은 움직였지만 제자리에서 빙빙 돌 뿐이었다. "기다려봐야 아무 소용없어요." 웃옷이 땀에 젖은 그 경사가 말했다. 다른 사람들도 같은 생각을 했다. 하지만 살인적인 더위에도 불구하고 그들은 떠나지 않고 그대로 남아있었다. 랑베르가 경사에게 통행증을 보여주자, 그는 타루의 사무실을 가르쳐주었다. 사무실 문은 마당 쪽으로 나있었다. 랑베르는 사무실에서 나오고 있는 파늘루 신부와 마주쳤다.

흰색 칠이 되어있는 작고 지저분한 사무실에선 약품과 눅눅한 시트 냄새가 풍기고 있었고, 타루는 검은색 나무 책상 앞에 앉아 셔츠소매를 걷어 올린 채, 팔을 타고 흐르는 땀을 손수건으로 닦아내고 있었다.

"아직 안 떠났군요?" 그가 말했다.

"네, 리외에게 할 얘기가 있어서요."

"그는 병실에 있어요. 근데 그가 없어도 해결될 수 있다면, 그게 더 좋을 것 같은데요."

"왜요?"

"그는 지금 과로로 지쳐있거든요. 그래서 내가 할 수 있는 건 그에게 안 맡기려고요."

랑베르는 타루를 유심히 쳐다보았다. 타루 역시 수척해 있었다. 피로 때문에 눈과 얼굴의 안색이 좋지 않고 단단한 어깨도 구부정하게 웅크린 모습이었다. 노크 소리가 나더니, 마스크를 쓴 간호사 한 명이 들어왔다. 그는 타루의 책상 위에 서류 한 뭉치를 내려놓고는 마스크 때문에 숨 막히는 목소리로 '여섯이요.'라고만 말하고 곧 나가버렸다. 타루가 신문기자를 쳐다보며 그 서류들을 부채모양으로 펼쳐들고는 그에게 보여주었다.

"어때요, 멋지죠? 근데, 그렇지가 않아요. 밤사이에 사망한 사람들의 서류거든요."

그의 이마가 잔뜩 찌푸려졌다. 그리고는 서류뭉치를 다시 간추렸다.

"우리가 할 일은 장부를 만드는 것뿐이죠."

타루는 탁자에 손을 짚으면서 일어섰다.

"곧 떠나는 겁니까?"

"오늘 밤 자정에요."

타루는 그렇게 돼서 자기도 기쁘며, 몸조심을 해야 한다고 말했다.

"진심으로 말씀하시는 건가요?"

타루는 어깨를 으쓱했다.

"내 나이가 되면 사람은 어쩔 수 없이 솔직해지죠. 거짓말하는 건 너무 피곤하니까요."

"타루, 저는 의사선생님을 만나고 싶은데요. 죄송합니다." 신문기자가 말했다.

"알고 있어요. 그는 나보다 더 인간적인 사람이니까요. 자, 갑시다."

"그런 뜻이 아니에요." 랑베르가 힘들게 말을 꺼냈다. 그러나 거기서 멈췄다.

타루는 그를 쳐다보며 갑자기 미소를 지었다.

두 사람은 좁은 복도를 따라 걸어갔다. 벽이 밝은 초록색으로 칠해져있는 그 복도엔 수족관처럼 빛이 감돌고 있었다. 이중 유리문 앞에 도착하기 직전, 문 뒤로 이상한 그림자가 움직이는 게 보였으며 타루는 랑베르를 아주 작은 방안으로 들어가게 했는데, 그곳은 온통 벽장으로 장식되어 있었다. 타루가 벽장 하나를 열고 살균 소독기에서 거즈마스크 두 개를 꺼내, 그 중 한 개를 랑베르에게 내밀며 얼굴에 쓰라고 권했다. 신문기자가 그건 무엇에 쓰는 거냐고 묻자, 타루는 아무 소용도 없지만 다른 사람들에게 신뢰감을 준다고 대답했다.

그들은 이중 유리문을 밀고 들어갔다. 그곳은 아주 큰 공간으로 계절과 상관없이 창문들이 밀폐되어 있었다. 벽 위쪽에서 환기장치가 윙윙거리고 있었는데, 그 환기장치의 둥그런 날개가 두 줄로 늘어선 회색 침대들 위에서 무더위로 뿌옇게 된 공기를 휘젓고 있었다. 사방에서 나지막하거나 날카로운 신음소리가 나며 하나의 단조로운 탄식처럼 울리고 있었다. 흰옷을 입은 남자들이 창살 위쪽의 트인 공간으로 쏟아져 들어오는 따가운 햇살 속에서 천천히 움직이고 있었다. 랑베르는 그 방의 푹푹 찌는 더위 때문에 불편한 나머지, 신음소리를 내고 있는 어떤 형체 위로 허리를 구부린 채 서있는 리외를 알아보기가 힘들었다. 의사는 환자의 사타구니를 째고 있고, 간호사 두 명이 침대 양쪽에서 환자를 벌린 채 잡고 있었다. 그가 몸을 일으킬 때 간호사 한 명이 쟁반을 내밀자 그는 수술도구를 거기다 떨어트려 놓고는 붕대가 감겨지고 있는 그 환자를 쳐다보며 잠시 그대로 서있었다.

"뭐 새로운 일이라도 있어요?" 옆으로 다가온 타루에게 그가 물었다.

"파늘루 신부가 예방격리소의 랑베르 자리를 대체하기로 했어요. 그는 이미 많은 일을 했죠. 이제 남은 일은 랑베르를 빼고 3조를 재편하는 거예요."

리외는 머리를 끄덕이며 찬성의 뜻을 내비쳤다.

"카스텔이 첫 준비를 마쳤어요. 테스트를 해보자고 하는군요."

"아! 잘됐네요." 리외가 말했다.

"참, 여기 랑베르가 와있어요."

리외는 뒤를 돌아보았다. 마스크 너머로 신문기자를 알

아보며 그는 눈을 찡그렸다.

"여기서 뭐 하고 있어요? 다른 곳에 있어야 할 텐데요." 그가 말했다.

오늘 밤 12시에 탈출하기로 했다고 타루가 설명해주자, 랑베르가 "원래는 그랬죠." 하고 덧붙여 말했다.

그들은 얘기를 할 때마다 거즈마스크가 부풀어 오르고 입 주변이 축축해졌다. 그래서 마치 조각품들끼리 말하는 것처럼 대화가 약간 비현실적으로 되는 것 같았다.

"선생님과 얘기 좀 하고 싶은데요." 랑베르가 말했다.

"함께 나갑시다, 괜찮으시다면. 타루 사무실에서 기다리고 계세요."

잠시 후, 리외와 랑베르는 리외의 자동차 뒷좌석에 앉았고, 타루가 운전을 했다.

"휘발유가 떨어졌어요. 내일부터는 걸어다녀야 합니다." 시동을 걸면서 타루가 말했다.

"선생님, 저 떠나지 않고 여러분과 함께 있고 싶습니다." 랑베르가 말했다.

타루는 아무 반응도 나타내지 않고 계속 운전만 했다. 리외는 피로 때문에 정신을 차릴 수조차 없는 것 같았다.

"그럼 아내는요?" 리외가 가라앉은 목소리로 물었다.

랑베르는 자기가 다시 한번 생각해봤는데 여전히 전과

똑같이 생각하지만, 만일 자기가 이곳을 떠난다면 부끄러울 것 같다고 말했다. 그렇게 하면 자기가 남겨두고 온 그녀를 사랑하는 데도 불편하게 될 거라고 했다. 그러나 리외는 몸을 똑바로 세우더니 자신 있는 목소리로, 그건 바보 같은 짓이며 행복을 선택하는 게 뭐가 수치스러우냐고 말했다.

"그렇죠, 하지만 혼자서만 행복하게 있는 건 수치스러울 수 있습니다."

그때까지 침묵하고 있던 타루가 두 사람을 돌아보지도 않고, 만약 랑베르가 다른 사람들과 불행을 함께 나누고 싶다면 자신의 행복을 위한 시간은 결코 가지지 못할 테니 한 가지를 선택해야 한다고 지적했다.

"그게 아닙니다." 랑베르가 말했다. "저는 이 도시에서 이방인이고 여러분과는 아무런 관련도 없다고 계속 생각해왔어요. 그런데 이제 알만큼 알고 보니까, 싫든 좋든 간에, 내가 이곳 사람이라는 것을 깨달은 겁니다. 이 사건은 우리 모두에게 관련돼있으니까요."

아무도 대꾸하지 않자, 랑베르는 초조해보였다.

"더구나 여러분은 잘 알고 계시잖아요! 그렇지 않으면 이 병원에서 뭘 하시는 거죠? 그래서 여러분도 선택한 거고, 행복을 포기한 것 아닙니까?"

타루와 리외는 여전히 아무 대답도 하지 않았다. 의사의 집에 거의 도착할 때까지 그 침묵은 계속 이어졌다. 그러자 랑베르는 또다시 좀 전의 그 질문을 더 힘줘서 반복했다. 그때 리외가 랑베르를 쳐다보며 힘들게 몸을 세워 앉았다.

"미안합니다, 랑베르, 난 그건 모르겠어요. 남아있고 싶으면 우리와 함께 여기에 계세요."

그는 자동차가 갑자기 뒤뚱거리는 바람에 말을 멈췄다. 그리고는 정면을 쳐다보며 다시 말을 이어갔다.

"사랑하는 것을 외면할 정도로 가치 있는 것은 이 세상에 아무것도 없어요. 그런데 나도 왜 그런지는 알 수가 없지만, 그것을 외면하고 있어요."

그는 다시 쿠션에 등을 기댔다.

"사실이에요. 그게 전부죠." 그는 무기력하게 말했다. "그것을 염두에 두고 거기서 결론을 끄집어내봅시다."

"어떤 결론을요?" 랑베르가 물었다.

"아! 사람은 치료하면서 동시에 정확히 알 수는 없어요. 그러니까 가능한 한 빨리 치료합시다. 그게 가장 시급해요." 리외가 말했다.

밤 12시에 타루와 리외는 랑베르에게 그가 조사업무를 맡게 될 지역의 지도를 그려주었다. 그때 타루가 자신의

시계를 들여다보았다. 그리고는 머리를 들다가 랑베르의
시선과 마주쳤다.

"탈출 안한다고 알려줬어요?"

신문기자는 눈길을 돌려버렸다.

"여기 오기 전에 말 전했어요." 그는 힘들게 대답했다.

◆

　카스텔의 혈청이 테스트에 들어간 건 10월 말이었다. 사실상 그건 리외의 마지막 희망이었다. 그 테스트가 실패할 경우, 리외는 이 도시가 전염병의 변덕에 휘말리고 말거라고 확신했는데, 전염병이 또다시 수개월 동안 기승을 부리든지 또는 아무 이유도 없이 멈춰지든지 그건 마찬가지였다.

　카스텔이 리외를 만나러 오기 바로 전날, 오통 씨의 아들이 병에 걸려 온 가족이 격리를 해야만 했다. 얼마 전에 격리를 마쳤던 아이의 어머니는 이번에 두 번째로 다시 격리가 된 것이다. 외출금지를 준수한 그 판사는 아들의 몸에서 질병증세를 발견하자마자 곧바로 의사 리외를 불러들였다. 리외가 도착했을 때 아이의 아버지와 어머니는 침대 발치에 서있었다. 어린 딸은 멀리 떨어져 있었다. 그의 아들은 기진맥진해 있었기 때문에 칭얼거리지 않고 진찰을 받았다. 의사가 머리를 들었을 때 그는 판사의 시선과 그의 뒤에서 손수건을 입에 대고 커다랗게 뜬 눈으로 의사의 움직임을 주시하고 있던 아이 어머니의 창백한 얼굴을 보았다.

"그거 맞죠?" 냉담한 목소리로 판사가 물었다.

"그렇습니다." 리외가 거듭 아이를 쳐다보며 대답했다.

어머니의 눈이 커졌다. 하지만 그녀는 여전히 아무 말도 하지 않았다. 판사 역시 침묵하고 있다가 잠시 후 더 낮은 목소리로 입을 열었다.

"그럼, 선생님. 우리는 규정대로 해야겠군요."

리외는 계속 손수건을 입에 대고 있는 아이의 어머니를 보지 않으려고 시선을 피했다.

"제가 전화하면 곧 될 겁니다." 리외는 머뭇거리며 말했다.

오통 씨가 그를 배웅하겠다고 말했다. 그러나 의사는 그 부인에게로 돌아섰다.

"미안합니다. 부인께서 소지품을 좀 챙기셔야 할 것 같습니다. 어떻게 하는지는 아실 테니까요."

오통 부인은 당황해보였다. 그녀의 시선이 아래로 떨어졌다.

"네, 그렇게 해야죠." 그녀는 고개를 끄덕이며 말했다.

떠나기 전에 리외는 그들에게 혹시 뭐 필요한 것 있느냐고 물어볼 수밖에 없었다. 그 부인은 계속 아무 말도 없이 그를 쳐다보고 있고, 판사가 이번엔 눈길을 돌렸다.

"아니오." 판사는 대답하고 나서 침을 삼켰다. "하지만, 내 아이를 구해주세요."

초기엔 그저 단순한 형식에 지나지 않았던 예방격리가 이제는 리외와 랑베르가 관리를 하면서 아주 엄격한 방식으로 진행되고 있었다. 특히 그들은 가족의 경우엔 서로가 반드시 격리되도록 요청했다. 만일 가족 중 한 명이 자기도 모르는 사이에 감염되었다면 병이 전염될 기회를 조금이라도 줄여야 했다. 리외가 이런 내용들을 판사에게 설명하자 그는 좋을 것 같다고 대답했다. 그러나 판사와 그의 부인이 서로 마주보는 것으로 보아, 의사는 이 격리가 그들을 얼마나 당황하게 하는지 느낄 수 있었다. 오통 부인과 어린 딸은 랑베르가 맡고 있는 호텔의 격리시설에 기거할 수 있었다. 그러나 예심판사는 그곳에 더 이상 자리가 없어서 도청에서 마련하고 있는 격리수용소 안에 있어야 했다. 그곳은 도로관리과에서 빌려준 텐트를 이용해 시립운동장에 설치되고 있었다. 리외가 그런 형편에 대해 설명하며 미안해하자, 오통 씨는 모두에게 적용되는 규칙은 하나밖에 없으며 그걸 따르는 것이 옳다고 말했다.

오통 씨의 어린 아들은 열 개의 침대가 갖춰져 있는 부속병원의 옛 교실 안으로 옮겨졌다. 20시간쯤 지난 후, 리외는 아이의 상태가 절망적이라고 판단했다. 전염병은 아무런 대응도 하지 못하는 그 작은 몸뚱이를 집어삼키고 있었다. 겨우 눈에 보일 정도로 아주 작지만 고통스럽게 하는 임파선종창들이 가냘픈 팔다리의 관절들을 마비시켰다. 이미 패색이 짙었다. 그래서 리외는 아이에게 카스텔의 혈청을 테스트해보기로 했다. 그날 저녁, 식사를 마친 후, 리외와 카스텔은 장시간 접종을 실시했다. 그러나 아이에게서는 단 한 번의 반응도 얻어내지 못했다. 그 다음날 새벽, 이 중대한 실험에 대한 판단을 내리기 위해 모두들 그 아이에게로 갔다.

아이는 마비상태에서 빠져나와 경련을 일으키듯 시트 속에서 돌아누웠다. 리외와 카스텔, 그리고 타루는 새벽 4시부터 아이 옆에서 증세의 변화를 신중하게 지켜보았다. 타루는 침대 머리맡에서 우람한 몸집을 약간 굽히고 있고, 리외는 침대 발치에 서있으며, 카스텔은 침착한 것 같은 모습으로 리외 옆에 앉아 낡은 책을 읽고 있었다. 옛 교실 안에 햇빛이 점점 퍼져가는 동안 다른 사람들도 모여들었다. 먼저 도착한 파늘루 신부는 타루와 침대 반대쪽에서 벽에 등을 기대고 서있었다. 그의 얼굴엔 괴로운 표정이 나타나있고, 헌신적으로 일한 지난 며칠 동안의 피로 때문에 붉으락푸르락한 그의 이마에는 깊은 주름이 나있었다. 그 다음엔 아침 7시에 조제프 그랑이 도착했다.

이 시청 직원은 숨을 몰아쉬며 미안하다고 했다. 자기는 잠시밖에 머물 수 없는데, 혹시 무슨 확실한 것이라도 이미 알고 있느냐고 물었다. 리외는 아무 말도 없이 아이를 가리켰다. 아이는 일그러진 얼굴에 눈을 감은 채, 이를 악물고 몸은 꼼짝도 하지 않으며, 베개 커버도 없는 베개 위에서 머리를 좌우로 움직이고 있었다. 마침내 날이 아주 밝아져 교실 저 안쪽에 원래 있었던 흑판 위에 썼다 지운 방정식의 흔적이 남아있는 것을 알아볼 수 있게 되었을 때 랑베르가 도착했다. 그는 옆의 침대 발치에 등을 기대고 서서 담배 갑을 꺼냈다. 그러나 아이를 한 번 쳐다보고는 담배 갑을 주머니에 다시 집어넣었다.

카스텔은 계속 앉은 채 안경 너머로 리외를 쳐다보았다.

"아이 아버지에 대한 소식은 있어요?"

"아니오, 그는 격리수용소에 있어요." 리외가 대답했다.

의사는 아이가 신음하고 있는 침대의 난간을 힘껏 붙잡았다. 그는 어린 환자에게서 눈을 떼지 않고 있었다. 아이가 갑자기 몸이 굳어지면서 다시 이를 악물고 몸을 약간 구부리더니 천천히 팔다리가 풀어지고 있었다. 맨몸에 군용모포를 덮고 있는 그 작은 몸에서 털실냄새와 시큼한 땀 냄새가 올라왔다. 아이는 점차 기운이 빠져 팔다리를 침대 가운데로 모으며 계속 눈을 감은 채 말도 없이 숨이 더 가빠지는 것 같았다. 리외가 타루를 쳐다보자 그는 눈길을 돌렸다.

몇 달 전부터 이 공포는 사람을 가리지 않고 찾아왔기 때문에 그들은 아이들이 죽어가는 모습도 이미 많이 봐왔다. 하지만 그날 아침에 그들이 겪은 것처럼 시시각각 아이의 고통을 지켜본 적은 아직 한 번도 없었다. 그들로서는 당연히, 실제로 나타나는 그대로, 이 순수한 아이들에게 가해지는 고통이야말로 분노할 수밖에 없는 일로 여겨졌다. 적어도 그전까지는 어떤 의미에서 볼 때 그들은 추상적인 분노를 느꼈을 뿐이었다. 왜냐하면 그들은 순수한 아이의 마지막 순간을 그렇게 오래도록 똑바로 바라본 적이 결코 없었기 때문이었다.

그 아이는 바로 위장을 물어뜯긴 것처럼 가냘픈 신음소리를 내며 또다시 몸을 구부렸다. 아이는 한참동안 그렇게 구부리고 있더니 마치 자신의 허약한 몸뚱이가 격렬한 페스트의 바람에 휘어지듯이, 그리고 반복되는 열병의 헐떡임에 찢어지듯이 소스라치게 몸을 흔들고 경련을 일으켰다. 그 발작이 지나가자 아이의 몸은 조금 풀어지며 열도 물러나는 것처럼 보였다. 이제 헐떡거리는 아이는 축축하고 독한 모래밭에 내던져진 것처럼 보였는데, 그 순간의 휴식은 이미 죽음과 비슷해보였다. 열이 파도처럼 다시 오르며 세 번째로 아이에게 닥쳐서 몸을 약간 들어 올리자 아이는 자신을 태워버릴 것 같은 불길의 격렬한 공포 속에서 다시 오그라들어 침대 바닥으로 파고들었다. 그리고는 이불을 걷어차면서 머리를 미친 듯이 흔들어댔다. 굵은 눈물방울이 붉게 물든 속눈썹 아래서 솟구쳐 나오며 납빛 얼굴을 타고 흘러내리기 시작했다. 그리고 발작이 끝나자 아이는 기진맥진한 채, 뼈가 드러나 보이는 두 다리와 48시간 만에 살이 모두 빠져버린 두 팔을 성가셔하면서 엉망으로 된 침대에 누워 십자가에 못 박힌 것 같은 기이한 모습을 하고 있었다.

타루는 허리를 굽혀 자신의 투박한 손으로 눈물과 땀에 젖은 아이의 작은 얼굴을 닦아냈다. 좀 전부터 카스텔은 읽던 책을 덮고 그 어린 환자를 바라보고 있었다. 그는 한마디 하려고 시작했지만 중간에 기침을 하고서야 그 말을 끝낼 수가 있었다. 목소리가 갈라졌기 때문이었다.

"아침에 좀 진정되지 않았나요, 리외?"

리외는 그렇지 않다고 하며 아이가 보통의 경우보다 더 오랫동안 견디고 있다고 말했다. 그때 벽에 기대 서있는 파늘루 신부가 지친 모습으로 나지막이 말했다.

"아이가 죽을지 모르지만 고통이 더 오래 갈 겁니다."

리외는 갑자기 파늘루 신부를 돌아보며 무슨 말을 하

려고 입을 열었다가 그만두었는데, 자신을 억제하려고 애를 쓰는 게 역력했다. 그리고는 다시 아이에게로 시선을 돌렸다.

햇빛이 교실 안에서 넘실거렸다. 옆의 다섯 개 침대 위에도 어떤 형체들이 움직이며 신음소리를 내고 있었는데, 마치 미리 준비된 것처럼 하나같이 조심스러웠다. 저쪽 끝에서 울고 있는 환자만이 이따금 규칙적으로 고통이라기보다는 놀람이라고 해야 할 것 같은 작은 외마디 소리를 내고 있었다. 그건 환자들이 보기에도 초기의 두려움이 아닌 것 같았다. 이제 병을 앓는 그들의 태도에도 어떤 합의가 있는 듯 했다. 다만 이 아이만이 온 힘을 다해 발버둥을 치고 있었다. 리외는 종종 아이의 맥박을 재보곤 했다. 그건 필요도 없는 일이지만 자신이 지금 처해있는 어쩌지도 못하는 무력함에서 벗어나기 위해서였다. 그는 눈을 감은 채 그 맥박의 혼란이 자신의 피의 움직임과 한데 섞이는 것을 느끼고 있었다. 그는 이제 고통을 당하고 있는 아이와 한 몸이 되어 아직 온전한 자신의 모든 힘을 쏟아 아이를 지탱하려고 시도했다. 그러나 잠시 합해졌던 두 사람의 심장 박동은 다시 일치가 깨지고 아이는 그에게서 빠져나가며 그의 노력은 헛되이 무너지고 말았다. 그는 아이의 가느다란 손목을 놓아주고 자기 자리로 돌아갔다.

회벽을 따라 햇빛이 장미색에서 노란색으로 변해갔다. 창문 밖으로 아침나절의 열기가 바스락거리기 시작했다. 그랑이 다시 오겠다고 말하면서 나가는 소리를 아무도 못 들을 정도였다. 다른 사람들은 모두 그곳에서 기다리고 있었다. 아이는 계속 눈을 감고 있었고 약간 진정된 것 같았는데, 마치 발톱처럼 돼버린 두 손으로 침대 옆면을 살살 긁고 있었다. 아이는 두 손을 다시 올려 무릎 근처의 이불을 긁다가, 갑자기 두 다리를 구부려 허벅지를 배 쪽으로 끌어올리고는 그대로 멈춰있었다. 그리고는 처음으로 눈을 뜨고 자기 앞에 서있는 리외를 쳐다보았다. 이제 회색 점토처럼 굳어버린 얼굴의 움푹 들어간 곳에서 입이 열리더니 거의 곧바로 한 마디 긴 비명이 터져 나왔다. 호흡은 거의 미묘한 차이가 없었지만 갑자기 단조롭고 어색한 항의가 실내를 가득 채움으로써, 그 비명이 마치 모든 사람에게서 동시에 터져 나온 것처럼 비인간적으로 들렸다. 리외는 이를 악물었고, 타루는 뒤로 돌아섰다. 랑베르는 카스텔 옆에 있는 침대로 다가갔고, 카스텔은 무릎 위에 펼쳐있던 책을 덮어버렸다. 파늘루 신부는 아이의 입을 쳐다보았다. 병 때문에 지저분해져 있는 그 입은 어떤 나이의 사람들도 내지를 수밖에 없는 비명으로 가득 차있었다. 그는 미끄러지듯 무릎을 꿇었다. 그리고는 약간 숨이 찬 목소리로, 끝없이 계속되는 그 알 수 없는 탄식 속에서도 뚜렷한 목소리로, "하느님, 이 아이를 구해 주소서." 하고 말했다. 사람들은 그의 말을 들으며 당연하다고 여겼다.

그러나 아이가 계속 소리를 지르자, 아이 주변의 다른 환자들도 불안해했다. 방 저쪽 끝에서 끊임없이 끙끙거리고 있던 환자는 신음소리를 더 빠르게 내더니 그 역시도 결국 비명을 지르게 되었고, 그동안 다른 환자들도 점점 더 큰 소리로 끙끙대고 있었다. 비통함이 물결처럼 교실 안에 퍼지며 파늘루 신부의 기도소리를 덮어버렸고, 리외는 침대 난간에 매달려 피로와 환멸에 넋이 나간 채 눈을 감고 있었다.

그가 다시 눈을 떴을 땐 타루가 옆에 와있었다.

"난 가봐야겠어요. 더 이상 견딜 수가 없군요." 리외가 말했다.

그런데 갑자기 다른 환자들이 모두 잠잠해졌다. 의사는 그때 아이의 비명이 약해진 것을 알아차렸다. 소리는 더 약해지더니 차츰 멈춰 섰다. 그리고 주위에서 신음소리가 나지막하게, 마치 방금 끝난 싸움으로부터 멀리서 들려오는 메아리와도 같이 다시 시작되고 있었다. 싸움은 끝나버린 것이다. 카스텔이 침대 저쪽으로 가더니 이제 끝났다

고 말했다. 입을 벌리고 말이 없는 아이는 얼굴에 눈물이
남은 채 돌연 쪼그라든 모습으로 흐트러진 이불 속에 파
묻혀 있었다.

파늘루 신부는 침대로 다가가 강복을 축원한 다음, 사
제복을 여미며 중간 통로를 통해 밖으로 나갔다.

"모든 것을 다시 시작해야 할까요?" 타루가 카스텔에게
물었다.

나이 든 의사는 고개를 끄덕였다.

"아마도 그래야겠죠. 어쨌든 아이가 오래 견뎌냈어요."
그는 일그러진 미소를 지으며 대답했다.

그러나 리외는 걸음을 서둘러 이미 방을 떠나고 있었는
데, 파늘루 신부 옆을 지나갈 때 그가 자기 팔을 붙잡으
려고 손을 내미는 것도 모를 정도였다.

"저기, 선생님." 파늘루 신부가 리외를 불렀다.

리외는 여전히 화가 난 기색으로 파늘루 신부를 돌아보
더니 거세게 내뱉었다.

"아! 그 아이는 적어도 결백했어요, 아시다시피 말이죠!"

그리고는 돌아서서 파늘루 신부 앞의 교실 문을 지나
학교 운동장 뒤쪽으로 갔다. 그는 먼지가 잔뜩 낀 작은
나무들 사이의 벤치에 앉아 이미 눈 속까지 흘러들어온
땀을 닦았다. 그는 가슴을 짓찧는 이 사나운 매듭을 마

침내 풀어버리기 위해 또다시 소리를 지르고 싶었다. 더운 열기가 무화과나무 가지들 사이로 천천히 내려오고 있었다. 아침의 푸른 하늘이 희끄무레한 각막 백반처럼 빠르게 덮이며 공기를 더 숨 막히게 만들고 있었다. 리외는 벤치에 몸을 기대고 앉아 나뭇가지들과 하늘을 쳐다보면서 천천히 호흡을 되찾으며 차츰 피로를 떨쳐냈다.

"왜 나한테 그렇게 화를 내며 얘기하셨죠?" 뒤에서 어떤 목소리가 말했다. "나도 그 장면은 견딜 수가 없었어요."

리외는 뒤를 돌아 파늘루 신부를 쳐다보았다.

"정말 그래요. 죄송합니다. 피곤 때문에 미친 짓을 한 거죠. 이 도시에서는 격분밖에 느껴지지 않을 때가 종종 있어요." 그가 말했다.

"이해합니다. 우리의 능력을 넘어서는 일이기 때문에 몹시 불쾌한 거죠. 그러나 우리가 이해할 수 없는 것을 사랑해야 하는지도 모릅니다." 파늘루 신부가 중얼거렸다.

리외는 벌떡 일어났다. 그리고 가능한 한 힘껏 격정적으로 파늘루 신부를 쳐다보며 머리를 흔들었다.

"그렇지 않습니다, 신부님. 저는 사랑에 대해 달리 생각하고 있어요. 아이들이 고문당해 죽는 이 세상을 제가 사랑하는 일은 죽는 날까지 없을 겁니다." 리외가 말했다.

파늘루 신부의 얼굴에 당황한 기색이 스쳤다.

"아! 선생님, 나는 방금 우리가 은총이라고 부르는 게 뭔지를 이해했어요." 그는 슬픈 어조로 말했다.

리외는 다시 벤치에 앉아 몸을 기댔다. 그는 다시 밀려 드는 피로를 느끼며 좀 더 부드럽게 대답했다.

"그건 저한테 없습니다, 저도 알고 있어요. 하지만 신부님과 그런 문제를 가지고 토론하고 싶지는 않습니다. 우리는 모독이니 기도니 하는 것들을 떠나서, 우리를 결합시켜주는 무언가를 위해 함께 일하고 있으니까요. 중요한 건 그것뿐입니다."

파늘루 신부는 리외 옆으로 와서 앉았다. 감동한 기색이었다.

"그렇습니다, 그래요. 당신 역시도 인간의 구원을 위해 일하는 겁니다." 그가 말했다.

리외는 애써 미소를 지으려 했다.

"인간을 구원한다는 건 저한테는 너무 거창한 말이죠. 한참 먼 얘깁니다. 제가 관심을 갖는 것은 사람의 건강입니다. 건강이 가장 먼저죠."

파늘루 신부는 머뭇거렸다.

"선생님." 그가 입을 열었다.

그러나 다시 말을 멈췄다. 그의 이마에도 땀이 흘러내리기 시작했다. 그는 "또 봅시다." 하고 중얼거리듯 말하며 자리에서 일어났다. 그때 그의 눈이 반짝거렸다. 파늘루 신부가 떠나려고 할 때 생각에 잠겨있던 리외도 자리에서 일어나 그에게 한 걸음 다가갔다.

"거듭 죄송합니다. 이렇게 감정이 폭발하는 일은 또다시 없을 겁니다."

파늘루 신부는 손을 내밀며 우울한 목소리로 말했다.

"하지만 난 당신을 납득시키지 못했어요!"

"납득시켜서 뭐하려고요? 제가 증오하는 것은 죽음과 죄악입니다, 당신도 잘 아시다시피 말이죠. 그리고 당신이 그걸 원하든 아니든 간에, 우리는 함께 그것들을 견디며 그것들과 싸우기 위해 있는 겁니다." 리외가 말했다.

그는 파늘루 신부의 손을 잡았다.

"아시겠지만, 하느님 자신도 이제는 우리를 갈라놓을 수 없습니다." 그는 파늘루 신부를 쳐다보지 않고 말했다.

◆

　파늘루 신부는 보건단체에 들어간 이후로 병원과 페스트 감염지역을 떠나지 않았다. 그는 구조대원들 중에서도 자신이 해야 할 일이라고 여긴 대열, 즉 제 일선에 속해 있었다. 그는 수없이 죽는 사람들을 보았다. 이론적으로는 그도 혈청의 도움을 받아 안전할 수는 있었지만, 그래도 자기 자신의 죽음에 대해 걱정하는 것이 그리 이상할 건 없었다. 겉으로 볼 때 그는 항상 침착했다. 그러나 아이가 죽어가는 모습을 오랫동안 바라본 그날 이후부터 그는 변한 것 같았다. 긴장감이 커진 게 그의 얼굴에 드러났다. 어느 날 그는 리외에게 미소를 지으며 자기는 지금 〈신부가 의사와 진찰상담을 할 수 있을까?〉라는 제목으로 짧은 글을 하나 쓰고 있다고 얘기했다. 의사는 그게 단지 파늘루 신부가 하는 말이 아니라 좀 더 심각한 어떤 문제를 다루는 것 같은 인상을 받았다. 리외가 그 논문의 내용을 알고 싶다고 말하자, 파늘루 신부는 자기가 남자들이 모이는 미사에서 설교를 한 번 해야 하는데, 그 기회에 자신의 견해에 대해 적어도 몇 가지를 발표할 것 같다고 말했다.

"선생님도 오시기 바랍니다, 그 주제에 관심이 있을 테니까요."

신부는 바람이 거세게 불던 어느 날, 그의 두 번째 설교를 했다. 사실대로 말하면 참석자 대열은 첫 번째 설교 때보다 더 듬성듬성했다. 이런 광경은 이제 우리 시민들에게 더 이상 새로움을 불러일으키지 않았기 때문이었다. 도시를 휩쓸고 있는 이 힘든 상황 속에서는 '새로움'이라는 단어 자체가 그 의미를 잃어버린 것이다. 게다가 대부분의 사람들은 자신들의 종교적 의무를 완전히 저버리거나 또는 종교적 의무를 자신들의 뿌리 깊은 비도덕적 생활과 일치시키고자 하지는 않았지만, 종교의 일상적인 실천도 비합리적인 미신으로 대체시키고 말았다. 그래서 미사에 가는 것보다 오히려 보호를 상징하는 목걸이나 성 로크의 부적 같은 것을 몸에 지니길 더 좋아했다.

그런 예로 들 수 있는 것은 우리 시민들이 예언을 무절제하게 사용해왔다는 점이다. 봄이 되자 사람들은 이제 나저제나 전염병이 끝나기를 기다렸고, 어느 누구도 다른 사람에게 전염병이 얼마나 더 지속될지에 대한 설명을 물어보려 하지 않았다. 왜냐하면 모두는 전염병이 오래 가지 않을 거라고 믿고 있었기 때문이다. 그러나 하루하루가 지나면서 사람들은 그 불행이 정말로 끝나지 않을까 봐 두려워하기 시작했으며, 동시에 페스트의 종식이 모든 희망의 대상이 되었다. 그래서 마술사들이나 가톨릭교회의 성인들에게서 나온 여러 예언들이 손에서 손으로 퍼져 나갔다. 도시의 인쇄업자들은 이런 열광에서 얻을 수 있는 이점을 금방 알아차리고는 떠돌고 있는 자료를 대량으로 인쇄해 보급시켰다. 그들은 대중의 호기심이 결코 거기서 끝나지 않을 거라는 것을 알고, 이런 종류의 일화에서 전해지는 모든 증언들에 대한 조사를 시립도서관에서 찾아내, 그것들을 시중에 퍼뜨렸다. 역사 자체에서 예언을 찾지 못할 때는 기자들에게 그것을 주문했는데, 그들 역시 적어도 이 점에 있어서는 지난 몇 세기 동안의 예에 못지않은 유능함을 보여주었다.

이런 예언들 중 어떤 것들은 여러 신문에 시리즈로 게재되기도 했으며, 건전한 시대에 신문에서 볼 수 있었던 감상적인 이야기들보다 더 열성적으로 읽혔다. 이런 예언들 가운데 몇몇은 그 해의 천 자리 숫자와 사망자의 숫자, 그리고 페스트가 계속된 달의 숫자를 더한, 이상한 계산에 의한 것이었다. 또 다른 것들은 역사상 대규모로 발생했던 페스트와 비교해서 정했는데, 거기서 공통점(예언이 불변의 것이라고 부른 것)을 끌어내어, 그것들 역시 이상한 계산을 이용해 그로부터 현재의 시련에 관한 교훈을 얻어내려고 했다. 그러나 대중에게 가장 널리 애호된 것은 이론의 여지없이, 묵시적인 언어로 알려주는 일련의 사건들이었다. 그 각각의 사건은 이 도시를 고통에 빠지게 만든 그것일 수도 있었고, 또 그 복잡성은 모든 해석을 가능하게 했다. 그렇기 때문에 노스트라다무스와 성녀 오딜은 날마다 참조되었고, 항상 성과가 있었다. 더욱이 모든 예언에 공통되는 것은 결국 사람을 안심시켜주는 것들이었다. 다만 페스트는 그렇지가 않았다.

따라서 이 미신들은 우리 시민들에게 종교의 자리를 대신 차지했으며, 바로 그렇기 때문에 파늘루 신부가 성당에서 설교를 했을 때도 청중이 4분의 3밖에 차지 않았던 것이다. 설교가 있던 날 저녁, 리외가 도착했을 땐 성당의 문을 때리며 들어온 바람이 청중들 사이로 스며들어 제멋대로 돌아다니고 있었다. 그는 춥고 조용한 성당 안에 남자들만 모여 있는 한가운데로 가서 자리를 잡고 앉아, 신부가 설교대 위로 올라가는 것을 보았다. 신부는 첫 설교 때보다 더 부드럽고 신중한 어조로 말을 했고, 몇 번이나 청중들은 그의 말투 속에서 뭔가 주저하고 있는 것을 알아차렸다. 또 이상한 것은 그가 '여러분'이라고 하지 않고 '우리'라고 말하는 것이었다.

한편, 그의 목소리는 점점 더 확고해졌다. 그는 여러 달 전부터 페스트가 우리들 사이에 존재해왔고, 우리의 식탁이나 사랑하는 사람들의 침대 머리맡에 앉아있으며, 우리들 옆에서 걷고 있고, 우리가 직장에 오기를 기다리는, 그런 상황을 수없이 봐왔기 때문에 이제는 우리가 페스트를 더 잘 알고 있다는 것을 상기시키기 시작했다. 따라서 이제 우리는 페스트가 우리에게 끊임없이 말하고 있는 것을 어쩌면 더 잘 받아들일 수 있으며, 처음에 이 사태가 닥쳤을 때는 우리가 귀담아 듣지 않았을 가능성이 있다고 말했다. 파늘루 신부가 전에도 같은 장소에서 설교했던 내용은 진실이거나, 적어도 그의 신념이었다. 하지만 그런 일이 우리 모두에게 일어날 수 있고 그 자신도 가슴을 치기까지 했지만, 그는 어쩌면 아무런 동정심도 없이 그 설교를 생각하고 말했는지도 모른다. 그래도 모든 일에 있어서 언제나 진실한 것은 간직할 필요가 있다. 가장 잔인한 시련도 기독교인에게는 또한 이득이 되었던 것이다. 그러므로 기독교인이 이 상황에서 추구해야 할 것은 바로 자신의 이익이며, 그 이익은 무엇으로 이루어져 있고 어떻게 그것을 발견할 수 있는지 알아야 한다는 것이었다.

그때, 리외의 주위 사람들은 긴 의자의 팔걸이들 사이에 앉아 최대한 편안하게 자세를 잡는 것 같았다. 입구의 가

죽을 댄 문들 중 하나가 살짝 덜거덕거렸다. 누군가가 일어나서 그 문을 붙잡았다. 그 소란에 주의가 산만해진 리외는 설교를 반복해 말하는 파늘루 신부의 목소리가 가까스로 들렸다. 그는 대략, 페스트로 인해 벌어지는 광경을 납득하려 하지 말고 우리가 거기서 배울 수 있는 것을 배우려고 노력해야 한다는 그런 말을 하고 있었다. 리외가 희미하게나마 이해했던 건, 신부로서 페스트에 대해서는 아무것도 설명할 수 없다는 것이었다. 리외의 흥미가 쏠린 것은 파늘루 신부가 열렬히 말할 때였는데, 그는 하나님의 견지에서 설명할 수 있는 것들이 있고, 설명할 수 없는 것들이 있다고 했다. 물론 선과 악이 있고, 그것들을 나누는 것은 일반적으로 쉽게 납득할 수 있다. 그러나 악의 내부에서 난관이 시작된다. 예를 들어 언뜻 봐서도 필요한 악이 있고, 불필요한 악이 있다. 또 지옥에 빠진 돈 주앙과 어린 아이의 죽음이 있다. 그런데 난봉꾼이 벼락을 맞은 건 당연한 일인 반면, 어린 아이가 고통을 당하는 건 이해할 수 없는 일이다. 사실, 이 세상에 어린 아이의 고통과, 그 고통이 가져다주는 공포, 그리고 거기서 찾아내야 할 이유들보다 더 중요한 것은 아무것도 없다. 그밖의 삶에서는 하나님이 우리에게 모든 것을 베풀어주므로 거기까지는 종교의 덕이 별로 느껴지지 않는다. 그러나 그곳에서부터 이제는 반대로, 하나님은 우리를 궁지로 몰아넣는다. 그래서 우리는 페스트의 담 아래에 있게 되었는데, 그 죽음의 그림자 속에서도 우리는 우리의 이익을 찾아내야만 한다. 그런데도 우리 자신은 그 담을 뛰어넘을 수 있는 쉬운 권리를 누리는 것조차 거부하고 있다. 신부로서는 그 어린 아이를 기다리고 있는 영원한 환희가 아이의 고통을 보상해줄 수 있다고 말하는 것이 쉬웠을 것이다. 그러나 사실 그는 거기에 대해서는 아무것도 모른다고 했다. 과연 어느 누가 영원한 기쁨이 인간의 고통을 한순간이라도 보상해줄 수 있다고 단언할 수 있겠는가? 그렇게 말하는 자들은 분명 자신의 육체와 영혼으로 온전히 그 고통을 겪어냈던 예수를 믿고 따르는 기독교인은 아닐 것이다. 그런데 그게 아니다. 신부는 계속 궁지에 몰려있을 것이며 십자가가 상징하는 그 능지처참에 충실한 삶을 바쳐 어린아이의 고통을 마주하고 있을 것이다. 그러면서 그는 두려워하지 않고 그날 자신의 설교를 듣는 사람들에게 이렇게 말했다. "형제 여러분, 때가 왔습니다. 우리는 모든 것을 믿거나 모든 것을 부정해야 합니다. 그런데 여러분들 가운데 누가 과연 감히 모든 것을 부정하겠습니까?"

리외가 신부는 이단을 믿고 있다고 막 생각하는 순간,

그는 여전히 힘차게 말을 계속하며 이 명령, 즉 이 순수한 요청은 그리스도인에게는 유익한 것이라면서 외치고 있었다. 그것은 또한 그리스도인의 덕성이기도 하다는 것이었다. 신부는 자신이 말하려고 한 그 덕성 안에는 극단적인 게 있어서 더 관대하고 더 전통적인 도덕에 익숙해있는 많은 사람들의 정신에 충격을 주리라는 것을 알고 있다고 했다. 그러나 페스트 시대의 종교는 평상시의 종교와 똑같을 수 없으며 하나님도 평안할 때는 사람들의 영혼이 안식하고 기뻐하는 것을 허용하고 바라기까지 하지만, 과도한 불행 속에 있을 때는 사람들의 영혼이 오히려 극단적이기를 바란다고 했다. 하나님은 오늘날 자신의 피조물인 인간들에게 '전체' 또는 '무'라는 가장 위대한 덕성을 되찾아 감당하도록 그들을 불행 속에 밀어 넣는 은총을 베풀었다는 것이다. 지난 세기에 있었던 일인데, 어떤 세속적인 저술가가 연옥은 없다고 단언하면서 교회의 비밀을 폭로하겠다고 앞장섰다. 그 주장을 하면서 그는 어중간한 단계는 없고 천국과 지옥만 있을 뿐이며 자신이 선택하는 것에 따라서 구원을 받든지 지옥에 떨어지는 수밖에 없다고 주장을 했다. 파늘루 신부의 말에 의하면 그것은 방종한 영혼의 한가운데서만 생겨날 수 있는 생각이므로 하나의 이단이었다. 왜냐하면 연옥은 존재하는 것이기 때문이었다. 하지만 분명 그 연옥을 너무 기대해서는 안 되는 시대, 경미한 죄에 대해서는 말할 수 없는 시대가 있다. 모든 죄악이 죽음을 면할 수 없고, 모든 무관심이 죄가 되는 시대가 있는 것이다. 즉 전체 또는 무인 시대가 있다는 것이다.

파늘루 신부가 말을 멈추자, 리외는 그때 밖에서 더 심하게 부는 것 같은 바람의 비명소리가 성당의 출입문 아래로 들어오는 것을 잘 들을 수 있었다. 동시에 신부도 또다시 말을 시작했는데, 자신이 말한 완전한 수용의 덕성은 그것에 보통 부여하는 한정적인 의미로 이해될 수 없으며, 진부한 체념을 뜻하는 것도 아니고, 난처한 겸손을 의미하는 것도 아니라고 했다. 그것은 굴종을 의미하지만 굴종하는 사람 스스로가 동의하는 어떤 굴종인 것이다. 물론 어린아이가 고통을 당한다는 것은 정신적으로나 심적으로도 굴욕적인 일이다. 하지만 그렇기 때문에 고통을 감수하고 그 안에 몰입해야만 한다. 바로 그렇기 때문에 자신의 생각을 말하기가 쉽지 않지만, 어쨌든 우리는 하나님이 원하는 것을 그대로 받아들여야 한다고, 파늘루 신부는 청중에게 강조해서 말했다. 그렇게 함으로써만 그리스도인은 아무것도 거리낌이 없어지며 모든 출구가 닫혀도 본질적인 선택의 밑바닥으로 갈 수가 있다. 그리스도인은 모든 것을 부정하는 것으로 축소되지 않도록 모든 것을 믿기를 선택할 것이다. 그리고 현재 여러 교회에서 용감한 여성들이 환부에 생기는 임파선종창이 바로 신체가 스스로 감염을 떨쳐내는 자연스런 과정이라는 것을 깨닫고는 "주여, 그에게도 임파선종창을 내려주소서"라고 기도하고 있는 것처럼, 그리스도인은 신의 의지에 자기 자신을 맡길 줄 알아야 하는 것이다. 이해할 수 없다 하더라도 "나는 그것을 이해한다. 하지만 용납할 수는 없다."라고 말할 수는 없다. 우리는 우리에게 주어진 이 용납할 수 없는 것의 핵심에, 바로 우리 자신의 선택을 하기 위해서 뛰어들어야 한다. 어린아이들의 고통은 우리에게는 쓰디 쓴 빵과 같다. 그러나 이 빵이 없는 우리의 영혼은 정신적 굶주림으로 소멸될 것이다.

그때 파늘루 신부가 잠깐 말을 멈춘 사이에 시끄러운 소란이 일어나며 장내에 울려 퍼졌다. 그러자 설교자는 느닷없이 청중들을 대신해서 물어보는 척 하며, 결국 우리는 어떻게 대처해야 하는가 하면서 힘차게 말을 이어갔다. 그는 사람들이 숙명론이라는 그 끔찍한 말을 입에 올릴 거라는 걸 잘 알고 있다고 했다. 하지만 만약 그 말에 '능동적'이라는 형용사를 붙일 수만 있다면 자신은 숙명론자임을 받아들일 것이라고 했다. 분명히 다시 한번 말하지만, 지난번에도 얘기했던 아비시니아의 그리스도인들을 모방해서는 안 된다. 또한 그리스도인들로 이루어진 의료인들에게 자신들의 누더기 옷을 던지면서, 하나님이 보낸 질병과 싸우려는 이교도들에게 페스트를 옮겨달라고 큰 목소리로 하늘에 간청하며 기도하던 페르시아 인들을 흉내내서도 안 된다. 또한 카이로의 수도사들도 모방하지 않아야 한다. 그들은 지난 세기에 전염병이 돌던 때에도 영성체를 나누었는데, 감염이 잠재해있을지도 모르기 때문에 축축하고 따뜻한 입에 닿지 않게 하려고 영성체를 핀셋으로 집어 주었던 것이다. 페르시아의 페스트환자들과 카이로의 수도사들 모두 똑같이 죄를 짓고 있었다. 왜냐하면 페르시아의 페스트 환자들은 어린아이의 고통을 헤아리지 않았기 때문이고, 그 반대로 카이로의 수도사들은 고통에 대한 참으로 인간적인 염려가 너무 지나쳤기 때문이었다. 두 경우에 있어서 문제는 적당히 얼버무렸다는 것이다. 모두들 하나님의 목소리를 들으려하지 않았다. 이 외에도 파늘루 신부가 상기시키고자 한 다른 이야기들이또 있었다. 마르세유에서 크게 발생했던 페스트에 대한 기록자의 말을 그대로 믿는다면, 메르시 수도원의 수도사 81명 중 단 네 명만이 그 열병에서 살아남았는데 그 네 명 중에서 세 명이 도망을 갔다. 기록자들은 이렇게 적어놓았을 뿐 그 이상의 이야기는 기록하지 않았다. 그건 그들의 전문분야가 아니었다. 그러나 파늘루 신부는 그 기록을 읽으면서 수도원에 혼자 남아있었던 그 수도사에게로 생각이 온통 쏠렸다. 그는 77구의 시체가 있는데도 불구하고, 그리고 특히 자신의 형제수도사 세 명이 도망을 쳤는데도 불구하고, 그곳에 남아있었던 것이다. 신부는 설교대의 가장자리를 주먹으로 두드리면서 외쳤다. "형제 여러분, 우리는 남아있는 그 한 사람이 되어야 합니다!"

그렇다고 해서 전염병의 무질서 속에서도 사회가 도입한 현명한 질서인 예방조치를 거부하라는 것이 아니었다. 꿇어앉아 모든 것을 포기해야 한다고 말하는 그 도덕주의자들의 말에 현혹되어서는 안 된다. 다만, 어둠속일지라도 약간은 맹목적으로 앞을 향해 전진해야 하며 좋은 일을 하도록 애써야 한다. 그리고 나머지는 그것이 어린아이들의 죽음이라 할지라도 하나님에게 자신을 맡길 것을 받아들이고 머물러 있어야 한다. 그리고 개인의 의지를 찾으려고 애쓰지 않아야 한다.

이 대목에서 파늘루 신부는 마르세유의 페스트 사태 때 큰 헌신을 했던 벨준세 주교라는 높은 인물에 대해 언급했다. 전염병이 끝나갈 무렵에 그 주교는 자신이 해야 할 모든 것을 했지만 더 이상 대응책은 없다고 믿고 자신의 집에 담을 쌓고는 식량을 챙겨 그 안에 틀어박히고 말았다. 주교를 자기들의 우상으로 삼았던 주민들은 고통이 너무 심해지자 거기서 나타나는 감정의 분출로 주교를 향해 화를 내고, 그에게 페스트를 전염시키려고 시체들을 가지고 그의 집을 둘러쌓았으며, 더 확실하게 그를 죽이려고 담 너머로 시체를 던지기까지 했다. 주교는 최후의 무력함에 빠진 채, 자신은 죽음의 세상과 격리되어 있다고 믿고 있었지만 실상은 죽은 자들이 하늘에서 그의 머리 위로 떨어지고 있었던 것이다. 마찬가지로 우리도 페스트에는 섬이 따로 없다는 것을 분명히 알아야 한다. 그렇다, 중간이란 없다. 이런 생난리도 맞아들일 줄 알아야 한다. 왜냐하면 우리는 하나님을 증오하든지 또는 사랑하든지 선택해야만 하기 때문이다. 그런데 누가 감히 하나님에 대한 증오를 선택하겠는가?

"형제 여러분" 파늘루 신부는 마침내 결론을 예고하며 말을 꺼냈다. "하나님에 대한 사랑은 어려운 사랑입니다. 그것은 자기 자신의 완전한 단념과 자기 개인의 멸시를 전제로 합니다. 하지만 하나님만이 어린아이들의 고통과 죽음을 사라지게 할 수 있고, 어떤 경우에도 하나님만이 필요한 것입니다. 왜냐하면 그것은 이해할 수 있는 것이 아니라 그것을 바랄 수밖에 없는 것이기 때문입니다.

바로 이것이 내가 여러분과 함께 나누고 싶은 어려운 교훈입니다. 이것이 바로, 인간이 보기에는 잔인하나 하나님이 보기에는 결정적인, 그래서 그분에게 다가가야 하는 신앙인 것입니다. 이런 끔찍한 모습과 우리는 동등해져야 합니다. 그 꼭대기에서는 모든 것이 서로 섞이고 동등해질 것이며 진리는 명백한 불의에서도 돌연 나타날 것입니다. 그래서 프랑스 남부지방의 수많은 성당에는 페스트로 숨진 사람들이 수세기 전부터 성가대 자리의 포석 아래에 잠들어 있고, 신부들은 그들의 무덤 위에서 말하고 있습니다. 그리고 그들이 전파하는 정신은 어린아이들이 자신의 역할을 다한 그 죽음의 재에서 솟아나는 것입니다."

리외가 밖으로 나갈 때 거센 바람이 반쯤 열린 문 사이로 밀려들어와 신자들의 얼굴을 덮쳤다. 바람이 비와 젖은 보도의 냄새를 성당 안으로 몰고 왔다. 그래서 사람들은 밖으로 나가기 전에 거리의 상황을 짐작할 수 있었다. 의사 리외 앞에, 그때 막 성당에서 나가는 늙은 사제와 젊은 부제 두 사람이 바람에 날아가려는 자신들의 모자를 붙잡느라 애를 쓰고 있었다. 그 나이 든 사제는 파늘루 신부의 설교에 대해 쉴 새 없이 논평을 하고 있었다. 그는 파늘루 신부의 능변에 경의를 표하면서도 그 신부가 내보인 대담한 생각들에 대해서는 불안을 느끼고 있었다.

그는 파늘루 신부의 설교에는 용기보다 오히려 불안이 더 강조되고 있으며 그 나이에 신부는 불안해할 권리가 없다고 평가했다. 그 젊은 부제는 바람을 피하려고 머리를 낮춘 채 자기는 파늘루 신부를 자주 만났기 때문에 그의 사상적 진행에 대해 잘 알고 있으며, 그의 논문은 앞으로 훨씬 더 대담해질 것이므로 결국 출판허가를 얻지 못할 거라고 말했다.

"그의 사상이 도대체 뭐지?" 늙은 신부가 물었다.

그들이 성당 앞뜰에 도착하자 바람이 더 거세게 몰아쳐서 젊은 부제는 말을 할 수가 없었다. 그러다가 겨우 입을 열 수 있게 되었을 때, 그는 간단히 이렇게 말했다.

"만약 신부가 의사의 진찰을 받는다면, 그건 모순이죠."

타루는 리외한테서 파늘루 신부의 설교 얘기를 듣고는 자기는 전쟁 중에 눈을 잃어버린 한 청년의 얼굴을 보고 신앙을 포기한 어떤 신부를 알고 있다고 말했다.

"파늘루 신부의 말이 옳아요." 타루가 말했다. "죄가 없는데도 눈을 잃어버린다면 그리스도인은 신앙을 포기하거나 눈을 잃어버리거나 모두 받아들여야 하겠죠. 파늘루 신부는 신앙을 잃고 싶지 않을 겁니다. 그는 끝까지 가겠죠. 그가 말하고 싶었던 건 바로 그거예요."

타루의 이 관측이, 그 후 이어졌던 불행한 사태들과 주위 사람들에게 이해받지 못했던 당시 파늘루 신부의 행동을 밝혀주는 데 조금은 도움이 될 수 있을까? 각자가 판단할 것이다.

설교를 한 며칠 후, 파늘루 신부는 이사를 하느라 바빴다. 그 무렵은 페스트가 기승을 부리며 도시 곳곳에서 끊임없이 이사를 부추기고 있을 때였다. 타루가 호텔을 떠나 리외의 집에 묵어야 했던 것처럼 신부도 교구에서 마련해준 아파트를 떠나 어떤 노부인의 집으로 가서 기거해야 했다. 그 부인은 성당에 자주 나가는 신자이며 아직 페스트에 걸리지 않았던 것이다. 이사하는 동안 신부는 피로와 불안이 커지는 걸 느꼈다. 그래서 그는 집주인으로부터 존경을 잃고 말았다. 왜냐하면 부인이 그에게 성녀 오딜의 예언에 대한 가치를 열렬히 찬양하고 있는 동안 신부는 아마도 피로 때문이겠지만 그녀 앞에서 눈에 띨 만큼 초조해했기 때문이다. 그 후 신부는 노부인에게서 적어도 호의적인 중립성이라도 얻기 위해 다소 노력을 기울였지만, 성공하지는 못했다. 그는 나쁜 인상을 남기고 말았던 것이다. 그래서 매일 저녁, 레이스 커튼이 주렁주렁 걸려 있는 자기 방으로 돌아가기 전에, 그는 거실에 앉아있는 집주인의 등을 응시해야만 했다. 그리고는 부인이 무뚝뚝하게 돌아보지도 않으면, 예전에 그녀가 말했던 "좋은 저

녁 보내세요, 신부님"하는 추억을 떠올리며 방으로 돌아
가야 했다. 그런 어느 날 저녁, 막 자리에 누우려는 순간,
그는 머리가 쑤시면서 며칠 전부터 속에서 타오르는 열로
인해 손목과 관자놀이가 제멋대로 격렬하게 요동치는 것
을 느꼈다.

  그 다음 일은 여주인의 이야기를 통해 곧 알려졌다. 그
날도 그녀는 늘 하던 습관대로 아침에 일찍 일어났다. 그
런데 시간이 꽤 지났는데도 신부가 그의 방에서 나오질
않았다. 깜짝 놀란 그녀는 한참 머뭇거리다가 그의 방문
을 두드려보기로 마음먹었다. 문을 열고 보니 신부는 불
면의 밤을 보낸 후 아직도 침대에 누워있는 것이었다. 그
는 숨이 막혀 괴로워하고 있었고, 보통 때보다 얼굴이 더
붉으락푸르락해 있었다. 부인의 말에 의하면, 자기는 의사
를 부르자고 정중하게 제안을 했는데 그가 화를 내며 자
신의 제안을 거절하는 바람에 서운했다는 것이었다. 그래
서 부인은 그 방을 나올 수밖에 없었다. 잠시 후, 신부는
벨을 눌러 부인을 불렀다. 그리고는 자신이 화를 낸 것
에 대해 사과하면서 자신은 페스트에 걸린 게 아니며 그
와 관련한 어떠한 증상도 없고 일시적인 피로 때문에 그
런 것뿐이라고 그녀에게 말했다. 그러자 부인은 자신의 제
안은 그런 종류의 염려에서 나온 게 아니고, 자신은 하느

님의 손 안에 있는 자기 자신의 안전을 고려한 것도 아니다. 다만 자기도 신부의 건강에 대해 부분적으로 책임이 있다고 생각해서 그랬던 것뿐이라고 점잖게 대답했다. 그러나 신부가 아무 대꾸도 하지 않자, 근질근질해진 집주인은 그녀의 말을 믿자면, 자신의 의무를 다하고자 신부에게 다시 한번 의사를 부르자고 제안했다. 신부는 여러 가지 설명을 덧붙이면서 이번에도 거절을 했는데, 노부인은 그의 말이 너무 어수선해서 제대로 판단할 수가 없었다. 하지만 그녀가 다만 알아들었고, 그리고 그것이야말로 이해할 수 없었던 말은 의사의 진찰을 받는 것은 신부로서 원칙에 어긋나기 때문에 자기는 그걸 거절한다는 것이었다. 부인은 결국, 열병이 이 세입자의 머릿속을 어지럽히고 있는 거라고 결론짓고는 그에게 마실 차를 가져다주는 것으로 얘기를 끝냈다.

그런 상황 속에서 그녀는 자신이 해야 할 의무들을 매우 정확히 수행하기로 결심하고는 2시간마다 규칙적으로 그 환자를 보러 갔다. 그녀를 가장 놀라게 했던 건 신부가 줄곧 흥분상태 속에서 하루를 보냈다는 것이었다. 그는 침대시트를 걷어찼다가 다시 끌어올려 덮고 손으로 끊임없이 축축한 이마를 닦아내고 있었다. 또한 기침을 하려고 자주 몸을 일으켰는데 목이 답답하고 껄껄하고 끈적거려 쥐어짜듯이 기침을 했다. 그때는 마치 목구멍 속에서 솜뭉치를 뽑아내지 못해 질식할 것 같은 모습이었다. 그런 발작을 몇 번 하고 난 다음, 그는 기진맥진한 채 뒤로 나자빠졌다. 그리고 마지막엔 다시 몸을 반쯤 일으키고는 좀 전에 완전히 흥분했을 때보다 더 격렬하게 잠시 정면을 뚫어져라 쳐다보았다. 그러나 노부인은 환자를 화나게 할까봐 의사에게 연락하길 계속 주저하고 있었다. 신부의 증세는 겉으로 보기엔 무척 심하지만, 그저 단순히 발열에 의한 것일 수도 있었다.

오후에, 그래도 부인은 신부에게 말을 걸어보았는데, 돌아온 대답이라곤 흐리멍덩한 몇 마디뿐이었다. 그녀는 의사를 부르자고 또 한 번 제안했다. 그러자 신부는 다시 일어나 반쯤 숨이 찬 목소리로, 자신은 의사를 원하지 않는다고 분명하게 대답했다. 그때 집주인은 다음날 아침까지 기다려본 다음 만약 신부의 상태가 개선되지 않으면 랑스독 통신사가 라디오를 통해 매일 10여 차례씩 알리는 그 번호로 전화를 해야겠다고 마음먹었다. 언제나 자신이 해야 할 일에 신경을 쓰는 그녀는 밤새 세입자 방으로 가서 그를 지켜봐야겠다고 생각했다. 하지만 저녁에 신부에게 시원한 차를 건넨 다음, 그녀는 좀 늘어져 쉬고 싶었다. 그런데 잠을 깨고 보니 다음날 새벽이었다. 그녀는 신부의 방으로 달려갔다.

　신부는 누운 채 움직이지 않고 있었다. 전날 그토록 벌 겋던 얼굴은 이제 일종의 납빛으로 변해있었는데, 얼굴 모양이 여전히 멀쩡하기 때문에 그만큼 더 눈에 띄었다. 신부는 침대 위에 매달려있는 여러 가지 색깔의 구슬들이 달린 작은 샹들리에를 쳐다보고 있었다. 노부인이 들어가자 그는 부인 쪽으로 머리를 돌렸다. 집주인의 말에 의하면, 그 순간 신부의 얼굴은 밤새 시달리고 난 뒤 기력을 완전히 잃어버려서 어떠한 반응도 할 수 없는 것처럼 보였다는 것이다. 그녀는 신부에게 몸이 좀 어떠냐고 물었다. 그러자 신부는 부인이 이상하게 여길 만큼 무관심한 목소리로 자기는 몸이 좋지 않지만 의사는 필요 없으며 모든 것을 규정에 따르도록 자기를 병원으로 옮겨주기만 하면 된다고 말했다. 겁에 질린 노부인은 전화기로 달려갔다.

　낮에 리외가 왔다. 그는 집주인의 얘기를 듣고는 파늘루 신부가 말한 그대로이며 이미 너무 늦은 것 같다고만 대답했다. 신부는 여전히 무관심한 표정으로 그를 맞이했다. 리외가 그를 진찰해보았다. 그런데 놀랍게도 폐나 임파선 종창의 페스트 징후는 전혀 나타나지 않았다. 신부는 다만 목이 막혀 숨쉬기가 힘들다는 것이었다. 아무튼 맥박이 몹시 약하고 전반적인 상태도 매우 심각해서 희망은 거의 없었다.

"페스트의 주요 증상은 아무것도 없어요. 그래도 뭔가 의심은 드니까 격리를 하셔야 합니다." 그가 파늘루 신부에게 말했다.

신부는 예의로 묘한 미소를 지었을 뿐 아무 말도 하지 않았다. 리외는 전화를 하러 나갔다가 다시 돌아왔다. 그리고는 신부를 쳐다보았다.

"제가 옆에 있겠습니다." 리외가 조용히 말했다.

신부는 기운이 되살아나 보이며 어떤 열정이 되돌아온 것 같은 시선으로 의사를 바라보았다. 그리고는 한 마디 한 마디를 간신히 했는데, 그가 슬프게 말하고 있는지 아닌지는 알 수가 없었다.

"감사합니다. 하지만 수도자들은 친구가 없어요. 그들은 모든 것을 하나님에게 맡기니까요."

그는 침대 머리맡에 놓여있는 십자고상을 집어달라고 부탁하고는 그것을 받아들자 돌아누워 가만히 쳐다보았다.

병원에서 신부는 줄곧 입을 다물고 있었다. 그는 필수적으로 해야 하는 모든 치료에 자신의 몸을 마치 하나의 물건인양 내맡기고 있었다. 그러는 중에도 그 십자고상은 손에서 절대로 놓지 않았다. 하지만 신부의 증상은 여전히 불분명했다. 리외의 머릿속에선 의문이 좀처럼 가시질 않았다. 신부의 증상은 페스트이기도 했고, 또 아니기도 했다. 더구나 얼마 전부터는 페스트가 의사의 진단을 따돌리는 데 재미를 보고 있는 것 같았다. 하지만 파늘루 신부의 경우엔 이런 불확실성도 중요하지 않았다는 게 그 후 경과에서 나타났다.

열이 더 오르고, 기침도 점점 더 껄껄해져, 환자는 하루 종일 엄청나게 고통스러워했다. 그날 저녁 마침내, 신부는 숨을 막히게 한 솜뭉치를 토해냈다. 그건 시뻘건 색이었다. 열병으로 위급한 상태에서도 파늘루 신부는 여전히 무심한 시선을 하고 있었다. 그리고 다음날 아침에 그는 죽은 채로 발견되었다. 몸은 침대 밖으로 반쯤 떨어져 있고, 그의 눈은 아무것도 나타내지 않았다. 그의 병원 차트엔 이렇게 기록되었다. "병명 미상"

◆

그해의 만성절은 예년과 달랐다. 확실히 날씨도 시기와 잘 맞았다. 날씨가 느닷없이 변해서 뒤늦은 더위가 갑자기 선선한 날씨에 자리를 물려주고 떠났다. 예년처럼 이젠 찬 바람이 지속적으로 불고 있었다. 커다란 구름들이 이쪽에서 저쪽으로 몰려다니고, 주택들 위로 다시 내려앉아 그늘지게 하며, 구름이 지나간 후엔 차갑고 눈부신 햇빛이 11월의 하늘에 나타나곤 했다. 첫 레인코트가 거리에 등장했다. 그런데 방수가공 되어 번질거리는 천으로 된 것들이 놀랍게도 많이 눈에 띄었다. 과연 신문들은 그것에 대해 기사를 냈는데, 200년 전 프랑스 남부지방을 휩쓸었던 페스트 사태 때 의사들이 자신들을 보호하기 위해 기름칠한 옷을 입었다는 것이었다. 상점들도 면역되기를 바라는 사람들의 마음을 이용해 유행 지난 옷들의 재고품을 팔아치우기 시작했다.

그러나 이 계절의 변화도 묘지가 쓸쓸하게 내버려져있다는 것을 잊게 하지는 못했다. 예년엔 전차들이 국화꽃의 은은한 향기로 가득 찼고, 여자들은 사랑하는 사람들이 묻혀있는 무덤에 꽃을 놓기 위해 그곳으로 가곤 했다. 그 날은 지난 수개월 동안 매여 지냈던 고립과 무관심을 고인에게 용서받고자 애쓰는 바로 그런 날이었다. 그러나 올 해는 아무도 죽은 사람들을 더 이상 생각하려 하지 않았다. 정확히 말하면 이미 너무 많은 생각을 했던 것이다. 그러므로 약간의 회한과 깊은 수심에 젖어 그들을 찾아갈 필요는 더 이상 없었다. 죽은 사람들은 1년에 한 번 찾아와서 자신을 정당화하는 그런 사람들에게 버려진 존재가 아니었다. 그들은 사람들이 잊고 싶어 하는 불청객이었다. 그런 이유 때문에 그해 위령의 날은 이를테면 건너뛰게 되었다. 코타르의 표현에 의하면 타루도 그의 말투에서 점점 더 비꼬는 것이 있다는 것을 알아차리게 되었는데, 사실 하루하루가 위령의 날이었던 것이다.

그리고 실제로 페스트의 불꽃은 화장터에서 여전히 기고만장하게 타오르고 있었다. 하루하루가 지나면서 사망자의 숫자가 증가하지 않은 것은 사실이다. 그러나 페스트는 가뿐이 절정에 자리를 잡고서 사람들을 살해하는 데 있어 훌륭한 공무원과 같은 정확함과 규칙성을 쏟아냈다. 원칙적으로, 그리고 전문가의 의견에 따르면 그것은 좋은 징조였다. 페스트의 진행 그래프는 계속 오르다가 오랫동안 변동 없이 평평한 시기가 뒤따르는데 리샤르와 같은 의사에게는 이 현상이 매우 다행스럽게 보였다.

"좋아, 훌륭한 그래프야." 리샤르가 말했다.

그는 자신이 안정기라고 부르는 단계에 이 질병이 도달했다고 평가했다. 이제는 그 질병이 약화될 수밖에 없을 것이다. 리샤르는 그 공로를 카스텔의 새로운 혈청 덕분이라고 여겼는데 그것은 실제로 몇 번의 예상치 못한 성공을 거두었다. 나이 든 의사 카스텔도 그걸 부인하지는 않았지만 역사적으로 볼 때 전염병은 예고도 없이 갑자기 다시 일어날 수 있는 가능성을 언제나 내포하고 있기 때문에 어떠한 것도 예견할 수 없다고 평가했다. 도청은 오래 전부터 시민들의 마음을 진정시키고자 했지만 페스트가 좀처럼 가라앉지 않자, 의사들의 모임을 제안해서 그들로부터 이 문제에 대한 의견을 들어보기로 했다. 하지만 그때 의사 리샤르 역시 페스트로 죽고 말았는데 사망자의 통계가 정확히 평형상태에 있을 때였다.

행정당국은 분명히 충격적이긴 하지만 결국은 아무것도 할 수 없는 이런 현실 앞에서, 처음엔 낙관주의를 수용했으나 이젠 일관성 없는 비관주의로 돌아섰다. 카스텔은 가능한 한 정성껏 자신의 혈청을 만들기로 했다. 어쨌든 병원이나 격리시설로 개조되지 않은 공공장소라고는 이제 한 군데도 없었다. 그러나 사람들이 아직도 도청을 지키고 있는 것은 서로 모일 수 있는 장소를 잘 유지해야 했기 때문이다. 그러나 대체로, 그리고 그 당시 페스트가 비교적 안정되어 있었던 사실을 볼 때, 리외가 계획한 조직은 전혀 늦은 게 아니었다. 의사들과 보조자들은 그 이상의 노력을 생각할 수 없을 정도로 엄청난 노력을 쏟아부었다. 그들은 이를테면 그 초인적인 일을 규칙적으로 계속해야만 했다. 이미 감염이 나타난 폐질환은 마치 바람이 가슴속에 불을 붙이고 부채질을 하는 것처럼 이제는 도시 사방으로 퍼져나갔다. 환자들은 피를 토하며 훨씬 더 빨리 죽어갔다. 전염성의 위험은 이제 새로운 형태의 증상과 더불어 더 커질 수 있었다. 사실 그 점에 대한 전문가들의 의견은 항상 모순적이었다. 그래도 더 안전하기 위해 보건 담당자들은 계속해서 살균거즈 마스크를 쓰고 있었다. 얼핏 봐서는 아무튼 질병이 더 확산될 것 같았다. 그러나 임파선종창 페스트가 줄어들고 있었기 때문에 통계그래프는 평형상태를 유지하고 있었다.

한편 시간이 지나면서 식량보급의 어려움이 점차 커지다 보니 여러 가지 다른 종류의 불안이 대두되고 있었다. 거기에 투기까지 성행해서 일반 시장에 없는 기본 필수품들이 터무니없는 가격으로 나돌았다. 그래서 빈곤한 가정은 매우 힘든 상황에 놓이게 되었고, 반면에 부유한 가정은 거의 아무것도 부족한 게 없었다. 페스트가 모든 사람들에게 공평한 효력을 미쳤듯이 우리 시민들에게 이기주의라는 정상적인 경쟁을 통한 평등을 강화했을 것 같지만, 사실은 그 반대로 사람들의 마음속에 불의의 감정을 더욱 심하게 만들었다. 물론 죽음이라는 완전무결한 평등은 남아 있었지만 그것을 바라는 사람은 아무도 없었다. 그처럼 굶주림에 허덕이는 가난한 사람들은 더욱 더 향수에 젖어 생활이 자유롭고 물가가 높지 않은 이웃 도시와 농촌을 그리워했다. 그들은 분별없이 감정적이긴 했지만 충분한 영양을 섭취할 수 없었기 때문에 자기들이 이곳을 떠날 수 있도록 허용해야 한다고 주장했다. 그래서 마침내 슬로건 하나가 나돌기 시작했다. 그건 때때로 벽 여기저기에 붙어 있거나 또는 도지사가 지나갈 때 외쳐지곤 했다. "빵이 아니면 공기를 달라." 냉소적인 이 문구는 몇몇 시위의 신호탄이 되기도 했다. 그 시위들은 곧 진압되었지만 그 중대성은 어느 누구도 부인하지 않았다.

신문들은 물론 자신들이 받아들였던 낙관주의의 수칙을 반드시 따르고 있었다. 그들은 그 상황을 시민들이 보여준 '침착함과 냉정함의 감동적인 실례'라고 특징지었다. 그러나 아무것도 비밀로 남을 수 없는 그 자체로 폐쇄된 도시에서는 어느 누구도 공동체가 설정한 '실례'에 대해 속아 넘어가지 않았다. 그리고 문제가 되었던 침착함과 냉정함에 대한 정확한 개념을 알고 싶으면 행정당국이 마련한 격리시설이나 격리수용소에 들어가 보면 되었다. 사실 진술자는 다른 곳에 차출이 되었기 때문에 그 시설들을 가보지는 못했다. 그렇기 때문에 그는 여기서 타루의 증언만을 인용할 수가 있다.

타루는 실제로 랑베르와 함께 시립운동장에 설치된 수용소에 갔었던 이야기를 그의 수첩에 기록해놓았다. 그 운동장은 도시의 출입문 근처에 있었다. 한쪽엔 전차가 지나다니는 길이 나있고, 다른 한 쪽엔 도시가 들어서 있는 고원 기슭까지 펼쳐진 넓은 공터가 있었다. 운동장은 일반적으로 높은 콘크리트 담으로 둘러싸여 있는 만큼 탈출을 막기 위해서는 4개의 출입문에 보초병을 세우는 것으로 충분했다. 그 높은 담은 또한 격리 수용된 환자들을 외부 사람들이 호기심으로 귀찮게 굴지 못하도록 막아주기도 했다. 그 대신, 이 환자들은 하루 종일 보이지도 않는 전차소리를 들어야 했다. 그 전차소리와 함께 소음이 더 커지는 것을 들으며 직장의 출퇴근 시간임을 짐작해보기도 했다. 그처럼 그들은 자신들이 제외된 그 생활도 바로 몇 미터 옆에서 계속되고 있으며 콘크리트 벽이 두 개의 세계를 서로에게 더욱 낯설게 떼어놓고 있어서 마치 다른 세상에 살고 있는 것 같았다.

어느 일요일 오후에 타루와 랑베르는 그 운동장에 가 보기로 했다. 그들은 랑베르가 다시 찾아낸 축구선수 곤 잘레스를 동반했고, 그는 결국 운동장의 교대 감시 일을 하기로 허락받았다. 랑베르는 수용소 소장에게 곤잘레스를 소개시켜야 했다. 곤잘레스는 지금이 페스트 이전이라 면 경기를 시작하기 위해 유니폼을 입고 있을 시간이라고 두 사람에게 말했다. 운동장들이 수용소로 동원된 지금 은 더 이상 경기를 할 수가 없었다. 곤잘레스도 그걸 알 고 있었기 때문에 그는 완전히 백수건달처럼 보였다. 바로 그런 이유 때문에도 그는 주말에만 해본다는 조건으로 이 감시 업무를 받아들였다. 하늘은 반쯤 흐려 있었다. 곤잘레스가 고개를 뒤로 젖히고는 비가 오지 않고 덥지 도 않은 이런 날씨가 시합하기에는 최상이라고 아쉬워하 며 말했다. 그러면서 그는 할 수 있는 한 모든 것을 떠올 렸다. 탈의실 안에서 나는 물파스 냄새, 무너질 듯이 가득 찬 관중석, 옅은 황갈색 땅 위에서 뛰는 선수들의 산뜻한 유니폼 색깔들, 하프타임 때 먹는 레몬들, 말라붙은 목구 멍을 천 개의 바늘로 시원하게 찔러주는 것 같은 레모네 이드 같은 것들이었다. 게다가 타루의 기록에 의하면, 변 두리 지역의 푹 파인 길을 가로질러 걸어가는 동안 내내 그 축구선수는 돌맹이만 보면 계속해서 발로 걷어차곤 했다. 그리고는 그 돌맹이들을 그대로 하수구로 빠트리려고 시도하며 그게 성공을 하면 '1대 0' 하고 말했다. 그는 담배를 다 피우고 나면 그 꽁초를 탁 내뱉고는 그게 공중에서 떨어질 때 얼른 발로 다시 차려고 시도했다. 운동장 근처에서 놀고 있던 아이들이 지나가는 사람들 쪽으로 공을 차자, 곤잘레스가 달려가 그 공을 정확히 그들에게로 날려버렸다.

마침내 그들은 운동장 안으로 들어갔다. 관중석은 사람들로 가득 차있었다. 그러나 경기장엔 수백 개의 붉은 텐트가 설치되어 있었고, 그 안에 있는 침구와 짐들이 멀리서도 잘 보였다. 관중석은 더울 때나 비가 올 때 수용자들이 몸을 피할 수 있도록 그대로 두었다. 다만 해가 질 때면 그들은 텐트로 되돌아와야 했다. 관중석 아래엔 샤워시설이 설치되어 있고, 옛 선수용 탈의실을 개조해서 만든 사무실과 진료실이 있었다. 대부분의 수용자들은 관중석에 모여 있었고, 일부 다른 환자들은 터치라인 밖에서 서성거리고 있었다. 몇몇 사람들은 자기들의 텐트 앞에 웅크리고 앉아 모든 것들을 막연하게 둘러보았다. 관중석에는 많은 사람들이 털썩 주저앉아 있었는데 뭔가를 기다리고 있는 것 같았다.

"저 사람들은 낮엔 뭘 하죠?" 타루가 랑베르에게 물었다.

"아무것도 안 합니다."

실제로 거의 모든 환자들이 두 팔을 늘어뜨리고 빈손으로 앉아있었다. 이렇게 엄청나게 많은 사람들이 모여 있는데도 그곳은 기이할 만큼 조용했다.

"여기서 처음 며칠은 서로의 말도 안 들릴 정도였어요. 그런데 날이 갈수록 점점 더 말이 줄어들더군요." 랑베르가 말했다.

타루의 기록을 그대로 믿자면, 그는 그 환자들의 심정을 이해할 수 있었다. 그들은 처음엔 자기들의 텐트 안에 빼곡히 모여 파리가 날아다니는 소리를 듣거나 자기 몸을 긁적거리며 앉아있었는데, 너그럽게 이야기를 들어줄 사람이 있을 때는 자신들의 분노와 두려움에 대해 울부짖으며 떠들었다. 그러나 수용소의 인원이 너무 많아지면서부터 이야기를 너그럽게 들어주는 사람들은 점점 줄어들었다. 따라서 침묵하거나 경계하는 수밖에 다른 도리가 없었다. 그곳엔 사실 잿빛으로 빛나는 하늘로부터 붉은 수용소 위로 떨어진 일종의 불신이 자리 잡고 있었다.

그렇다, 그들은 모두 경계하는 표정을 하고 있었다. 다른 사람들과 격리되어 있었기 때문에 이유가 없는 것도 아니었다. 그래서 그들은 스스로 그 이유를 찾으며 두려움을 나타낼 수밖에 없었던 것이다. 타루가 본 사람들은 하나같이 공허한 눈빛을 하고 있었고, 자신이 누렸던 삶과의 지극히 일반적인 이별에 대해 고통스러워하는 표정이었다. 그렇다고 해서 항상 죽음을 생각하고 있을 수도 없었으므로 차라리 그들은 아무것도 생각하지 않게 되었다. 그들은 휴가 중이었다. 타루는 이렇게 쓰고 있었다.

_ 그러나 최악의 것은 그들이 잊어진 사람들이며 그들도 그 사실을 알고 있다는 것이다. 그들을 아는 사람들도 다른 것을 생각해야 하기 때문에 그들을 잊어버렸다. 그건 충분히 이해할 수 있다. 그들을 사랑하고 있는 사람들조차도 그들을 잊어버렸는데, 왜냐하면 그들을 거기서 빼내기 위한 절차와 계획들에 매달리느라 기운이 다 빠져버렸기 때문이다. 그들을 빼내는 일에 너무 많은 생각을 한 나머지, 그들은 막상 빼낼 사람들에 대해서는 생각을 안 하는 것이다. 그것 역시 자연스러운 일이다. 결국, 최악의 불행 속에서는 아무도 진정으로 누군가를 생각할 수 없다는 것을 깨닫게 된다. 왜냐하면 누군가를 진정으로 생각한다는 것은 어떠한 것에도 마음을 빼앗기지 않고 매순간 그 사람을 생각하는 것이기 때문이다. 집안일도 신경 쓰이지 않고, 날아다니는 파리도 보이

지 않고, 식사도 잊어버리고, 가려움증도 느끼지 못하는 것이다. 그러나 파리와 가려움증은 언제나 있는 것이다. 그렇기 때문에 삶은 힘든 것이다. 그들은 이 사실을 잘 알고 있다.

소장이 그들 쪽으로 다시 와서 오통 씨라는 사람이 그들을 만나고자 한다고 전했다. 그러면서 곤잘레스를 자기 사무실로 안내해준 다음, 다른 사람들을 데리고 관중석의 한 모퉁이로 갔다. 그곳에 혼자 떨어져 앉아있던 오통 씨가 자리에서 일어나 그들을 맞이했다. 그는 항상 똑같은 옷차림이었으며 여전히 칼라가 뻣뻣한 셔츠를 입고 있었다. 타루는 그의 머리털이 관자놀이 훨씬 위로 솟구쳐있고 구두끈 하나가 풀어져 있는 것을 보았다. 판사는 피곤해 보였으며 상대방들을 단 한 번도 똑바로 쳐다보지 않았다. 그는 그들을 만나게 돼서 기쁘다며 의사 리외에게 도와줘서 고맙다는 인사를 전해달라고 했다.

두 사람은 잠자코 있었다.

잠시 후 판사가 말했다. "필립이 너무 많은 고통을 겪지 않았다면 좋겠어요."

타루는 그가 아들의 이름을 말하는 걸 처음 들었다. 그리고 뭔가 달라져있는 것을 알았다. 해가 지평선으로 점차 내려가며 두 개의 구름 사이로 햇빛이 관중석을 향해 비스듬히 비쳐들어 세 사람의 얼굴을 금빛으로 물들였다.

"아닙니다, 아니에요, 아이는 정말로 고통 받지 않았습니다."

그들이 떠난 후에도 판사는 계속 햇빛이 비쳐드는 쪽을 바라보고 있었다.

두 사람은 곤잘레스에게 인사를 하러 갔다. 그는 감시 당번 표를 들여다보고 있었다. 그 축구선수는 그들과 악수를 하며 웃었다.

"적어도 난 탈의실은 되찾았네요, 이 정도만 해도 좋죠, 뭐." 곤잘레스가 말했다.

잠시 후, 소장이 타루와 랑베르를 배웅하려고 안내하는데, 그때 관중석에서 찍찍거리는 소리가 엄청나게 크게 들려왔다. 곧이어 확성기에서, 수용자들은 저녁식사가 배급될 수 있도록 각자의 텐트로 돌아가야 한다며 코맹맹이 같은 소리로 안내방송이 나왔다. 예전에 좋았을 때 그 확성기는 시합의 결과를 발표하거나 또는 팀들을 소개하는 안내방송을 했었다. 사람들은 천천히 관중석을 떠나 발을 질질 끌며 텐트 속으로 돌아갔다. 모두 자리로 돌아갔을 때 기차역 같은 데서 볼 수 있는 자그마한 전기자동차 두 대가 커다란 솥들을 싣고 텐트들 사이로 돌아다녔다. 사람들은 팔을 뻗어 국자 두 개를 솥 두 개에 넣었다가 음식을 떠서 자기들 식기 두 개에 옮겨 담았다. 자동차가 다시 움직였다. 그리고는 다음 텐트에서 또다시 시작했다.

"과학적이군요." 타루가 소장에게 말했다.

"그렇습니다. 과학적이죠." 소장은 그들과 악수를 하며 만족스럽게 말했다.

황혼이 깃들자 붉게 물든 하늘이 드러났으며 한 줄기 부드럽고 선선한 빛이 수용소를 감쌌다. 저녁의 평화 속에서 스푼과 접시 부딪치는 소리가 여기저기서 들려왔다. 박쥐들이 텐트 위에서 파닥파닥 날다가 홀연히 사라졌다. 담 밖에서는 전차 한 대가 선로변경을 하느라 요란한 소리를 내며 지나갔다.

"판사가 가엾군." 타루가 문밖으로 나오면서 중얼거렸다. "그를 위해 뭔가를 해야 할 텐데. 그런데 어떻게 돕지?"

◆

시내엔 그런 수용소가 몇 군데 더 있었는데, 진술자로서는 직접적인 정보가 없다보니 망설여지기도 해서 그에 대해서는 더 이상 설명할 수가 없다. 그러나 말할 수 있는 것은 수용소의 존재라든지, 그곳에서 풍겨나는 사람 냄새, 황혼 무렵 확성기에서 들린 엄청나게 큰 소리, 담벼락의 미스터리, 소외당한 그 장소에 대한 공포 같은 것들이 우리 시민들의 사기를 무겁게 누르고 있었고, 모든 사람들의 혼란과 불안을 더욱 증대시켰다는 것이다. 행정당국과의 마찰과 대립도 더욱 늘어났다.

11월 말이 되자 아침 날씨가 몹시 추워졌다. 많은 양의 비가 쏟아져 도로를 씻어내고 하늘이 깨끗해졌으며 반들반들한 거리 위로 구름 한 점 없는 맑은 하늘이 열렸다. 힘을 잃은 태양이 매일 아침 도시 위로 차갑게 반짝이는 빛을 퍼뜨리고 있었다. 저녁엔 반대로 공기가 다시 훈훈해졌다. 타루는 바로 그런 때를 골라서 의사 리외에게 자신의 속마음을 조금 털어놓았다.

어느 날 저녁 10시쯤, 타루는 길고 고단한 하루를 마치

고나서 그 천식환자 노인의 집에 저녁 왕진을 하러 가는 리외를 따라나섰다. 오래된 동네의 집들 위로 하늘이 부드럽게 빛나고 있었다. 산들바람이 어두운 네거리를 가로질러 소리도 없이 불어왔다. 조용한 거리를 지나온 두 남자는 곧 노인의 수다에 걸려들고 말았다. 노인은 이런 얘기를 늘어놓았다. 즉 못마땅한 것이 있고, 돈을 버는 놈은 늘 똑같은 놈들이고, 위험한 일을 계속하면 결국 화를 입게 되며, 그러면 대개는 - 이 대목에서 노인은 두 손을 대고 비볐다 - 무슨 소동이 일어나고 말 거라는 것이었다. 의사가 치료를 하고 있는 동안에도 그 노인은 끊임없이 여러 사건에 대해 설명을 했다.

위층에서 누군가 걷는 소리가 들렸다. 노부인이 타루가 궁금해 하는 표정을 보고는 이웃집 여자들이 테라스에 나와 있는 거라고 설명해주었다. 그 위에서 보면 전망이 아주 좋고 옆집과 테라스가 보통 연결되어있기 때문에 그 동네의 여자들은 집에서 나가지 않고도 서로가 만날 수 있다는 것이었다.

"맞습니다. 올라가보세요. 그 위는 공기도 아주 좋아요." 천식환자 노인이 말했다.

그들이 올라갔을 때 테라스엔 아무도 없고 의자만 세 개 놓여있었다. 한쪽으로는 전망이 멀리 확장되어 테라스들이 줄지어 서있는 게 보였으며, 그 끝엔 첫 번째 언덕인 자갈투성이의 컴컴한 덩어리가 놓여 있었다. 다른 한쪽으로는 거리들과 보이지 않는 항구 너머로 하늘과 바다가 함께 숨 쉬며 뒤섞여 있는 수평선이 보였다. 그들이 절벽이라고 알고 있는 그 너머에서는 어디서 비치는 건지 알 수 없는 불빛 하나가 규칙적으로 깜박거렸다. 하긴 봄부터 항로를 지키는 등대가 다른 항구를 향해 방향을 돌리는 배들을 위해 계속 불빛을 비춰주고 있었다. 바람에 쓸려 맑아진 하늘엔 별들이 밝게 빛나고, 멀리 보이는 등대불이 간간이 별빛에 섞일 때면 일시적으로 어두워지기도 했다. 미풍이 향료와 자갈 냄새를 실어왔다. 주위는 완전한 고요 속에 잠겨있었다.

"좋군요. 여기는 페스트가 전혀 안 올라온 것 같네요." 리외가 앉으면서 말했다.

타루는 돌아서서 바다를 내려다보았다.

"네, 좋네요." 잠시 후 그가 말했다.

그는 의사 옆으로 와서 앉고는 그를 유심히 쳐다보았다.

등대불빛이 하늘에서 세 번 깜박거렸다. 접시 부딪치는 소리가 거리의 가장 안쪽에서 그들이 있는 곳까지 올라왔다. 집안에서 문이 삐걱거렸다.

"리외, 당신은 내가 누군지 알려고 한 적이 없죠?" 타루가 아주 자연스런 말투로 물었다. "나한테 우정을 갖고 있나요?"

"그래요, 난 당신한테 우정을 갖고 있어요. 하지만 지금까지는 우리한테 그럴 시간이 없었어요." 의사가 대답했다.

"좋습니다, 안심이 되는군요. 그럼 지금 우정의 시간을 가져보는 건 어떨까요?"

대답 대신 리외는 빙긋이 웃어보였다.

"자, 그럼…"

조금 떨어져있는 어떤 거리에서 자동차 한 대가 젖은 아스팔트 위를 오랫동안 미끄러지듯 지나가는 것 같았다. 자동차가 멀어진 후, 멀리서 어렴풋이 들려온 외침소리가 또 다시 침묵을 깨트렸다. 그 후 침묵은 하늘과 별의 온 무게와 함께 두 남자 위로 다시 떨어졌다. 타루는 자리에서 일어나 테라스 난간에 걸터앉았다. 리외는 계속 그 앞쪽에 있는 의자에 깊숙이 파묻혀 앉아있었다. 타루가 마치 하늘에 뚜렷하게 드러난 어떤 거대한 형체처럼 보였다. 그는 오랫동안 말을 했는데 그가 한 이야기는 대략 이런 것이었다.

"리외, 간단히 말하면 나는 이 도시와 전염병을 알기 훨씬 전에 이미 페스트로 고생을 했어요. 말하자면 나도 다른 사람들과 똑같다는 얘기죠. 하지만 이런 걸 모르거나 이런 상황 속에서도 잘 지내는 사람들이 있어요. 그리고 이런 걸 알고 거기서 빠져나가려는 사람들도 있어요. 나도 계속 거기서 빠져나오려고 했었죠."

_ 젊었을 때, 나는 내가 결백하다는 생각을 하며 살았어요. 그러니까 아무것도 생각하지 않고 살았다는 얘기죠. 나는 그리 고민하는 타입이 아니어서 적당히 사회생활을 시작했어요. 그리고 모든 게 잘 돼갔어요. 머리도 좋은 편이었고 여자들과도 아주 잘 지냈죠. 몇 가지 걱정이 있었지만 그것들은 생겼다가도 금방 사라졌어요. 그러다 어느 날, 곰곰이 생각해봤어요. 이제는…

_ 요컨대, 난 당신처럼 가난하지는 않았다는 얘깁니다. 아버지가 차장검사 위치에 있었어요. 원래 호인이라 아버지는 그런 티를 안 내셨죠. 어머니는 단순하고 겸손한 분이어서 나는 늘 어머니를 사랑했어요. 하지만 그 얘기는 안 하는 게 나을 것 같아요. 아버지는 나를 애정으로 보살폈고 나를 이해하려고 애쓰셨던 것 같아요. 밖에서 바람도 꽤 피웠다는 걸 지금은 내가 확신하고 있지만, 이젠 분개하지도 않아요. 그는 자신이 그럴 수 있다고 생각했기 때문에 그 모든 일을 행동했던 겁니다. 어느 누구에게도 상처주지 않고 말이죠. 간단히 말해서, 지금은 돌아가셨지만 그는 아주 뛰어난 사

람은 아니었어요. 내가 알기로 그는 성자처럼 살지도 않았고, 나쁜 사람도 아니었어요. 그 중간쯤에 있었죠, 네 그런 사람이었어요. 그리고 사람들이 상당히 애정을 느끼는 그런 타입의 남자였어요, 변함없이 말이죠.

_ 그런데 그에게 한 가지 특징이 있었어요. ⟨Chaix⟩라는 유명한 철도여행 안내서가 그의 침대 머리맡에 항상 있었던 거죠. 그가 여행을 한 건 아니었어요. 바캉스 때 브르타뉴에 가는 것만 빼고 말이죠. 그는 거기에 자그마한 부동산 하나를 갖고 있었거든요. 아무튼 그는 파리-베를린 간의 출발과 도착 시간이라든지, 리옹에서 바르샤바로 가려면 시간표를 어떻게 짜야 하는지, 여행하고자 하는 수도들 사이의 정확한 거리라든지, 이런 것들을 문자 그대로 정확하게 말할 수 있었어요. 당신은 브리앙송에서 샤모니까지 어떻게 가야 하는지 말할 수 있습니까? 역장조차도 그런 질문엔 헤맬 것 같은데요. 그런데 아버지는 헷갈려하지 않았어요. 그는 거의 매일 저녁마다 그 분야에 대해 자신의 지식을 풍부하게 하려고 연습을 했죠. 그리고 그런 것을 비교적 자랑스럽게 생각했어요. 나도 거기에 무척 재미를 느껴 아버지에게 자주 물어보았죠. 그리고 ⟨Chaix⟩에서 아버지의 대답을 찾아보고는 그가 틀리지 않았다는 걸 확인하며 몹시 기뻐했던 기억

이 납니다. 이런 사소한 놀이가 우리를 서로 무척 가깝게 해주었어요. 왜냐하면 그가 청중에게 호의를 베풀 수 있는 그 기회를 내가 제공해주었던 셈이니까요. 나는 말이죠, 철도와 관련된 이런 해박함이 또 다른 가치가 있다는 것을 알게 됐어요.

_ 그런데 계속 얘기하다가는 이 정직한 남자를 너무 중요한 인물로 만들 위험이 있습니다. 왜냐하면 결론적으로 그는 내가 결심을 하는 데 있어서 간접적인 영향만 끼쳤으니까요. 기껏해야 그는 내게 어떤 기회를 제공했을 뿐이거든요. 내가 열일곱 살이었을 때 아버지는 나에게 자신의 논고를 들으러 오라고 권했어요. 그건 중죄재판소에서 열리는 어떤 중대한 사건에 관한 것이었는데, 그는 분명 그날 자신의 가장 좋은 모습을 보여주고 싶었던 거예요. 그리고 또 자신이 선택한 직업에 들어가도록 나를 밀기 위해, 젊은 상상력을 두드리기에 적합한 그런 참석을 고려했던 것 같아요. 난 그 제안을 받아들였어요. 그게 아버지를 기쁘게 하는 일이었고, 또 가족들 사이에서가 아닌 다른 역할 속에서 그가 하는 것을 보고 듣는다는 게 궁금하기도 했으니까요. 그 이상은 아무 생각도 안했어요. 법정에서 벌어지는 일은 항상 내겐 7월 14일의 사열식이라든지 상금수여식 같은 자연스럽고 불가피한 그런 것으로 떠올랐었죠. 난 거기에 대해 극히 추상적인 생

각을 갖고 있었는데, 그것 때문에 불편하지는 않았어요.

_ 그런데 그날에 대해 난 하나밖에 기억나는 게 없어요. 바로 그 범인의 모습이었어요. 사실 나는 그가 유죄라고 생각했지만 무슨 죄인지는 중요하지 않았어요. 그런데 붉은 머리의 그 불쌍한 작은 남자는 모든 혐의를 시인하기로 결심하고는 자신이 저지른 일과 자신에게 가해질 처벌에 대해 엄청 두려워하는 것 같았어요. 그렇게 몇 분이 지나가자 나는 온통 그 남자에게만 시선이 쏠렸죠. 너무 밝은 빛 속에서 그는 마치 겁에 질린 부엉이처럼 보이더군요. 넥타이도 목의 정확한 위치에 매어져있지 않았어요. 그는 오른손 손톱을 계속 물어뜯고 있었어요… 내가 더 이상 강조하지 않아도 이해하셨겠지만, 요컨대 그는 살아있었다는 겁니다.

_ 그런데 난 그때 갑자기 깨달았어요. 내가 그를 '피의자'라는 편리한 카테고리를 통해서만 생각하고 있었다는 거죠. 내가 그때 아버지를 잊어버리고 있었다고는 말할 수 없지만, 하여튼 무언가가 내 배를 꽉 조이면서 난 그 피고인 외에는 아무데도 주의를 기울일 수가 없었어요. 난 거의 아무것도 들리지 않았고, 사람들이 살아있는 이 남자를 죽이려 하는 걸 느꼈어요. 그리고는 엄청난 직감이 파도처럼 밀려오면서 나를 그의 편에 서게 만들더군요. 일종의 막무가내 고집쟁이처럼 말이죠. 내가 정말로 정신이 들었던 건, 아버지의 논고

가 시작되었을 때였어요.

_ 붉은 법복을 입은 호인도 아니고 다정한 사람도 아닌, 그의 입에서 굉장한 말들이 뱀처럼 우글거리며 끊임없이 쏟아져 나왔어요. 그리고 난 그가 사회의 이름으로 이 남자의 사형을 구형하며, 심지어 그의 목을 자를 것을 구형하는 소리를 들었어요. 사실 그는 '이 머리는 떨어져야 합니다.'라고 말했을 뿐이었어요. 하지만 결국 차이는 없는 거잖아요. 사실 똑같은 말이죠, 아버지가 그의 머리를 챙겼으니까요. 단지, 그 작업을 했던 사람은 아버지가 아니었죠. 나는 오로지 그 사건만은 계속해서 종결까지 지켜보았어요. 그러면서 난 이 불행한 남자에게 아버지는 결코 갖지 못한 엄청난 친밀감을 느끼게 되었죠. 그래도 아버지는 관례에 따라 임종이라고 정중하게 부르는 그 의식에 참석해야 했어요. 그건 가장 끔찍한 암살이라고 말해야겠죠.

_ 그날부터 나는 그 철도여행 안내서 〈Chaix〉만 쳐다봐도 구역질이 났습니다. 그리고 그날부터 나는 정의니 사형선고니 집행이니 하는 것들에 대해 혐오감과 함께 관심을 갖게 되었어요. 난 아버지가 사형집행 현장에 여러 번 입회했을 것이며, 그가 아침에 일찍 일어날 때가 바로 그런 날들이었다는 것을 확인하고는 정말 현기증이 났어요. 네, 그랬어요. 그런 날이면 그는 알람을 침대 옆에 올려놓았어요. 난 어머니

한테는 감히 그런 말을 못했지만 그럴 때면 어머니를 주의 깊게 살펴봤어요. 그리고 두 사람 사이엔 더 이상 아무것도 없고 어머니는 체념의 삶을 끌어가고 있다는 것을 알게 됐어요. 그게 어머니를 용서하는 데 도움이 되었죠. 하지만 그후, 난 어머니를 용서할 일이 아무것도 없다는 걸 알게 됐어요. 왜냐하면 그녀는 결혼할 때까지 내내 가난했기 때문에 그 가난이 그녀에게 체념을 가르쳐주었을 뿐이니까요.

_ 당신은 내가 그때 곧바로 집을 뛰쳐나왔다고 말하기를 분명 기다리고 있을 겁니다. 아니에요. 난 몇 달을, 아니 거의 1년을 남아있었어요. 하지만 내 마음은 병이 들어버렸죠. 어느 날 저녁에, 아버지가 일찍 일어나야 한다면서 알람을 갖다달라고 하더군요. 그날 밤에 난 한숨도 못 잤어요. 그리고 다음날, 그가 귀가하기 전에 난 이미 집을 나왔어요. 아버지는 즉시 나를 찾게 했어요. 그래서 그를 보러 갔죠. 가서는 아무 설명도 하지 않고 조용히 그에게 말했어요. 만약 나를 강제로 돌아오게 한다면 난 죽어버리겠다고 말이죠. 결국 그는 받아들이더군요. 왜냐하면 원래 그의 성격이 순한 편이거든요. 그리고는 나한테 벌어먹고 살아야 하는 어리석은 언동(그는 내 행동을 그런 식으로 납득하고 있었지만, 나는 그를 만류하지 않고 내버려뒀어요)에 대해 수천 가지 충고를 하면서 일장연설을 늘어놓더군요. 본심에서 우러나온 것 같은 눈물을 억누

르면서 말이죠. 그 후, 그래도 상당히 오래 지나서 나는 어머니를 보러 정기적으로 집에 들렀어요. 그때 아버지도 만났고요. 그는 그런 관계에 만족했던 것 같아요. 나로서도 그에게 증오심을 품고 있지는 않았고, 다만 좀 서글펐죠. 그가 세상을 떠난 후, 난 어머니와 함께 살았어요. 이번에 어머니가 돌아가시지 않았다면 아직도 난 어머니와 살고 있을 겁니다.

_ 내가 서두를 이렇게 길게 강조한 건, 사실 이것이 모든 것의 시작이었기 때문이에요. 이제 더 빨리 얘기하겠습니다. 난 열여덟 살 때 그 넉넉한 생활을 벗어나면서 곧 가난에 시달리게 됐어요. 벌어먹기 위해 온갖 일을 다 했죠. 크게 실패했던 적은 없었어요. 그러나 내 관심을 끈 건 사형선고였어요. 그 붉은 머리 부엉이와 끝장을 보고 싶었죠. 그래서 난 소위 정치에 관여하게 되었어요. 결코 페스트환자가 되고 싶지는 않았죠. 그것뿐이에요. 내가 살고 있는 사회는 사형선고에 기반을 두고 있기 때문에 거기에 맞서 싸우면서 살인과 싸우겠다고 생각했던 겁니다. 난 그렇게 믿었고, 다른 사람들도 나한테 그렇게 말했어요. 그리고 결국, 그건 대체로 진실이었어요. 그래서 난 내가 좋아하는 사람들과 함께 일을 시작했죠. 그 일을 오랫동안 했고 유럽에서 내가 투쟁에 참여하지 않은 나라는 하나도 없을 정도였어요. 다른 얘기로 넘어갑시다.

_ 물론, 나는 우리 역시도 경우에 따라서는 사형선고를 내린다는 걸 알고 있었어요. 몇몇 사람의 죽음은 우리가 더 이상 아무도 죽이지 않을 세상을 이끌어내기 위해 필요하다고 말하는 사람들이 있었죠. 어떤 면에서는 그것도 진실이지만, 어쨌든 나로서는 그런 진실을 받아들일 수가 없었어요. 확실한 건, 내가 주저하고 있었다는 겁니다. 그러나 난 그 부엉이를 생각하고 있었고, 그 생각은 계속될 수도 있었어요. 내가 어떤 사형집행 장면(그건 헝가리에서 있었습니다)을 봤던 그날까지 말이죠. 어렸을 때 나를 휘어잡았던 그 현기증이 또다시 내 두 눈을 캄캄하게 만들어버리더군요.

_ 당신은 사람을 총살하는 걸 본 적이 있습니까? 물론 못 보셨겠죠. 그건 대체로 초청된 사람에게만 보여주고 있고, 그 사람들도 미리 정해져 있으니까요. 결국 당신이 아는 것은 인쇄물과 책의 수준에 머물러 있는 겁니다. 눈가리개, 처형용 기둥, 그리고 멀리 서있는 병사들. 글쎄요, 못 보셨겠죠! 총살집행 소대가 죄수를 향해 1미터 50 떨어진 곳에 위치한다는 것을 알고 계시나요? 만약 그 죄수가 두 걸음 앞으로 나가면 가슴에 총부리가 부딪친다는 것을 알고 계십니까? 그렇게 가까운 거리에서 총살집행자들이 심장부위를 집중 사격하면 그들이 저마다 쏜 총알이 엄청나게 커져서 심장에 주먹도 넣을 수 있을 만한 구멍을 뚫게 된다는 것을 아시나

요? 아니, 모르실 겁니다. 왜냐하면 지금 얘기한 이런 자세한 것들은 사람들이 말하지 않으니까요. 사람의 잠은 페스트환자들이 생각하는 목숨보다 더 신성한 겁니다. 선량한 사람들이 잠을 자지 못하게 해서는 안 됩니다. 그러자면 악취미가 필요할 텐데 취미는 강요해서 될 일이 아니라는 걸 모두가 알고 있죠. 그러나 나는 그때부터 잠을 잘 자지 못했어요. 악취미가 내 입안에 남아있었고 난 계속해서 고집을 부렸거든요. 말하자면 그것에 대해 계속 생각했던 겁니다.

_ 그때, 나는 온 마음을 다해 페스트와 싸웠다고 믿었던 그 오랜 세월동안 내가 페스트환자로 지냈다는 것을 알게 되었어요. 내가 수천 명의 죽음에 간접적으로 동의하고 있었고, 심지어 그 죽음을 기필코 초래한 행위와 원인들을 동의하며 죽음을 부추겼다는 것을 알게 되었던 거죠. 다른 사람들은 그런 걸로 불편해하지 않는 것 같았어요. 또는 적어도 그 문제에 대해 자발적으로는 결코 말하지 않더군요. 그러나 난 목이 메었어요. 나는 그들과 함께 있었지만 그래도 외로웠어요. 내가 불안감을 나타낼 때면 그들은 지금 걸려있는 문제를 깊이 생각해봐야 한다고 말하면서, 내가 삼킬 수 없는 것을 받아들이게 하려고 자주 감동적인 이유들을 대곤 하더군요. 그러나 나는 붉은 법복을 입은 그 거대한 페스트환자들 역시도 그런 상황에서는 훌륭한 이유들을 가지고 있으

며, 만일 내가 그 불가항력의 이유들과 평범한 페스트환자들이 간청하는 요구들을 받아들인다면 나는 그 거대한 페스트환자들의 요구도 거절할 수 없을 거라고 대답했어요. 그들은 나에게 붉은 법복을 입은 사람들에게 사형선고의 독점권을 일임하는 것은 곧 그들이 옳다는 것을 인정하는 거라는 사실을 일깨워주었습니다. 그러나 난 그때 생각했어요. 한 번 그 권한을 넘겨주면 그 다음부턴 멈출 이유가 없어진다는 것을 말이죠. 역사가 나를 옳다고 증명하는 것 같군요. 오늘날엔 가장 많이 죽이는 자가 승리자가 되었으니 말입니다. 모두들 살인에 열광하고 있는데 그들도 어쩔 수가 없는 거겠죠.

_ 어쨌든 내가 할 일은 이런저런 이유를 따지는 게 아니었어요. 그 붉은 머리 부엉이에 관한 일이었죠. 그리고 페스트에 감염된 그 붉은 법복의 더러운 입으로 쇠사슬에 묶인 한 남자에게 죽음을 선고하고, 그가 최후의 나날을 뜬눈으로 지새며 처형을 기다리는 동안, 그가 죽을 수 있도록 모든 것들을 결판 짓는 그 더러운 일에 관한 것이었습니다. 내가 할 일은 가슴에 구멍을 뚫는 것이었어요. 그래서 난 기다리는 동안 생각했죠. 나로서는 적어도 이 역겨운 도살에 대해 단 하나의 이유도 절대로 인정하지 않겠다고 말이죠. 아시겠어요, 단 하나도 말입니다. 그래요. 난 더 확실히 알게 될 때까지

기다리면서 이 맹목적인 태도를 집요하게 지켜나갔어요.

_ 그 이후로도 내 생각은 바뀌지 않았습니다. 나는 오랫동안 부끄러웠고, 멀리서 열성적으로 내가 살인자가 되었다는 게 죽고 싶을 정도로 부끄러웠어요. 시간이 흐르면서 난 단지 깨달았어요. 다른 사람들보다 더 선량한 사람들조차도 오늘날엔 죽이거나 죽게 내버려두는 것으로부터 저항할 수 없다는 것을 말이죠. 왜냐하면 그들이 사는 곳에서는 그게 당연하고, 또 우리는 살인의 위험을 무릅쓰지 않고는 이 세상에서 어떠한 행위도 할 수가 없기 때문입니다. 그렇습니다. 난 여전히 부끄러웠습니다. 난 그걸 알았어요, 우리 모두가 페스트 속에 있었다는 것을 말이죠. 그리고 나는 평화를 잃어버렸어요. 나는 지금도 여전히 평화를 찾아 헤매며 그 모든 사람들을 이해하고 또 어느 누구와도 철천지원수가 되지 않으려 애쓰고 있어요. 내가 단지 알고 있는 것은 이제 다시는 페스트에 걸리지 않고 꼭 필요한 일을 해야 하며, 그것만이 바로 평화에 대한 희망을 갖게 하거나 또는 잘못을 했더라도 떳떳한 죽음을 바랄 수 있게 한다는 것입니다. 바로 그렇게 하는 것이 사람을 안정시킬 수 있으며, 비록 그들을 구원하지는 못하더라도 적어도 그들에게 가능한 한 해를 적게 끼치면서 또 가끔은 약간의 선을 베풀어주기도 하는 것입니다. 그래서 나는 그것이 직접적이든 간접적이든 또 좋은 이

유에서든 나쁜 이유에서든, 사람을 죽게 하거나 또는 그런 행위를 정당화하는 모든 것을 거부하기로 결심했어요.

_ 그렇기 때문에 이 전염병은 여러분과 함께 싸워야 한다는 것 외에는 아무것도 내게 가르쳐준 게 없습니다. 내가 확실한 정보를 근거로 알고 있는 것은 (그래요, 리외, 당신도 아시겠지만 나는 인생의 모든 것을 알고 있답니다) 각자는 자기 속에 페스트를 지니고 있다는 거예요. 왜냐하면 아무도, 아니 이 세상의 어느 누구도, 멀쩡한 사람은 없기 때문입니다. 그래서 한순간 방심했다가는 다른 사람의 얼굴에 대고 숨을 쉬어서 그에게 감염시킬 수 있으니, 그런 일을 불러오지 않도록 항상 조심해야 하죠. 병균은 자연적인 것입니다. 그 외의 것들, 이를테면 건강, 온전한 상태, 깨끗함, 이런 것들은 사실 의지에서 비롯되는 것이고, 그런 의지는 절대 멈춰서는 안 되는 거죠. 성실한 사람, 다시 말해 거의 아무에게도 감염시키지 않는 사람은 바로 가능한 한 방심을 덜 하는 사람입니다. 그런데 절대로 방심하지 않으려면 의지와 긴장이 필요하거든요! 그렇습니다, 리외, 페스트환자가 되는 건 정말 피곤한 일이에요. 그러나 페스트환자가 안 되려고 하는 것은 더욱 더 피곤한 일입니다. 그렇기 때문에 모든 사람들이 피곤해 보이는 거죠. 왜냐하면 오늘날 모든 사람들은 약간은 페스트환자니까요. 하지만 그렇기 때문에 페스트환자가 되지 않으려고

하는 몇몇 사람들은 죽음 이외에는 어떠한 것도 그들을 해방시킬 수 없는 극단적인 피로를 겪고 있는 겁니다.

_ 마침내 나는 내가 이 세상 그 자체를 위해 더 이상 아무 가치도 없다는 것, 내가 죽이는 것을 포기한 그때부터 최종적인 추방 선고를 받았다는 걸 알고 있습니다. 역사를 만드는 것은 다른 사람들이죠. 난 또 내가 겉으로는 다른 사람들을 비판할 수 없다는 것도 알고 있어요. 내게는 정당한 살인자가 될 자격이 없으니까요. 따라서 이건 우월성이 아닙니다. 하지만 이제 난 본래의 나 자신이 되는 것에 수긍하며 겸손을 배웠어요. 나는 다만 이 지상에 재앙과 희생자들이 있으며 가능한 한 재앙의 편에 서는 것을 거부해야 한다고 생각합니다. 당신에게는 이게 어쩌면 약간 단순하게 보일 거예요. 그러나 그게 단순한지는 모르겠지만, 그게 진실이라는 것을 난 알고 있습니다. 나는 자칫 머리가 돌아버릴 뻔한 수많은 이론을 들었는데, 그 이론들은 다른 사람들의 머리를 돌게 만들어서 그들을 살인에 동의하도록 만들어버렸어요. 나는 인간의 모든 불행은 그들이 정확한 언어를 사용하지 않는 데서 비롯된다는 것을 알게 되었습니다. 그래서 나는 올바르게 살기 위해 정확하게 말하고 행동하기로 마음을 먹었죠. 따라서 나는 재앙과 희생자가 있다고 말할 뿐 그 이상은 아무것도 얘기하지 않습니다. 이 말을 하면서 나 자신

이 괴로워진다면 나는 적어도 그것에 동의하지 않을 겁니다. 차라리 결백한 살인자가 되고자 합니다. 아시다시피 이건 대단한 야심이 아니니까요.

_ 물론 제3의 카테고리, 즉 진정한 의사들의 카테고리가 필요하겠지만, 그건 흔히 쉽게 찾을 수 있는 것도 아니고, 어려운 일인 것 같습니다. 그래서 나는 어떤 경우라도 희생자들의 편에 서서 그 피해를 줄여보기로 결심했던 겁니다. 희생자들 속에서 어떻게 제3의 카테고리, 즉 평화에 이를 수 있는지를 적어도 모색해보려는 거죠.

이야기를 마치면서, 타루는 한 쪽 다리를 흔들며 테라스 바닥을 발로 가만히 두드렸다. 침묵하고 있던 의사가 몸을 약간 일으키며 평화에 도달하려면 어떤 길을 걸어야 하느냐고 타루의 생각을 물었다.

"그건 공감하는 거죠."

멀리서 앰뷸런스 소리가 두 번 울렸다. 조금 전엔 어렴풋이 들리던 고함소리가 도시의 경계선에 있는 돌투성이 언덕 근처로 집결하고 있었다. 동시에 뭔가 폭발소리 같은 것도 들렸다. 그러다가 다시 조용해졌다. 리외는 등대불빛이 두 번 깜박이는 것을 보았다. 산들바람이 더 거세지는 것 같더니, 곧 바다에서 불어온 바람이 소금냄새를 실어왔다. 이제는 절벽에 부딪치는 파도의 둔탁한 숨소리가 뚜렷하게 들려왔다.

"결국 내가 관심을 갖고 있는 것은 어떻게 하면 성자가 될 수 있느냐 하는 문제입니다." 타루가 솔직하게 말했다.

"하지만 당신은 신을 믿지 않잖아요."

"바로 그거죠. 신을 믿지 않고도 성자가 될 수 있을까, 그것만이 내가 오늘날 알고 싶은 구체적인 문제입니다."

아까 고함소리가 들려왔던 쪽에서 느닷없이 큰 불빛이 솟구치며 바람결을 따라 올라가면서 어렴풋한 아우성이 두 남자가 있는 곳까지 들려왔다. 그 불빛은 곧 어두워지며 테라스 가장자리에 불그스름한 빛깔로 남겨졌다. 바람이 멈추자 사람들의 외침소리가 뚜렷이 들리고, 이어서 발포소리와 군중들의 함성이 들려왔다. 타루는 자리에서 일어나 귀를 기울였다. 더 이상은 들리지 않았다.

"출입문 쪽에서 또 싸운 모양이네요."

"이젠 끝났어요." 리외가 말했다.

타루는 싸움이 아직 끝난 게 아니며 희생자가 더 있을 텐데 그건 순서가 그렇게 되어있기 때문이라고, 중얼거리듯 말했다.

"그럴지도 모르죠." 의사가 대답했다. "하지만 보세요, 나는 성자들보다는 오히려 패배자들에게 더 연대의식을 느끼고 있어요. 난 영웅주의나 신성함 같은 것엔 흥미가 없는 것 같아요. 내가 관심을 갖는 것은 한 인간이 되는 겁니다."

"그래요, 우리는 같은 것을 추구하고 있어요. 다만 나는 좀 덜 야심적이죠."

리외는 타루가 농담을 한다고 생각하며 그를 쳐다보았다. 그러나 타루의 얼굴은 희미한 별빛 속에서 오히려 더 우울하고 진지해보였다. 바람이 다시 불기 시작하자, 리외는 훈훈한 바람이 피부에 느껴졌다. 타루가 몸을 흔들며 말했다.

"우리가 우정을 위해 뭘 해야 하는지 아십니까?"

"글쎄요." 리외가 말했다.

"해수욕을 하는 겁니다. 미래의 성자에게도 그건 합당한 즐거움이죠."

리외는 미소를 지어보였다.

"우리의 통행증으로 방파제까지 갈 수 있어요. 결국 페스트 속에서만 사는 것은 너무 어리석은 일입니다. 물론 인간은 다른 희생자들을 위해 싸워야죠. 그러나 다른 어떤것도 사랑하지 않는다면 싸우는 게 무슨 소용이 있습니까?"

"맞아요. 갑시다." 리외가 말했다.

잠시 후, 자동차는 항구의 철책 근처에 가서 멈춰 섰다. 달이 떠있었다. 부연 하늘이 사방에 창백한 그림자를 드리우고 있었다. 두 사람 뒤로 도시가 층계를 이루고 있으며, 그곳에서 불어오는 찌뿌듯한 더운 바람이 그들을 바다 쪽으로 밀고 있었다. 그들이 보초병에게 신분증을 내보이자, 그는 한참이나 그걸 들여다보았다. 그들은 초소를 통과한 다음, 포도주와 생선 냄새가 나는 곳을 지나 큰 통들로 덮인 둑을 가로질러 방파제 쪽으로 향했다. 방파제에 도착하기 조금 전에 요오드와 해초 냄새가 나면서 바다에 왔음을 알려주었다. 그리고 파도소리가 들렸다.

바닷물이 방파제의 거대한 블록 아래서 부드럽게 철썩거렸다. 그들이 블록을 기어오르자 벨벳처럼 진하고 한 마리 동물처럼 유연하며 매끈한 바다가 보였다. 두 사람은 바다를 향해 바위 위에 자리를 잡았다. 바닷물이 부풀어 올랐다가 서서히 다시 내려갔다. 잔잔한 바다의 숨결이 수면에 번들거리는 반사를 만들었다가 사라지곤 했다. 그들 앞에 무한한 밤이 펼쳐져 있었다. 손가락 끝으로 바위의 울룩불룩한 표면을 더듬고 있던 리외는 이상한 행복감이 가득 차오르는걸 느꼈다. 그는 타루를 돌아보며 친구의 평온하고 신중한 얼굴에서, 그가 아무것도 잊지 않고 살며, 심지어 살인조차도 잊지 않으면서 행복을 느끼고 있다는 걸 짐작할 수 있었다.

그들은 옷을 벗었다. 리외가 먼저 물속으로 뛰어들었다. 처음엔 차갑던 물이 물속에서 다시 올라올 때는 미지근하게 느껴졌다. 그는 평영을 몇 번 하고 나서 그날 저녁의 바다가 따뜻하다는 것을 알았는데, 그건 수개월 동안 대지에 저장된 열을 흡수한 가을바다의 따뜻함 때문이었다. 그는 일정하게 헤엄을 쳤다. 발로 물장구를 칠 때마다 거품이 포말을 일으키며 물이 두 팔을 따라 다리로 흘러내리다가 재빨리 빠져나갔다. 무겁게 첨벙거리는 소리가 나서 보니, 타루도 물속으로 들어와 있었다. 리외는 물 위에 누워 움직이지 않은 채 달과 별들로 가득한 하늘을 바라보았다. 그는 오랫동안 숨을 쉬며 그대로 있었다. 밤의 침묵과 고요 속에서 맑은 물결소리가 점점 더 뚜렷하게 들려왔다. 타루가 가까이 헤엄쳐오자 이내 그의 숨소리가 들렸다. 리외는 다시 몸을 뒤집어 친구와 나란히 같은 속도로 헤엄을 쳤다. 타루가 그보다 더 힘차게 나아갔기 때문에 그는 속도를 더 내야만 했다. 한동안 그들은 세상에서 멀리 떨어져 호젓하게 도시와 페스트를 벗어나 같은 리듬과 같은 힘으로 헤엄쳐나갔다. 리외가 먼저 멈추자, 두 사람은 서서히 되돌아 나왔다. 도중에 잠깐 그들은 차가운 물결을 만났다. 둘은 서로 아무 말도 없이 바다의 기습에 놀라 서둘러 헤엄쳐 나왔다.

　다시 옷을 입은 그들은 한 마디도 하지 않고 그곳을 떠났다. 그러나 그들은 같은 마음을 갖고 있었고, 그날 밤에 대한 추억은 기분 좋게 남아 있었다. 저 멀리 페스트 방역의 보초병이 보이자, 리외는 타루도 자기처럼 생각하고 있다는 걸 알아차렸다. 질병이 그들을 잊고 있어서 좋았는데 이제 또다시 시작해야 한다는 것을 말이다.

◆

그렇다, 다시 시작해야 했다. 페스트는 너무 오랫동안
아무도 비켜가지 않았다. 12월 내내, 페스트는 우리 시민
들의 가슴을 태우고, 화장터의 가마를 불붙게 하며, 수용
소를 성과도 없이 망령 같은 사람들로 가득 채우면서, 끈
질기게 요동치는 모양새를 계속 이어가고 있었다. 당국은
추운 날씨가 그 확산을 막을 것으로 기대했지만 페스트
는 혹한도 아랑곳하지 않고 끊임없이 계속되었다. 더 기다
려야만 했다. 하지만 사람들은 기다리는 데 지친 나머지
더 이상 기다리지 않게 되었고, 우리의 도시는 온통 희망
도 없이 살아가고 있었다.

의사 역시 자신에게 주어진 평화와 우정의 짧은 순간마
저 내일을 장담할 수 없게 되었다. 병원이 하나 더 생겼기
때문에 리외는 이제 환자들 밖에는 더 이상 마주 대할 사
람도 없었다. 하지만 그는 전염병의 지금 단계에서는 페스
트가 점점 더 폐에 관련된 형태를 띠어가는 가운데 환자
들도 어느 정도 의사에게 협조하는 것 같다고 느꼈다. 그
들은 전염병 초기의 허탈과 광기에 빠져드는 대신, 자신

들의 이익에 대해 더 올바른 생각을 하는 것 같았고, 자신들에게 가장 유리할 수 있는 것을 직접 요구하기도 했다. 그들은 끊임없이 마실 것을 요구했고, 또 따뜻함을 원했다. 의사로서도 피곤하기는 마찬가지였지만 그래도 이런 상황 속에서 그는 외로움을 덜 느낄 수 있었다.

12월 말경, 리외는 예심판사 오통 씨한테서 편지 한 통을 받았다. 그는 여전히 수용소에 있었는데 자신의 격리기간이 끝났음에도 불구하고 행정기관이 입소날짜를 확인하지 못해서 착오로 아직도 수용소에 억류되어있는 상태라고 했다. 얼마 전에 격리시설에서 나온 그의 아내가 도청에 이의를 제기했더니, 그들은 절대로 착오는 없다면서 오히려 그녀를 홀대했다는 것이었다. 리외가 랑베르에게 중재를 시켜 오통 씨는 며칠 후에 그곳을 나오게 되었다. 실제로 착오가 있었다는 걸 알고 리외는 좀 분개했다. 그러자 오통 씨가 야윈 모습으로 한 손을 무기력하게 들며 누구나 실수할 수 있다면서 한 마디 한 마디 힘겹게 말했다. 의사는 그가 뭔가 달라졌다는 생각이 들었다.

"어떻게 하시겠어요, 판사님? 서류가 준비되어 있는데요." 리외가 말했다.

"음, 아니요. 난 좀 쉬고 싶어요." 판사가 말했다.

"하긴, 좀 쉬셔야 돼요."

"그게 아니라, 수용소로 돌아가고 싶어요."

리외는 깜짝 놀랐다.

"아니, 거기서 나오셨잖아요!"

"내 말을 이해하지 못하는군요. 그 수용소에 행정기관의 자원봉사자들이 있다고 하더군요."

판사는 동그란 눈을 굴리며 머리칼을 눌러서 납작하게 하려고 애를 썼다.

"아시겠죠, 내가 할 일이 있을 것 같습니다. 그리고 바보 같은 말이지만, 내 어린 아들하고 헤어져있는 느낌이 덜 들 것 같아요."

리외는 그를 쳐다보았다. 냉정하고 무뚝뚝하던 그의 눈에 놀랍게도 온화함이 깃들어있는 것을 문득 알아차렸다. 그러나 그의 눈은 곧 흐려졌고 맑은 빛도 사라져버렸다.

"물론이죠, 원하시면 제가 알아보겠습니다." 리외가 말했다.

의사는 정말로 그 일을 해결해주었다. 페스트에 감염된 도시의 생활은 크리스마스 때까지도 계속 같은 상태였다. 타루는 평온함을 계속 유지하고 있었다. 랑베르는 의사에게 그 젊은 보초병 두 명 덕분에 아내와의 비밀 편지교환이 가능해졌다고 털어놓았다. 그래서 때때로 편지를 받는다고 했다. 그가 리외에게 자신의 방법을 이용하라고 권하자, 리외도 좋다고 했다. 그래서 수개월 만에 너무나 어렵게 편지를 썼다. 그동안 잊어버린 단어가 있었던 것이다. 편지가 출발했는데 답장이 오는 데는 시간이 많이 걸렸다. 코타르 쪽은 장사가 번창했고 자잘한 투기들을 한 덕분에 그는 부자가 되었다. 그랑으로 말하자면, 휴가시즌이 그에겐 좋은 결과를 가져다주지 못한 것 같았다.

그해의 크리스마스는 복음의 축일이 아니라 차라리 지옥의 축제였다. 불이 꺼져있는 텅 빈 가게들, 진열창 안의 모조 초콜릿과 빈 상자들, 우울한 얼굴들로 가득 찬 전차들, 그 어떠한 것도 과거의 크리스마스를 떠올리게 하는 것은 없었다. 이런 축일엔 예전 같으면 모든 사람들이 부자든 가난하든 서로 만났지만, 이젠 지저분한 가게뒷방 안쪽에 특권층들이 비싼 돈을 들여 마련한 외롭고 수치스러운 환락밖에는 더 이상 찾아볼 수가 없었다. 성당들은 감사의 기도보다는 오히려 탄식으로 가득 찼다. 음울하게 얼어붙은 시내에서 아이들 몇 명이 자기들을 위협하는 것이 무엇인지도 모른 채 뛰놀고 있었다. 그러나 아무도 그들에게 인간의 고통만큼이나 오래되고 청춘의 희망만큼이나 새로우며 봉헌으로 가득한 옛날의 신에 대해 얘기해줄 엄두를 내지 못했다. 모두의 마음속엔 이제 지치고 우울한 희망밖엔 더 이상 여지가 없었고, 이 희망조차도 죽음에 몸을 내맡길 수 없게 하는 단지 살고자 하는 애착에 불과했다.

그랑이 전날 병원에 나오지 않았다. 리외는 걱정이 돼서 아침 일찍 그의 집에 들렀지만 그를 만나지 못했다. 모든 사람들에게 경계심이 생겼다. 11시쯤, 랑베르가 의사에게 알려주려고 병원으로 와서는 자기가 멀리서 그랑을 봤는데 표정이 일그러진 채 길거리에서 헤매고 있더라는 것이었다. 그러나 곧 그를 시야에서 놓쳤다고 했다. 의사와 타루는 자동차를 몰고 그를 찾으러 나섰다.

몹시 추운 정오 무렵, 자동차에서 내린 리외는 멀리서 그랑을 보았는데, 그는 나무로 거칠게 조각된 장난감들이 가득한 진열창에 거의 몸을 붙이고 서있었다. 그 늙은 공무원의 얼굴 위로 눈물이 끊임없이 흘러내리고 있었다. 그의 눈물은 리외를 혼란에 빠뜨렸다. 왜냐하면 리외는 그 눈물을 이해하고 있었고 자신의 목구멍 속에서도 역시 눈물을 느끼고 있었기 때문이었다. 리외 또한, 어떤 크리스마스 선물가게 앞에서 했었던 그 불행한 사나이의 약혼과, 그의 품으로 달려들며 기쁘다고 말하던 잔느의 모습을 떠올렸다. 먼 세월의 깊은 곳에서, 이 광기어린 그랑의 가슴속으로 잔느의 상큼한 목소리가 되살아났음이 분명했다. 리외는 울고 있는 그랑이 그 순간 무슨 생각을 했는지 알고 있었다. 그리고 리외 자신도 그와 같은 생각을 했다. 사랑이 없는 이 세상은 죽은 세상이나 마찬가지이며, 감옥이나 일이나 용기를 떠나 한 인간의 얼굴과 함께 황홀한 사랑을 요구할 때가 반드시 올 거라는 것이었다.

그런데 그랑이 거울에 비친 리외를 알아보았다. 그는 계속 눈물을 흘리면서도 뒤돌아서 진열창에 등을 대고 그가 다가오는 것을 바라보았다.

"아! 선생님, 아! 선생님." 그가 말했다.

리외는 말을 할 수가 없어서 대답 대신 그냥 머리를 끄덕였다. 그런 고뇌를 리외도 잘 알고 있었다. 그 순간 리외의 가슴을 쥐어짠 것은 모든 사람들이 공유하는 고통 앞에서 느끼는 그 엄청난 분노였다.

"네, 그랑." 리외가 말했다.

"그녀에게 편지 쓸 시간을 좀 갖고 싶어요. 그녀가 알도록… 그리고 후회 없이 행복할 수 있도록…"

리외는 몰아치듯이 그랑을 앞세우고 걸었다. 그랑은 말 끝을 우물거리며 발을 끌다시피 하면서 계속 걸어갔다.

"너무 오래 계속되네요. 이젠 그냥 되는대로 살아가고 싶어요. 아! 선생님! 난 이렇게 평온해보이지만 정상적으로 사는 것만도 늘 엄청난 노력을 해야 되거든요. 이젠 너무 힘들어요."

그는 말을 멈추고 온몸을 부들부들 떨며 미친 것 같은 눈빛이 되었다. 리외가 그의 손을 잡았는데 너무나 뜨거웠다.

"돌아갑시다."

하지만 그랑은 리외를 뿌리치고 몇 걸음 달려가더니 다시 멈춰 서서 양팔을 벌리고는 앞뒤로 흔들기 시작했다. 그리고는 제자리에서 빙빙 돌며 얼어붙은 보도 위로 쓰러지고 말았다. 그의 얼굴은 계속 흘러내리는 눈물로 지저분해져 있었다. 행인들이 멀리서 쳐다보다가 깜짝 놀라 걸음을 멈췄지만 다가올 엄두를 내지 못했다. 리외는 그를 팔에 안아야 했다.

침대에 눕혀진 그랑은 숨이 차올랐다. 폐가 이미 망가져 있었던 것이다. 리외는 생각을 가다듬었다. 이 시청직원에겐 가족이 없다. 그렇다면 그를 병원으로 보내봤자 무슨 소용이 있겠는가? 타루와 자신 밖에는 없을 것 같았다, 그랑을 보살필 사람은…

그랑은 얼굴이 퍼렇게 질리고 눈에 광채도 없이 베개에 푹 파묻혀 있었다. 그는 타루가 궤짝 쪼가리로 벽난로에 불을 지핀 가느다란 불길을 물끄러미 쳐다보았다. "안 좋아요." 그가 말했다. 이미 상해버린 그의 폐 깊숙이에서 그가 말을 할 때마다 탁탁 튀는 이상한 소리가 새어나왔다.

리외는 그에게 말을 하지 말라고 권하며 자기는 가보겠다고 말했다. 묘한 미소가 환자에게 나타나며, 그와 더불어 애정의 표현 같은 것이 그의 얼굴에 드리워졌다. 그는 힘겹게 눈을 깜박거렸다. "만일 내가 여기서 살아난다면 경의를 표합니다, 선생님!" 그러나 곧 그는 탈진상태에 빠지고 말았다.

몇 시간 후, 리외와 타루가 환자를 다시 찾아갔을 때 그는 침대에 반쯤 몸을 세우고 앉아있었다. 그런데 리외는 그의 얼굴에서 병이 급속히 진전되고 있는 것을 발견하고는 섬뜩했다. 그러나 정신은 더 맑아 보였다. 그랑은 이상하리만치 공허한 목소리로, 서랍 속에 넣어둔 원고를 좀 가져다달라며 그들에게 부탁했다. 타루가 그에게 종이뭉치를 가져다주자 그는 쳐다보지도 않고 그것을 한 번 꼭 껴안고는 곧 의사에게 내밀며 읽어달라는 제스처를 해보였다. 그건 50페이지 가량 되는 짧은 원고였다. 의사는 종이를 한장 한장 넘기며 모든 페이지들이 똑같은 문장으로만 씌어져 있는 것을 확인했는데, 그건 수없이 베껴 쓰고 고치고 보충하거나 또는 지운 것들이었다. 5월, 말을 탄 여인, 숲의 오솔길, 이런 단어들이 계속해서 나열되며 잡다한 방식으로 사용되고 있었다. 텍스트엔 또 여러 설명이 붙어있었는데 그 중 어떤 것은 터무니없이 길고, 게다가 변형문장도 붙어있었다. 그러나 마지막 페이지 끝 부분엔, 정성스런 솜씨로 아직도 잉크가 선명하게, '나의 사랑스런 잔느, 오늘이 크리스마스군요…'라고 씌어있었다. 그 위엔 정성껏 쓴 글씨로 최근에, 고쳐 쓴 문장이라고 표시되어 있었다. "읽어주세요." 그랑이 말했다. 그러자 리외가 읽기 시작했다.

_ 5월의 어느 아름다운 아침에 어떤 날씬한 여인이 화려한 밤색 암말을 타고 꽃에 둘러싸인 숲의 오솔길을 달리고 있었다.

"맞나요?" 그랑이 열에 들뜬 목소리로 물었다.

리외는 그를 쳐다보지 않았다.

"아! 알아요. 화창한, 화창한, 그게 어울리는 단어가 아니군요." 그가 흥분하며 말했다.

리외가 이불 위에 놓인 그의 손을 잡았다.

"놔두세요, 선생님. 나한텐 이제 시간이 없을 거예요…"

그의 가슴이 힘겹게 부풀어 오르더니 별안간 소리를 내질렀다.

"그걸 태워버리세요!"

의사는 망설였다. 하지만 그랑이 괴로운 듯 워낙 심한

어조로 명령을 반복하는 바람에, 리외는 거의 꺼져가는 벽난로의 불길 속에다 그 원고뭉치를 던져 넣었다. 방안이 금방 밝아지며 잠깐의 열기로 방이 따뜻해졌다. 의사가 환자에게 돌아왔을 때 그는 얼굴을 거의 벽에 붙인 채 등을 돌리고 누워있었다. 타루는 마치 이 상황과 전혀 상관없는 사람인 것처럼 창밖을 내다보고 있었다. 리외는 혈청주사를 놓고 나서 그랑이 오늘 밤을 넘기지 못할 것 같다고 타루에게 말했다. 그러자 타루는 자기가 남아서 지키겠다고 자청했다. 의사도 그러라고 했다.

밤새도록 리외는 그랑이 죽을 거라는 생각으로 괴로웠다. 그러나 다음날 아침, 리외가 그랑을 찾아갔을 때 그는 침대에 앉아 타루와 이야기를 나누고 있었다. 열은 없어지고 전체적으로 쇠약한 증상만 남아있었다.

"아! 선생님, 내 잘못이었어요. 하지만 다시 시작할 겁니다. 전부 다 외우고 있거든요, 두고 보세요." 시청직원이 말했다.

"기다려봅시다." 리외가 타루에게 말했다.

그러나 정오가 되어도 아무것도 달라지지 않았다. 그날 저녁, 이제 그랑은 살아난 것으로 여겨졌다. 리외는 그의 회생을 도무지 이해할 수 없었다.

그러나 거의 같은 시기에 어떤 환자가 리외를 찾아왔는

데, 그는 상태가 절망적인 것을 보고는 곧바로 그 사람을 병원에 격리시켰다. 그 젊은 여자는 완전히 혼수상태였으며 폐질환 페스트의 온갖 증상을 다 보이고 있었다. 그런데 이튿날 아침에 열이 내려가고 없었다. 리외는 그것이 그랑의 경우처럼 아침에 나타나는 일시적 차도라고 생각했다. 경험에 의하면 그건 나쁜 징조로 여겨졌다. 그러나 정오에도 열은 다시 올라가지 않았다. 그날 저녁에 2,3부 정도만 올라갔을 뿐이며, 그 다음날 아침엔 열이 다시 사라지고 없었다. 그 젊은 여자는 쇠약하긴 했지만 그래도 침대에서 편안하게 숨을 쉬고 있었다. 리외는 그녀가 모든 법칙을 벗어나 살아났다고 타루에게 말했다. 그런데 1주일 동안 리외가 맡은 구역에서 그 유사한 일이 네 건이나 일어났다.

그 주말에 천식환자 노인이 몹시 흥분한 기색을 보이며 의사와 타루를 맞이했다.

"됐어요, 그놈들이 또 나오고 있어요." 노인이 말했다.

"누구요?"

"글쎄! 그 쥐들 말이에요."

4월부터 죽은 쥐라곤 한 마리도 발견되지 않고 있었다.

"다시 시작될까요?" 타루가 리외에게 물었다.

노인은 두 손을 대고 문지르고 있었다.

"그놈들이 뛰는 걸 봐야 되는데! 재미가 있거든요."

노인은 자기 집으로 쥐 두 마리가 거리 쪽 문을 통해 들어오는 걸 봤던 것이다. 이웃들도 자기 집에 쥐들이 다시 나타났다는 얘기를 그에게 해주었다. 어떤 집들의 천장에서는 몇 달 동안 잊고 있었던 소란스런 움직임이 다시 들리고 있었다. 리외는 매주 초에 알리는 전반적인 통계발표를 기다렸다. 통계숫자는 질병의 후퇴를 보여주고 있었다.

5

◆

　병세가 예기치 않게 갑자기 잦아들었음에도 불구하고, 우리 시민들은 선뜻 즐거워하지 않았다. 지난 몇 달간 해방의 욕구가 온통 높아지면서, 그들은 신중함을 터득하며 가까운 시일 안에 전염병이 종식된다는 것에 대해 점점 덜 생각하는 데 익숙해졌다. 하지만 이 새로운 사실은 모든 사람들의 입에 오르내렸고, 입 밖으로 굳이 말하지는 않더라도 마음속에서 커다란 희망으로 꿈틀거리고 있었다. 그 외의 모든 것은 뒷전으로 밀려났다. 새로운 페스트 희생자들도 이 엄청난 사실 앞에선 거의 의미가 없었다. 통계숫자는 내려가고 있었다. 공공연히 떠들지는 않더라도 누구나 건강한 시대가 오기를 속으로 기다리고 있었다는 기색이 나타났는데, 그건 바로 우리 시민들이 무관심한 표정이긴 하지만 페스트 이후에 달라질 생활방식에 대해 즐겨 이야기하기 시작했다는 것이다.

　모두들 과거 생활의 편리함은 단번에 돌아오지 않을 것이며 복구하기보다는 차라리 파괴해버리는 게 더 쉽다고 생각하는 데 동의했다. 다만 식량보급 문제는 조금 개선

될 수 있을 것이며, 그렇게 되면 가장 절박한 걱정에서 벗어나게 될 것으로 추정했다. 그러나 이런 하찮것없는 생각 밑바닥에서 무분별한 희망이 동시에 폭발하고 있었던 것은 사실이다. 그래서 시민들도 때로는 그것을 의식하며, 여하튼 당장 내일 해방이 되지는 않는다는 것을 서둘러 주장할 정도까지 되었다.

실제로 페스트는 하루 이틀 사이에 끝나지는 않았지만 표면적으로는 사람들이 이성적으로 기대했던 것보다 더 빨리 약화되고 있었다. 1월 초순엔 추위가 이례적으로 끈질기게 눌러앉아 있어서 도시가 온통 얼어붙은 것 같았다. 그래도 하늘은 그렇게 파란 적이 없었을 정도였다. 며칠 동안 내내 변함없이 찬란한 햇빛이 도시에 계속 내리비쳤다. 깨끗해진 대기 속에서 페스트는 3주 동안 이어지는 하락세를 보이며 시체의 숫자가 점점 줄어드는 가운데 그 힘을 다해가는 것 같았다. 페스트는 지난 수개월 동안 쌓아왔던 그 위력을 짧은 시간 안에 거의 전부 잃고 말았다. 리외가 진찰한 그 젊은 여자나 그랑의 경우처럼 제대로 표적이 되었던 먹잇감을 놓친다거나, 다른 지역에서는 완전히 사라진 데 반해 몇몇 지역에서는 2,3일 동안 심화된다거나, 월요일엔 피해자들을 늘렸다가 수요일엔 그들 대부분을 살려준다거나 하는 걸 보면서, 그리고 그처럼 허덕이고 서두르는 것을 보면서, 사람들은 이제 페스트도 무기력과 싫증으로 붕괴되고 있으며, 스스로의 자제력과 동시에 그토록 위세를 부렸던 수학적이고 당당한 유효성마저 동시에 잃어가고 있다고 말했다. 카스텔의 혈청은 이제껏 없었던 일련의 성공을 갑자기 맛보기 시작했다. 의사들이 취한 각 조치가 전에는 어떠한 효과도 가져오지 못하다가 갑자기 확실하게 나타난 것 같았다. 페스트가 이제는 쫓기고 있고, 그 갑작스런 침체로 인해 지금까지 페스트에 저항했던 그 무딘 군대가 비로소 힘을 얻게 된 것 같았다. 다만 이따금, 질병이 완강하게 버티며 맹목적으로 날뛰면서 치료되기를 기대했던 3,4명의 환자를 앗아갔을 뿐이다. 페스트는 희망에 가득 차있는 그들을 죽임으로써, 결국 그들은 불운했던 것이다. 격리수용소에서 나와야 했던 오통 판사도 바로 그런 경우였는데, 사실 타루가 그에 대해 말한 건 그가 운이 없었다는 것이다. 그런데 타루가 판사의 죽음을 생각해서 한 말이었는지 아니면 그의 삶을 생각해서 한 말이었는지는 알 수가 없었다.

그러나 전체적으로 감염은 완전히 물러나고 있었다. 도청은 처음엔 공식성명을 주저하면서 조심스런 희망만 싹틔우다가 마침내 승리가 확실해졌으며 질병은 이제 스스로의 입지를 단념하고 떠났다는 확신을 시민들의 마음속에 굳게 심어주었다. 실상 그게 승리인지 아닌지는 결정짓기가 어려웠다. 다만 페스트가 닥쳤을 때처럼 스스로 떠나고 있다는 것을 확인해야만 했다. 페스트에 대처하는 전략은 바뀌지 않았지만, 어제까지는 효과가 없다가 오늘은 다행히도 분명 효과가 나타났다. 다만 페스트가 스스로 지쳐버렸거나 혹은 어쩌면 모든 목적을 달성했기 때문에 물러나고 있는 것 같은 느낌이 들었다. 어떻게 보면 페스트의 역할도 끝났던 것이다.

그럼에도 불구하고, 도시엔 아무것도 변한 게 없었다. 낮에는 거리들이 언제나 조용하다가도 저녁만 되면 외투와 목도리를 걸친 군중들로 가득 찼다. 극장과 카페들은 여전히 손님이 많았다. 그런데 더 가까이서 바라보면 사람들의 얼굴이 더 느긋해지고 때로는 미소도 짓고 있다는 것을 알 수 있었다. 그때가 바로 지금까지 길거리에서 미소 지은 사람이 아무도 없었다는 것을 확인할 기회였다. 몇 달 전부터 도시를 둘러싸고 있는 우중충한 베일에 실제로 찢어진 부분이 하나 생겨나고 있었다. 그래서 사람들은 매주 월요일에 라디오 뉴스를 통해, 그 찢어진 부분이 커지고 있으며 그래서 마침내 숨을 쉴 수 있게 되리라는 것을 확인할 수가 있었다. 그건 아직은 매우 불투명한 안도감이었으므로 솔직하게 드러내놓고 표현하지는 않았다. 그러나 예전 같으면 기차가 떠났다거나 배가 도착했다거나, 또는 자동차의 운행이 다시 허가될 거라는 얘기를 들으면 모두들 불신했던 데 비해, 이제 1월 중순엔 이런 일들을 발표해도 아무도 놀라지 않았다. 그건 거의 틀림없었다. 이런 미묘한 변화는 우리 시민들이 실제로 희망의 궤도에 상당히 진입했음을 나타내고 있었다. 게다가 시민들이 실오라기 같은 희망을 가질 수 있게 됐을 때부터 페스트의 실질적인 지배는 사실상 끝났다고 말할 수 있었다.

그렇다고는 해도, 1월 내내 우리 시민들은 상반된 반응을 나타냈다. 정확히 말해, 그들은 흥분과 의기소침을 번갈아 내보였던 것이다. 이처럼 가장 긍정적인 통계가 나왔을 때조차도 새로운 탈출시도들이 보고되었다. 그 사건은 당국을 몹시 놀라게 했고 경비초소들도 마찬가지였다. 왜냐하면 대부분의 탈주가 성공적으로 이루어졌기 때문이다. 그러나 사실 그 무렵의 도주자들은 자신의 본능이 시키는 대로 따랐던 사람들이다. 어떤 사람들은 페스트로 인한 깊은 회의에 빠져서 거기서 벗어날 수가 없었다. 희망은 그들에게 아무런 영향도 끼치지 못했다. 페스트의 시대가 지나갔는데도 그들은 계속 페스트를 기준으로 살고 있었다. 그들은 시대에 뒤떨어진 사람들이었다. 이와 반대로 또 어떤 사람들은 그때까지 자기들이 사랑하던 사람들과 격리되어 살았던 사람들 중에서 특히 나타났는데, 오랜 유폐생활과 허탈한 시기를 보낸 후 희망의 바람이 일어나 그들의 열망과 초조함에 불을 질렀지만, 그건 결국 그들에게서 모든 자제력을 빼앗아가고 말았다. 일종의 공포가 그들을 사로잡아, 과녁을 바로 눈앞에 두고 어쩌면 죽을 수도 있고, 자기들이 소중히 여겼던 사람을 다시는 볼 수 없을 것이며, 이 오랜 고통이 헛수고가 될 거라는, 그런 생각에 빠지게 만들었다. 감금과 격리 상태에도 불구하고 몇 달 동안을 암울한 심정으로 끈질기게 기다렸으나 공포와 절망도 뒤흔들 수 없었던 것을 오히려 최초의 희망이 무너뜨릴 수도 있었다. 그들은 페스트가 끝나는 마지막 순간까지 그 질병의 걸음을 뒤따라갈 수가 없어서 페스트보다 앞서 가려고 미친 듯이 서둘러댔다.

더구나 바로 그때, 낙관적인 징조 몇 가지가 자연스럽게 나타났다. 그래서 물가가 현저한 하락세를 기록하게 되었다. 순전히 경제적인 관점에서 보자면, 이런 변화는 설명되지가 않았다. 곤란한 점들은 여전히 남아있었고, 검역절차는 출입문에서 계속 유지되고 있었으며, 식량보급은 개선될 기미가 보이지 않았다. 따라서 페스트의 쇠퇴가 어디에나 영향을 미치듯이, 순수하게 심리적인 현상이 목격되고 있는 것이었다. 그와 동시에, 예전에는 모여서 살았지만 페스트 때문에 헤어져 있어야만 했던 사람들 사이에서도 낙관론이 자리를 잡고 있었다. 시내에 있는 두 개의 수도원은 재건되기 시작했으며 공동생활도 되찾을 수 있었다. 군대의 경우도 마찬가지여서, 비어있던 병영으로 군인들이 다시 모여들었고 부대의 정상생활을 다시 이어갔다. 이런 작은 사실들이 큰 징조였던 것이다.

1월 25일까지 시민들은 마음속으로 동요하며 살고 있었다. 그러다가 바로 그 주에 통계숫자가 급격히 떨어진 결과가 나왔다 그러자 도청은 의료위원회와 협의를 거쳐 페스트는 제동이 걸린 것으로 관찰되었다고 발표했다. 그 공식성명은 시민들의 동의가 반드시 있어야 하기 때문에 신중하게 할 의도로, 도시의 출입문들은 2주 동안 더 폐쇄될 것이며, 예방조치는 1개월 동안 더 유지될 거라는 점을 덧붙였다. 그리고 이 기간 동안 위험이 재발할 징조가 조금이라도 나타나면 '이 현상유지는 계속될 것이며 더 강화된 조치를 연장할 것'이라고 했다.

그런데 모든 사람들은 이 추가 발표문을 관례적인 조항으로 여기고 말았다. 그래서 1월 25일 저녁에 도시는 즐거운 소란으로 가득 찼다. 전체적인 환희의 물결에 동참하기 위해 도지사는 등화관제를 해제하라는 명령을 내렸다.

그러자 시민들은 춥고 맑은 공기 속에 불이 밝혀진 거리로 쏟아져 나와 웃고 떠들며 몰려다녔다.

물론 많은 집들은 여전히 덧문이 닫혀있었고, 밖에서는 다른 사람들이 밤새도록 고함을 치며 떠들어도 조용히 지낸 가족들도 많았다. 그러나 슬픔에 잠긴 이 많은 사람들에게도, 다른 가족을 또 잃어버린다는 두려움이 마침내 가라앉았거나 또는 자신들의 안전에 대해 더 이상 긴장감을 갖지 않아도 된다거나 하는 그런 안도감 역시 깊게 다가왔다. 하지만 전반적인 기쁨과 전혀 무관한 가족들도 여전히 있었는데, 그들은 이론의 여지없이 그 순간에도 병원에서 페스트와 싸우는 환자가 있는 가족이거나 또는 격리소나 자기들 집에 머무르며 재앙이 다른 사람들에게서 물러났던 것처럼 자기들에게도 완전히 물러나주기를 애타게 기다리고 있는 가족들이었다. 이런 가족들도 물론 희망을 품고 있었지만, 그건 어디까지나 마음 한 쪽에 따로 떼놓고 충분히 준비해두고 있었으며, 정말로 희망을 가져도 되기 전까지는 절대로 그걸 꺼내려고 하지 않았다. 빈사지경과 환희의 갈림길에서 밤새도록 고통스럽게 기다리는 일이 이 전반적인 희희낙락 분위기 속에서 이들 가족들에겐 더욱 더 가혹해보였다.

그러나 이런 예외적인 상황이 다른 사람들의 기쁨을 빼

앗아간 건 전혀 아니었다. 분명 페스트는 아직도 끝나지 않았고, 그게 증명되어야만 했다. 그런데도 사람들의 마음속엔 이미 몇 주나 앞서 기차가 끝없는 선로 위로 기적을 울리며 달리고 있고, 배들이 반짝이는 바다를 누비며 다니고 있었다. 그 다음날, 사람들의 마음이 좀 가라앉으면 의혹은 다시 되살아날 것이다. 그러나 당장은 도시 전체가, 단단히 뿌리를 뻗고 있었던 그 폐쇄적이고 음침하게 굳어버린 장소들을 떨치고, 마침내 흔들리면서 자신의 생존자들을 싣고 앞으로 나아가기 시작했다. 그날 저녁, 타루와 리외는 랑베르와 다른 사람들과 함께 군중 속에 섞여 걸어가고 있었는데, 그들 역시 발이 땅에 닿지 않는 것 같은 기분이 들었다. 대로를 벗어난 지 한참 후에도 타루와 리외는 자기들을 뒤따라오고 있는 웃음소리가 아직도 들렸으며, 아무도 없는 골목길에서 덧문이 닫힌 집들을 따라 걸어가고 있을 때도 그 웃음소리가 들려왔다. 그런데 피곤 때문에 그들은 덧문 뒤에서 계속되고 있는 그 고통과, 저쪽 거리를 가득 메우고 있는 그 기쁨을 분리시켜 생각할 여유가 없었다. 가까이 다가온 해방은 웃음과 눈물이 뒤섞인 표정을 하고 있었다.

떠들썩한 소리가 더 크고 더 즐겁게 울려 퍼지고 있을 때 타루가 순간 걸음을 멈췄다. 어둠침침한 보도 위로 어떤 형체 하나가 어렴풋이 움직이는 게 보였다. 봄 이후 처음으로 다시 본 고양이였다. 놈은 길거리 한복판에 잠시 멈춰 서서 주저하다가, 한쪽 발을 들고 오른쪽 귀를 재빨리 문지르더니 스르륵 다시 달려 어둠 속으로 사라져버렸다. 타루는 빙긋이 웃고 말았다. 그 작은 노인 역시 기뻐했을 것이다.

◆

그러나 페스트가 가라앉으면서 자신이 기어 나왔던 그 정체불명의 소굴로 은밀히 다시 들어갈 무렵, 이런 퇴각을 보며 망연자실에 빠진 사람도 이 도시에 최소한 한 명은 있었다. 타루의 기록을 그대로 믿자면, 그 사람은 바로 코타르였다.

사실 말해서, 타루의 수첩은 통계숫자가 내려가기 시작할 때부터 매우 이상해지고 있었다. 피곤 때문인지 모르지만 글씨가 읽기도 어렵게 되어있었고, 화제도 너무 자주 바뀌고 있었다. 게다가, 그리고 처음으로, 그 수첩은 객관성을 잃고 개인적인 의견으로 대체되어갔다. 그래서 코타르에 관련된 상당히 긴 구절 중간에도 고양이와 그 노인에 대한 짧은 얘기 하나가 들어있었다. 타루의 말대로라면, 페스트는 그의 흥미를 끌었던 이 노인에 대한 관심을 조금도 빼앗아가지 못했으며, 그는 전염병이 퍼진 후에도 그 이전처럼 노인에게 흥미를 갖고 있었다. 그러나 불행히도, 자신에게 보여준 노인의 호의 그 자체 때문은 아니지만, 어쨌든 그는 더 이상 그 노인에게 관심을 가질 수 없게 될지도 몰랐다. 그래서 그는 노인을 다시 보려고 찾아 보았다. 1월 25일 저녁이 지난 며칠 후, 그는 그 좁은 길의 모퉁이에 자리를 잡고 있었다. 고양이들은 약속에 충실하게 그곳에 모여 햇볕을 쬐고 있었다. 그러나 여느 때의 그 시간이 되어도 덧문은 여전히 굳게 닫혀 있었다. 그 후 며칠이 지나는 사이에도 타루는 덧문이 열리는 것을 볼 수 없었다. 그는 마침내 그 작은 노인이 화가 났거나 죽은 거라고 조심스럽게 결론을 내렸다. 만일 그가 화가 났다면 그건 노인이 자기가 옳았다고 생각했는데 페스트가 그에게 잘못을 저질렀기 때문일 것이며, 만일 그가 죽었다면 그 늙은 천식환자처럼 이 노인도 혹시 성자였는지 아니었는지에 대해 생각해봐야 한다고, 타루는 수첩에 적고 있었다. 타루는 그를 성자라고는 생각하지 않았다. 그러나 노인이 되면 어떤 '기운'이 있는 거라고 그는 짐작하고 있었다. 그의 수첩엔 이렇게 적혀 있었다.

_ 어쩌면 우리는 성스러움의 근사치까지만 이를 수 있다. 그렇다면 겸손하고 자비로운 어떤 악마숭배에 만족해야 할 것이다.

그 수첩 속엔 코타르에 대한 관찰과 더불어 수많은 지

적들 또한 여기저기 흩어진 채 계속 삽입되어 있었는데, 그 중엔 그랑에 관한 것들도 있었다. 그는 이제 회복중이며 마치 아무 일도 없었다는 듯이 다시 일을 시작했다는 것이었다. 또 의사 리외의 어머니에 대한 얘기도 있었다. 그 어머니와 타루의 공동생활을 가능케 했던 몇몇 대화들, 그 노부인의 태도와 미소, 페스트에 대한 관찰 등이 세밀하게 적혀있었다. 타루는 특히 리외 어머니의 겸손한 태도에 대해 매우 세심하게 주의를 기울여 쓰고 있었다. 즉 모든 것을 단순한 문장으로 표현할 줄 아는 그녀의 방식에 대해, 저녁이면 조용한 길 쪽으로 나있는 창문 앞의 약간 오른쪽에 앉아 두 손을 차분히 놓고 주의 깊은 시선으로 창밖을 내다보며 방안을 가득 채운 황혼이 부인의 모습을 잿빛 광선속에서 검은 그림자로 변화시키며 점점 짙어지다가 미동도 않고 있는 부인의 모습을 마침내 그 안에 녹여버릴 때까지 머물러 있는 부인의 독특한 취미에 대해, 이 방에서 저 방으로 민첩하게 이동하는 그녀의 태도에 대해, 타루 앞에서 분명한 증거를 내보인 적은 없지만 그녀가 행하거나 말하는 모든 것 속에서 그가 확신을 하게 된 그녀의 관대함에 대해, 그리고 마지막으로 타루 자신이 생각하기에 그녀는 곰곰이 생각하지 않고도 모든 것을 알고 있으며 그런 침묵과 어둠 속에 어떤 깨달음이 닥치더라도(그것이 페스트에 대한 것일지라도) 그녀는 그것과 어깨를 나란히 할 수 있는 위치에 있었다는 사실에 대해, 그는 기록하고 있었던 것이다. 그런데 이 부분부터 타루의 글씨는 휘어지면서 이상한 징후를 나타내고 있었다. 그 뒤에 이어지는 글들은 읽기도 어려웠고, 휘어지는 글씨를 거듭 실증하려는 듯이, 마지막 문장은 처음으로 개인적인 내용으로 이루어져 있었다.

_ 내 어머니도 그랬다. 나는 어머니가 지니고 있었던 그런 겸손함을 사랑했고, 내가 언제나 함께하고 싶었던 사람도 바로 어머니였다. 8년 전에 어머니가 돌아가셨다고는 생각할 수 없다. 그녀는 다만 평소보다 조금 더 안보였고, 내가 뒤돌아봤을 때 더 이상 그곳에 안 계셨던 것이다.

다시 코타르의 얘기로 돌아와야겠다. 통계숫자가 하락할 때부터 코타르는 이런 저런 핑계를 내세우며 여러 차례 리외를 방문했다. 그러나 막상 만날 때마다 그는 리외에게 페스트가 어떻게 진행될 것 같으냐고 물었다. "페스트가 이렇게 갑자기 예고도 없이 멈출 거라고 생각하십니까?" 그는 이 점에 있어 회의적이었거나 아니면 최소한 그런 마음을 드러냈던 것이다. 그러나 질문을 계속 되풀이하는 것으로 볼 때, 그는 굳센 확신을 갖고 있지는 못한 것 같았다. 1월 중순에, 리외는 매우 낙관적으로 대답을 했다. 그런데 그때마다 리외의 대답은 코타르를 기쁘게 해주는 게 아니라 그날그날에 따라 다양한 그의 반응들을 이끌어냈는데 저기압부터 비관까지 오락가락하는 것이었다. 그래서 나중엔 이 의사도 그에게, 통계로 나타난 증거가 희망적인 데도 불구하고 아직은 승리를 외치지 않는 것이 더 좋다는 식으로 말을 돌려서 했다.

"그러니까 결국 아무것도 알 수가 없고, 언제든 다시 시작될 수 있다는 얘기네요?" 코타르가 지적을 하며 말했다.

"그렇습니다. 진정세가 빨라지는 것과 마찬가지로 그것도 가능한 얘기죠."

모든 사람들이 걱정하는 이 불확실성은 오히려 코타르의 마음을 진정시켜준 모양이었다. 그래서 타루에게, 자기 동네의 상인들에게 리외의 의견을 전파하려고 애썼던 그 당시의 얘기들을 해주었다. 사실 그건 그리 어려운 일이 아니었다. 왜냐하면 승리에 대한 시민들의 첫 열광이 지나간 다음 많은 사람들의 머릿속엔 또 다시 어떤 의혹이 찾아들었고, 그건 도청의 발표로 흥분돼있던 사람들의 마음속에 그대로 눌러앉아버렸기 때문이었다. 코타르는 그런 불안한 광경을 보며 안심한 듯 했다. 그러다가 또 전처럼 의기소침해졌다. 그는 타루에게 말했다. "그래요. 결국 도시의 출입문들은 다시 열릴 거예요. 그러면 나는 죽어나는 거죠!"

1월 25일까지 주변의 모든 사람들은 코타르의 불안정한 성격을 알아차리게 되었다. 꽤 오랫동안 그는 동네 사람들과 가까운 지인들의 마음을 얻으려고 애써오다가 며칠 동안은 내내 그들을 정면으로 공격했던 것이다. 그래서 적어도 겉으로 보기에, 그는 이제 세상을 등진 것 같았다. 그러면서 졸지에 야성을 드러내며 살기 시작했다. 레스토랑에도 극장에도, 그가 좋아했던 여러 카페에도 그는 더 이상 나타나지 않았다. 그리고 전염병이 등장하기 이전의 절도 있고 어느 정도 숨겨진 생활조차도 되찾지 못하는 것 같았다. 그는 완전히 자기 아파트에 처박혀 살았으며 식사도 근처 식당에서 올려 보내도록 시켰다. 다만 저녁엔 남의 눈에 안 띄게 외출을 했는데 가게에서 필요한 물건들을 사고는 아무도 없는 거리로 얼른 나왔다. 타루가 그 무렵 코타르를 만났을 때, 그에게서 들을 수 있었던 말이라곤 무뚝뚝한 몇 마디뿐이었다. 그러다가 갑자기 그는 사교적인 사람이 되어 페스트에 대해 지껄이며 다른 사람들의 생각에 호응하면서 환심을 사려고 저녁마다 군중들의 물결 속으로 다시 뛰어들곤 했다.

도청의 발표가 있었던 그날, 코타르는 완전히 행방을 감춰버렸다. 이틀 후에 타루는 거리를 헤매고 있는 그를 맞닥뜨렸다. 코타르는 그에게 변두리 지역까지 함께 가달라고 부탁했다. 그날따라 유난히 피곤을 느꼈던 타루는 조금 망설였다. 그러자 코타르가 재촉을 했다. 그는 몹시 흥분한 기색으로 과도한 몸짓을 하며 큰 소리로 정신없이 떠들어댔다. 그리고는 타루에게 도청의 발표대로 정말로 페스트가 끝났다고 생각하느냐고 물었다. 물론 타루는 행정적인 발표라는 게 그 자체로 재앙을 막기에 충분할 수는 없지만, 뜻밖의 일만 없다면 페스트는 이대로 끝나리라는 것을 합리적으로 생각할 수 있다고 대답했다.

"그렇죠, 뜻밖의 일만 없다면 말이죠. 그런데 뜻밖의 일은 언제나 일어나거든요." 코타르가 말했다.

그러자 타루는 도청이 도시의 출입문을 개방하기 전에 2주일 동안의 유예기간을 둠으로써 말하자면 뜻밖의 사태를 미리 대비했었던 거라고 코타르에게 말해주었다.

"도청이 잘한 거네요." 그는 여전히 침울하면서도 흥분된 목소리로 말했다. "잘 돼가는 일들이 말짱 헛수고가 될지도 모르니까 말이죠."

타루는 그럴 수도 있다고 생각하지만 그래도 곧 다가오

는 출입문의 개방과 정상생활로의 복귀를 계획하는 게 더 낫다고 말했다.

"인정합시다, 인정합시다, 그런데 정상생활로의 복귀가 무슨 뜻이죠?" 코타르가 물었다.

"극장에 새 영화가 들어오는 거죠." 타루가 빙긋이 웃으며 말했다.

그러나 코타르는 웃지 않았다. 그는 페스트가 이 도시에 아무 변화도 일으키지 않고 모든 일이 예전처럼, 그러니까 마치 아무 일도 일어나지 않았다는 듯이 다시 시작될 거라고 과연 생각할 수 있을지 알고 싶어 했다. 타루는 이 도시가 페스트로 인해 변화될 수도 있고 또 그렇지 않을 수도 있다고 하면서, 물론 시민들이 가장 바라는 것은 마치 아무 일도 없었다는 듯이 하는 것이며 또 하게 될 거라고 희망하는 것이라고 말했다. 따라서 어떤 의미에서는 아무것도 달라지지 않을 테지만, 또 다른 의미에서는 아무리 강한 의지의 소유자라 할지라도 모든 것을 잊어버릴 수는 없으며, 페스트는 적어도 사람들의 마음속에 그 흔적을 남길 것이라고 말했다. 그러자 이 자그마한 금리생활자는 자기는 마음 같은 것엔 관심이 없으며 그 마음조차도 자신의 걱정거리 중에서 맨 마지막 것이라고 딱 잘라 말했다. 자신이 관심을 가지고 있는 것은 체계 자체가 변화되지는 않을지, 예를 들어 모든 기관이 예전처럼 작동하게 될지에 관해서라고 했다. 타루는 자기도 그 점에 대해서는 아는 게 없다고 인정해야 했다. 그는 페스트 기간 동안 혼란스러웠던 모든 기관이 다시 가동되려면 상당한 어려움이 있을 것으로 짐작할 뿐이었다. 또한 새로운 문제점들이 많이 생겨남으로써 적어도 종전의 기관들을 재편성해야 할 필요가 있을 것으로 생각된다고 말했다.

"아! 그럴 수도 있겠네요. 사실 누구나 다 전부 새로 시작해야 할 테니까요."

걷고 있던 두 사람은 코타르의 집 근처에 도착했다. 코타르는 활기를 띠며 낙관적인 생각을 하려고 애를 썼다. 그는 도시가 제로에서 다시 출발하기 위해 과거를 지워버리고 새로운 삶을 다시 활발하게 되찾아가는 모습을 상상하고 있었다.

"그렇죠. 어쨌든 당신의 상황도 물론 더 나아질 거예요. 어떤 면에서는 새로운 삶이 시작되는 거니까요."

그들은 문 앞에 도착해 악수를 나눴다.

"맞습니다. 제로에서 다시 출발한다는 건 좋은 일이겠죠." 코타르는 더 흥분된 목소리로 말했다.

그런데 복도의 어둠 속에서 불쑥 두 명의 남자가 나타났다. 타루는 코타르가, 저 놈들은 대체 뭘 원하는 거야,

하고 말하는 소리를 미처 알아들을 겨를도 없었다. 사복 경찰처럼 보이는 그 놈들이 코타르에게 당신이 코타르가 맞느냐고 물었다. 그 순간 코타르는 괴성 같은 것을 내지르며 몸을 획 돌리더니 두 남자도 타루도 꼼짝하지 못한 사이에 잽싸게 어둠 속으로 사라져버렸다. 갑작스런 일이 일어나자 타루는 두 남자에게 무슨 일 때문이냐고 물었다. 그들은 신중하고 친절한 태도로, 좀 조사할 일이 있다고 말하고는 코타르가 사라진 방향으로 서두르지도 않고 걸어갔다.

타루는 집으로 돌아와 그 장면을 기록해놓고는 곧 자신의 피로(글씨가 그 사실을 충분히 증명해주고 있다)에 대해서도 적어놓았다. 그는 또, 자기는 아직도 할 일이 많은데 준비도 안 하고 있는 것은 옳지 않다고 덧붙여 쓴 다음, 자신이 정말로 준비가 되어 있는지를 자문하고 있었다. 그리고 마지막엔 스스로 대답을 하며 그의 기록은 여기서 끝나고 있었다. 즉, 낮이든 밤이든 인간이 비겁해지는 시간은 늘 있으며 자신이 두려워하는 때도 바로 그 시각이라는 것이었다.

◆

　이틀 후, 즉 도시의 출입문이 열리기 며칠 전에 의사 리외는 혹시 기다리는 전보가 와있을까 싶어 낮에 집으로 돌아왔다. 당시 그의 일과들은 페스트가 기승을 부릴 때만큼이나 여전히 고됐지만 궁극적인 해방이 오기를 기다리면서 그는 모든 피곤을 잊을 수 있었다. 그는 이제 희망을 품고 그걸 즐기고 있었다. 누구나 항상 마음을 긴장시키고 늘 굳어진 채로 살 수는 없다. 어떤 행복을 느낄 때 결국은 투쟁을 위해 한 올 한 올 엮어놓았던 힘을 드러내며 비로소 그 긴장을 풀어내는 것이다. 만일 기다렸던 전보 역시도 긍정적인 내용이라면 리외는 다시 시작할 수 있을 것 같았다. 그는 모두가 새 출발을 해야 한다는 생각을 갖고 있었다.

　그는 관리실 앞으로 지나갔다. 새로 온 경비원이 창유리에 얼굴을 바싹 대고 리외에게 미소를 지어보였다. 계단을 올라가면서 리외는 피로와 영양결핍으로 창백해진 그의 얼굴을 다시 쳐다보았다.

　그래, 추상적 관념이 끝나면 새로 시작하리라, 그리고

좀 운이 따른다면…. 그런데 그가 문을 열자마자 그의 어머니가 다가와서는 타루 씨가 좋지 않은 상황이라고 알려주었다. 아침에 일어나긴 했지만 외출을 할 수가 없었고, 지금 막 다시 누웠다는 것이었다. 리외의 어머니는 불안해했다.

"별일 없을 거예요." 아들이 말했다.

타루는 몸을 쭉 뻗고 누워있었는데 무거운 머리를 베개에 푹 파묻고 다부진 가슴은 두꺼운 이불 밖으로 나와 있었다. 그는 열이 나고 머리가 아파 괴로워하고 있었다. 그러면서 리외에게 페스트인 것 같은 증상이 있다고 말했다.

"아니오, 아직은 뚜렷한 증세가 아무것도 없어요." 그를 진찰하고 나서 리외가 말했다.

그러나 타루는 극심한 갈증을 느끼고 있었다. 복도에서 의사는 어머니에게 페스트가 시작된 것 같다고 말했다.

"아! 설마 그럴 리가, 어떻게 지금!" 그녀가 말했다.

그리고는 곧 덧붙였다.

"저 사람을 그냥 여기 있게 하자, 베르나르."

리외는 곰곰이 생각해보았다.

"저는 그럴 권한이 없어요." 그가 말했다. "하지만 곧 도시 출입문도 개방될 거예요. 그러면 이게 정말 제가 저 자신을 위해 행사하는 첫 번째 권한이 될 거라고 생각해요. 어머니만 여기 안 계신다면 말이죠."

"베르나르." 그녀가 말했다. "나와 타루 둘 다 집에 있게 해주렴. 내가 이제 막 백신주사를 새로 맞은 건 너도 잘 알잖니."

의사는 타루도 백신은 맞았지만 아마도 너무 피곤했기 때문에 마지막 혈청주사를 안 맞고 주의사항들도 잊어버렸던 것 같다고 말했다.

리외는 곧바로 진료실로 갔다. 그가 방으로 다시 돌아왔을 때, 타루는 리외가 상당히 많은 량의 혈청 앰풀을 가져온 것을 보았다.

"아! 그렇군요." 그가 말했다.

"아니에요. 그냥 예방조치로 하는 거예요."

타루는 대답 대신 팔을 내밀어 자기 자신이 온종일 다른 환자들에게 놓아주었던 그 주사를 스스로 맞아야 했다.

"오늘 저녁이면 알게 될 거예요." 타루를 마주보며 리외가 말했다.

"그런데 격리는 어떻게 되죠, 리외?"

"당신이 페스트에 걸렸다는 건 전혀 확실하지 않아요."

타루는 애써 미소를 지어보였다.

"격리 지시를 하지 않고도 혈청주사를 놓는 건 처음 보네요."

리외는 시선을 돌렸다.

"어머니와 내가 당신을 돌봐줄 겁니다. 여기 있는 게 더 나을 거예요."

타루는 아무 말도 안 했다. 앰풀을 정리하고 있던 의사는 타루가 무슨 말을 하면 돌아서려고 기다리고 있었다. 마침내 그는 침대 쪽으로 다가갔다. 환자가 그를 쳐다보았다. 얼굴은 지쳐있었지만 그의 회색 눈은 평온해보였다. 리외가 그를 보며 미소를 지었다.

"될 수 있으면 자도록 해요. 난 좀 있다가 다시 올게요."

의사가 방문을 나가려고 하는데 자기를 부르는 타루의 목소리가 들렸다. 그래서 뒤돌아 그를 쳐다보았다.

그러나 타루는 무슨 말을 해야 할지 표현을 못 찾아 안간힘을 쓰고 있는 것 같았다.

"리외." 마침내 그가 분명한 투로 말했다. "나한텐 전부 말해줘야 합니다. 그러면 좋겠어요."

"약속할게요."

타루는 커다란 얼굴을 약간 일그러뜨리며 미소를 지어보였다.

"감사합니다. 난 죽고 싶지 않아요. 싸울 겁니다. 그러나

이 싸움에서 진다면 난 깨끗하게 끝맺고 싶어요."

리외는 허리를 굽혀 그의 어깨를 꽉 잡았다.

"아니에요, 성자가 되려면 꼭 살아야 돼요. 싸우세요."
리외가 말했다.

매서웠던 추위는 낮에 약간 풀렸지만 대신 오후엔 비
와 우박이 억수로 쏟아졌다. 황혼녘엔 날씨가 좀 개는 듯
하다가 추위가 더 심하게 파고들었다. 리외는 저녁이 되어
서야 집으로 돌아왔다. 그는 외투도 벗지 않고 곧바로 친
구의 방으로 들어갔다. 그의 어머니는 뜨개질을 하고 있
었다. 타루는 자리에서 꼼짝도 하지 않은 것 같았다. 그
러나 열이 나서 허옇게 된 그의 입술이 아직도 그가 병과
싸우고 있음을 말해주었다.

"좀 어때요?" 의사가 물었다.

타루는 침대 밖으로 튼튼한 어깨를 내밀며 약간 으쓱
해보였다.

"근데 내가 싸움에서 지고 있어요." 그가 말했다.

의사는 그를 가까이 들여다보았다. 몹시 뜨거운 살갗
밑으로 멍울이 맺혀있고, 그의 가슴에선 지하 대장간에서
들리는 것 같은 온갖 소리가 나고 있었다. 타루는 이상
하게도 두 가지 증상을 함께 보이고 있었다. 리외는 몸을
일으키면서 혈청이 아직 완전한 효과를 낼 시간이 부족

했다고 말했다. 타루는 뭔가 말을 하려고 애썼지만 목구멍 속에서 열이 솟구쳐 요란하게 울리는 바람에 그 몇 마디조차도 그대로 잠겨버렸다. 저녁식사 후, 리외와 그의 어머니는 환자 옆으로 와서 앉았다. 밤은 타루에게 있어 격렬한 싸움의 시작이었다. 리외는 이 죽음의 천사와의 힘든 투쟁이 새벽까지 계속되리라는 것을 알고 있었다. 타루의 건장한 어깨와 넓은 가슴도 최고의 무기가 되지는 못했다. 오히려 아까 리외가 주사바늘로 뽑아내었던 그 피, 그 피 속에 있는 영혼보다 더 심원한 어떤 것, 어떠한 과학도 밝힐 수 없는 그것이 바로 최고의 무기였다. 그는 친구가 싸우는 모습을 보고 있을 수밖에 없었다. 그가 하려는 일, 즉 종양을 촉진시킨다거나 강장제를 접종하는 일은 수개월간 반복해봤지만 결국 효과가 없었음을 그는 잘 알고 있었다. 사실상 리외가 할 수 있는 단 하나의 일은 너무나 흔한, 그러나 결코 용이하지 않은 요행에 기회를 맡겨보는 것밖에 없었다. 그런데 그 요행이 일어나야만 했다. 왜냐하면 리외는 자신을 좌절시키고 있는 페스트와 마주하고 있기 때문이었다. 다시 한번, 페스트는 자신을 물리치려는 온갖 전략들을 따돌리는 데 전념하며 예상치 못한 곳에 나타났다가 이미 정착한 곳에서 사라지곤 했다. 또 다시 한번, 페스트는 사람들을 놀라게 하려고 기를 쓰고 있었다.

타루는 움직이지도 않고 페스트와 싸우고 있었다. 밤새
도록 단 한 번도 어떠한 고통이 엄습해 와도 동요하지 않
으며 온힘을 다해 침묵하면서 견뎌내고 있었다. 그는 방
심하면 안 된다는 것을 그렇게 자기 식으로 표현하고 있
었다. 리외는 친구의 눈을 보며 병세의 진행과정을 추적할
수 있을 뿐이었다. 떴다 감았다 하는 눈, 안구에 더 꽉 붙
여 감았다가 떼는 눈꺼풀, 무언가를 응시하다가 의사와
그의 어머니에게로 옮겨가는 시선 등이었다. 의사와 시선
이 마주칠 때마다 타루는 안간힘을 다해 미소를 지어보
였다.

순간, 거리에서 급히 서둘러가는 발걸음소리가 들려왔
다. 멀리서 요란하게 울리는 소리가 들리자 사람들이 달
아나는 것 같았다. 그 소리는 점차 다가오다가 마침내 쏟
아져 내리며 거리를 가득 메웠다. 다시 비가 오더니 곧 우
박과 섞여 보도 위로 타다닥 소리를 내며 쏟아졌다. 넓은
커튼이 창문 앞에서 너울거렸다. 어두운 방안에서 비 때문
에 잠시 정신이 팔렸던 리외는 탁자의 전등 빛 아래로 비
친 타루의 얼굴을 다시 주의 깊게 바라보았다. 그의 어머
니는 뜨개질을 하고 있다가 이따금 고개를 들어 환자를
유심히 쳐다보았다. 의사로서 그는 이제 해야 할 모든 일

을 다 한 셈이었다. 비가 그치고 나자 짙은 침묵이 방안에 드리워졌고 보이지 않는 싸움의 말 없는 소동만이 가득 차있었다. 불면으로 신경이 날카로워진 의사는 이 침묵의 경계에서, 페스트가 한창이던 때 그를 계속 따라다녔던 그 부드럽고 일정한 휘파람소리가 들리는 것 같은 착각에 빠졌다. 그는 어머니에게 가서 주무시라는 신호를 했다. 그녀는 머리를 흔들어 사양했다. 그리고는 눈을 반짝거리며 뜨개질 코가 제대로 됐는지 바늘 끝으로 조심스럽게 헤아려보았다. 리외는 일어나서 환자에게 물을 먹이고는 다시 돌아와 자리에 앉았다.

비가 잠시 멈춘 틈을 이용해 사람들이 바쁜 걸음으로 거리를 지나갔다. 이내 그들의 발걸음 소리도 줄어들다가 점차 멀어져갔다. 늦은 시간에 산책객들이 거리로 몰려나오고 앰뷸런스 소리도 없는 이런 밤이 예전의 밤들과 같다는 것을, 의사는 그때 처음으로 알아차렸다. 바로 페스트에서 해방된 밤이었다. 그리고 추위와 햇빛과 군중에게서 쫓겨난 질병이 도시의 극심한 어둠에서 도망쳐 이 따뜻한 방으로 피난 와서는 타루의 무기력한 몸에 최후의 공격을 퍼붓는 것 같았다. 재앙은 이 도시의 공기를 더 이상 휘젓지 못했다. 그러나 방안의 무거운 공기 속에서 천천히 휘파람 같은 소리를 내고 있었다. 그것은 몇 시간 전부터 리외에게 들려온 바로 그 소리였다. 리외는 여기서 페스트가 멈추기를, 여기서 페스트가 스스로 패배했다고 선언하기를 기다려야만 했다.

새벽이 오기 조금 전에, 리외는 어머니에게 몸을 기울이며 말했다.

"여덟 시에 저와 교대하시려면 지금 주무셔야 할 거예요. 주무시기 전에 소독하세요."

리외의 어머니는 일어나 뜨개질거리를 챙겨서 침대 쪽으로 다가갔다. 타루는 이미 얼마 전부터 눈을 감고 있었다. 땀에 젖은 머리카락이 단단한 이마 위에서 구불거리고 있었다. 리외의 어머니가 한숨을 내쉬자 환자가 눈을 떴다. 그는 부드러운 얼굴이 자기를 내려다보고 있는 걸 알고는 열이 요동치는데도 불구하고 또다시 애써 미소를 지어보였다. 그러다가 곧 다시 눈이 감겼다. 혼자 남은 리외는 어머니가 좀 전에 떠나고 비어있는 안락의자에 앉았다. 거리는 아무 소리도 없이 이젠 고요만이 가득했다. 아침의 추위가 방에서도 느껴지기 시작했다.

의사는 선잠이 들었다가 새벽의 첫 자동차 소리에 비몽사몽에서 깨어났다. 그는 소스라쳐 놀라며 타루를 쳐다보았다. 한숨을 돌렸는지 환자도 잠이 들어있었다. 나무와 쇠로 된 마차바퀴 소리가 멀리서 아직도 들려오고 있었다. 창문에 비친 밖은 아직 어두웠다. 의사가 침대로 다가가자 타루는 아직도 잠에서 깨어나지 않은 듯 무표정한 눈으로 그를 쳐다보았다.

"잠 좀 잤죠?" 리외가 물었다.

"네."

"숨쉬기는 좀 나은가요?"

"조금요. 그게 무슨 의미죠?"

리외는 침묵하고 있다가 잠시 후 입을 열었다.

"아니오, 타루. 아무 의미도 없어요. 당신도 나처럼 아침나절의 일시적 차도를 잘 알고 있잖아요."

타루도 수긍을 했다.

"고맙습니다. 그래도 분명히 대답해주세요." 그가 말했다.

리외는 침대 끝으로 가서 앉았다. 그는 환자의 다리를 보며 이미 죽은 사람의 사지처럼 늘어져 굳어있는 것을 느낄 수 있었다. 타루의 숨소리가 더 심해졌다.

"열이 또 나는 것 같아요, 리외." 그가 숨 가쁜 목소리로 말했다.

"그래요. 하지만 낮쯤 돼야 분명해질 거예요."

타루는 힘을 모으려는 듯이 눈을 감았다. 낙담한 기색이 그의 얼굴에서 읽혔다. 그는 몸속 깊은 어딘가에서 이미 끓어오르고 있는 열이 온몸으로 퍼지기를 기다렸다.

그가 눈을 떴을 땐, 시선이 흐려 있었다. 그는 자신에게 몸을 기울이고 있는 리외를 알아보고서야 눈빛이 밝아졌다.

"자, 마셔요." 리외가 말했다.

타루는 물을 마시고 나서 고개를 다시 떨어트렸다.

"오래 가네요." 그가 말했다.

리외가 그의 팔을 붙잡았다. 그러나 타루는 시선을 돌리고 더 이상은 아무 말도 하지 않았다. 그런데 갑자기, 마치 내부에 있는 어떤 둑이 무너지기라도 한 것처럼 열이 그의 이마에까지 벌겋게 올라와 있었다. 타루의 시선이 다시 의사를 향했을 때 의사는 긴장한 얼굴로 그에게 용기를 북돋아주었다. 타루는 또다시 미소를 지으려고 애썼지만 굳어진 턱과 희끄무레한 거품이 묻은 입술 밖으로 나올 수가 없었다. 그러나 굳어진 얼굴에서도 눈만은 아직 용기의 절정으로 반짝이고 있었다.

일곱시에 리외의 어머니가 방으로 들어왔다. 의사는 진료실로 가서 병원에 전화를 걸어 자기 대신 근무할 수 있는 사람을 요청했다. 그리고 진료도 연기하기로 결정하고 진료실의 긴 의자에 잠시 누웠다. 하지만 금방 다시 일어나 친구의 방으로 돌아왔다. 타루는 리외 어머니에게로 고개를 돌리고 있었다. 그는 자기 옆 의자에 앉아 두 손을 무릎 위에 모으고 있는 그 쇠약한 작은 그림자를 바라보고 있었다. 그가 하도 골똘히 자기를 응시하고 있어서 리외 어머니는 말하지 않아도 안다는 듯이 입술에 손가락을 대고는 일어나서 침대 머리맡의 전등을 꺼주었다. 그러나 커튼 뒤로 햇빛이 순식간에 스며들어왔고, 잠시 후 환자의 얼굴이 어둠속에서 모습을 드러냈을 때 리외 어머니는 그가 여전히 자신을 바라보고 있다는 것을 알 수 있었다. 그녀는 환자에게 몸을 기울여 베개를 다시 고쳐주고 일어나면서 축축하게 젖어서 꼬여있는 그의 머리카락에 잠시 손을 얹었다. 그때 멀리서 감사하다고 그리고 이제 다 좋다고 말하는 어떤 희미한 목소리가 들렸다. 그녀가 다시 자리에 앉았을 때 타루는 눈을 감고 있었고 입이 굳게 다물어져 있는데도 그의 지친 얼굴은 또다시 미소를 짓는 것처럼 보였다.

정오 무렵엔 열이 절정에 올라있었다. 환자는 속에서 끓어오르는 기침을 하듯이 경련을 하며 피를 토하기 시작했다. 임파선은 더 이상 부어오르지 않았지만 여전히 관절의 움푹한 부분에 나사처럼 단단하게 박혀 그대로 있었다. 리외는 그걸 절제하기는 불가능하다고 판단했다. 열과 기침이 거듭되는 사이에도 타루는 때때로 친구를 또다시 쳐다보았다. 그러나 그가 눈을 뜨고 있는 시간은 점점 줄어들었다. 그리고 햇빛이 들어와 그의 추해진 얼굴을 비출 때마다 더 창백해진 걸 알 수 있었다. 발작적인 경련을 일으키며 그의 몸을 뒤흔들었던 폭풍은 그 불꽃이 차츰 잦아들었고, 타루는 그 소용돌이의 밑바닥에서 서서히 표류하고 있었다. 리외 앞에는 이제 미소를 잃어버린 무기력한 얼굴만이 있을 뿐이었다. 그에게 그토록 가까웠던 이 인간의 모습은 이제 창으로 몸이 찔리고 초인적인 악에 불태워지며 하늘의 앙심을 품은 바람으로 완전히 비틀어진 채, 바로 그의 눈앞에서 페스트의 물살 속으로 가라앉고 있었다. 하지만 그는 이 침몰을 막기 위한 그 무엇도 할 수가 없었다. 그는 무기도 없고 수단도 없이 빈손으로 그리고 복잡한 마음으로 해안에 남아, 한 번 더 이 참담한 결과를 마주해야만 했다. 그리고 마침내 그는 자신의 무력함에 눈물이 흘러내려, 타루가 갑자기 벽을 향해 돌아누우며 마치 그의 몸속 어딘가에서 가장 중요한 줄 하나가 끊어져버린 것처럼 힘없는 신음소리를 내며 숨을 거두는 것을 보지 못했다.

그 날 밤은 투쟁의 밤이 아니라 침묵의 밤이었다. 리외는 세상으로부터 단절된 이 방안에서 이제 옷을 갖춰 입은 시체 위로 놀라운 침묵이 감도는 것을 느꼈다. 그건 꽤 여러 날 전에 도시의 출입문이 공격을 당한 후 페스트에도 개의치 않고 테라스에 감돌았던 그 침묵과도 같았다. 그 때도 그는 이미 죽어가는 사람들을 내버려둔 여러 침대에서 들려오는 침묵에 대해 생각했었다. 그건 어디서나 똑같은 침묵이었고, 똑같이 장엄한 소리였으며, 병과의 전쟁 끝에 언제나 찾아오는 똑같은 진정 상태였다. 그건 바로 패전의 고요함이었던 것이다. 그러나 지금 그의 친구를 둘러싸고 있는 이 고요함은 너무나 숨 막힐 듯했다. 거리의 고요함과 페스트에서 해방된 도시의 고요함과도 너무나 긴밀하게 일치하고 있어서, 리외는 이번에야말로 최종적인 패배, 즉 전쟁이 끝나고 평화 상태에서 회복할 수 없는 고통만이 남게 되는 패배라는 것을 절실히 느끼고 있었다. 의사는 결국 타루가 평화를 되찾았는지는 알 수 없었다. 그러나 적어도 그 순간, 그는 자기 자신에게 더 이상은 평화가 오지 않을 것이며 아들을 잃은 어머니에게 또는 친구의 시체를 매장한 사람에게는 결코 휴전도 없다는 것을 알 것 같았다.

밖은 여전히 추운 밤이었고, 별들조차도 맑고 차가운 하늘에 얼어붙어 있는 것 같았다. 어둠침침한 방안에서도 유리창에 가해지는 추위와 극지의 밤에서 불어오는 매서운 바람이 느껴졌다. 침대 옆에는 리외의 어머니가 낯익은 자세로 오른쪽 머리맡의 전등이 켜진 곳에 앉아있었다. 리외는 불빛에서 멀리 떨어진 방 한가운데 놓인 안락의자에 앉아 기다리고 있었다. 아내에 대한 생각이 떠올랐지만 그럴 때마다 그 생각을 떨쳐냈다.

밤이 시작되자 행인들의 발걸음소리가 추운 공기 속에서 맑게 울려왔다.

"일은 다 마쳤니?" 어머니가 물었다.

"네, 제가 전화했어요."

그러고 나서 두 사람은 다시 침묵의 밤샘을 시작했다. 리외의 어머니는 이따금 아들을 쳐다보았다. 그는 한 번 어머니의 시선을 느끼고는 미소를 지어보였다. 밤의 낯익은 소리들이 거리에서 잇달아 들려왔다. 아직 허가가 떨어진 건 아니지만 많은 자동차들이 다시 움직이고 있었다. 자동차들은 순식간에 도로를 빨아들이듯이 사라졌다가 곧이어 또 나타나곤 했다. 목소리들, 부르는 신호들, 다시 침묵, 말발굽 소리, 전차 두 대가 코너를 돌 때 삐걱거리는 소리, 분명치 않은 웅성거림들, 그리고 또다시 밤의 숨결.

"베르나르?"

"네."

"안 피곤하니?"

"네. 괜찮아요."

그 순간 그는 어머니가 무슨 생각을 하고 있는지 알고 있었고, 자기를 아끼고 있다는 것도 알고 있었다. 하지만 그는 누군가를 사랑한다는 것이 대단한 일도 아니고 적어도 사랑이라는 것이 자기 자신의 표현을 찾아내는 데 있어 그리 강력하지 않다는 것도 알고 있었다. 때문에 그의 어머니와 그는 언제나 침묵 속에서 서로를 아끼게 될 것이었다. 그러다가 어머니는 - 또는 그는 - 평생 동안 자신의 애정을 좀 더 표현하지도 못한 채 죽어갈 것이다. 마찬가지로, 그는 타루와 가까이 지내왔는데도 자신들의 우정이 진정으로 살아있었다는 표현도 제대로 하지 못한 채 그날 저녁 타루는 죽어갔던 것이다. 타루는 그의 말대로 싸움에서 지고 말았다. 그런데 리외 자신은 무엇을 얻었던가? 그는 다만, 페스트를 겪었고 그것을 기억하고 있다는 것, 우정을 알았고 그것을 추억하고 있다는 것, 그리고 사랑을 알고 언젠가는 그것을 회상하게 될 거라는 것, 그것만을 얻었을 뿐이었다. 인간이 페스트와 생명의 게임에서 얻을 수 있는 것은 곧 인식하는 것이고 기억하는 것이다. 아마도 타루가 게임에서 이기는 거라고 말했던 게 그것이었나!

또다시 자동차 한 대가 지나가고 리외 어머니는 의자에 앉은 채 몸을 약간 움직였다. 리외가 어머니를 보고 미소를 지었다. 부인은 아들에게 피곤하지 않다고 얘기했다. 그리고 곧 말을 이었다.

"너 산에 가서 좀 쉬어야겠다. 거기 말이다."

"물론 그래야죠, 엄마."

그렇다, 그는 거기서 좀 쉬어야 할 것이다. 왜 안 되겠는가? 그건 추억하는 기회도 될 것이다. 그러나 게임에서 이기는 게 이런 것이라면, 바라는 것은 모두 빼앗긴 채 알고 있는 것과 추억하는 것만을 가지고 살아간다는 건 너무 힘들 것이다. 타루는 그렇게 살았던 게 틀림없다. 그래서 그는 아무런 꿈도 없는 삶이란 얼마나 메마른 것인지를 자각했던 것 같다. 희망 없이는 평화도 없다. 인간은 그 누구도 단죄할 권리가 없다고 말했던 타루는 그렇지만 인간은 어느 누구도 단죄를 억누를 수 없고 때로는 희생자들조차도 사형집행자가 된다는 걸 알고 있었다. 타루는 분열과 모순 속에서 살았기 때문에 전혀 희망을 가져보지 못했다. 그래서 그는 신성함을 필요로 하며 인간에 대한 봉사 안에서 평화를 찾으려 애썼던 것일까? 사실 리외는 그 점에 대해 아무것도 알지 못했고, 그게 중요한 것도 아니었다. 그가 간직하게 될 타루에 대한 유일한 이미지는 두 손으로 자동차의 핸들을 꽉 잡고 운전하거나 또는 이제 움직이지도 않고 뻗어있는 그 다부진 몸에 대한 이미지일 것이다. 삶의 따뜻함과 죽음의 이미지, 리외가 알고 있는 것은 그것이었다.

의사 리외가 다음날 아침에 아내의 부고를 받았을 때 침착할 수 있었던 것도 아마 그런 이유에서였을 것이다. 그는 진료실에 있었다. 그의 어머니가 뛰다시피 하며 전보를 가지고 왔던 것이다. 그러고 나서 그녀는 집배원에게 팁을 주려고 진료실을 나갔다. 어머니가 다시 왔을 때, 아들은 펼쳐진 전보를 손에 쥐고 있었다. 그녀는 아들을 쳐다보았다. 하지만 그는 창문으로 보이는 장엄한 아침만을 한없이 응시하고 있었다. 항구 위로 해가 올라오고 있었다.

"베르나르." 어머니가 불렀다.

의사는 멍한 시선으로 어머니를 돌아보았다.

"그 전보니?" 어머니가 물었다.

"네, 일주일 전에요." 의사가 털어놓았다.

어머니는 창문 쪽으로 고개를 돌렸다. 의사는 아무 말도 하지 않았다. 그리고는 어머니에게 울지 말라고 하면서 이렇게 되리라고 예상은 했지만 그래도 괴롭다고 말했다. 단지 그는 이렇게 말하면서도 자신의 고통이 놀라운 것도 아니라는 것을 알고 있었다. 이 고통은 몇 달 전부터, 그리고 이틀 전부터 계속되어온 똑같은 고통이었던 것이다.

◆

2월의 어느 아름다운 아침이 밝아올 무렵, 도시의 출입문이 드디어 열렸다. 시민들, 신문들, 라디오, 그리고 도청의 성명은 일제히 그 소식에 환영을 나타냈다. 따라서 이제 진술자에겐 출입문이 개방되던 그 기쁨의 순간을 기록하는 일이 남아있다. 비록 그 자신도 거기에 완전히 동화될 자유가 없는 사람들에 속함에도 불구하고 말이다.

성대한 축제가 밤낮으로 열렸다. 그에 맞춰 역에서는 기차가 연기를 내뿜기 시작했고, 먼 바다에서 항해해온 배들도 이미 우리의 항구를 향해 뱃머리를 돌렸다. 그날은 이별을 슬퍼하던 모든 사람들에게 있어 역사적인 재회의 날이라는 것을 그들은 자신만의 방식으로 표현하고 있었다.

여기서 독자들은 그렇게 많은 시민들이 사로잡혀 있었던 이별의 감정은 어떻게 변화되어갔는지 쉽게 상상할 수 있을 것이다. 낮 동안 도시 안으로 들어온 기차도 도시를 떠난 기차 못지않게 많은 승객을 싣고 있었다. 2주일의 유예기간 동안 모두는 그날을 위해 좌석을 예약해놓았지만, 혹시라도 마지막 순간에 도청의 결정이 취소될까봐 불안에 떨어야 했다. 게다가 도시로 들어오는 여행객들 가운데도 그런 불안을 완전히 떨쳐버리지 못한 사람들이 더러 있었다. 왜냐하면 그들은 자기들과 친척관계에 있는 사람들의 처지는 대략 알고 있었지만 다른 사람들이나 도시 전체에 대해서는 아무것도 모르고 있었으며, 도시가 어떤 가공할 모습으로 바뀌었을 거라고 생각했기 때문이었다. 하지만 그건 그동안 열정이 모두 불타버리지 않은 사람들에게만 맞는 말이었다.

열정적인 사람들은 사실 자신들의 고정관념에 사로잡혀 있었는데 그들에게도 달라진 것이 한 가지는 있었다. 격리되어 있었던 그 몇 달 동안 어서 빨리 밀어내고 싶었던 그 시간, 도시가 보이는 곳에 이미 와있는데도 여전히 허겁지겁하며 열중했던 그 시간이, 이제는 기차가 멈추기 전에 브레이크를 걸기 시작하는 순간 오히려 속도를 늦추면서 그대로 멈추기를 바란 것이다. 사랑하는 사람을 위해 삶을 잃어버린 이 몇 달에 대한 그들의 막연하면서도 격렬한 감정은 기쁨의 시간이 기다림의 시간보다 두 배 느리게 흘러가야 한다는 일종의 보상을 스스로가 무의식중에 요구하게 만들었다. 랑베르의 아내는 몇 주 전에 이미 예고를 받고 필요한 것을 준비해 오늘 이곳에 도착하는데 그녀를 기다리고 있는 랑베르처럼 방안에서나 플랫폼에서 사랑하는 사람을 기다리고 있는 사람들도 똑같은 초조함과 똑같은 혼란 속에 놓여있었다. 랑베르는 페스트가 몇 달간 계속되면서 추상적 관념으로 축소되어버린 이런 사랑이나 애정이 그것의 버팀목이었던 육체와 대면하는 것을 가슴 졸이며 기다려왔다.

그는 전염병이 퍼지던 초기에 단숨에 도시를 탈출해 뛰어가서 사랑하는 사람을 만나려고 갈망했던, 그 자신으로 되돌아가고 싶었을지도 모른다. 그러나 그럴 수 없다는 것을 그는 알고 있었다. 그는 달라졌다. 페스트가 그의 마음속에 어떤 방심을 불어넣었던 것이다. 그는 온힘으로 그 방심을 떨쳐내려고 해봤지만 그건 마치 귀를 막은 번민처럼 그의 마음에 계속 남아있었다. 어떤 의미에서, 그는 페스트가 너무 급격하게 끝났다는 느낌이 들어 좀 당황스러웠다. 행복이 급속도로 빨리 다가오고 있었고 일의 결과는 기대보다 더 빨리 진척되어갔다. 랑베르는 자신에게 일어난 모든 일이 단숨에 회복될 것이며 또 기쁨이란 맛보지도 못하는 불길과도 같다는 것을 알고 있었다. 다른 사람들도 대체로 랑베르처럼 생각하고 있었다. 그래서 바로 그들에 대해 얘기해야 한다. 각자 자기들만의 삶을 다시 시작하게 된 역 플랫폼에서 그들은 여전히 동료

의식을 느끼며 서로 간에 눈짓과 미소를 주고받았다. 그러나 기차가 연기를 내뿜는 즉시 그들이 격리생활에서 느꼈던 감정은 막연하면서도 어리둥절할 만큼 쏟아지는 기쁨 아래서 일순간 꺼져버렸다. 기차가 들어와 멈춰 서자, 종종 바로 그 플랫폼에서 시작되었던 끝도 없는 이별은 이제 한순간에 거기서 끝을 맺었다. 그 생생한 모습을 잊어버린 몸 위로 서로가 너무나 기뻐서 탐욕스럽게 팔을 두른 그 순간에 말이다. 랑베르가 자기를 향해 달려오는 그 모습을 볼 겨를이 없이 그녀는 어느새 그의 가슴으로 달려들었다. 그녀를 두 팔로 감싸고 그 친근한 머리칼 밖에는 보이지 않는 그녀의 머리를 꼭 껴안으며 그는 눈물을 흘렸다. 이 눈물이 현재의 행복에서 나온 것인지 아니면 너무 오랫동안 억눌렸던 고통에서 나온 것인지는 알 수 없지만, 지금 자신의 어깨에 푹 파묻혀 있는 이 얼굴이 자기가 그토록 꿈꾸었던 그 얼굴인지 아니면 반대로 어떤 낯선 여인의 얼굴인지 확인할 수 없다는 것에 그는 적어도 안심하고 있었다. 그 의심이 진실이었다는 것을 그는 나중에야 알게 될 것이다. 당분간은 그도 주위의 모든 사람들처럼 페스트는 사람들의 마음이 바뀌든 상관없이 왔다가 다시 떠날 수도 있다고 믿고 싶었다.

그들은 서로를 껴안은 채 모두들 집으로 돌아갔는데

그 외의 일엔 아랑곳도 없이 표면상으로는 마치 페스트를 물리친 것 같은 모습이었다. 그들은 또 그동안의 모든 비참함을 잊어버리고, 같은 기차를 타고 왔지만 아무도 마중 나온 사람이 없는 그런 사람들도 잊어버린 채 돌아갔다. 플랫폼에서 아무도 찾지 못한 이 사람들은 오랜 침묵이 그들의 마음속에 이미 드리우고 있었던 두려움을 이제 집으로 돌아가서 확인해야만 했다. 이들에게 동반자라고는 이제 막 시작된 괴로움밖에 없었다. 그 순간 잃어버린 사람에 대한 추억에 열중하고 있는 사람들에게는 사정이 전혀 달라서 그들에겐 이별의 감정도 극도에 달해있었다. 이름도 없이 구덩이 속에 파묻혔거나 또는 불 속의 수많은 유골 중에 녹아 없어져 잃어버린 사람들, 그리고 모든 기쁨을 잃어버린 어머니들, 배우자들, 연인들에게 있어 페스트는 계속되고 있었다. 그렇지만 누가 이 외로운 사람들을 생각해주겠는가? 정오 무렵이 되자, 태양은 아침부터 대기 속에서 맞붙어 싸우고 있던 찬바람을 물리치고 꿈쩍도 않는 햇볕을 도시에 계속해서 퍼부었다. 하루가 멈춰있었다. 언덕 꼭대기에 있는 요새의 대포들이 끊임없이 하늘을 향해 포성을 울렸다. 모든 사람들이 밖으로 뛰어나와, 고통의 시간은 끝났지만 망각의 시간은 아직 시작되지도 않은 이 벅찬 순간을 축하했다.

사람들은 광장으로 나와 춤을 추었다. 어느덧 통행량이 상당히 늘어났고 더 많아진 자동차들이 사람들로 붐비는 거리에서 어렵게 움직이고 있었다. 시내의 종들이 오후 내내 힘차게 울렸다. 종소리의 울림이 푸르게 빛나는 하늘을 가득 채웠다. 역시나 성당에서는 감사기도가 암송되고 있었다. 그러나 동시에, 환락을 즐기는 곳들은 사람들로 미어터졌고 앞날을 걱정하지 않는 카페들은 남아있는 술을 몽땅 나눠주었다. 그들의 카운터 앞에도 마찬가지로 흥분한 군중들로 가득했다. 그들 가운데는 사람들의 이목을 끄는 것도 염려하지 않고 서로 껴안고 있는 커플들도 꽤 많았다. 모두들 떠들고 웃어댔다. 그들은 자신의 영혼을 위축시켰던 지난 몇 달 동안 비축해놓은 생명을 마치 그날이 자신들의 생존 기념일인 것처럼 소비했다. 다음 날부터는 예전 그대로의 삶이 아주 조심스럽게 시작될 것이다. 당장은 출신지가 전혀 다른 사람들도 서로 팔꿈치를 부딪치며 형제같이 지냈다. 죽음 앞에서도 실현되지 못했던 평등이 다만 몇 시간이라도 해방의 기쁨 속에서 실현되고 있었다.

그러나 이런 평범한 활력이 모든 것을 말해주는 건 아니었다. 오후 늦게 랑베르와 함께 양 옆으로 거리를 가득 메운 사람들은 대체로 평온한 태도를 유지한 채 속으로 미묘한 기쁨을 감추고 있었다. 수많은 커플과 가족들도 겉으로 보기엔 사실 평화로운 산책자들의 모습과 다르지 않았다. 실제로 그들 중 대부분은 자신들이 고통을 겪었던 여러 장소에서 마음을 기울여 순례를 행하기도 했다. 그것은 새로 온 사람들에게 선명히 보이거나 또는 보이지 않는 페스트의 징후들, 즉 그 역사의 흔적을 보여주기 위해서였다. 어떤 사람들은 그동안 많은 것을 목격했던 페스트의 동시대 사람으로서 가이드 역할을 하는 것에 만족하며 두려움을 불러일으키지 않고도 위험에 대해 얘기해주었다. 이렇게 즐기는 것은 비난할 일도 아니었다. 그러나 또 어떤 사람들에겐 그런 장소에 가는 것이 더 섬뜩한 여정이 되어, 추억의 달콤한 번민에 빠진 한 남자가 자기 애인에게 이렇게 말하기도 했다. "그때 여기서 당신을 그리워했는데 당신이 없었던 거지." 이 정열적인 유람객들은 서로 자기와 닮은 점을 발견할 수 있었다. 그래서 소란 속에 걸어가면서도 속삭임과 내밀한 이야기를 나누며 자기들만의 섬을 만들어냈다. 네거리의 오케스트라보다 더 실질적인 해방을 알린 것은 바로 그들이었다. 왜냐하면 말도 필요 없이 서로 꼭 껴안고 있는 이 매혹적인 커플들이야말로 그 소란 한가운데서도, 승리의 모든 것과 행복의 불공정함과 더불어 페스트가 정말로 끝났고 공포도 이제는 과거에 지나지 않음을 분명하게 보여주었기 때문이었다. 그들은 모든 증거가 있음에도 불구하고 우리가 일찍이 알았던 것들을 태연하게 부정하고 있었다. 한 인간을 죽이는 것이 파리 떼를 죽이는 것과 마찬가지로 일상사였던 이 몰상식한 세상을, 너무나 명확한 이 야만성을, 예측된 이 정신착란을, 현재가 아닌 모든 것에 대해 끔찍한 자유를 가져다준 이 감금상태를, 모든 사람을 죽이지는 않더라도 혼미하게 만들었던 이 죽음의 냄새를 말이다. 그리고 마침내 그들은 우리가 이 얼빠진 시민이었다는 것을 부정했다. 그 시민 중 일부는 매일같이 화장터 아궁이 속에 차곡차곡 쌓인 채 진한 연기로 사라지고, 또 다른 일부는 무력과 공포의 사슬에 묶인 채 자기 차례를 기다리고 있었던 것이다.

어쨌든 그것이 바로 의사 리외의 눈에 명백히 비쳤던 모습이었다. 그는 변두리 지역을 찾아가려고 오후 끝 무렵에 혼자 걸어가고 있었는데 사방이 종소리들과 대포소리, 음악소리, 그리고 귀를 멍하게 하는 외침들로 요란스러웠다. 환자에겐 휴가가 없으므로 그의 일은 계속되었다. 도시 위로 아름다운 빛이 드리우고 있는 가운데, 예전에 나던 고기구이 냄새와 아니스 술 냄새가 올라오고 있었다. 그의 주위로는 사람들이 쾌활한 표정으로 하늘을 쳐다보고 있었다. 남자와 여자들은 욕망의 외침과 흥분으로 얼굴이 붉게 물든 채 서로 꼭 달라붙어 있었다. 그렇다, 이제 페스트와 공포는 끝났으며 서로 엉켜있는 그 팔들은 말 그대로 페스트가 곧 유배이자 이별이었다는 것을 확실히 말해주고 있었다.

처음으로 리외는 지난 몇 달 동안 행인들의 얼굴을 볼때마다 느꼈던 이 가족적인 분위기에 이름을 붙일 수 있었다. 이제는 주위를 둘러보기만 해도 충분했다. 비참함과 궁핍과 더불어 페스트도 끝이 나자, 모든 사람들은 이미 오래 전부터 자신들이 해왔던 역할에 맞는 복장을 갖추게 되었다. 이주민으로서의 복장은 우선 얼굴에서 그 다음엔 옷차림에서 사랑하는 사람을 잃은 그 부재와 함께 고국이 멀리 있음을 말해주고 있었다. 페스트가 도시의 출입문을 폐쇄시켰던 그때부터 그들은 오로지 이별 속에서만 살아왔으며 모든 것을 잊게 해주는 이 인간의 온기로부터 분리되어 있었다. 정도는 서로 다르지만 도시 곳곳의 이 남자들과 여자들은 모두에게 그 성질이 같지 않아서 모두에게 똑같이 불가능한 어떤 결합을 서로가 열망했었다. 그들 대부분은 곁에 없는 사람을 향해 육체의 온기와 애정 또는 그 익숙함을 온힘으로 울부짖고 있었다. 어떤 사람들은 종종 자기도 모르게 사람들과의 우정에서 소외된 채 놓여있는 것에 대해, 그리고 편지나 기차, 배 같은 우정의 평범한 수단들을 통해 그들을 만나는 것조차 못하고 있는 것에 대해 괴로워했다. 그리고 얼마 안 되는 몇몇 사람들은 어쩌면 타루처럼 스스로 명확하게 표현할 수는 없지만 자기들에게 바람직한 유일한 선으로 보이는 어떤 것과의 결합을 원했었다. 다른 이름을 찾지 못해서 그들은 때때로 그걸 평화라고 부르기도 했다.

리외는 계속 걸어갔다. 앞으로 나아갈수록 주변으로 군중이 더 늘어나고 소란도 더 커져서, 그가 가려고 하는 그 변두리 지역이 그만큼 더 멀어지는 것 같았다. 그는 차츰 그 아우성치는 군중 속에 녹아들어 그들의 외침을 점점 더 잘 알아듣게 되었는데, 그중 적어도 일부는 그 자신의 외침이기도 했다. 그렇다, 모두가 하나같이 정신적으로나 육체적으로, 괴로운 휴가에 대해, 어쩔 수 없는 감금 상태에 대해, 결코 채워지지 않는 갈증에 대해 괴로워했다. 산더미처럼 쌓인 시체들, 앰뷸런스 소리, 운명이라고 밖에 부를 수 없는 확진 선고들, 공포에 대한 완강한 저항, 마음속의 무시무시한 격분, 이런 것들 사이에서도 어떤 거대한 기운이 공포에 사로잡힌 그 사람들을 끊임없이 뒤쫓으며 경고를 하면서 그들에게 진정한 조국을 되찾아야 한다고 말했다. 그들 모두의 진정한 조국은 숨 막히는 이 도

457

시의 담 너머에 있었다. 조국은 언덕 위의 향기로운 수풀 속에 있었고, 바다와 자유로운 고장과 사랑의 힘 속에 있었던 것이다. 그래서 그들은 조국을 향해 그리고 행복을 향해 돌아가고 싶었으며, 그 나머지 것에서는 환멸을 느끼며 돌아서고자 했다.

그런 유배생활과 그런 결합에 대한 욕망이 어떤 의미를 가질 수 있는지, 그것에 대해 리외가 아는 것은 아무것도 없었다. 그는 사방에서 밀리고 말을 걸어오는데도 계속 걸어가 차츰 덜 혼잡한 거리로 들어섰다. 그러면서 그는 이런 것들이 의미가 있든 없든 그건 중요하지 않고 사람들의 희망에 어떤 대답이 주어졌는지 다만 그것을 알아야 한다고 생각했다.

그는 이제 어떤 대답이 주어졌는지 알게 되었고, 거의 인적이 없는 변두리 지역의 거리로 들어섰을 때 그걸 더 잘 알 수 있었다. 자기들이 지키고 있었던 작은 것에 집착하면서 단지 사랑의 보금자리로 돌아가기를 원했던 그 사람들은 이따금 보상을 받았다. 물론 그들 중 몇 명은 기다리던 사람을 잃어버리고 쓸쓸하게 거리를 계속 돌아다니고 있었다. 다행히 그들은 두 번씩이나 이별을 겪지는 않았는데, 가령 어떤 사람들은 전염병이 돌기 전에 자기들의 사랑을 확고히 세우지 못하고 수년 동안 이루어지기 어려운 결합을 맹목적으로 추구하다가 마침내 서로를 진저리나는 연인으로 끝내버렸기 때문이었다. 그런 사람들은 리외와 마찬가지로 어리석게도 시간을 믿었던 것이다. 즉 그들은 영원히 이별해야만 했다. 하지만 다른 사람들은 랑베르처럼 - 의사가 그날 아침에 떠나면서 그에게 말했다. "용기를 내요, 지금은 이성을 가져야 할 때에요." - 잃어버렸다고 생각했던 사람을 주저하지 않고 다시 찾아냈다. 그들은 적어도 얼마 동안은 행복할 것이다. 사람이 늘 원하고 또한 가끔씩 얻어낼 수도 있는 것이 있다면, 그것은 바로 인간적인 사랑이라는 것을 그들은 이제 알게 되었다.

이와 반대로, 자기들이 상상도 할 수 없으며 인간의 능력을 넘어서는 그 어떤 것에 호소를 하고 있었던 사람들에게는 아무런 대답도 주어지지 않았다. 타루는 자신이 말했던 그 힘든 평화를 되찾은 것 같았다. 하지만 그에게 아무 소용도 없었던 바로 그 순간, 죽음 속에서야 그걸 찾아냈던 것이다. 그와 반대로, 리외가 여러 집들을 다니며 문간에서 보았던 다른 사람들, 만일 그들이 기울어가는 햇빛 속에서 서로 힘껏 껴안은 채 서로를 정신없이 바라보며 자신들이 원하는 것을 얻어냈다면 그건 그들이 얻을 수 있는 것만을 요구했기 때문이었다. 리외는 그랑과 코타르가 사는 길로 접어들면서 생각했다. 인간 자체로

그리고 그 가련하면서도 대단한 사랑 자체로 충분한 사
람들에게는 때때로 기쁨이 찾아와서 보상해줘야 한다고
말이다.

◆

이 기록도 거의 끝나가고 있다. 의사 베르나르 리외는 이제 자신이 이 기록의 진술자임을 고백해야 한다. 그러나 이 기록의 마지막 사건들을 서술하기 전에, 그는 적어도 자신의 개입을 정당화하고, 또 자신이 객관적인 증인의 말투를 사용하려고 얼마나 애썼는지를 이해시키고 싶을 것이다. 페스트가 기승을 부리던 내내, 그는 자신의 임무 수행을 위해 대부분의 시민들을 만나보았고, 또 그들의 감정을 들어보기도 했다. 따라서 그는 자신이 보고 들었던 것을 기록하기에 아주 좋은 위치에 놓여있었다. 하지만 그는 가능한 신중하게 그 일을 하고 싶었다. 대체로 그는 자신이 목격했던 그 이상의 것은 기록하지 않도록, 또 페스트를 함께 겪은 사람들에게 요컨대 그들이 품을 필요가 없었던 생각들을 심어주지 않도록, 그리고 다행인지 불행인지 모르지만 그의 손안에 들어온 자료들만을 이용하도록 열중했다.

그는 일종의 범죄인 어떤 사건에 대해 증언을 해달라는 요청을 받은 적이 있었는데 그때도 그는 성의 있는 증인으로서 조심성 있게 처신했다. 그러나 동시에, 정직한 마음의 법칙에 따라 그는 단호하게 희생자 편을 들며 시민들이 공동으로 가지고 있는 유일하게 확실한 것들, 즉 사랑과 번민과 격리생활을 그들과 함께 나누고자 했다. 따라서 동료 시민들의 고통들 가운데 그가 겪지 않은 것이 없었고, 어떤 상황이든 그의 상황이 아닌 것이 없었다.

충실한 증인이 되기 위해 그는 특히 기록과 자료와 소문들을 보고해야 했다. 그러나 그가 개인적으로 말해야 했던 것, 즉 자신의 기대와 시련들에 대해서는 침묵할 수밖에 없었다. 그가 어쩌다가 그런 것을 사용했다면 그건 다만 시민들을 이해하거나 이해시키기 위해서였으며, 또한 그들이 대체로 어렴풋이 느끼고 있는 어떤 것들에 대해 가능한 한 정확한 모습을 알려주기 위해서였다. 사실대로 말하면 이런 이성적인 노력이 그에겐 거의 힘든 일도 아니었다. 그가 자신의 속내이야기를 수천 명에 달하는 페스트 환자들의 목소리에 직접 끼워놓고 싶은 유혹을 받았을 때, 그는 자신의 괴로움들 가운데 단 하나도 다른 이들의 괴로움이 아닌 것이 없으며 고통이 너무나 흔히 외면당하는 세상에서 자신의 내밀한 이야기를 한다는 것은 일종의 특혜라는 생각이 들어 그만두었다. 결국 그는 모두를 위해 증언해야 했다.

그러나 의사 리외가 증언해줄 수 없는 사람이 우리의 시민들 중 최소한 한 명 있었는데 타루가 언젠가 리외에게 말한 적이 있었던 바로 그 사람이었다. "그의 유일한 진짜 범죄는 아이들과 어른들을 죽이는 것을 마음속으로 동의했다는 거예요. 그 외의 것은 나도 이해할 수 있어요. 그 부분에 대해서는 나도 그를 용서하지 않을 수가 없어요." 이 기록은 마음이 무지했던, 다시 말해 외로웠던 그 사람에 대해 얘기하며 끝내는 게 옳겠다.

리외가 축제로 소란스러운 큰길에서 빠져나와 그랑과 코타르가 사는 길로 막 들어섰을 때, 경찰관들이 쳐놓은 바리케이드가 길을 가로막고 있었다. 그건 예상하지 못한 일이었다. 축제의 떠들썩한 소리가 멀리서 들려와 동네가 조용해보였고 사람도 거의 없이 텅 비어 고요하게 느껴졌다. 리외는 자신의 신분증을 내보였다.

"못갑니다, 선생님." 경찰관이 말했다. "어떤 미친놈이 군중을 향해 총을 쏘고 있어요. 그런데 여기 잠깐만 계세요. 선생님이 도움이 될 수도 있겠네요."

그때, 리외는 그랑이 자기 쪽으로 오는 것을 보았다. 그랑 또한 아무것도 모르고 있었다. 그는 사람들이 지나가지 못하게 막았다면서 알고 보니 자기네 아파트에서 총이 발사됐다고 말했다. 멀리서 아파트의 정면이 보였는데 그곳은 열기가 식은 태양의 마지막 빛을 받아 금빛으로 물들어 있었다. 아파트 주위로, 반대편 보도까지 이어지는 커다란 빈 공간이 확연히 드러나 보였다. 그 도로 한가운데에 모자 하나와 더러운 헝겊조각이 놓여있는 게 똑똑히 보였다. 리외와 그랑은 꽤 멀리 길 저쪽에서 자기들을 다가오지 못하게 막고 있는 경찰의 제지선과 그 뒤로 동네 주민들이 재빨리 지나다니는 것을 볼 수 있었다. 자세히 보니 아파트 건너편에 있는 건물 입구에 웅크리고 숨어서 권총을 겨누고 있는 경찰관들도 보였다. 아파트의 모든 덧문은 굳게 닫혀있었다. 그런데 3층의 덧문 하나가 고리에서 반쯤 떨어져 매달려있는 것 같았다. 거리는 고요하기만 했다. 시내에서 울리는 음악소리만 약간 들릴 뿐이었다.

그때, 아파트 건물의 어떤 집에서 권총소리가 두 번 울리더니 떨어져있는 그 덧문에서 파편들이 튀어나왔다. 그리고 다시 조용해졌다. 멀리 떨어진 곳에서 일어났고, 또 한낮의 소란 후에 일어난 일이라서 리외는 이 모든 것이 약간 비현실적으로 느껴졌다.

"저긴 코타르네 창문인데요." 갑자기 그랑이 흥분을 하며 말했다. "근데 코타르는 사라졌잖아요."

"왜 총을 쏘죠?" 리외가 경찰관에게 물었다.

"저놈을 유인하고 있는 중이거든요. 곧 수송차가 필요

한 장비를 신고 올 겁니다. 저 아파트 입구로 들어가려고 하는 사람들한테 저놈이 총을 쏘니까요. 경찰관 한 명도 총에 맞았어요."

"저 사람은 왜 총을 쏘는 거죠?"

"모르겠어요. 사람들이 거리에서 떠들고 있었는데 첫 번째 권총소리가 났을 때는 그들도 무슨 일인지 잘 몰랐어요. 그러다가 두 번째 울리니까 비명소리가 나고, 한 명이 부상당하고, 그리고는 모두들 달아났어요. 저 미친놈 때문이죠, 뭐!"

또다시 조용해지자, 1분 1분이 기어가는 것처럼 흘러갔다. 문득 길 건너편에서, 리외도 정말 오랜만에 보는 개 한 마리가 경계선을 뚫고 오고 있었다. 스패니얼 종으로 지저분한 걸 보니 아마도 그의 주인이 지금까지 숨겨왔던 모양이다. 개는 벽을 따라 부지런히 달려왔다. 그리고는 아파트 입구 근처까지 와서 머뭇거리더니 엉덩이를 바닥에 대고 앉아 뒤로 벌렁 드러누워 벼룩을 잡기 시작했다. 경찰이 호루라기 소리로 그 개를 불렀다. 개가 고개를 들고는 이윽고 천천히 도로를 가로질러 와서 모자에 코를 대고 냄새를 맡았다. 그 순간, 3층에서 권총소리가 났고 개가 팬케이크처럼 뒤집어지더니 사납게 발버둥 치며 한동안 부들부들 떨다가 마침내 옆으로 쓰러지고 말았다. 곧

바로 대여섯 발의 총성이 맞은편 건물에서 발사되며 덧문이 산산조각으로 부스러졌다. 그리고 또다시 조용해졌다. 해가 기울면서 코타르의 집 창문으로 그늘이 지기 시작했다. 의사가 서있는 뒤쪽 길에서 브레이크 거는 소리가 나지막이 들렸다.

"왔네요." 경찰관이 말했다.

경찰관들이 밧줄과 사다리 하나, 기름천으로 둘러싼 길쭉한 꾸러미 두 개를 등에 지고 도착했다. 그들은 그랑이 사는 아파트 건너편의 주택단지를 돌아서 어떤 길로 들어갔다. 잠시 후, 그 집들의 문 안에서 어떤 소동이 일어난 것을 보았다기보다는 그렇게 짐작할 수 있었다. 사람들은 기다렸다. 그 개는 미동도 하지 않았고 이제 컴컴한 웅덩이 속에 잠겨있었다.

갑자기, 경찰관들이 점거하고 있던 그 집들의 창문에서 기관총 세례가 퍼부어졌다. 발사가 계속되면서 경찰이 겨냥했던 그 덧문은 말 그대로 잎사귀 떨어지듯 우수수 부서졌고 그 안쪽으로 검은색 바닥이 드러나 보였다. 리외와 그랑이 서있는 장소에서는 그곳을 식별할 수가 없었다. 총격이 멈추자 이번엔 다른 각도에서, 즉 더 멀리 있는 어떤 집에서 두 번째 집중사격이 시작되었다. 총알들이 창문을 뚫고 들어갔는지 벽돌조각이 튀어 올랐다. 바로 그 순간, 경찰관 세 명이 뛰어서 길을 건너가 아파트 현관문으로 들이닥쳤다. 거의 곧바로 또 다른 세 명이 문 안으로 돌진하자 기관총 발사는 중단되었다. 잠시 후, 두 번의 총성이 건물 안에서 어렴풋이 울려 퍼졌다. 이어서 떠들썩한 소리가 커지고 웃옷을 벗은 자그마한 남자가 줄곧 소리를 지르며 끌려나오기보다는 거의 들려서 나오는 게 보였다. 거리의 닫혀있던 모든 덧문이 기적처럼 일제히 열리며 창문마다 호기심에 찬 사람들로 가득 찼다. 한편 수많은 사람들이 집에서 나와 바리케이드 뒤로 몰려들었다. 잠깐 길 한가운데서 그 작은 남자가 보였는데 그는 경찰관에게 팔을 뒤로 붙잡힌 채 서있었다. 그는 소리를 지르고 있었다. 경찰관 한 명이 그에게 다가가더니 침착하게 있는 힘을 다해 주먹으로 두 번 후려쳤다.

"코타르네요. 미쳤어요." 그랑이 중얼거리듯 말했다.

코타르는 넘어졌다. 그 경찰관은 이번엔 땅바닥에 쓰러져있는 그를 발길로 걷어찼다. 그러자 사람들이 당황해 흥분하며 의사와 그의 나이든 친구가 있는 쪽으로 몰려왔다.

"지나가세요!" 경찰관이 말했다.

리외는 그 사람들이 자기 앞으로 지나갈 때 시선을 돌렸다.

그랑과 의사는 저물어가는 황혼 속에서 그곳을 떠났다. 마치 그 사건이 잠들어있는 그 동네의 무기력한 상태를 뒤흔들었던 것처럼, 이 외진 거리도 또다시 환희에 찬 군중들의 술렁이는 소리로 가득 찼다. 집 앞에서 그랑은 의사에게 작별인사를 했다. 그는 일을 할 생각이었다. 그런데 집으로 올라가려던 순간 그가 리외에게, 자기는 잔느에게 편지를 보냈고 이제는 만족한다고 말했다. 그러면서 문장을 다시 썼다며 "형용사는 전부 다 빼버렸어요." 하고 말했다.

그리고는 짓궂은 미소를 지으며 그는 모자를 벗고 격식에 맞는 인사를 해보였다. 그러나 리외는 코타르를 생각하고 있었고, 그의 얼굴을 후려치던 주먹의 그 둔탁한 소리가 계속 귓전에 울리고 있었다. 그는 천식환자 노인의 집으로 가고 있었다. 어쩌면 죽은 사람을 생각하는 것보다 죄인에 대해 생각하는 것이 더 괴로운 일인지도 모른다.

리외가 천식환자의 집에 도착했을 땐 이미 어둠이 하늘을 집어삼키고 있었다. 방안에서 자유롭게 웅성거리는 소리가 어렴풋이 들렸고 노인은 늘 같은 기분으로 콩을 옮겨 담고 있었다.

"그들은 즐길 권리가 있어요." 노인이 말했다. "세상엔 좋은 일 나쁜 일이 있게 마련이죠. 그런데 선생님, 그 친구분은 어떻게 됐어요?"

뭔가 폭발하는 소리가 그들이 있는 곳까지 들려왔다. 하지만 그건 평화스러운 소리였다. 아이들이 폭죽을 터트렸던 것이다.

"그는 죽었어요." 노인의 숨 가쁜 가슴에 청진기를 대며 의사가 말했다.

"아!" 노인은 어안이 벙벙해 했다.

"페스트 때문이죠." 리외가 덧붙여 말했다.

노인이 잠시 후 입을 열었다.

"그렇군요. 훌륭한 사람들은 다 떠나네요. 만사가 다 그렇지요. 하지만 그는 자신이 무엇을 원하는지 알고 있었던 사람이에요."

"왜 그런 얘기를 하시죠?" 의사가 청진기를 정돈하면서 물었다.

"별 이유는 없어요. 그 사람은 괜히 쓸데없는 말은 안 했어요. 여하튼 난 그 사람이 참 맘에 들었어요. 그런데 그렇게 되고 말았군요. 다른 사람들은 떠들고 다니는데 말이에요. '페스트라고요, 페스트를 이겨냈다니까요'라고 하면서 말이죠. 자칫하면 훈장 달라고 요구할 겁니다. 하지만 페스트가 무슨 의미가 있나요? 그냥 삶이죠. 더 이상 말할 필요가 없어요."

"훈증요법을 규칙적으로 하셔야 돼요."

"아! 염려 안하셔도 돼요. 난 아직 멀었어요. 다른 사람들 다 죽는 거 보고 갈 겁니다. 나는 사는 법을 알거든요."

멀리서 즐겁게 아우성치는 소리가 이 노인에게 화답을 했다. 의사는 방 가운데에 멈춰 섰다.

"테라스에 나가봐도 괜찮을까요?"

"아 그럼요! 저 위에서 그들을 보시려는 거죠? 편하신 대로 하세요. 그런데 저 사람들 매일 저러거든요."

리외는 계단 쪽으로 향했다.

"저기요, 선생님, 페스트 위령탑 세운다는 거 사실인가 요?"

"신문에 났더라고요. 석재나 금속판으로 한다고."

"난 그거 확신했어요. 그리고 담화가 있을 겁니다."

노인은 숨 막히는 소리를 내며 웃어재꼈다.

"난 여기서도 다 들을 수 있어요. '우리의 죽은 자들…' 하면서 지껄이는 소리 말이죠. 그리고는 처먹으러 갈 겁 니다."

리외는 이미 계단을 올라가고 있었다. 훤히 트인 차가운 하늘이 집들 위에서 반짝이고 있었고, 별들은 언덕 근처 에서 부싯돌처럼 굳어 있었다. 이날 밤은 타루와 함께 페 스트를 잊기 위해 이 테라스에 왔었던 그날 밤과 별로 다 르지 않았다. 바닷소리가 절벽 아래에서 그때보다 더 소란스럽게 들려왔다. 대기는 고요하고 상쾌했으며 따스한 가을바람이 실어온 짭짤한 냄새도 사라지고 없었다. 그동안 시내에서 들려오는 떠들썩한 소리는 파도소리와 함께 테라스 바닥을 계속 울리고 있었다. 그러나 이날 밤은 저항의 밤이 아니라 해방의 밤이었다. 멀리서 검붉은 빛 하나가 그곳이 큰길과 조명으로 밝혀진 광장이라는 것을 나타내주었다. 이제 해방된 밤에 욕망이 속박을 받지 않게되자, 그 으르렁거리는 소리가 리외에게까지 들려왔다.

캄캄한 항구에서 쏘아올린 공식 축하행사의 첫 불꽃이 솟구쳤다. 시민들은 길고 둔탁한 함성을 외치며 불꽃행사를 환영했다. 리외가 사랑했으나 잃어버린 코타르와 타루 그리고 아내, 죽은 사람들 또는 죄인들 그 모두가 잊혀졌다. 이 노인의 말대로, 사람들은 언제나 똑같았다. 그러나 그것이 바로 그들의 힘이자 순수함이며, 그래서 바로 리외도 이젠 모든 괴로움을 넘어 그들과 합류하고 있다는 생각이 들었다. 온갖 색깔의 불꽃들이 하늘로 수없이 올라감에 따라 함성의 크기와 지속이 더 배가되며 테라스 바닥까지 길게 반향을 일으키고 있었다. 그 순간 의사 리외는 여기서 끝나는 이 이야기를 기록으로 남기기로 결심했다. 침묵하는 사람들 중 하나가 되지 않기 위해, 페스트로 죽은 사람들을 유리하게 증언하기 위해, 그들에게 가해진 불의와 폭력에 대한 기억을 적어도 남기기 위해, 그리고 재앙의 한복판에서 우리가 배운 것, 즉 인간에게는 경멸할 것보다 감복할 것이 더 많다는 것을 다만 말하기 위해서였다.

그렇지만 리외는 이 기록이 최종적인 승리의 기록이 될 수는 없다는 것을 알고 있었다. 이 기록은 그가 실행해야만 했던 것에 대한 증언이 될 뿐이었다. 그리고 또한 성자가 될 수도 없고 또 재앙을 받아들이길 거부하면서도 의사가 되려고 애쓰는 모든 사람들이, 그들의 개인적인 고통에도 불구하고 공포와 페스트의 끈질긴 공격에 맞서 아직도 실행해야 할 일들에 대한 증언이 될 수 있을 뿐이었다.

리외는 시내에서 올라오는 환호성을 들으며 이런 환희는 늘 위협을 받는다는 사실이 생각났다. 왜냐하면 기쁨에 들떠있는 그 군중이 모르고 있는 것, 그러나 여러 책에도 나와 있는 내용들을 그는 알고 있기 때문이었다. 즉 페스트균은 결코 죽지도 사라지지도 않고 수십 년 동안 가구나 속옷 안에 잠든 채 남아있으며 방이나 지하실, 여행가방, 손수건, 그리고 쌓여있는 서류들 속에서 끈질기게 기다리고 있다가 언젠가는 또 인간의 불행과 교훈을 일깨우기 위해, 쥐들을 깨워서 어떤 행복의 도시로 몰아넣고는 그곳에서 죽게 하는 날이 오리라는 것을 말이다.